Diogenes Taschenbuch 21959

Joan Aiken

Angst und Bangen

Roman

Aus dem Englischen von Renate Orth-Guttmann

Diogenes

Titel der 1989 bei Doubleday, New York,
erschienenen Originalausgabe:
›Blackground‹

Umschlagzeichnung von
Hans Traxler

Deutsche Erstausgabe

140/97/24/5
ISBN 3 257 21959 8

1

Gekommen ist das alles folgendermaßen. Ich überspringe erste Gehversuche als Statistin bei einer Randgruppe des Edinburgh Festivals, eine kümmerliche Musical-Nummer in Amsterdam, die Rolle als Hinterteil vom Gestiefelten Kater in Nottingham und einen Pantomimenpart in *Papp's Public Theatre*, New York. Danach kam wieder eine stumme Rolle, bei der ich sofort zugriff, als Gespenst in einer Geistergeschichte des BBC-Fernsehens, das einer Geisterharfe einige Töne entlocken muß. Die Rolle bekam ich – man stelle sich das vor! –, weil ich wirklich ein paar Harfengriffe beherrsche. Drei glückliche Jahre lang hatte ich in einem Laienorchester abwechselnd Harfe und Gitarre gespielt, mit kurzen, aber erhebenden Abstechern ans Schlagzeug. Einer aus unserer Gruppe machte später Karriere als Besetzungschef bei *Pyramid Television.* Eine glückliche Fügung wollte es, daß er sich meiner Harfenkünste erinnerte und mich für das Spukspiel holte. Ich mußte, in schimmerndes Grün gewandet und von einem matten Leuchten umgeben, am Fuße einer Treppe sitzen, graziös eine riesige silberne Harfe schlagen und lässig den Hals drehen und wenden. Das sollte einen Eindruck des Unheimlichen und irgendwie auch der Blindheit vermitteln. »Denk an eine Made, Schätzchen«, hatte mich Harold, der Regisseur, instruiert. »An eine Made oder einen blinden Wurm, der Hunger hat und das Futter wittert, aber nichts sehen kann, einen Wurm, der den Kopf dreht wie einen Radarschirm, um winzigste Spuren des Geruchs in der Luft aufzufangen.« Der gute Harald Flanagan, ein Ire, wie er im Buche steht, war ein Meister der schiefen Bilder. Brav drehte ich – blinde Made oder Radarscanner, mir war es gleich – den Kopf hin und her wie ein Schiedsrichter beim Tennis oder eine sonnenanbetende Narzisse. Die Gespenstergeschichte war ein Reinfall, ein Winterfüllsel, verdientermaßen verrissen und eine Woche später vergessen, in der weitläufigen Nekropole der Fernsehflops verscharrt. Ein Besetzungschef aber mußte wohl meine emsigen Halsverrenkungen gespeichert haben, denn sechs Monate später wurde ich aus heiterem Himmel und zu meinem größten Erstaunen zu Probeaufnahmen gebeten, bei denen es um zwei Bombenrollen in einer dreizehnteiligen Serie ging, ein überaus bühnenwirksames Kostümstück aus dem vorigen Jahrhundert. *Rosy und Dodo* sollte die Serie heißen. Den ursprünglichen Buchtitel – ein erfundener Ortsname, der sowieso nichts zur Sache tat – hatten sie über Bord geworfen.

Die Rolle, an der ich mich versuchte, war Rosy, die biestige Blondine, die durch ihre Selbstverliebtheit, Hoffart und Verschwendungssucht das Leben ihres gutaussehenden Mannes, eines idealistischen Arztes, zerstört. Echt aasig, diese Rosy, ein süßes, hübsches, gebildetes kleines Luder mit sanften Zügen und hartem Herzen. Äußerlich fallen an ihr zunächst der lange Hals auf und ein Teint wie Milch und Blut.

Alle Frauen meiner Familie (das heißt, meine Mutter, ihre vier Schwestern und ich) haben oder hatten superlange russische Hälse und einen zarten Teint. Damit war die erste Hürde genommen. Nun war zwar die Sache die, daß Rosy in der Serie als Zwanzigjährige zu sehen ist und ich vierunddreißig bin, so daß man fragen könnte, welcher Idiot denn diese Besetzungsliste zusammengestellt hatte, aber da ich allgemein zehn Jahre jünger geschätzt werde, schien sich an dem Widerspruch niemand zu stoßen.

»Sie muß ihre Zähne richten lassen, und sie braucht blaue Kontaktlinsen«, befand die allmächtige Besetzungschefin und beäugte mich wie eine nicht fertig tapezierte Eßecke. Es ist ein sehr eigenartiges, demütigendes Gefühl, einer Musterung unterzogen zu werden, als sei man kein Mensch, sondern ein Gegenstand. Zuerst war ich immer total fertig, ich kam mir – Sklaven mag es früher ähnlich gegangen sein – entselbstet, entpersönlicht, ausgelöscht vor. Heute finde ich den Vorgang eher befreiend. In dieser Hülle, an der sie so eifrig basteln, stecke noch immer ich, Cat Conwil, meiner selbst, meiner Mitmenschen und allem, was um mich her vorgeht, voll bewußt. Die Frau mit der Eisernen Maske. Wenn jemand einen Kreis um dich zieht und dir die Anweisung gibt, ihn nicht zu überschreiten, schenkt dir dieser von fremder Hand gezogene Kreis auf eine bis dahin ungeahnte Weise Klarheit über dich selbst. Es ist, als hätten sie dich in einem abgeschlossenen Zimmer alleingelassen.

Ich erhob keinen Protest gegen die blauen Kontaktlinsen, auch wenn ich mit dem Einsetzen zunächst meine liebe Not hatte. An den ersten Drehtagen hielt ich ständig den ganzen Betrieb auf, bis zu dreißig Beleuchter, Kameraschieber, Aufnahmeleiter, Schauspieler und Maskenbildner krochen auf den Knien im Studio herum und suchten nach einer heruntergefallenen Linse, die, wie sich mit schöner Regelmäßigkeit herausstellte, mir nur hinter den Augapfel gerutscht war. Nach und nach aber beherrschte ich den Trick immer fixer, besonders wenn ich die Linsen mit etwas Spucke schmierte. Die Zahnverschönerung war wohl als echtes Plus anzusehen, zumal dafür großzügigerweise *Pyramid TV* aufkam. Vor der Behandlung waren meine beiden vorderen Schneidezähne aufeinander zugestrebt wie die eines Bibers. Ich selbst hatte dagegen im Grunde nichts einzuwenden, es wirkte irgendwie harmlos-zutraulich, und das kann zuweilen durchaus von Vorteil sein. Als Schauspielerin aber hat man um so größere Chancen – besonders in der Werbung –, je mehr man äußerlich der Norm entspricht. Man muß das realistisch sehen. Kein Mensch wird auf die Idee kommen, jemanden mit Biberzähnen Reklame für *Supadent* machen zu lassen.

Daß man mich vom Aussehen her auf Rosy getrimmt hatte, half mir, mich in die Rolle einzuleben. Mein Haar, das von Natur aus aalglatt ist und den Farbton von Aprikosenkonfitüre hat, mußte um mehrere Nuancen aufgehellt werden. In dem Buch ist von kinderhellem Haar die Rede, weder flachsfarben noch gelb. Ich mußte auch ein paar Pfund zunehmen, weil Rosy als eine Nymphe geschildert wird, die man sich im Sprachgebrauch des 19. Jahrhunderts nicht als mager, sondern als durchaus kurvenreich vorzustellen hat. Nach und nach trug ich also eine Persönlichkeit zur Schau, die der meinen ganz und gar nicht entsprach. Ich beschäftigte mich in Gedanken soviel wie möglich mit Rosy, mit ihren Beziehungen zu den Eltern, dem Bruder, den Vettern und Nachbarn in der öden Provinzstadt, in der sie lebte, in der all ihre Vorfahren gelebt hatten und in der ihr Vater, Fabrikant in der dritten Generation, Ratsherr war und kurz davor stand, Bürgermeister zu werden. (Wenn ich sage, daß die Stadt öde war, so meine ich das natürlich aus Rosys Sicht, sie strebte nach Höherem). Sie war in ein Pensionat für höhere Töchter gegangen, hatte überraschend gut Klavierspielen gelernt, weil sie sich vorzüglich darauf verstand, anderen Leuten technische Tricks abzugucken, und spielte auch ein bißchen Harfe, so daß mir diese kleine Fertigkeit hier ebenfalls zugute kam. Sie hatte gelernt, wie man damenhaft in eine Kutsche einsteigt und sie wieder verläßt und wie man im Gespräch Gentlemen und älteren Herrschaften artig nach dem Munde redet. *Ansonsten hatte sie von nichts eine Ahnung.* Die Mädchen ihrer Zeit und ihres Standes lernten weder kochen noch Formulare ausfüllen oder Glühbirnen wechseln – Grundkenntnisse, die Kinder heutzutage bereits im ersten Oberschuljahr erwerben. Sie brauchte sich Gedanken nur über ihre eigene Person zu machen und über die Frage, welchen Eindruck sie bei Männern hinterließ, und war dadurch total narzißtisch geworden.

Ich fand es ausgesprochen faszinierend, mich in Rosy zu verwandeln – sie war so völlig anders als die Person, die das Leben aus mir gemacht hat. Aufgrund verschiedener Umstände, auf die ich, falls notwendig, später noch näher eingehen werde, habe ich wenig Bildung erworben, war aber von jeher darauf angewiesen, auf eigenen Füßen zu stehen und praktisch zu denken. Seit meinem sechzehnten Lebensjahr habe ich mich allein durchgebracht und noch andere unterstützt. Deshalb empfand ich es als einen geradezu sagenhaften Luxus, daß ich ein üppiges Honorar dafür kassieren konnte, die Rolle einer jungen Frau zu spielen, die zu Hause keine größeren körperlichen Anstrengungen auf sich zu nehmen brauchte, als an einer Klingelschnur zu ziehen, um bei der Zofe eine zweite Portion gebutterten Toast zu bestellen, und im Gespräch ihr Verhalten dem ihrer jeweiligen Gesprächspartner anzupassen. O ja, ich habe es genossen, Rosy zu werden – es war wie ein warmes Bad, in das man eine Riesenladung Badegel gekippt hat, so daß der Schaum wie ein erstarrtes Wellengebirge hochsteht und knistert, wenn man sich in die Wanne legt.

Ganz ungetrübt war die Freude freilich nicht. Ich mußte mir einige Fertigkeiten aneignen, die Rosy bereits beherrschte, unter anderem mußte ich reiten lernen. Tag für Tag zog ich brav zu einer Reitschule am Park, Tag für Tag schleppte ich mich steif und wund nach Hause, meine Beine fühlten sich an wie Rhabarberstangen, die jeden Augenblick durchbrechen können. Im weiteren Verlauf des Drehbuchs, nachdem sie sich ihren gutaussehenden Doktor geangelt hat, reitet nämlich die halsstarrige, selbstsüchtige Rosy, sich über die Weisungen ihres liebenden Gatten hinwegsetzend, mit einem schneidigen Verehrer im bunten Rock aus, stürzt von ihrem feurigen Grauschimmel und hat eine Fehlgeburt.

Endlich aber war auch das geschafft: Ich konnte reiten – sogar im Damensitz! Außerdem mußte ich mich mit Occhi-Arbeiten (sinnigerweise auch Frivolitäten genannt) vertraut machen, weil das die bevorzugte Beschäftigung der jungen Damen jener Zeit war, wenn sie zu Hause saßen und auf den Richtigen warteten.

»Occhi-Arbeiten?« fragte Mascha, meine Mutter. »Du willst lernen, wie man Occhi-Arbeiten macht? Wozu brauchst du denn so was? Ja, sicher kann ich es dir beibringen, das hast du ganz schnell raus. Schau mal in das Nähtischchen, in der obersten Schublade ganz hinten muß das Schiffchen liegen, das deine Tante Tascha mir geschenkt hat.«

Der kleine Nähtisch aus Rosenholz hatte meine Mutter auf allen ihren Wegen begleitet, von der Mietwohnung in die eigene Villa, von einem Pfarrhaus ins andere, durch ihr ganzes Eheleben. Er war ein Hochzeitsgeschenk von Großmutter Conwil gewesen. Als kleines Mädchen faszinierte er mich, weil er von vorn und von hinten genauso aussah, aber die hinteren Schubladen waren nur aufgesetzt. Meine ganze Kindheit hindurch kannte ich keine größere Freude, als in den beiden flachen Fächern herumzuwühlen, sie durcheinanderzubringen und wieder aufzuräumen, in der runden Knopfdose aus Blech zu kramen, die das Bild einer Türkin zierte und in der früher mal Türkischer Honig gewesen war, in das dunkelblaue Ledermäppchen mit Stickutensilien zu schauen, mit der Vogelkopf-Schere zu spielen, mit dem perlenbesetzten Schmirgelball zum Entrosten von Nadeln, mit dem Bandmaß, das aussah wie eine seidene Erdbeere, in der das Band an einer Feder befestigt war und zurückschnellte, wenn man es losließ. Bis zu dem Tag, als ich zu heftig gezogen hatte und es nie wieder in der Erdbeere verschwand.

Erklärt vielleicht die Rolle, die diese Schublade in meinen frühen Jahren spielte, meine spätere zwanghafte Leidenschaft für Büroklammern? War die Schublade mit all diesen kleinen, blinkenden, praktischen Spielereien der Auslöser?

Ich stöberte das Schiffchen auf – eine ovale Schildpattspule von der Länge meines Daumens –, und Mascha brachte mir tatsächlich in einer halben Stunde bei, wie man einfache Schiffchenarbeiten verfertigt. Sie lachte in sich hinein.

»Spaßig, daß du das für deinen Beruf brauchst, wenn man bedenkt, wie sehr dir als Kind Handarbeiten in jeder Form zuwider waren.«

Womit sie natürlich recht hatte. Damals wollte ich unbedingt einen Beruf ergreifen, in dem ich Männern ebenbürtig sein würde. Schiffchenarbeiten und dergleichen Firlefanz? Nein, danke! Vielleicht lag es daran, daß Papa Pfarrer war. Gegenüber der Interessengemeinschaft von Seelsorger und Liebem Gott mußte ich wohl versuchen, mich so gut wie möglich zu behaupten.

Seit Mascha mir an jenem Tag beibrachte, wie man mit einem Schiffchen umgeht, mache ich, so seltsam das klingen mag, ausgesprochen gern Occhi-Arbeiten, es ist eine hervorragende Beschäftigung, finde ich, wenn man gerade dabei ist, sich in eine Rolle einzuleben, kreative Überlegungen anstellen oder einfach nur entspannen will. Das Produkt dieser Fleißarbeit – meterweise schlappe Spitzenkanten, wie sie um die Jahrhundertwende zum Einfassen von Platzdeckchen und als Besatz für Nachthemdkragen üblich war – läßt sich allerdings nur schwer einer praktischen Verwendung zuführen. Wenn man Glück hat, findet man eine Freundin, die so was für ihre Wäsche gebrauchen kann.

Mascha war am Ende der Occhi-Stunde etwas blaß und kurzatmig. Damals lag sie bereits seit fünf Monaten todkrank zu Bett, und der Himmel mochte wissen, wie lange sie sich vorher schon mit ihrer Krankheit durchs Leben und den Tageskreis ihrer Pflichten gequält hatte. Ich merkte, wie sie ein-, zweimal nach Luft schnappte und eine Hand in den Rücken legte.

»Hast du Schmerzen?« fragte ich voller Angst, denn ich wußte, daß jetzt bald Tabletten nicht mehr helfen würden und gespritzt werden mußte. Wie schafft man es, der eigenen Mutter eine Spritze zu geben? Ich habe eine zweijährige Ausbildung als

Krankenschwester hinter mir, technisch weiß ich sehr wohl, wie man es macht. Was mir fehlt, ist schlicht und einfach die Courage.

»Nein, nein«, sagte sie, »keine Schmerzen, nur das Rheuma zwickt ein bißchen, kaum der Rede wert.«

Maschas verbissener, lebenslanger Heldenmut, ihr stoisches Hinwegsehen über Schmerzen, widrige Umstände oder Unbequemlichkeiten, ihre grenzenlose Selbstaufopferung und Großzügigkeit – all das mag mit schuld daran sein, daß ich so erbärmlich feige und hypochondrisch geworden bin. Schon bei dem Versuch mir vorzustellen, zu begreifen, was sie während ihrer Krankheit durchgemacht hat, bricht mir der kalte Schweiß aus, Schwindel erfaßt mich, das Gefühl einer nahenden Ohnmacht. Während ich diesen Satz niederschreibe, merke ich, wie meine Hüfte und meine Wirbelsäule anfangen zu schmerzen.

»Na, jetzt weißt du jedenfalls, wie es geht«, meinte sie zufrieden. »Eine sehr nützliche Fertigkeit. Es freut mich sehr, daß ich dir doch noch etwas beibringen kann.«

Und wieder lachte sie leise. Genugtuung schwang in dem Lachen, fast Triumph. Auch ich empfand trotz meiner Niedergeschlagenheit und Besorgnis so etwas wie Selbstzufriedenheit, weil ich ihr diese Freude hatte machen können. Es ist kaum zu glauben, wie egoistisch, wie ichbezogen wir im Umgang mit unseren Eltern sind! Warum habe ich nur so selten nach ihr selbst, nach ihren Empfindungen, ihren Gedanken gefragt? An diesem Tag sprachen wir über die Rolle der Rosy, Mascha hatte wirklich Spaß an dem Thema, denn sie ging gern mit abstrakten Problemen um. Sie hatte in Cambridge studiert, nach Papas Lebenswende aber hatte sie ihre Stellung als Lehrerin aufgeben müssen. Sie habe den Roman, nach dem die Serie entstanden war, in ihrem Bücherregal stehen, sagte sie, ich solle ihn doch mal herausholen, es müsse eine abgegriffene zweibändige Ausgabe sein, die klassische *Everyman*-Edition. Ob ich mir das Buch nicht ausleihen wollte, fragte sie hoffnungsvoll, zu gern hätte sie mir auch diesen Dienst noch erwiesen. Ich lehnte dankend ab, denn ich hatte mir schon eine (in Erwartung der Fernseh-Publicity aufgelegte) Taschenbuchausgabe gekauft. Kurz darauf nutzte ich eine günstige Gelegenheit, um mich zu verabschieden. Diese Besuche waren immer unheimlich anstrengend, man mußte so heiter sein, so behutsam, so sorglos, so verlogen, mußte Hoffnung und Zuversicht heucheln, die doch völlig unbegründet waren.

Rosy hätte sich bestimmt in einer solchen Situation weit besser bewährt als ich. Es hätte sie nicht belastet, heucheln zu müssen, keine Spur, sie sah keinen Unterschied zwischen Lüge und Wahrheit. *Sie* wäre nicht müde und kribbelig geworden, sie hätte den ganzen Tag lang bleiben können, lächelnd und heiter, weil es sich eben so gehörte.

Jetzt, viel später, überlege ich, weshalb um alles in der Welt ich damals nie Klartext mit meiner Mutter geredet habe. Warum habe ich nicht gesagt, schau her, ich weiß – du weißt es bestimmt auch –, daß du sterben mußt. Wie stehst du dazu, was für Gefühle bewegen dich, möchtest du darüber reden, was hast du zu dem Thema zu sagen? Wir sind beide intelligente Menschen, es ist wichtig für uns, wir lieben uns, du bist meine Mutter, ich bin deine einzige Tochter, warum können wir in dieser Sache nicht ehrlich miteinander umgehen?

Das Herz blutet mir, wenn ich jetzt an diese heuchlerischen Gespräche zurückdenke. Trost bietet einzig und allein der Gedanke, daß es vielleicht Mascha war, die dieses Klima schuf und uns beiden die Verstellung aufzwang. Sie war eine starke Persönlichkeit. Vielleicht wußte sie, was das Beste für sie war? Oder meinte sie, es sei das Beste für mich? Vielleicht ist Ehrlichkeit ein Luxus, den man sich nicht mehr wünscht, wenn der Tod näherkommt?

»Ich muß gehen«, wiederholte ich, und sie sagte traurig: »Ach, wirklich? Kannst du nicht noch ein bißchen bleiben?«

Sie war nie der Typ der demonstrativ zärtlichen Mutter gewesen, nachdem die Kleinkindphase hinter mir lag, in der man hinfällt und sich wehtut und in den Arm genommen werden muß, damit der Schmerz nachläßt. Jener Zeit hat sie nachgetrauert, glaube ich. Einmal sagte sie wehmütig zu mir: »Kinder werden so schnell groß. Im Nu vergeht die Zeit, man merkt es gar nicht richtig.« Und während ihrer letzten Krankheit hielt sie einen gern bei der Hand, wenn man plaudernd am Bett saß. Oft war es schwer, sehr schwer, sich aus diesem Griff zu lösen.

»Erzähl mir von Fitz«, sagte sie jetzt rasch. »Du hast mir überhaupt noch nichts von Fitz erzählt. Gefällt es ihm nach wie vor in Harvard?«

Leider hatte ich ihr seinen letzten Brief schon bei meinem vorhergehenden Besuch vorgelesen. Fitz ist kein allzu eifriger Korrespondent, dafür sind seine seltenen Briefe eine um so fesselndere Lektüre. »Ich schreibe dir aus einem Kerker«, schrieb er einmal an Mascha, und sie war hingerissen. Ich beschloß, ihn noch heute abend anzurufen und dringend zu bitten, er möge sofort an sie schreiben. Ein Anruf würde sie nur nerven, das wußte ich, daß er sein Geld für ein Telefongespräch aus Übersee vergeudete, würde ihr buchstäblich die Stimme verschlagen.

»Macht nichts«, sagte sie. »Dann liest du mir eben den letzten Brief nochmal vor, den höre ich genauso gern.«

Die innige Bindung zwischen den beiden erweckte fast den Anschein, als gehörten Mascha und Fitz der gleichen Generation an. Vom Gefühl und vom Intellekt her waren sie einander näher als mir. Ich war nie eifersüchtig deswegen – wie denn auch?

Im Gegenteil, mehr als einmal klopfte ich mir anerkennend auf die Schulter, weil ich sie zusammengebracht hatte.

Zu dumm – ich hatte seinen letzten Brief in meiner Wohnung in Notting Hill liegenlassen. Ich müsse nun gehen, wiederholte ich und schaffte es schließlich, meine Hand aus der Umklammerung zu befreien.

»Das Schiffchen behältst du am besten«, sagte sie. »Ich könnte mir denken, daß man sie heutzutage nicht so ohne weiteres bekommt. Und ich glaube kaum, daß ich es nochmal brauche. Seit dem letzten Jahr habe ich eine leichte Arthritis im rechten Unterarm, deshalb hab ich damit aufgehört. Aber so toll, daß du davon Arthritis bekommst, wirst du es wohl kaum treiben.« Und wieder lachte sie leise in sich hinein.

Ich würde das Schiffchen sehr gern behalten, sagte ich. »Wie alt warst du, als Tante Tascha es dir geschenkt hat?«

»Zwölf oder dreizehn, es lag als Weihnachtsgeschenk in meinem Strumpf.«

Sie waren zu fünft gewesen, die Conwil-Schwestern: Tascha, Dolly, Mig, Minka und meine Mutter. Tascha und Dolly, die beiden ältesten, haben nicht geheiratet, aber sie lebten zusammen. Sie waren zu einem Viertel russisch, zu drei Vierteln walisisch. Urgroßmutter Conwil hieß vor ihrer Heirat Uspenski. Mascha war die jüngste und die letzte noch lebende der Schwestern.

»Du kommst doch bald wieder?« Sie hatte sich erneut meiner Hand bemächtigt und hielt sie ganz fest. »Morgen?«

»Ja, weißt du ... um zwölf haben wir Probe. Ich will's versuchen. Aber mit dieser Rolle bin ich ganz schön eingespannt.«

»Ich finde es einfach toll, daß du sie bekommen hast«, sagte sie voller Herzlichkeit und Stolz. »Ich freue mich wahnsinnig darüber.«

Ja, sie freute sich wirklich. Ich wußte, daß sie harmlos-eitel bei den Schwestern damit prahlen würde. Trotzdem schwang in ihrer Stimme eine Spur Wehmut mit, eine leise Enttäuschung, daß ich jetzt so wenig Zeit für sie hatte. Und vermutlich – warum soll ich es abstreiten – nahm ich die Fernsehserie als Vorwand, nicht so oft zu kommen, wie ich hätte kommen können. Denn wie viele Stunden eines Tages kann man in verzweiflungsvollem Gram an einem Krankenbett verbringen? Die Qual hinterläßt Spuren und beeinträchtigt die eigene Arbeit.

Nervös, in die Enge getrieben, sah ich mich in ihrem kleinen Zimmer um. Hätte sie sich in einem Krankenhaus, auf einer großen Station, umgeben von Menschen, wohler gefühlt?

Das lebhafte Getriebe hätte ihr Spaß gemacht, andererseits aber wußte ich, daß sie ihre Privatsphäre genauso dringend brauchte wie frische Luft. Das Zimmer war winzig, es bot gerade eben Platz für Bett, Stuhl, den Nähtisch und ihr Bücherregal (Yeats, Donne, Plato), aber durchs Fenster konnte sie den hübschen Garten sehen, einen Plattenweg, eine Lavendelhecke und die anmutsvolle Würde eines großen Ilex. Das Licht der untergehenden Sonne beschien freundlich ein Stück alte Backsteinmauer. Zu dieser Stunde fand kein Strahl mehr in den dämmerigen Raum, aber die Sonne weckte Mascha vor dem Frühstück, und so hatte sie es, wie sie sagte, am liebsten. Und das Fenster stand trotz aller Bemühungen von Putzfrauen, Schwestern, der Oberin, der Ärzte und Besucher den ganzen Tag lang offen. In dieser Beziehung war meine Mutter Rosy durchaus ähnlich – sie besaß einen eisernen Willen, wenn es darum ging, sich durchzusetzen.

»Wenn du morgen nicht kommen kannst, dann aber bestimmt am Freitag?«

Natürlich würde ich am Freitag kommen, selbstverständlich, sagte ich und beugte mich vor, um die kalte, flaumig weiche Wange zu küssen. Am Freitag hatte sie Geburtstag, und ich hatte mir lange und ergebnislos den Kopf nach einem passenden Geschenk zerbrochen. Was schenkt man einem Menschen, der an der Schwelle des Todes steht? Schließlich kaufte ich ihr ein Schultertuch, aber ich hatte keine Gelegenheit mehr, es ihr zu überreichen, denn Donnerstag nacht starb sie.

Inzwischen weiß ich, daß viele Leute kurz vor ihrem Geburtstag sterben.

Danach trieben mich wochenlang, monatelang zwei unterschiedliche Beklemmungen um. Die eine ging tief, die andere war eher eine Bagatelle. Ich hatte bei diesem letzten Besuch noch etwas sagen, sie noch etwas fragen wollen. *Was konnte es gewesen sein?* Und ich quälte mich mit dem Gedanken an ihre zwielichtumflossene Gestalt, die Erinnerung an das letzte Bild von ihr, das ich mitnahm: Wie sie sich in dem Zimmer, in dem sich die Schatten drängten, ergeben in die hochgetürmten Kissen zurücksinken ließ, den Kopf aber in einer scheußlich unbequemen Stellung so verdrehte, daß sie auch noch den letzten, den allerletzten Blick auf mich erhaschen konnte, während ich davonging.

Vorher, solange sie noch hatte aufstehen und im Sessel sitzen können, hatte sie immer darauf bestanden, daß man vor dem Abschiednehmen den Sessel ans Fenster rückte, damit sie hinaussehen und winken konnte, während man durch den Garten zum Tor ging. Durch die Scheibe sahen ihre Augen aus wie die Hände schiffbrüchiger Matrosen, die sich flehend aus dem Wasser streckten.

»Wenn du möchtest, komme ich zur Beerdigung zurück«, sagte Fitz sofort, als ich ihn anrief, um ihm zu sagen, daß Mascha tot war. »Ich kann mich für heute abend auf die Warteliste setzen lassen.«

»Unsinn, Schatz, das ist doch sinnlos. Nur um dir in irgendeinem abscheulichen Krematorium ein paar nichtssagende Worte anzuhören? Mascha wäre entsetzt über eine solche Geld- und Zeitverschwendung. Wir sehen uns ja, wenn du Ende Mai zurückkommst.«

Ich mühte mich nach Kräften um einen festen, nüchternen Ton. Der Mai schien Lichtjahre entfernt.

»Es wäre ein Verbrechen, dich aus der Arbeit herauszureißen, mit der du gerade erst angefangen hast. Und bei mir ist alles in Ordnung, ehrlich. Die Rolle hält mich in Atem.« Von der Rolle wußte er aus meinen Briefen.

»Wenigstens ein kleiner Trost«, sagte er. »Ist bei dir auch wirklich alles in Ordnung?« Das klang noch immer skeptisch und liebevoll-besorgt. Wer das Glück hat, einen Fitz in seinem Leben zu wissen, sollte Jahr für Jahr barfuß nach Compostela pilgern und dem lieben Gott Dank dafür sagen. Hin und wieder frage ich mich tatsächlich, womit ich ihn verdient habe. Im Grunde hat Mascha ihn mir geschenkt.

»Ist denn wenigstens jemand da, der dir bei der Beerdigung zur Seite steht?«

Papa war letztes Jahr gestorben, die vier älteren Conwil-Schwestern schon vorher. Angehörige wollten mir nicht einfallen. Aber Hunderte von Leuten hatten Mascha liebgehabt, nur waren viele von ihnen arm, krank oder alt und würden vielleicht gar nicht kommen können.

»Bestimmt sind eine Menge Leute da«, sagte ich. »Und die Asche bringe ich nach Dorset und verstreue sie im Garten von Yetford, da, wo die Blausterne standen, unter der großen Zeder. Das wäre ihr sicher recht, es war ihr Lieblingsplatz.«

»Stimmt, sie hat immer davon erzählt. Und du meinst nicht, daß es den Dickinsons was ausmacht? Daß sie Angst haben, sie könnte bei ihnen herumspuken?«

»Er als Pfarrer dürfte mit solch seichtem Gespensterglauben gar nichts im Sinn haben. Und überhaupt ... jeder kann sich nur *freuen*, wenn Mascha bei ihm herumspukt.« Ich wischte mir eine Träne von der rechten Wange und versuchte zu lachen, aber es klang recht zitterig.

»Na gut, meine Alte, wenn du meinst ...«, sagte Fitz. »Ein Jammer, daß du dich jetzt nicht freimachen und zu mir kommen kannst.«

»Finde ich auch. Die Rolle –«

»Ja, ja, ich weiß. Hoffentlich zahlen sie dir wenigstens einen Haufen Geld dafür.«

»Doch, es ist ganz ordentlich. Und wenn sie Wiederholungen

senden und die Serie ins Ausland verkaufen, kommt später noch was nach.«

»Das hör ich gern. Wenn ich wieder da bin, kaufen wir einen Peugeot und machen damit Europa unsicher.«

»Toll, du ...«

»Ißt du auch genug und so weiter?«

»Muß ich ja, schon wegen –«

»– wegen der Rolle, ich weiß. Also gib gut auf dich acht, hörst du?«

»Du auch«, würgte ich.

»Jetzt muß ich aber los. Vorlesung.«

»Ich freu mich auf die Fahrt im Peugeot–« rief ich, aber er hatte schon aufgelegt.

Als ich Fitz wiedersah, war ich verheiratet. Mit James Tybold, Lord Fortuneswell.

In den ersten drei Folgen trägt Rosy – als unverheiratete Tochter des Hauses – ihr Haar sehr schlicht, wie es bei jungen Damen aus der Provinz Mitte des vorigen Jahrhunderts üblich war. Straff nach hinten gekämmt oder mit seitlichen Korkenzieherlöckchen und einem kleinen Lockentuff hinten. Kein Problem, das konnte ich mir selber machen, nur hin und wieder brachten sie in der Maske wieder etwas Ordnung in die Ringellocken.

Im zweiten Teil der Geschichte aber hat Rosy ihren Doktor erobert, sie ist erfolgreich verheiratet und tonangebend in Kleinstadtmodefragen, trägt maßgeschneiderte blaue Schleiergewänder und ist stets kunstvoll frisiert. Dafür, daß ich es auch war, sollte Maître Jules Pascal in der Brook Street sorgen. Höchsteigenhändig schnitt, stylte, wusch, legte und trocknete er mein Haar, wellte hier, zupfte da und gab dann mit triumphierender Geste das Ergebnis seiner Bemühungen zur Besichtigung frei. Ich erstarrte zu Eis, als mein entsetzter Blick das Bild im Spiegel erfaßte.

»Das bin doch nie im Leben ich!«

»Jetzt schon, Madame«, bemerkte Maître Jules und betrachtete bewundernd die Rokokoschnörkel meiner neuen Frisur.

»Aber das ist ja scheußlich! Das halte ich nicht aus! So kann ich nicht unter die Leute! Ich sehe aus wie ein Stück Buttercremetorte!«

»Aber, aber, Madame«, schalt er mit seinem aufgesetzten französischen Akzent. »Dies ist ganz 'errlisch, *au contraire*, sehr kleidsam. Madame sehen nicht aus im geringsten wie ein' Buttercremetorte, ganz im Gegenteil, sehr modisch, 'inreißend chic, *absolument comme il faut.*«

»Ich kann mir nicht vorstellen, daß die im Studio damit einverstanden sind«, murrte ich, an meinem Schlangengelock zerrend, und beschloß, bei nächster Gelegenheit den Kopf unter die Dusche zu halten und die silbrig federnden Kringel zu zerstören. Ich kam mir vor wie eine Weihnachtsdekoration in der Oxford Street.

»Sie werden sein 'ingerissen«, prophezeite Maître Jules, und natürlich hatte er recht. Schlimmer noch, ich war genötigt, fünf Folgen lang mit diesem peinlichen Kopfputz zu leben. Mehrmals setzte ich aufbegehrend das Werk des Meisters unter Wasser, aber ebensogut hätte ich versuchen können, eine Plastik von Henry Moore unter der Dusche wegzuschwemmen. Maître Pascals Kreation war gegen Wasser und Shampoo gleichermaßen gefeit und kehrte mit unverminderter Sprungkraft in die von ihm gegossene Form zurück.

Ich nehme an, daß es Spionen und Kriminellen zur Gewohnheit wird, inkognito zu leben, ständig unter falscher Flagge zu segeln, mit einer Identität herumzulaufen, die nicht die ihre ist. Vielleicht verliert man nach Jahren der Tarnung seine ursprüngliche Gestalt, sein ursprüngliches Aussehen aus den Augen, oder sie bedeuten einem nichts mehr. Wir leben in einer Welt, in der alles ständig in Fluß ist, und sind wohl sowieso nur zu etwa siebzig Prozent unser eigenes Werk, Abbild und Imago, aus unserem Grundmaterial Körper und unter Zuhilfenahme von Lack und Farbe und gewebten Stoffen hergestellt – im Grunde nur eine Collage.

Das dumme war, daß ich mich an diese von mir selbst geschaffene Hülle gewöhnt hatte, mich darin wohl fühlte und sie akzeptierte. Ständig in einer Verkleidung herumzulaufen verunsicherte mich doch sehr. Wenn ich im Spiegel einer Bar, in Schaufensterscheiben, in meinem Badezimmerspiegel in Notting Hill das Bild dieser spektakulären Fremden sah, hielt ich sie im ersten Augenblick regelmäßig für eine Unbekannte und suchte verstört nach meinem eigenen verlorenen Spiegelbild. Immer wieder war es ein Schock, ähnlich jenem unseligen Augenblick auf Schloß Dracula, da der arme Jonathan zum ersten Mal bemerkt, daß sein zuvorkommender, wenn auch etwas wunderlicher Gastgeber sich in der Scheibe nicht spiegelt. Ich hatte das Gefühl, als habe man mir mein wirkliches Ich weggezaubert und mir statt dessen ein schillerndes außerirdisches Wesen untergeschoben. In diesem Gefühl wurde ich immer wieder bestärkt, wenn mich Bekannte auf der Straße oder Kollegen in den Räumen von *Pyramid TV* nicht wiedererkannten. Selbst wenn ich sie ansprach, dauerte es eine Weile, bis ihnen ein Licht aufging.

»Du lieber Himmel, was hast du nur angestellt, Cat, ich hab dich überhaupt nicht erkannt.«

Zweifelnd-verlegene Reaktionen, deutliche Unsicherheit, ob ich Bewunderung oder Mitgefühl erwartete.

»Es ist wegen Rosy, von selbst wäre ich nie auf so was gekommen.«

»Ach so, dann ist ja alles klar. Unheimlich, diese Veränderung hätte ich nie für möglich gehalten.«

Ein furchtsamer Blick, als könnten jeden Augenblick Reißzähne in meinen Mundwinkeln erscheinen.

Ich habe von Natur aus zwei Grübchen, die ich normalerweise

so wenig wie möglich in Erscheinung treten lasse. Schon immer fand ich Grübchen gräßlich geziert, Gespreiztheiten dieser Art liegen mir ganz und gar nicht. Rosy aber machte von ihren Grübchen viel und gern Gebrauch. Lächeln sah man sie nur selten, weil das fürchterliche Geschöpf erstens nicht die Spur von Humor besaß und zweitens niemand ihr ein Lächeln wert war, am allerwenigsten ihr unglücklicher Ehemann – nachdem sie ihn endgültig festgenagelt hatte. »Auf ihren anmutigen Zügen lag ein gutartiger Ausdruck, aber kein Lächeln«, heißt es an einer Stelle über sie. Igitt! Als ob sie den Preis ihres Lächelns nach Sekunden berechnet. Und so übte ich mich denn privat darin, meinen Kopf auf dem langen Hals hin- und herzuwenden und meinen Mitmenschen – vor allem jenen männlichen Geschlechts – andeutungsweise meine Grübchen zu zeigen. Es war hochinteressant zu beobachten, wie anders die Reaktion auf diese Technik ausfiel, als wenn ich mich ganz normal benommen hätte. Schon die neue Frisur bescherte mir reihenweise ebenso unerwartete wie unerwünschte Begegnungen mit Unbekannten. Männer sprachen mich in Bussen und Bahnen an, fragten, ob sie mich nicht im Fernsehen gesehen hätten, wollten mich im Pub auf einen Drink einladen. Ich war fasziniert und verstört zugleich von diesem anderen Ich, das ich unfreiwillig übernommen hatte, und fragte mich (beklommen und umgetrieben von abergläubischen Ängsten), ob Rosy nach und nach wohl ganz von mir Besitz ergreifen würde. Bei Plato steht irgendwo etwas Derartiges, Mascha hat es mir mal erzählt.

Wenn Mascha noch lebte ... Aber sie war nicht mehr da.

Anfangs hatte ich Rosy ganz objektiv gesehen und mich nur so weit wie möglich in sie einzuleben versucht. Dann wurde sie mir verhaßt, weil ich sie so gut kannte, weil sie so niederschmetternd erfolgreich war. Und zum Schluß tat sie mir leid, weil dies arme, eigensüchtig-oberflächliche Ding nie zufrieden war, sich, wie im Märchen vom Fischer und seiner Frau, immer das wünschte, was sie nicht hatte, und dabei noch einem anständigen Mann das Leben kaputtmachte. Da aber stand sie mir schon wieder näher – wie eine gute alte Bekannte, an die man sich mit all ihren Schwächen gewöhnt hat.

Es gab viele Gründe für die Besessenheit, mit der ich mich auf die Rolle warf. Es war meine erste große Chance. Etwas in dieser Größenordnung hatte ich noch nie gemacht, und ich sah darin eine aufregende Herausforderung. Auch die anderen Schauspieler – alle so viel prominenter, routinierter, professioneller als ich – gaben mir Auftrieb. Es war wie bei einem Match gegen Tennisgrößen: Das eigene Spiel kann dabei nur besser werden.

Mit zwei Kollegen verstand ich mich besonders gut. Nol Domingo spielte den Will, eine Art zweiten Helden in der verwikkelten Handlung. Er war schwul, so daß der Umgang mit ihm komplikationslos war, ein gutaussehender, südländischer Typ, schlagfertig, privat sehr unterhaltend und ein hervorragender Schauspieler. Er brachte lange Theatererfahrung mit, hatte am *National Theatre* Shaw und Shakespeare gespielt, dies war seine dritte oder vierte große Fernsehrolle. Ich lernte viel von ihm in den Szenen, in denen er mit mir flirten und mich dann zornig zurückweisen mußte. Meine zweite große Stütze war Sophie Pitt, eine nicht mehr ganz junge Schauspielerin mit einer guten Nebenrolle als aristokratisch versnobte Pfarrersfrau mit scharfer Zunge. Sie hatte dieses phantastische Flair der verlebten Tragödin, das so gut zu der Rolle paßte, und während der wochenlangen Proben bekamen wir die größte Hochachtung vor ihrem hervorragenden, nie in den Vordergrund drängenden Spiel und ihrem gütig-gescheiten Wesen. Sie verstand es, die Gruppe zusammenzuhalten, aus einer zusammengewürfelten Schar, die nur hin und wieder, in unregelmäßigen Abständen, zusammenkam, eine Gemeinschaft zu machen. Die Handlung von *Rosy und Dodo* lehnt sich an den Roman *Middlemarch* von George Eliot an, eine gemächlich erzählte Geschichte über die standesbewußte viktorianische Provinzgesellschaft, in der Landadel und Handeltreibende ebensowenig miteinander verkehrten wie Handeltreibende und freie Berufe – oder freie Berufe und Landadel, es sei denn, man hätte diese in beratender Funktion zugezogen. Aufgrund dieser Konstellation verläuft die Handlung eine ganze Weile innerhalb mehrerer geschlossener Gruppen, die erst im letzten Viertel der Geschichte zueinander finden. Nur eine Figur, mein Mann, der Doktor – wohlgeboren, aber nicht mit Wohlstand gesegnet – bewegt sich ungehindert in allen drei Bereichen und sorgt für die Querverbindungen zwischen ihnen. Besagten Ehemann spielte ein ziemlich schweigsam-trüber Typ namens Mike Fourways. Mike war ein begabter Schauspieler, unsere Szenen liefen problemlos, aber privat blieb er mir völlig fremd. Man kam einfach nicht an ihn heran. Nur mit einem aus unserer Clique ließ er sich überhaupt in Gespräche ein, mit dem Darsteller, der Dodos Mann spielte. Dieser Kollege war entschieden der Berühmteste unter uns und hatte den Hamlet in allen größeren Städten der Welt gespielt, einschließlich Kathmandu.

So steigerte ich mich also nach Kräften in die Rosy hinein und schrieb muntere Briefe an Fitz – allerdings nicht zu oft und sorgsam darauf bedacht, nicht den Eindruck zu erwecken, daß ich schreckliche Sehnsucht nach ihm hatte.

Die Dreharbeiten dauerten länger als vorgesehen, teils wegen des Elektrikerstreiks, teils wegen der Jahreszeiten. Die Außenaufnahmen spielten im Winter, Frühjahr und Sommer. Wegen des Streiks ging uns ein Stück Sommer verloren, so daß wir die fehlenden Szenen erst im folgenden Jahr drehen konnten. Benötigt wurden wechselnder ländlicher Hintergrund, eine Farm, eine Dorfkirche und Behausungen jeder Art, vom Herrensitz bis zur bescheidenen Kate. Hierfür hatte Lord Fortuneswell, erst unlängst in den Adelsstand erhoben, mit gewichtiger Stimme im Vorstand von *Pyramid TV*, stark engagiert in der staatlichen

Kunstförderung und Besitzer eines kleinen, aber feinen Verlages, uns freundlicherweise seinen Herrensitz in Dorset zur Verfügung gestellt.

Genaugenommen hätten wir die Außenaufnahmen in den Midlands machen müssen, aber einem geschenkten Herrensitz schaut man nicht ins Maul, und Knoyle Court mit seiner unverbindlichen Queen-Anne-Architektur hätte praktisch überall stehen können und war für unsere Zwecke durchaus geeignet. Der dreißig Morgen große Besitz umfaßte eine Kirche, ein Dörfchen mit Häuslerkaten und zwei Farmen, und über all das konnten wir dank Fortuneswells Großzügigkeit frei verfügen. Die Gartenanlagen mit den hohen Eibenhecken, Plattenwegen und Terrassen paßten sehr gut in unser Konzept. Ich persönlich fand sie zu düster, aber um zweihundertjährige ererbte Eiben gleich zu Dutzenden fällen zu lassen, muß man wohl sehr heldenmütig veranlagt sein. Lord Fortuneswell selbst war nicht zugegen, was uns größeren Komfort und mehr Freizügigkeit bescherte. Er war zu den Antipoden gereist, um Verhandlungen wegen der Übernahme eines Pressekonzerns zu führen, demnach gehörte er zu diesen umtriebigen Managertypen, die ständig Ausschau nach neuen Möglichkeiten zur Mehrung ihrer Millionen halten.

»Wie ist er denn so?« fragte ich Sophie Pitt, die ihn kannte, weil *Mein Stichwort*, die Erinnerungen aus ihrem Theaterleben, bei seinem Verlag, *Obelisk Press*, herausgekommen waren.

Sie zog das Kinn ein, das ist so eine Angewohnheit von ihr, und sah tiefsinnig an ihrer langen Nase und den stark geröteten Wangen mit den hohen Backenknochen herunter.

»Sehr unaufdringlich«, sagte sie nachdenklich. »Auf den ersten Blick würde man ihn nie für einen Millionär halten. Er hat etwas Fanatisches an sich – ein fanatischer Landjunker, der sich der Erhaltung der Dachse oder dem Schutz des Kleinen Bläulings verschrieben hat. Zumindest –« fügte Sophie hinzu, der niemand so leicht etwas vormachen kann, »– ist das der Eindruck, auf den er aus ist. Cordsamtanzug, offenes Hemd, Abenteurerstiefel. Er sieht aus wie zweiunddreißig, in Wirklichkeit ist er wohl älter, aber im Vorstand von *Pyramid TV* gilt er immer noch als Wunderknabe. Wenn man genauer hinsieht, merkt man, daß der Cord erste Qualität ist und die Stiefel handgenäht sind. Er sieht aus, als ob er seine Tage mit der Züchtung seltener Orchideen verbringt.«

»Und wie verbringt er wirklich seine Tage?«

»Mit gezielten Bemühungen, noch mehr Geld zu machen«, sagte Sophie. »Wahrscheinlich würde er dir trotzdem gefallen. Das hat er so an sich.«

Fitz würde ihn auf den ersten Blick durchschauen, dachte ich. Fitz hat eine sehr dezidierte Meinung zu Millionären.

Knoyle Court machte einen durchaus ansprechenden Eindruck: Keine Protzerei mit Chippendale und Romney-Gemälden, sondern gemütlich-rustikales Mobiliar und harmlose Aquarelle aus dem vorigen Jahrhundert, von denen viele die Damen des Hauses selbst gemalt hatten. Ich erfuhr, daß der Besitzer sich dort so gut wie nie aufhielt. Er hatte ein Penthaus in Battersea, ein Chalet in der Schweiz, einen Palazzo in Florenz und eine Jacht. Das Haus in Dorset hatte ihm ein Freund vermacht, es war eine dieser unvermuteten Erbschaften, die immer ausgerechnet Millionären in den Schoß fallen. Hinterließe mir jemand einen Herrensitz in Dorset, so müßte ich mein ganzes Leben umkrempeln, um die Erbschaft anzutreten, aber er hat wahrscheinlich kaum etwas davon gemerkt. Dabei war es ein stattliches Haus, ein Haus mit Charakter, mit dem ich mich durchaus hätte anfreunden können. Außerdem war es nur gut dreißig Kilometer von Yetford entfernt, wo ich den späteren Teil meiner Kindheit verbracht habe. Als einmal vormittags Dodos Szenen gedreht wurden und man mich nicht brauchte, borgte ich mir Sophies *Mini-Cooper*, unternahm eine wehmütige kleine Pilgerfahrt zu dem großen Pfarrhaus aus dem 19. Jahrhundert, in dem wir gelebt hatten, und sagte noch einmal der Asche meiner Mutter Lebewohl.

Auf der Rückfahrt machte ich den Umweg über Dorchester und hielt am Ludwell Hospital, um mich nach alten Freunden und Feinden zu erkundigen. Aber nach siebzehn Jahren war das Krankenhaus kaum wiederzuerkennen, und das einzige vertraute Gesicht war das von Kerne, dem Pförtner. Die Fluktuation beim Krankenhauspersonal ist enorm, weil die Arbeit so anstrengend ist. Selbst Schwester Coverdale, mein altes Schreckgespenst, war nicht mehr da, sie war zur Oberin einer großen modernen Klinik in Bournemouth avanciert, berichtete Kerne.

»Hunderte von Krankenhausfällen haben die in Bournemouth, weil da immer die alten Schachteln hinziehen, wenn ihre Männer pensioniert werden oder sterben«, erzählte er genüßlich, »deshalb gibt's dort haufenweise eingebildete Kranke.«

»Na, da ist ja Schwester Coverdale in ihrem Element.« Ich hatte noch ihre Stimme im Ohr, eine Stimme, in der hemmungsloser Zorn zitterte: »Aus Ihnen wird nie eine ordentliche Krankenschwester, Smith, und wenn Sie bis zum Jahr Zweitausend hierbleiben. Also ehrlich, in welchem Beruf Sie überhaupt was werden könnten, ist mir schleierhaft, aber eins steht fest: Mit der Krankenpflege hätten Sie's nie probieren dürfen.«

Sie meinte meine Auflehnung gegen die strengen Regeln auf der Kinderstation. Kranke Kinder, pflegte Schwester Coverdale zu sagen, brauchen strikte Disziplin, sonst können sie nicht ordnungsgemäß behandelt werden. Vielleicht hatte sie recht. Kinderstationen sind Dressurplätze für Lernschwestern: Wer es dort aushält, kommt überall zurecht. Es stellte sich heraus, daß ich es nicht aushielt. Wegen der aus meiner Sicht unmenschlichen Zustände, der hanebüchen dickfelligen Unbeweglichkeit lief ich mit einer permanenten Wut im Bauch herum. Wenn ich nicht gerade in Ohnmacht fiel.

»Ach je, Smith ist schon wieder umgekippt«, hörte ich mit

schöner Regelmäßigkeit, wenn ich auf den hellgrünen Plastikfliesen zwischen Chrombeinen und Gummirädern wieder zu mir kam. Smith nannte ich mich damals, weil sich an Mars-Smith das Personal vermutlich die Zunge verrenkt hätte. Am Theater allerdings ist mit Cathy Smith kein Blumentopf zu gewinnen, da kann man sich gleich Miss Pünktchen-Pünktchen nennen, außerdem hatte ich, als ich mich damals bewarb, in der Schauspielergewerkschaft noch ein halbes Dutzend Namensschwestern, deshalb griff ich für die Bühne auf Maschas Mädchenname zurück und nannte mich Cat Conwil.

Merkwürdigerweise bin ich seither nie wieder ohnmächtig geworden.

So froh ich alles in allem auch über mein Entkommen war – daß ich mich in der Krankenpflege nicht bewährt hatte, tat mir leid und war mir peinlich, denn vom Fach her interessierte sie mich, und die Prüfungen waren kein Problem. Papa wäre wahrscheinlich enttäuscht über mein Versagen gewesen, aber er hatte sich inzwischen in sein eigenes Reich zurückgezogen und die Brücken zu seinen Mitmenschen abgebrochen.

Angefangen hatte es mit dem blamablen Zwischenfall in der Kirche von Yetford. In dem Moment, als er eigentlich mit einem seiner nur um das eigene Ich kreisenden Sermone hätte beginnen sollen, fing er an, sich langsam und ungeschickt seiner klerikalen Insignien zu entledigen. Dann zog er vor den verstörten Augen seiner kleinen Gemeinde Hemd, Hose und das teure Thermohemd aus, ohne das Mascha ihn nie aus dem Haus gehen ließ. Danach die dicken Socken und die lange Thermo-Unterhose. Und dann ... nein, kein Wort weiter. Es war zu fatal, zu erschröcklich, zumindest für die Gemeinde. Mascha reagierte glücklicherweise abgeklärt. »Laß doch die Leute reden«, lautete eine ihrer Maximen. Schlimm war es für sie, daß sie sich von dem stillen, geräumigen Pfarrhaus von Yetford und dem Platz mit den Blausternen unter der Zeder trennen mußte. Sie zogen in eine elende kleine Bruchbude am Rande von Reading, finanziert zu einem Teil von einer obskuren Stiftung zur Unterstützung kranker und mittelloser Geistlicher, zum anderen Teil von mir. Papa bekam nichts davon mit. Inzwischen meinte er auf einer einsamen Insel zu leben. »Es ist sehr rücksichtslos, mich just in dem Moment zu rufen«, sagte er aufgebracht, »da ich in die Betrachtung des unendlichen Ozeans vertieft war.« Manchmal schienen es die Bermudas zu sein, manchmal die Ionischen Inseln. Mascha lachte gutmütig darüber, aber ich spürte, wie es sie traf, daß er gerade diesen bizarren Weg der Befreiung gewählt hatte. Sie wäre so gern gereist, hatte sich immer gewünscht, Delphi, Rom, Santiago zu sehen, aber als es ihm noch gut ging, hatte er so viel zu tun gehabt, daß er sich nicht freimachen konnte, und später verboten sich Reisen bei ihren beschränkten Mitteln von selbst.

Mascha verlangte es nach unberührt-wilder Natur. Sie war in den walisischen Bergen aufgewachsen, und deshalb galt ihre Sehnsucht den Rocky Mountains, den Anden, dem Ural, dem Himalaya. Eine der Postkarten, die in ihrer Küche im Messerhalter steckten, zeigte ein Bild des Amerikaners Bierstadt, ein Werk aus dem 19. Jahrhundert, einen majestätisch aufragenden Berg, schneebedeckt und dicht bewaldet (Tascha hatte die Karte von einer ILO-Konferenz in New York mitgebracht). Ich erinnere mich gut an den Stoßseufzer meiner Mutter: »Was meinst du, ob es den überhaupt noch gibt?«

Ich konnte sie gut verstehen. Heutzutage ändert sich alles so schnell. Du kehrst an eine Stätte zurück, die du kennst, und siehe da, sie ist abgerissen und ausgebeint, und über ihrem Grab sind Wolkenkratzer hochgewachsen. Du bist zutiefst verunsichert und hast das Gefühl, so könne es mit allem gehen, was dir lieb und teuer ist. Angenommen, du greifst nach dem *Hamlet* und mußt feststellen, daß man ihn völlig umgeschrieben hat, ausgeschlachtet und umgebaut wie die Innenstadt von Worcester, daß das eigentliche Stück für immer verloren ist? Welch Alptraum!

»Wenn ich einen Wagen hätte«, flüsterte Mascha sehnsüchtig, »und wenn ich Auto fahren könnte, würde ich mich einfach hineinsetzen und losfahren, immer weiter, ohne anzuhalten ...«

Ich glaube, das war das einzige Wort der Auflehnung, das ich je von ihr gehört habe.

Ich wußte – obschon nie darüber gesprochen wurde –, daß sie zutiefst enttäuscht war, als Papa die Medizin an den Nagel hängte und sich der Kirche zuwandte. Nichts war ihr mehr zuwider als Vergeudung. Ich hatte irgendwie die verquere Vorstellung gehabt, durch meine Ausbildung zur Krankenschwester hier vielleicht einen Ausgleich schaffen zu können. (Wer aber kann entscheiden, ob es vor Gott verdienstvoller ist, einen Bentley zu fahren und jeden zweiten Tag einem Patienten den Bauch aufzuschneiden, oder jeden Sonntag vor fünf rheumageplagten alten Weiblein in einer feuchten Dorfkiche eine Predigt zu halten ...?) Nach meinem zweiten Krankenhausfiasko zog ich nach London, jobbte im Kaufhaus und stellte fest, daß es kein Problem ist, sich seinen Lebensunterhalt selbst zu verdienen. Man muß sich nur ins Zeug legen, und das tat ich, weil ich Geld an Mascha schicken mußte. Und dann geriet ich allmählich in Theaterkreise. Ich entdeckte die Möglichkeit, mir ein Zubrot durch Modellstehen in Kunstschulen zu verdienen, eine Freundin am Slade empfahl mich für eine Fernsehwerbung, und abends nahm ich Schauspielunterricht. Seltsamerweise war es vor allem Mascha, die mir dabei den Rücken stärkte. Es fiel schwer zu glauben, daß ausgerechnet meine Mutter – inzwischen dick geworden (sie nährte sich vornehmlich von billigem Pamps, die besten Fleischstücke blieben immer für Papa), derb, verbraucht, mit rundem Babuschka-Gesicht, den zerklüfteten, von Wind und Wetter gegerbten Zügen einer Landfrau – früher einmal den ebenso heißen wie hoffnungslosen Wunsch gehegt hatte, zur Bühne zu gehen. Tatsächlich aber war sie in der studentischen Theatergruppe von Cambridge aktiv gewesen und hielt später theaterwissenschaftliche Vorträge im kirchlichen Frauenkreis, die eigentlich für ihre Zuhörerinnen viel zu hoch, aber mit so viel Humor gewürzt waren, daß die Dorffrauen in hellen Scharen hinströmten.

Ich war ihr Ventil. Sie machte kein Geheimnis daraus, wie begeistert sie war, als ich ins Fernsehen kam, auch wenn ich nur eine Frau spielte, die ihrem skeptischen Ehemann eine Tube *Blendweiß*-Zahnpaste in die Hand drückt. Mascha, für sich selbst die Bescheidenheit in Person, verzehrte sich in glühendem Ehrgeiz für mich, ihr sehnlichster Wunsch war es, meinen Namen in Leuchtbuchstaben in der Shaftesbury Avenue flimmern zu sehen. Ich meinte, sie solle doch ihre Ambitionen lieber auf Fitz ausrichten, aber dessen dringender Wunsch, eine Abhandlung über die strukturalistischen Elemente bei Heidegger zu schreiben, konnte sie bei aller Liebe zu ihm nur schwer nachvollziehen.

Diese und andere Erinnerungen an Mascha versetzten mich in wehmütige Stimmung, während ich von Dorchester aus zurück nach Knoyle Court fuhr. Es wird Zeit, dachte ich, daß wir mit den Außenaufnahmen fertig werden und in das gesellige Getriebe der Londoner Studios zurückkehren können. Die Leere und Stille der Region gemahnten einen allzu nachdrücklich an Verlust und Verlassenheit, die betörende grüne Landschaftt – und die Landschaft Dorsets ist besonders betörend, die kommaförmigen Kuppen der steilen kleinen Berge beschreiben unsägliche gekippte Winkel, die aussehen wie Wellen und Vulkane bei Hokusai, man könnte meinen, der Allmächtige habe sie an einem seiner besonders kreativen Tage mit der Faust zusammengedrückt – diese bezaubernde Landschaft weckte in mir Demut und Trauer.

Als ich nach Osten, in Richtung Knoyle, abbog, erinnerte mich das scharfe Knattern einer Geschützsalve daran, daß die idyllische Einsamkeit der Gegend hauptsächlich der Army zu verdanken war, die es irgendwie fertiggebracht hatte, ein gewaltiges Areal an Hügelland nördlich der Küste an sich zu ziehen.

DURCHFAHRT FÜR ZIVILFAHRZEUGE GESPERRT verkündeten Schilder auf Nebenstraßen zu meiner Linken, als ich seewärts fuhr, und, noch unmißverständlicher: ACHTUNG! SCHARFE MUNITION! Angeblich gedeiht die Natur in militärischen Sperrzonen besonders üppig, Vögel, Dachse und Wildblumen sind fruchtbar und mehren sich. Vielleicht ist es also gar nicht schlecht, daß der Mensch diesen Küstenstrich nicht mit Glasscherben, Plastik, schmutzigem Papier, rostigen Dosen, Wochenendhäusern und Wohnwagen verschandeln kann. Er hat anderswo schon genug Unheil angerichtet, man sollte dem Verteidigungsministerium dankbar dafür sein, daß es dieses Gebiet vor menschlicher Zerstörungswut bewahrt hat. Mit gepanzerten Fahrzeugen und Schießübungen können Füchse und Primeln offenbar leben, mit dem *homo domesticus* hingegen nicht.

Ich hielt respektvollen Abstand zu den Warnschildern und fuhr wieder nach Westen, wobei ich die Straße nach Caundle Quay mied. So ein hübscher Name – aber ich war einmal dagewesen, und das reichte. Caundle Quay war von so niederschmetternder Trostlosigkeit, daß die Behauptung des Verteidigungsministers, das ländliche Dorset sei in der Obhut seines Amtes bedeutend besser aufgehoben als in der des *homo domesticus*, durchaus einleuchtend erschien.

Ursprünglich war Caundle Quay ein aus sieben Häusern und einem Pub bestehender Weiler gewesen, in Stufen an die Zickzackwindungen eines Baches geschmiegt, der sich einen steilen Weg durch die aufgeworfenen Klippen zur See gebahnt hatte. Vor dreißig Jahren aber war ein Spekulant dahergekommen und hatte fünf oder sechs Felder am oberen Ende des Dorfes erworben sowie eine Genehmigung, dort vierhundert Wohnwagen aufzustellen. Seither war der Bach von April bis Oktober mit Müll verstopft, Gras und Steine unten am Wasser sahen wüster aus als die Gehsteige der Oxford Street. Selbst im Winter hingen im Umkreis von einem Kilometer um das Camp herum unverrottbare Reste von Plastik, Gummi und schmutzigen Nylonfetzen wie Girlanden an den Brombeerbüschen und Haselsträuchern.

Ich war vor langer Zeit mal mit Fitz und Mascha hingefahren, weil der Ort auf der Karte irgendwie einladend ausgesehen hatte, aber der Anblick hatte sie so traurig und ihn so wütend gemacht, daß ich jetzt, sobald ich den Namen auf dem Hinweisschild erkannte, schleunigst Gas gab.

Es ist doch eigenartig und im Grunde beängstigend: Seit Jahrtausenden, seit den Dorfgründungen der Eisen- und Bronzezeit, leben Menschen in Dorset und haben in dieser Zeit erstaunlich wenig Schaden angerichtet. Sie haben ein bißchen Erz geschürft, ein paar Waffen geschmiedet und sich gelegentlich gegenseitig umgebracht, sie haben ihr Vieh auf die Weide getrieben, ihre Äkker bestellt, Feldschanzen errichtet, einige wenige Schlachten geschlagen. Das Gleichgewicht von Mensch und Umwelt blieb erhalten, auch als die Römer kamen, auch als Hadrian zum Sturm auf Maiden Castle blasen ließ und das Kastell eroberte. Selbst in den letzten zweitausend Jahren vermochte der langsam verstädternde Mensch wenig gegen die sanft gewellte grüne Landschaft. Erst das Geschöpf des zwanzigsten Jahrhunderts, *homo moriturus, homo in articulo mortis*, hat in seinen Todeszuckungen so unermeßliche Zerstörungen bewirkt.

Warum ist das so? Was ist das für ein krebsig wuchernder Todeswunsch, der uns zu so schneller, so wahlloser Vermehrung veranlaßt, uns bei unseren Werken und Erfindungen zu diesem hektischen Tempo treibt, zum Expandieren, Kolonisieren, Konsumieren, die Erde mit unseren Behausungen und unseren Abfällen zudeckend?

Mit diesen düsteren Gedanken beschäftigt und sehnsüchtig an die tröstliche Sachlichkeit denkend, mit der Mascha dieses

Thema behandelt hätte – oder aber an die kühle Logik von Fitz –, fiel mir plötzlich ein, daß ich ja als eine Art Talisman seinen letzten Brief an Mascha bei mir hatte. Ich hatte Fitz in Cambridge, Massachusetts, angerufen und ihn dringend gebeten, ihr zu schreiben. Er hatte meinen Wunsch erfüllt, aber der Brief war zu spät gekommen. Jetzt trug ich ihn als Glücksbringer mit mir herum, der mich mit beiden verband.

»Geliebte Mascha«, stand da in seiner schönen, klaren Schrift, »ich schreibe dir von einer Bank auf dem Washington Square, ich bin nämlich zum Wochenende per Anhalter nach New York gefahren. Was ich auf dem Washington Square treibe (der noch immer aussieht wie jener Platz, den Henry James einst kannte, es aber nicht mehr ist)? Ich sehe runzelgesichtigen Männern beim Schachspiel an steinernen Tischen zu. Was tut sich sonst noch? So viel, daß man einen vierstündigen Dokumentarfilm bräuchte, um alles nacheinander aufzuzeichnen – und dann wären die ganzen Open-End-Geschichten noch nicht drin. Zwei mordsmäßig dicke Polizisten, mit mordsmäßig dicken Schießprügeln bewaffnet, kurven langsam in einem schweren Schlitten durch die Gegend und beobachten alles und alle. Ein verzweifelter Junkie ohne Geld rennt hysterisch herum und bettelt: ›Smoke? Smoke?‹ Keiner beachtet ihn. Drogenhändler in Jeans und Lederjacke und dunkler Brille sehen über ihn hinweg, sie stehen in einer bedrohlich lässigen Gruppe herum und halten Ausschau nach Kunden. Ein Mann, der Russe sein könnte, mit hellgrauem Haarschopf und Rauschebart, sitzt unter dem steinernen Washington Arch und spielt eine langsame Mazurka auf einem Klavier, dem das Gehäuse fehlt. Wie hat er den Klimperkasten wohl hergeschleppt? Und was ist, falls es anfängt zu regnen? Eine kleine Gruppe steht höflich lauschend um ihn herum. Man kann ihn nur ganz aus der Nähe hören, denn auf der Platzmitte veranstalten zwei mit Lautsprechern hochgerüstete Rockgruppen ein krakeeliges Spektakel. Östlich von ihnen ziehen auf einer kahlen

Asphaltfläche federnd, springend und gleitend die Rollschuhkünstler ihre Schau ab. Ein Mann in weißledernen Kniebundhosen ist besonders gut drauf. Die Rollschuhfahrer zischen, nur haarscharf eine Kollision vermeidend, aneinander vorbei wie Wasserläufer auf einem Teich. Vielleicht erzeugen sie Bugwellen aus Luft, die als Puffer dienen. Ein dicker Mann in roten Breeches und roter Jacke balanciert auf einem Geländer, wildes Kippeln und Torkeln und Armeschwenken soll darüber hinwegtäuschen, daß er in Wirklichkeit ein Könner ist. Auf Schritt und Tritt begegnet man Hunden und ihren Haufen, das würde dir an New York ganz und gar nicht gefallen, liebste Mascha, dafür aber wären die Kinder um so mehr dein Fall, sie kennen keine Furcht und keinen falschen Zungenschlag, kühn springen sie von Schaukeln und Klettergerüsten, laut und frei heraus gehen die Rufe hin und her, keine Spur von der Verdrucksthеit der englischen Kinder, die du so beklagst. Manche haben Skateboards. Angezogen sind sie genauso flott wie die Großen. Die Schwarzen sind so schön, daß man sich des Gedankens nicht erwehren kann, der liebe Gott habe einen Fehler begangen, als er die weißen Rassen erschuf. Eben schlenderte ein pickliger junger Weißer in rosa Samtweste an mir vorbei, er sah aus wie sechzehn und sagte ernsthaft zu einem Mädchen, das aussah wie vierzehn: ›Merkwürdig, aber mein *Vater* versteht sich so viel besser mit meinem *Sohn* als meine *Mutter* mit meiner *Tochter* ...‹, und sie nickte mitfühlend und verständnisvoll. Kläglich vergammelte Eichhörnchen – auch etliche schwarze – rennen an den Bäumen herauf und herunter und über den Rasen (der mit seinen gepflegten Knitterfalten etwas Künstliches hat und eher aussieht wie ein grüner Türvorleger). Sie haben feindselige, verschlagene Gesichter, man möchte ihnen nicht im Dunkeln begegnen, sie könnten Lösegeld fordern. Eben ging ein trauriger Schwarzer an mir vorbei, er sagte ins Leere hinein: ›Widerwärtig. Aber da kann man nichts machen ...‹ Ich denke an Yetford, das Dorf, in dem ich –

so kommt es mir jedenfalls vor – mein halbes Leben verbracht habe. Auf diesem Platz tut sich in einer halben Stunde mehr als in zwölf Jahren Yetford. Kann es sein, daß die eigentliche Struktur des Lebens sich in den einzelnen Jahrhunderten ändert? Was meinst Du, Mascha? Vergeht die Zeit unterschiedlich schnell? Hat das Tempo sich neuerdings beschleunigt? Wenn Du hier wärst, würde ich das Kolloquium über die deutsche Philosophie des 19. Jahrhunderts sausen lassen, und wir würden im Dachrestaurant des hundertvierstökkigen World Trade Center zu Abend essen und die Aussicht bewundern. Ich kenne doch deine Leidenschaft für schöne Aussichten…«

Um den Brief bequemer lesen zu können, hatte ich den geliehenen Wagen in einer breiten Zufahrt zu einem frisch gemähten Stoppelfeld abgestellt. In das satte Gelblichbraun der Stoppeln mischte sich das zarte Grün kriechender Unkräuter. In der Mitte senkte sich das Feld zu einer sanften Vertiefung, vielleicht dem Überrest einer alten Begräbnisstätte. In diese Mulde legte ich mich, damit man mich von der Straße her nicht sehen konnte. Zufällig trug ich einen gelb und grün gefleckten Regenmantel (das Wetter war feucht und dunstig, ein typischer südenglischer Augusttag) und schmiegte mich mit dem angenehmen Gefühl, gut getarnt zu sein, in meine Mulde.

In die friedliche Lektüre von Fitz' Brief vertieft, entschlummerte ich sanft.

Ein ohrenbetäubendes Geknatter weckte mich, so daß ich glaubte, ich sei im Traum auf dem Washington Square, und die Polizei habe das Feuer auf die Drogenhändler eröffnet. Ich riß die Augen auf und sah nichts als Himmel. Instinktiv drückte ich mich tiefer in mein Erdloch. In diesem Moment wurde der Himmel über mir schwarz, eine Windsbraut riß mir die Briefblätter aus der Hand, und der Lärm steigerte sich ins schier Unerträgliche.

Ehe ich mir auf diese Vorgänge einen Reim hatte machen können, war schon alles vorbei. Der Lärm legte sich, der Himmel wurde wieder hell. Gut sechs Meter neben mir setzte ein Hubschrauber auf, dessen Rotorenwirbel allmählich langsamer wurden, bis man die Drehflügel unterscheiden konnte, die Luke öffnete sich, ein Treppchen wurde heruntergelassen, und jemand stieg aus.

Inzwischen war ich aufgesprungen. Ich weiß noch, wie ich einmal auf den Klippen bei Yetford eingeschlafen war und beim Erwachen neben mir eine zusammengeringelte Natter entdeckt hatte. So behende wie damals bewegte ich mich jetzt aus der Horizontalen in die Vertikale.

Eine aufgebrachte Stimme fiel über mich her: »Einen blödsinnigeren Ruheplatz konnten Sie wohl nicht finden? Was denken Sie sich eigentlich? Ich hätte Sie umbringen können. Wie kann man sich zum Schlafen einfach in ein Feld legen!«

»Blödsinnig? Sie sind gut!« gab ich ebenso aufgebracht zurück. »Und was ist mit Ihnen? Haben Sie mich denn nicht gesehen?« Mit zitternden Händen versuchte ich das grüne Tuch festzuziehen, unter dem ich Rosys Haar versteckt hatte.

»Eben nicht!«

»Und warum mußten Sie ausgerechnet hier landen?«

»Warum nicht?«

»Ihretwegen habe ich einen wichtigen Brief verloren... schauen Sie...«

Die Drehflügel hatten die Briefblätter nicht nur verweht, sondern gründlich zerkleinert, die Schnipsel trieben über den Klippenrand aufs Meer hinaus.

Meine Stimme zitterte vor Wut, Schreck und Kummer. Daß ich den Brief verloren hatte, war mir schrecklich.

»Geschieht Ihnen ganz recht«, sagte er roh. »Warum suchen Sie sich auch so einen idiotischen Platz zum Lesen aus.«

Der Ton war auf gehoben-modische Managersachlichkeit getrimmt, aber in den Vokalen schlug noch ein Nordengland-Akzent durch.

Er drehte sich um und sah den verwehenden Briefresten nach. Gut eins achtzig, schätzte ich, dunkles Haar, Lammfelljacke, Fliegerstiefel. Nachdem er festgestellt hatte, daß der Brief unwiederbringlich dahin war, wandte er sich wieder mir zu und funkelte mich wütend an. Ich funkelte zurück. Alle beide waren wir stocksauer.

Zu allererst registrierte ich seine Augen, an denen kommt niemand vorbei, weil sie so groß und so unglaublich blau sind. Weit auseinanderstehend, eisig, eulenhaft rund, leuchteten sie, als wären es zwei kreisrunde Löcher in seinem Hinterkopf, durch die der blaue Himmel schien (denn während ich schlief, hatte es sich aufgeklärt). Nie zuvor und nie danach habe ich einen Menschen mit so intensiv getönten Augen getroffen. Sie glühten und sprühten. Grausam? Ein bißchen irre vielleicht? Oder nur ganz distanziert? Erfolgreiche Religionsgründer, stelle ich mir vor, besehen sich die Welt mit diesem Ausdruck fanatischer Leidenschaftslosigkeit. Über den Augen stand eine hohe Stirn mit einer dichten schwarzen Haarkrone. Die Ohren waren groß, aber zart und schön geformt, der Mund breit und voll, aber in den Winkeln tief eingekerbt. Ein Versuch, durch Einziehen der Oberlippe und Straffen der Unterlippe die Linie zu korrigieren, um nur ja keine Spur von Schwäche erkennen zu lassen? Die Augenbrauen waren dicht und gerade, die Nase war ein kühner Vorsprung in dem schmalen Gesicht mit den kantigen Kiefern.

Ich betrachtete noch einmal die Augen und sah, daß sie tief in den Höhlen lagen, unter dreieckigen Lidern. Er hatte sich Koteletten stehen lassen, eine modische Masche, die bei dem dynamischen Gesicht reichlich albern wirkte. Durch die Koteletten zogen sich graue Fäden, im ganzen aber wirkte er jung, ich schätzte ihn auf Anfang dreißig.

»Und überhaupt«, sagte er, »was liegt schon an einem Brief? So was ist ersetzbar, man hat ja immer noch die Kopie.«

Das klang ungeduldig. In seiner Welt war es selbstverständlich, sich Kopien zu machen. Daß es versprengte Stämme, entlegene Regionen geben mochte, in denen man diese notwendige Vorsichtsmaßnahme unterließ – auf diese Idee war er offenbar noch nicht gekommen.

Ich zuckte die Schultern. Der Brief war weg, ich würde mich mit diesem Verlust abfinden müssen wie mit allen anderen auch. Ich beschloß, meinen Kummer auf später zu vertagen, und überlegte, wer dieser herrische Fremde sein mochte. Nach seinem Benehmen und der Art seiner Ankunft mußte es einer der hohen Herren von *Pyramid* sein. War er gekommen, um uns mitzuteilen, daß man *Rosy und Dodo* den Geldhahn zugedreht hatte?

Auch er musterte mich ziemlich eingehend. »Wir kennen uns«, sagte er unvermittelt. »Wir sind uns schon mal begegnet...« Die übliche Rosy-Anmache, dachte ich.

»Weit gefehlt, mein Herr«, erwiderte ich ziemlich schnippisch. »Ich bin noch nirgendwo gewesen, ich stamme nämlich aus einem Buch.«

Unwahrscheinlich, daß er es gelesen hatte. Das ganze Gespräch war mir inzwischen zu dumm geworden. Ich bückte mich nach der Büroklammer, die von Fitz' Brief abgefallen war, steckte sie in die Handtasche und ging rasch zurück zu dem *Mini-Cooper*, dem sich mittlerweile ein grauer Rolls mit Chauffeur zugesellt hatte.

»Tut mir leid, daß ich Sie erschreckt habe«, warf ich über die Schulter, dann verschwand er aus meinem Blickfeld, während ich wendete und über die kleine Straße zurückfuhr. Er hatte mir etwas nachgerufen, aber ich hörte nicht mehr hin. Wenn ich mich nicht beeilte, kam ich noch zu spät zur Probe. Ich wählte, weil es der schnellere Weg war, die hintere Zufahrt von Knoyle Court. Sie führte zu den Stallungen, dem Küchenbereich und der großen

Gesindestube, die uns als Künstlerzimmer diente. Ich mußte mich noch in meinen Reitdreß werfen.

Wir probten und drehten die Szene, in der Rosy von ihrem Gaul abgeworfen wird. Damit waren die Außenaufnahmen beendet, soweit sie mich betrafen. Die Szene mit Dodo, die ihren ältlichen Gatten tot in der Laube auffindet, hatten wir letzten Winter gedreht. Jetzt blieben nur noch ein paar Innenaufnahmen, die wir in den Londoner Studios abschließen würden. Abends gaben wir, weil es unser letzter Drehtag in Knoyle Court war, eine Party für alle Mitwirkenden und den technischen Stab. Auch alle möglichen anderen Leute waren da – Randolph Grove, der Regisseur, die Angestellten von Knoyle Court, Pächter, die Häuser oder Gärten zur Verfügung gestellt hatten, ein Journalist, der für eine Sonntagsbeilage ein Feature schrieb, und in seiner Begleitung etliche Photographen, die Aufnahmen für den Artikel machten. Einen der Photographen, Joel Redmond, kannte ich seit zehn Jahren. Damals lebten wir beide von der Hand in den Mund und besuchten Kurse am Polytechnikum, er in Photographie, ich in Stimmbildung. Eines Abends trafen wir uns im Aufzug. Er sah die Platte der *Klagelieder*, die ich unter dem Arm hatte, und machte irgendeine Bemerkung dazu. So lernten wir uns kennen. Danach setzten wir uns nach unseren Kursen öfter mal auf eine Tasse Kaffee zusammen, später gingen wir zu Konzerten Alter Musik in zugigen Kirchen. Es dauerte eine Weile, bis er herausbekommen hatte, daß ich die Platte nicht für mich, sondern als Geschenk für Fitz gekauft hatte. Nachdem wir einander gestanden hatten, daß unsere Begeisterung für alte Musik und zugige Kirchen sich in engen Grenzen hielt, gedieh unsere Bekanntschaft sehr schnell zu der jetzigen freundschaftlichen Beziehung. Joel ist ein hochbegabter Photograph, und mittlerweile drängen sich gekrönte Häupter und weltberühmte Operndiven danach, von ihm abgelichtet zu werden, aber äußerlich ist er unverändert: ein freundlicher, unrasierter, etwas vergammelt wirkender Typ, ein Gesicht von gescheiter Häßlichkeit, kleine blanke Feldmausaugen, dunkles Haar mit zurückweichendem Ansatz, spindeldürre Gliedmaßen. Er ist ein Glücksfall für jede Party, denn er kann sehr komisch sein, hat eine angenehme Singstimme und improvisiert hinreißenden Jazz am Klavier.

Joel hatte mich noch nicht als Rosy erlebt, und die Veränderung erschreckte und faszinierte ihn gleichermaßen.

»Gott im Himmel, Schätzchen! Wie konnten sie dir das antun? Also ganz ehrlich, du siehst sehr eindrucksvoll aus, irgendwie scheußlich-schön, wie diese Zuckerstangen, die man am Meer kriegt, hart und glänzend und widerlich süß durch und durch. Ein befreiender Zustand?«

»Und ob! Wenn man sich erst daran gewöhnt hat, ist es ein Riesenspaß. Du kommst dir vor wie hoch zu Elefant: Was dir in den Weg kommt, wird einfach niedergewalzt. Sehr nützlich in überfüllten Geschäften und Bars.«

»Goldrichtig für dich, mein Kind! Hab ich dir nicht ständig gepredigt, daß du einen Kurs in Selbstbehauptung brauchst? Hoffentlich legst du jetzt endlich diese puritanische Demut ab, mit der du dir so lange selbst im Wege gestanden hast. Ich werde jede Menge Aufnahmen von dir machen und dafür sorgen, daß sie *überall* erscheinen, dann vergessen die Leute sehr schnell, daß du je anders ausgesehen hast.«

Mein Glück schien ihn aufrichtig zu freuen. »Und wozu soll das gut sein, Joel? Früher oder später verwandele ich mich ja doch wieder in mein richtiges Ich.«

»Aber vorläufig bitte nicht, nein? Bleib noch eine Weile, was du bist. Von mir aus gern für immer.«

Fortan umsorgte mich Joel mit äußerster Beflissenheit, geleitete mich feierlich in den Speisesaal, wo das Kalte Büffet aufgebaut war, und wieder hinaus (ich kam mir vor wie Anna Karenina), beflirtete mich heftig und mit vielen schnörkelreichen

Gesten aus galanter Zeit und verlangte schließlich, ich solle die Fernsehharfe aus dem Zimmer der Haushälterin holen lassen und ihn bei improvisierten Duetten und Liedern begleiten.

Ich zierte mich ein bißchen, aber Randolph Grove redete mir zu. »Die Harfe ist versichert bis zum Geht-nicht-mehr, und mit den Harfenszenen sind wir sowieso durch. Wenn dir danach ist, Schätzchen, kannst du sie Saite für Saite auseinandernehmen.«

Also wurde das Instrument aus dem Zimmer, in dem wir die in Rosys Elternhaus spielenden Folgen gedreht hatten, herangerollt, und Joel und ich gassenhauerten nach der Melodie von Menuett und Trio einer Haydn-Symphonie einen Walzersong:

Als die Blauglöckchen blühten auf dem Bloomsbury Square,
Ei, wie schmeckte uns da unser Sandwich so sehr.
Und die Tauben, sie gurrten,
Und die Katzen, sie schnurrten,
Unser Tag war voll Glück,
In der Luft
süßer Du-huft ...
Als die Blauglöckchen blühten auf dem
Bloomsbury Square ... usw.

Nach acht Takten tanzte die ganze Gesellschaft.

Es war eine gelungene Party, und für eine Weile linderte sie die schmerzlich-dumpfe Traurigkeit, die ich ständig mit mir herumtrage.

»Ganz locker, Schätzchen«, sagte Joel halblaut, während seine Finger über die Tasten des Bechstein-Klaviers in der Gesindestube hüpften. »Kannst du nicht wenigstens so tun, als sei die Welt kein Jammertal? Versuch's doch mal! Ändern kannst du sowieso nichts.«

»Vielleicht hast du recht, Joel.«

»Natürlich hab ich recht, du berückende Schöne.« Er spreizte die Hände und küßte in theatralischer Verzückung meine Fingerspitzen. Joel ist jüdisch-irischer Herkunft. Beides verlorene Stämme, wie er zu sagen pflegt.

In diesem Moment tippte Randolph Grove mir auf die Schulter. Natürlich hatte ich schon vor einer halben Stunde registriert, daß er am anderen Ende des Raums in ein Gespräch mit meinem blauäugigen Bekannten vom Vormittag vertieft war. Der Mann muß demnach tatsächlich aus der Führungsspitze von *Pyramid* sein, hatte ich mir gedacht, und das bestätigte sich, als Randolph sagte:

»Joel und Cat, Lord Fortuneswell möchte euch gern kennenlernen. Er hatte im Ort etwas zu erledigen und wird auf Knoyle übernachten. Daß er zu den Dreharbeiten zu spät gekommen ist, war eine große Enttäuschung für ihn.«

Grove redete in dem vollmundigen Ton, den manche Leute an sich haben, wenn sie ihren Mitmenschen kundtun wollen, daß sie vertrauten Umgang mit irgendwelchen Prominenten pflegen. Joel und ich reagierten auf die Ankündigung mit der locker-flokkigen Lässigkeit von Zeitgenossen, denen so was überhaupt nicht imponieren kann.

Joel kann es natürlich wirklich nicht imponieren. Fernsehstars und geadelte Millionäre sind für ihn ausgesprochen kleine Fische.

»Ich habe Sie vor fünf Jahren bei der Gründung der Wessex-Stiftung aufgenommen, jetzt fällt's mir wieder ein«, sagte er verbindlich. »Wie kommt die Sache denn voran? Was war doch gleich das Hauptanliegen? Rettung irgendeiner verschandelten Küstenlandschaft, nicht?«

»Ja, Caundle Quay«, erwiderte Lord Fortuneswell betont gleichmütig, als langweile ihn das Thema, aber ich spitzte die Ohren.

»Caundle Quay? Die Bucht mit diesem scheußlichen Wohnwagen-Camp?«

»Trailerpark, Schätzchen.« Joel spielte mit der einen Hand den Flohwalzer und mit der anderen die Mondscheinsonate. »Man muß mit der Zeit gehen. Heutzutage ist Amerikanisch angesagt.«

Fortuneswell richtete seinen blaublitzenden Blick auf mich. Seit heute vormittag war die Intensität nicht um ein Ampere, nicht um ein Watt zurückgegangen, auf dem Hintergrund der Party leuchtete er wie eine Kobaltexplosion.

»Sie waren noch nicht in Caundle Quay?«

Aha, der hohe Herr wünschte die kleine Kabbelei zu vergessen und noch einmal bei Null anzufangen... Mir sollte es recht sein, ich bin nicht nachtragend.

»Doch, vor acht oder neun Jahren«, erwiderte ich. »Einmal und nicht wieder! Etwas so Trostloses habe ich in meinem ganzen Leben noch nicht gesehen. Keine zehn Pferde bringen mich da nochmal hin.«

Er lächelte, aber das machte den blauen Blick nicht freundlicher, sondern verlieh ihm zusätzlich etwas Grimassenhaftes.

»Dann machen Sie sich auf eine Überraschung gefaßt! Hätten Sie Lust, morgen früh mit mir hinzufahren?«

Ich spürte, wie Grove, der neben mir stand, die Frage registrierte. Es war wie das Klicken eines Geigerzählers.

Ich bin Rosy, sagte ich mir, und nicht Cat (ich trug sogar eins von Rosys Kleidern), folglich habe ich es nicht nötig, mir eine Erklärung oder ein Dankeschön abzuringen. Ich drehte und wendete nur sacht den Kopf auf meinem langen Hals, senkte die Lider über die blauen Kontaktlinsen und zeigte flüchtig ein Grübchen.

»Sehr liebenswürdig, aber das wird nicht gehen, wir müssen morgen um halb elf alle im Studio in Battersea antreten«, näselte ich und ließ ein Arpeggio auf der Harfe folgen.

»Los, Joel! Cat! Spielt uns noch was«, rief jemand.

Die blauen Augen verengten sich. Fortuneswell war es nicht gewohnt, sich einen Korb einzuhandeln. Joel sprang auf.

»Jetzt sind mal andere dran, ich habe Durst. Komm, Catherine, wir holen Nachschub. Kann ich Ihnen etwas mitbringen?« erkundigte er sich mit beiläufiger Höflichkeit bei Lord Fortuneswell.

Doch Randolph war bereits in Richtung Bar entschwunden, und als wir hinkamen, hatte er vier Glas Champagner organisiert. Bei Partys auf Knoyle Court war, wenn der Hausherr sie mit seiner Anwesenheit beglückte, alles vom Feinsten.

Randolph sang ebenso überschwengliche wie schwerfällige Lobeshymnen auf die Schönheiten und Annehmlichkeiten des Herrensitzes und schwärmte davon, wie gut wir das Haus und die Ländereien bei den Außenaufnahmen hatten nutzen können. Ich merkte, daß diese Süßholzraspelei, die wohl als diskreter Wink für Joel und mich gedacht war, nicht ganz außer Rand und Band zu geraten, bei Fortuneswell nicht ankam. Er drehte Grove mit einer beleidigend schroffen Bewegung den Rücken und sagte zu mir:

»Wann können Sie wieder herkommen, um sich Caundle Quay anzusehen?«

»Vorläufig nicht«, sagte ich und meinte nie. Es reizte mich ganz und gar nicht, an den Ort zurückzukehren, der für mich so untrennbar mit Mascha und Fitz verbunden war und mit unseren dahingegangenen glücklichen Tagen (die es in Wirklichkeit wohl nie gegeben hatte). »Was ist dort überhaupt zu sehen? Können Sie mir nicht davon erzählen?« Ich legte à la Rosy den Kopf in den Nacken.

»Weißt du das denn nicht, Cat? Liest du denn keine Zeitung?«

Das war Randolph, beflissen, durch nichts zu verprellen, bemüht, den Mann von Welt zu spielen, indem er mich in die Rolle des süßen Dummchens drängte.

Nun lese ich zwar jeden Morgen beim Frühstück eine halbe Stunde Zeitung, aber die Berichterstattung über Caundle Quay war mir tatsächlich entgangen. Vielleicht hatte ich damals gerade die Pantomime in Boston gemacht.

»Ich habe das Gelände erworben und in ein griechisches Dorf verwandelt«, erläuterte Seine Lordschaft knapp.

»Ein griechisches Dorf? Nein so was ... Warum denn das?« lispelte ich. »Wirklich, eine ausgefallene Idee ...«

»Warum? Weil die Zustände dort untragbar waren. Der Platz war schmutzig, verkommen, unhygienisch, voller Ungeziefer. Ein Schandfleck.«

»Aber warum gerade ein griechisches, warum nicht ein Dorset-Dorf?« Gedankenverloren nahm ich eine Büroklammer vom Tresen.

»Weil ich einen griechischen Architekten und griechische Bauarbeiter an der Hand hatte, die sich für das Vorhaben interessierten. Weil ich auf einer griechischen Insel, auf Castelorizo, war, wo man verfallene Dörfer praktisch geschenkt bekommt, die Einwohner sind alle aufs Festland abgewandert. Also kaufte ich eins, mit allem Drum und Dran, und brachte es nach Caundle.«

»Ein wahrhaft heroisches Konzept.« Randolph Grove überschlug sich schier vor Begeisterung.

»Paßte denn das griechische Dorf auf den Campingplatz?« fragte ich. »Und was haben Sie mit den Ureinwohnern von Caundle gemacht? Ein paar muß es ja wohl gegeben haben, in den Wohnwagen saßen ja nicht nur Sommergäste. Hatten die nichts dagegen? Wenn ich so an die Palästinenser denke ...«

»Neunzig Prozent der Wohnwagen wurden nur im Sommer genutzt«, erwiderte Fortuneswell frostig. »Für die anderen habe ich Ausweichquartiere beschafft. Ich kann Ihnen versprechen, daß niemand Schaden genommen hat.«

»Nein, natürlich nicht«, hauchte ich mit einem höflich-ironischen Gähnen.

So wie heute hatte ich schon lange niemanden hochgenommen, es machte mir ausgesprochenen Spaß. In Joels Augen blitzte es belustigt, aber er sah mich mit sachtem Kopfschütteln an und sagte:

»Erstaunlich, wie gut sich die griechische Bauweise in die Dorset-Landschaft einfügt. Die Mauern und Stufen und weiß getünchten Häuschen ...«

»Du warst schon dort, Joel?«

»Ja, ich habe Aufnahmen für *Country Life* gemacht, sie kommen ins Aprilheft, zum orthodoxen Osterfest.«

»Eine Kirche gibt es auch? Byzantinisch?«

»Aber ja«, warf Randolph ein. »Lord Fortuneswell hat sogar einen griechischen Priester importiert, nicht wahr, Ty? Pater Athanasios.«

»Das nenne ich gründlich, Sir«, bemerkte Joel.

»Sagen Sie ruhig Ty zu mir, die anderen tun's ja auch«, verlangte unser Gastgeber – die Spitze zielte offenbar auf Grove ab – und bestellte mit einem Fingerschnippen eine neue Runde Moet. Nicht mal in meiner Rosy-Rolle hätte ich es geschafft, so schnell bedient zu werden.

Dann wandte er sich wieder an mich, als seien die anderen beiden gar nicht vorhanden. »Ich habe natürlich versucht, auch die griechischen Bewohner herzuholen. Aber die wollten unbedingt nach Rhodos, das Landleben in Dorset konnte sie nicht reizen. Nur der Priester wollte gern bei seiner Kirche bleiben.«

»Ist es fertig? Wann ist das alles passiert? Und wer wohnt jetzt dort?«

Ich war wider Willen gefesselt. Zu schade, daß Mascha das nicht mehr erlebt hat, sie hätte ihm Löcher in den Bauch gefragt. Und Fitz auch. Natürlich schrieb ich im Geist schon einen Brief an ihn.

»Die Arbeiten sind nahezu abgeschlossen«, sagte Lord Fortuneswell – oder Ty, wie er von uns genannt werden wollte. James Tybold hieß er, inzwischen war es mir wieder eingefallen. Der

Sohn eines Magnaten aus dem englischen Norden, eines Aufsteigers, der es »geschafft« und sich in den milderen Süden abgesetzt hatte? Sohn James jedenfalls hatte einen Batzen ererbtes Geld – Elektronik? Computer? Spielautomaten? – clever und fintenreich angelegt und mit Hilfe der dadurch erworbenen Reichtümer die vorletzte Regierung dazu veranlassen vermocht, ihm die Peerswürde zu verleihen. Eine großzügige Spende für die schönen Künste? Oder hatte er den Stern für gutes Betragen vielleicht gar für Caundle Quay bekommen?

»Wer wohnt jetzt dort?« fragte ich noch einmal. »Enteignete Bauern aus dem Gebiet, das sich die Army genommen hat? Ein Jammer, daß Sie das nicht auch zurückbekommen können.«

»Die meisten Häuser stehen noch leer«, sagte Fortuneswell, meinen Hieb auf die Army kommentarlos übergehend. »Ich will sie gegen Zahlung einer nominellen Miete jungen Künstlern überlassen oder Leuten, die Ruhe brauchen, um konzentriert an einem bestimmten Projekt arbeiten zu können.«

Keine besonders originelle Idee, dachte ich, und wahrscheinlich eines jener Vorhaben, die von Anfang an zum Scheitern verurteilt sind. Auf dem Papier macht sich so was immer sehr gut, aber wenn es so weit ist, bleiben die Künstler ihre nominelle Miete schuldig, geraten sich in die Haare und lassen das Gelände ebenso verkommen wie die Wohnwagenleute. Dem Urheber des Projekts allerdings ist eine Nominierung für den Nobelpreis oder etwas in der Art sicher, und ich sagte höflich, wie toll sich das anhörte, eine unheimlich gute Sache, ehrlich, die Künstler, die dort hinkommen, können sich freuen ... Wer mag sie wohl aussuchen, überlegte ich, und dann meinte ich fast nebenbei: »Hoffen wir, daß Sie nicht irgendeine alte Frau aus ihrem Wohnwagen vertrieben haben, die das Unternehmen mit einem Fluch belegt hat.« Wer weiß, wie ich auf diesen Gedanken kam ... Vielleicht war eine Spur von Telepathie im Spiel? Wenn es so was wie Telepathie überhaupt gibt, muß sie doch wenigstens hin und wieder funktionieren, wie sie soll. »Erinnern Sie sich noch an diese Stadt mit dem Nordseegas, die sie auf einer Shetland-Insel gebaut haben, und wie sich herausgestellt hat, daß vertriebene Mönche vor ein paar hundert Jahren den Ort verflucht hatten? Es hat furchtbare Scherereien mit den Bohrtürmen und dem ganzen Maschinenpark gegeben, zum Schluß mußten sie einen Exorzisten holen.«

Joel nahm den Faden begeistert auf. »Ich habe neulich von einem fürchterlichen Bannfluch gehört. Polly Lasceles, die Schauspielerin, ist doch mit dem Mann einer anderen Frau durchgebrannt...«

»Mit Nat O'Dell, dem Sänger...«

»Richtig, und dessen Frau, Kitty O'Dell, hat Polly einen Karton mit fünftausend gedruckten Adressenaufklebern geschickt: Polly Lasceles, bei Nat O'Dell, 15 Powdermaker Mansions.«

»Ja und? War doch nett von ihr...«

»Sie hatte die Aufkleber verhext, alle fünftausend. Polly ist nur eine Woche bei Nat in Powdermaker Mansions geblieben, dann haben sie sich zerstritten, und er hat sie vor die Tür gesetzt. Nicht einen einzigen Aufkleber hat sie benutzt.«

»Gute Idee, das muß ich mir merken«, sagte ich und überlegte, daß im Moment niemand da war, für den ich einen Fluch nötig gehabt hätte. Vielleicht hätte ich vor langer, langer Zeit Papa behexen sollen? Oder vielleicht hatte ihn ja jemand behext, und er war deshalb so geworden. Zaubersprüche schlagen sicher unvorhersehbare Wellen, die weit über das unmittelbare Ziel hinausgehen.

Joel und ich tauschten Erinnerungen an andere berühmte Bannflüche aus und erfanden gute neue und lachten herzlich über unsere albernen Vorschläge, das heißt, Joel lachte herzlich, und ich ließ meine Rosy-Grübchen spielen. Ein gewisses Absinken der Temperatur neben mir ließ erkennen, daß Lord Fortuneswell an diesem Thema keinen Gefallen fand. Er war, wie weiland Königin Viktoria, nicht erheitert.

Randolph Grove trat nervös von einem Fuß auf den anderen und versuchte, das Gespräch in andere Bahnen zu lenken, aber niemand beachtete ihn.

Zum Glück trat in diesem Moment Zoe Grandison zu uns, die die Dodo spielt. In dem Roman ist Dodo eine ernsthafte, behütete, wohlerzogene junge Frau, die so völlig darauf fixiert ist, Gutes zu tun, daß sie sich ständig lächerlich macht. Trotzdem muß man sie einfach gern haben, weil sie es so ehrlich meint. Zum Schluß erkennt sogar Rosy, diese gräßliche Egoistin, Dodos gutes Herz, und handelt zum ersten und einzigen Mal im ganzen Buch nicht ichbezogen – was aber natürlich nicht bedeutet, daß sie in sich geht und ein anderer Mensch wird; so weit reicht die Einsicht denn doch nicht.

Zoe Grandison war vom Aussehen her die ideale Dodo, bei ihr brauchte das Studio sich keine Verwandlungskünste einfallen zu lassen. Sie hat riesengroße kurzsichtige graue Augen, ein blasses, herzförmiges Gesicht und dichtes dunkelglänzendes Haar, das so lang ist, daß sie darauf sitzen kann. Sie wäscht es täglich und trägt es normalerweise offen, so daß es beim Gehen ihren bildschönen kleinen Po umspielt, der meist in hautengen Jeans steckt. Ich habe anfällige männliche Zeitgenossen buchstäblich taumeln sehen, wenn Zoe an ihnen vorbeistrich. Die Aura von Sex, die sie verströmt, ist ähnlich umwerfend wie der Geruch von Knoblauchbrot. Für die Dodo wurde natürlich der Sex etwas entschärft. Zoe ist eine gute, instinktsichere Darstellerin, sie spielt aus dem Bauch, nicht aus dem Kopf, und sie hat aus der Dodo eine rührend eifrige, rührend naive kleine Person gemacht, die ständig mit irgendwelchen menschenfreundlichen Werken beschäftigt ist und keine Ahnung davon hat, wie stark sie auf ihre Umwelt wirkt, insbesondere auf Angehörige des anderen Geschlechts. Mit Zoe für die Rolle der Dodo hatte der Besetzungsausschuß einen guten Griff getan.

Randolph Grove machte Zoe eilfertig mit Lord Fortuneswell

bekannt. Ich mußte an einen Dompteur denken, der einem gereizten Tiger zur Beschwichtigung eine besondere Köstlichkeit hinwirft. Erstaunlicherweise beschwichtigte die Köstlichkeit unseren Gastgeber keineswegs, obschon Zoe mit den Wimpern klimperte, ihr träges Lächeln hervorholte und auf ihre Füße blickte. Dieses Lächeln ist eine Meisterleistung, nur eine sinnliche Krümmung der Lippen, zu gern hätte ich es für Rosy genutzt, aber das geht leider nicht. Rosy ist zu ichbezogen für Sinnlichkeit. Joel hatte recht, sie ist beinhart, wie eine dieser in Schichten egossenen Pfefferminzstangen, und in jede Schicht ist der Name Rosy eingeprägt.

Die fedrige Haarwolke, deren unterer Rand Zoes straff gerundeten kleinen Po berührt, wäre etwas für Tiepolo gewesen, sie ist nicht nur sexuell, sondern auch ästhetisch von großem Reiz. Forduneswell aber schien unberührt. Ich überlegte, ob er vielleicht schwul war, aber in Anbetracht der lüsternen Blicke, mit denen er mich bedachte, war das eher unwahrscheinlich. Sollte ich ihm zu verstehen geben, daß ich keine echte Blondine bin?

Ein fünf- oder sechsmaliger Sturz vom Pferd schafft – selbst bei geschickter Regie – nicht die günstigsten Voraussetzungen für einen Partybesuch, und nach einer halben Stunde machten sich die zahlreichen Püffe und Prellungen, die ich bei den vormittäglichen Dreharbeiten davongetragen hatte, schmerzhaft bemerkbar. Ich unterbrach mit Rosys unnachahmlicher Rücksichtslosigkeit eine harmlose Unterhaltung über Fellini und sagte:

»Joel, mein Engel, wenn ich morgen um halb elf im Studio sein soll, müssen wir uns langsam auf den Weg machen.« Er hatte mir angeboten, mich nach London zurückzufahren. »Ich habe zu Hause noch alle Hände voll zu tun. Meine Wachsblume will Wasser.«

»Hör mir auf mit deiner Wachsblume«, sagte Joel. »Ist sie noch nicht zu den Obermietern durchgebrochen?«

»Leider nein, dann könnten die Craddocks sie gießen.«

Mascha hatte mir vor Jahren einen einzigen Wachsblumentrieb geschenkt. Zuerst wuchs er langsam, ein Blatt pro Jahr, dann aber setzte eine mathematische Progression ein, aus der, wie zu befürchten stand, in Kürze eine logarithmische Reihe werden würde. Meine Einzimmerwohnung war der reinste Urwald.

Daß wir uns absetzen wollten, mißfiel Fortuneswell gründlich, und er machte die verschiedensten Gegenvorschläge. Er würde mich morgen mit dem Hubschrauber zurückbringen, sagte er, oder mir später seinen *Rolls Royce* samt Chauffeur zur Verfügung stellen. Ich schmetterte alle Angebote mit Rosys gesellschaftlicher Dickfelligkeit ab. Auf die Fahrt mit Joel, meinem verläßlichen Freund, mochte ich nicht verzichten. Wir verabschiedeten uns und entschlüpften der festlichen Menge.

»Den hast du fix und fertig gemacht«, bemerkte Joel, während er seinen Porsche umsichtig über die dunstigen Dorset-Sträßchen lenkte. So unrasiert und vergammelt Joel selbst aussehen mag – bei Autos und Kameras legt er Wert auf Komfort und Qualität.

»Ja. Warum eigentlich? Vielleicht erinnere ich ihn an sein liebes altes Mütterlein...«

Joel zog die Nase hoch. Später aber, als ich Ty besser kannte, überlegte ich, ob diese müßige Bemerkung nicht ein Körnchen Wahrheit enthalten hatte. Nur handelte es sich, falls dem so war, nicht um liebevolle Erinnerungen, eher im Gegenteil.

»Du könntest Lady Fortuneswell werden, wenn du deine Karten geschickt ausspielst, Schätzchen.«

Der hohe Diskant, mit dem Joel die Giftspritze von Mutter aus einer derzeit laufenden Fernsehserie parodierte, konnte mich nicht täuschen: Er meinte es offenbar ernst.

»Gibt es denn noch keine Lady Fortuneswell?«

»Nein, und es hat auch noch keine gegeben. Schwul ist er

auch nicht, das wüßte ich. Er hat sich zu sehr auf seine Karriere konzentriert, für Frauen hatte er keine Zeit.«

»Ich habe nicht den leisesten Wunsch, Lady Fortuneswell zu werden.«

»Mit deinem Beruf verheiratet?« spöttelte er.

Ich überlegte. Daß ich dem Theater auf Gedeih und Verderb verfallen wäre, könnte ich ehrlichen Herzens nicht behaupten. Ich hatte mich ursprünglich für diesen Beruf entschieden, weil ich wußte, daß er mir ein erträgliches Auskommen sicherte. Dabeigeblieben war ich dann aus Trägheit. Außerdem machte er natürlich Spaß, war gelegentlich sogar aufregend und brachte die Bekanntschaft mit den verschiedensten interessanten Leuten – aber war das alles, was ich mir für den Rest meines Lebens erhoffte?

Tatsache ist, daß ich nicht glaube, noch einen sehr langen Rest Leben vor mir zu haben. Und eben deshalb ist ja später alles so gekommen.

Außerdem habe ich sonst nichts gelernt.

»Wenn du mit James Tybold verheiratet wärst, hättest du ausgesorgt«, bemerkte Joel nüchtern. »Er schwimmt im Geld. Erst hat er ein Vermögen von seinem Vater geerbt, dann mit irgendeiner technischen Spielerei ein zweites gemacht, und schließlich hat ihm dieser Dingsbums noch einen Batzen für wohltätige Zwecke hinterlassen.«

»Welcher Dingsbums?«

»Fällt mir gleich wieder ein. Er hatte eine Pharmafirma, Hersteller von Accelerin und Ovaroids. Auch einer von denen, die im Geld schwimmen. Hatte wohl ein schlechtes Gewissen, eins seiner Mittel mußte vom Markt genommen werden, weil die Frauen eine dritte Brust davon kriegten oder so was, und deshalb hat er dann das Geld James Tybold hinterlassen, damit der Gutes damit tut. Wenn du ihn heiraten würdest, könntest du auch Gutes tun. Wäre vielleicht ganz lustig.«

»Die Grenzen zwischen Wohltätigkeit und Einmischung sind ziemlich unscharf.«

»Na gut, dann eben keine Wohltätigkeit«, sagte er geduldig. »Du kannst dich statt dessen ja auch nach Kräften amüsieren. Was würdest du machen, wenn du es dir aussuchen könntest?«

Sofort sah ich im Geiste die Blausterne unter der großen Zeder vor mir. Ich würde Blumenzwiebeln pflanzen, dachte ich. Alleebäume setzen. Steinmauern schichten und Kletterpflanzen daran hochranken lassen. Formelle Gärten anlegen mit Lavendel- und Katzenminzepolstern, durchsetzt mit Rosen und Nelken. Würde etwas von dem zurückgeben, was wir uns angeeignet und zerstört haben.

»Warum bist du so scharf darauf, mich mit Fortuneswell zu verbandeln?« fragte ich, ohne etwas von diesen Überlegungen preiszugeben. »Warum kann ich nicht so weiterwursteln wie bisher?«

»Weil ich mir Sorgen um dich mache«, erwiderte Joel unerwartet. »Besonders jetzt. Ich habe das Gefühl, daß du drauf und dran bist, in dein Unglück zu rennen.«

Es war eine große Versuchung, Joel von den ziehenden Schmerzen in meiner Brust zu erzählen, von der immer wiederkehrenden Taubheit im rechten Arm und Bein, dem Stirnzukken, den rätselhaften Beschwerden in Nacken und Kiefer ... Ich bremste mich und dachte, seine Sorgen sind unbegründet, ich werde kaum Zeit haben, Dummheiten zu machen.

Wäre es eine Dummheit, Fortuneswell nicht zu heiraten? Sehr unsympathisch, der Typ, mit allen Untugenden des Yuppies und keinerlei Tugenden ausgestattet. (Gewiß, er würde es sich leisten können, mich in die besten Kliniken, zu den besten Ärzten zu schicken, auch wenn es heißt, daß man auf Krankenschein im Grunde besser versorgt wird. Aber ich habe keine Lust, mich zusammenflicken zu lassen wie einen alten Strumpf, habe keine Lust, Dankbarkeit für Pflege zu heucheln, auf die ich lieber verzichten würde. Eine Überdosis ist die schnellere und sauberere Lösung. Aber was wird dann aus Fitz?)

Diese nutzlosen Gedanken surrten in meinem Kopf herum, während wir gen London brausten.

Ich habe meine tiefsten Ängste nie jemandem anvertrauen können. Es ist wohl Scham, die mich daran hindert. Die Gabe, mich zu öffnen, verlor ich als Sechsjährige. Sogar ein selbstbezogenes Kind wie ich mußte damals erkennen, daß man Maschas Sorgenlast nicht noch vergrößern durfte.

Ich erinnere mich noch gut an jenen Tag. Ich hatte schreckliche Bauchschmerzen, hervorgerufen vermutlich durch den unmäßigen Genuß von Reineclauden. Wir wohnten damals in einem kleinen Pfarrhaus in Nordengland, zu dem ein einziger, mit Früchten überladener Baum gehörte.

»Mascha, ich hab so schlimmes Bauchweh.«

»Ach, Katja, wirklich?« Damit war – man hörte es deutlich – für Mascha die Schmerzgrenze erreicht. Sie stand Posten vor der verschlossenen Tür von Papas Arbeitszimmer, in dem er seit drei Tagen mit seiner Seele rang und in einer Mischung aus Gebet und Hungerstreik die Zuwendung des Höchsten zu erzwingen suchte.

»Edred, Lieber, meinst du nicht, es ist Zeit, daß du herauskommst und etwas ißt?«

»Es tut wirklich doll weh, Mascha«, beharrte ich, kläglich zusammengekrümmt.

»Du weißt ja, wo die Magenpastillen sind, in der Hausapotheke. Lutsch zwei davon. Und miß mal Fieber. Hast du Kopfschmerzen?« Sie legte mir abwesend eine Hand auf die Stirn. »Fühlt sich kühl an. Könnten es Menstruationsschmerzen ... Nein, dafür bist du wirklich noch zu jung. Edred, Lieber, ich finde, es ist wirklich Zeit, daß du ein paar Löffel Suppe zu dir nimmst.«

Mühsam schleppte ich mich nach oben zur Hausapotheke.

»Und leg dir eine Wärmflasche auf den Bauch, das kann nicht schaden«, rief Mascha mir zerstreut nach.

Früher oder später ließen die Bauchschmerzen nach, das haben Schmerzen so an sich, sofern man nicht vorher gestorben ist. Und als mir wieder mal was weh tat, hütete ich mich, Mascha zu belästigen, sondern suchte mir selbst zu helfen. Die Ausbildung zur Krankenschwester war einer dieser Selbsthilfeversuche, der zwar danebenging, mich aber immerhin mit all dem vertraut machte, was Schmerzen auslösen kann, und mich für ein ganzes Leben mit Symptomen eindeckte.

Mascha gestand mir, daß sie erst nach Papas Tod das Gefühl gehabt hatte, sie dürfe sich um andere Menschen kümmern. Er hatte sie total vereinnahmt.

Was für eine Verschwendung!

»Wie gut«, sagte sie, »daß Frauen Erfahrung in der Kinderbetreuung haben, sonst brächten sie nie die Geduld auf, Männer zu versorgen.«

Mir schien, daß daran irgend etwas nicht stimmen konnte. Kamen denn nicht erst die Männer und dann die Kinder? Aber sie fuhr fort:

»Bei Männern ist es viel schwerer, weil man mit ihrer Hilflosigkeit umgehen muß, ohne sie mit der Nase darauf zu stoßen und sie dadurch in Verlegenheit zu bringen. Denn wenn ihnen die Illusion genommen wird, daß sie stärker und tüchtiger sind als Frauen, stehen sie mit leeren Händen da, die Ärmsten. Auf keinen Fall aber«, sagte sie mit ihrem festen Blick aus grauen Augen, »auf keinen Fall aber dürfen sie ein schlechtes Gewissen bekommen. Denn dann haben sie dich erst richtig in der Hand. Sie erwarten, daß du Mitleid mit ihnen hast und Verständnis für die Schuldgefühle aufbringst, mit denen sie sich herumschlagen, weil sie dich vernachlässigen oder sonstwie schlecht behandeln.«

Ich fragte Mascha nicht, ob sie außer Papa noch weitere Exemplare der Spezies Mann studiert hatte oder ob er ihr einziger

Testfall gewesen war. Als junge Frau war sie schön gewesen. Aufnahmen aus jener Zeit zeigen ein Mädchen mit lebhaftem, rundem Gesicht, dunkel-fülligem, zu einem lockeren Knoten gestecktem Haar, das, wenn sie es offen trug, länger als Zoes gewesen sein dürfte, großen Augen, aus denen Begeisterung und Zuversicht leuchten. Ich denke mir, daß sie ein bißchen wie Dodo gewesen ist. Und auch darin verhielt sie sich wie Dodo: Sie ging hin und heiratete Papa.

Um Fitz hat sie sich zum Glück nie zu sorgen brauchen. Von Anfang an lebten sie in schönstem Einvernehmen miteinander.

Und wenn es in meinem Leben das eine oder andere geben mochte, was mir Sorgen machte, so verbarg ich es vor ihr. Es war das Allermindeste, was ich für sie tun konnte.

Joel setzte mich in meiner Wohnung ab, und am nächsten Tag kam er ins Studio und machte einen Haufen Aufnahmen von mir, die in allen möglichen Zeitschriften veröffentlicht wurden und mir eine gewisse Berühmtheit einbrachten. Wie lange diese Berühmtheit aus eigener Kraft Bestand gehabt hätte, weiß ich nicht, denn inzwischen machte mir James Tybold intensiv den Hof. Er rief mich drei- oder viermal am Tag an, er lud mich zum Mittagessen ins *Ritz* ein, zu Theaterpremieren, Vernissagen und Privatvorstellungen. Er schickte mir Blumensträuße und Topfpflanzen und Seidentücher von *Liberty* und Bonbonnieren, und als ich mich über diese konventionellen Geschenke lustig machte, fragte er, was ich mir wirklich wünschte, und ich sagte, ein Geparden-Junges und ein Fahrrad. Als er postwendend das Fahrrad lieferte (handgefertigt, fünfzehn Gänge, ein Stahlroß eher für die Anden als für London, Mascha wäre entzückt gewesen), strich ich schleunigst die Bestellung auf das Geparden-Junge. Ich hätte nicht gewußt, wo ich es in meiner Einzimmerwohnung oder in meinem Leben hätte unterbringen sollen.

Ich muß zugeben, daß ich seine Werbung genoß. Noch nie im

Leben war mir soviel Aufmerksamkeit zuteil geworden, hatte mich jemand derart verwöhnt. Wen wundert es, daß ich Gefallen daran fand, der Gegenstand so rückhaltlos besessenen Eroberungsstrebens, so schrankenloser Bewunderung zu sein? Hinzu kam die Vorstellung, sich an diesem Spaß, an dieser Verwöhnung ein Leben lang erfreuen zu können ... Nie mehr Strom, nie mehr Heizkosten sparen müssen. Kein Bangen um die Gas- und die Telefonrechnung. Schluß mit der Jagd nach billigen Schnäppchen im Ausverkauf oder nach den Sachen, die doch nicht passen und die du zum Ändern tragen mußt. Keine kleinlichen Überlegungen, wie du die Weihnachtstage überstehst, ohne dich mit Ausgaben zu ruinieren. Nie mehr ein Blick auf die rechte Seite der Speisekarte.

Ist es so erstaunlich, daß ich schließlich Ja sagte?

2

Viele Leute hielten Pat Limbourne und Elspeth Morgan für ein lesbisches Paar, aber das stimmte nicht. Es war einfach so, daß sie sich von klein auf kannten und sich, nachdem Elspeth ihre Lehrtätigkeit aufgegeben und Pat, auf der höchsten einer Frau noch erreichbaren Sprosse der journalistischen Karriereleiter angelangt, frustriert ihren Job hingeworfen hatte und Freiberuflerin geworden war, zu einem gemeinsamen Haushalt zusammengetan hatten. Elspeth war die geborene alte Jungfer: Sie hatte durchaus Spaß am Zusammensein mit Vertretern des männlichen Geschlechts, hegte aber nicht den leisesten Wunsch, mit ihnen zu schlafen. Mit siebzig hatte sie so viele Hobbys und Interessen, daß sie der Schule, die sie zwanzig Jahre lang geleitet hatte, keine Träne nachweinte. Sie war korrespondierendes Mitglied in mehreren wissenschaftlichen Vereinen, hielt Hühner und Ziegen, sie webte, gärtnerte, schreinerte und töpferte, hielt Vorträge über diese Tätigkeiten und hatte sich in Karate und im Bogenschießen ausgezeichnet. Ihre Freundin Pat hatte eine kurze, zermürbende Ehe hinter sich, ein Experiment, das bei ihrer scharfen Zunge und ihrem despotischen Wesen von vornherein zum Scheitern verurteilt war. Nach der Scheidung hatte sie nur noch ein paar kurze Affären gehabt. Später blieb sie den Männern, die sie kennenlernte, lieber freundschaftlich als in einer Liebesbeziehung verbunden, dann brauchte sie sich nämlich nicht für ihre Untüchtigkeit, Trödelsucht, Entschlußlosigkeit, Trägheit, Flatterhaftigkeit, Schlamperei, Saumseligkeit und ihre unzähligen psychosomatischen Leiden verantwortlich zu fühlen.

»Aufmerksame, intelligente Männer mit Sinn für Humor«,

sagte sie zu Elspeth, »sind derart selten, daß man sie hegen und pflegen muß wie rare Orchideen. Von so einem Exemplar kannst du nicht auch noch Tatkraft und Tüchtigkeit verlangen. Nein, für so was ist mir meine Zeit zu schade ...«

Elspeth nickte nur. Sie neigte nicht zu Schwatzhaftigkeit, schon gar nicht, wenn ihre Hände beschäftigt waren.

Beide Damen waren unternehmungslustig und spontan und schätzten die Abwechslung. Ihr Zusammenleben war harmonisch. Die gegenseitige achtungsvolle Zuneigung erwies sich auch bei gelegentlichen Krisen als tragfähig. Elspeth gelang es, Pat ihre genialische Unordnung zu verzeihen, und Pat brachte es fertig, über Elspeths aufreizende Gewohnheit, tagelang schmutziges Geschirr in der Küche herumstehen zu lassen, während sie draußen Blumenzwiebeln teilte oder Erbsenreiser sortierte, souverän hinwegzusehen. Beide waren weit gereist und in leitender Stellung tätig gewesen, beide besaßen Organisationstalent und hatten gern mit Menschen zu tun. Nachdem sie zusammengezogen waren, setzte Pat ihre freiberufliche journalistische Tätigkeit mit gelegentlichen Abstechern ins öffentliche Leben fort, und bei einem dieser Abstecher – der Gründung eines Jugendtheaters für Dorset – lernte sie Lord Fortuneswell kennen. Daß sie auf Anhieb Gefallen aneinander fanden, wäre zuviel gesagt, aber der gewandte Jungmanager und die blitzgescheite Frau mittleren Alters entdeckten eine gegenseitige Affinität, sie erkannten, daß sie in mancher Beziehung gleichgestimmte Seelen waren. Danach ließen sie den Kontakt nie mehr ganz abreißen. Pat Limbourne machte die intelligenteren unter ihren Kollegen von Presse und Fernsehen auf Fortuneswell als Interviewpartner aufmerksam und schlug ihn für die eine oder andere ehrenamtliche Funktion im öffentlichen und sozialen Bereich vor, er seinerseits vermittelte ihr einige berufliche Chancen. Als er sich nach Leuten zur Betreuung seines Projektes Caundle Quay umsah, fielen ihm Pat und ihre ältere Freundin wieder ein.

Er erkannte, daß sie das ideale Vorzeigepaar für ein Musterhaus waren, wie geschaffen als Betreuerinnen und gute Geister der kleinen Gemeinschaft, Normalität und solide Häuslichkeit verbreitend und jeden Verdacht im Keim erstickend, Caundle Quay könne zu einem Nistplatz für Hippies und Ausgeflippte verkommen. Wer einmal von Miss Morgans dunklem Brot gegessen und ihre Beete mit den prächtigen Päonien bewundert oder Pat Limbournes scharfem, durchdringendem Blick begegnet war, würde von solchen Überlegungen sehr bald abkommen.

Bedenken, zwei ältere Damen aus ihrer gewohnten Umgebung herauszureißen und ihr Leben völlig umzukrempeln, hegte Fortuneswell nicht. Als er Pat anläßlich einer Bibliothekseröffnung traf, unterbreitete er ihr seinen Plan. Die Vorstellung, als erste Bewohnerin eines griechischen Dorfes in Dorset (bis auf den bereits installierten Pater Athanasios) echtes Neuland zu betreten, entflammte ihre Phantasie, und in einem Zehnminutengespräch wurden die Weichen gestellt. Pat traf ihre Entscheidungen immer so.

»Wir haben Twickenham allmählich satt«, sagte sie. »Elspeth braucht Tapetenwechsel, nachdem sie ihre Schule verkauft hat. Außerdem fangen die Nachbarn an, sich über die Ziegen aufzuregen. Als Kind habe ich in Dorset gelebt. Es ist mir sehr recht, wieder dorthin zu ziehen, ich habe noch Bekannte in der Gegend.«

Elspeth nahm die Nachricht von dem bevorstehenden Auszug aus einem Haus, in dem sie dreißig Jahre lang gewohnt hatte, mit großer Seelenruhe auf. Sie organisierte den Transport der Ziegen – »In Dorset bekommen sie viel besseres Futter« –, setzte ihre Lieblingsstauden aus dem Garten für den Umzug in Töpfe, und als sie erfuhr, daß das ihnen zugedachte Haus bereits mit traditionellem griechischem Mobiliar bestückt war, ließ sie ihre eigene recht wertvolle viktorianische Einrichtung bei einer Spedition einlagern.

»Was hältst du davon, Shuna mitzunehmen?« sagte sie zu Pat. Shuna war eine Art adoptierte Großnichte, das Kind einer vom Unglück verfolgten und jung gestorbenen Tochter von Freunden.

»Gute Idee«, lobte Pat. »Caundle ist bestimmt viel besser für sie als das Internat, da kann sie draußen in der frischen Luft herumlaufen und sich ein bißchen um die Ziegen kümmern. Glifonis meine ich natürlich, ich muß mich erst an den Namen gewöhnen.«

Die beiden Damen bewerkstelligten den Umzug umsichtig und ohne Getue. Pat hatte nur eine Bedingung gestellt: Sie brauchte eine Dunkelkammer mit Spülbecken. Ein Nebengebäude wurde für diesen Zweck hergerichtet und die siebenjährige Shuna aus ihrer Klosterschule geholt. Bis in Glifonis genug Kinder beisammen waren, um einen Schulbus nach Dorchester zu organisieren, bekam sie Privatunterricht bei Elspeth, die natürlich für diese Aufgabe bestens gerüstet war. Shuna, ein einzelgängerisches, selbstgenügsames kleines Wesen; gedieh prächtig in der ungewöhnlichen Atmosphäre von Caundle/Glifonis. Sie konnte stundenlang wortlos den griechischen Bauarbeitern bei der Arbeit zusehen und hätte schon bald eine Prüfung in herkömmlicher griechischer Bautechnik ablegen können. Sie streifte durch das Dorf, erkundete die im Bau befindlichen und auf ihre Bewohner wartenden Häuser und die nahe Küste. Sie suchte Pater Athanasios im Dämmerdunkel seiner weihrauchduftenden, reich geschmückten Kirche auf, streifte über den kiesigen, mit Fossilien übersäten Strand, ließ ihre Drachen steigen und führte pausenlos Selbstgespräche.

»Ist es eigentlich normal, daß das Kind so viel mit sich selbst spricht?« überlegte Pat eines Abends, während sie die Gummischuhe abstreifte, um sich zu einem späten Abendessen zu setzen. Beide Damen hatten weder Zeit noch Lust zu komplizierter Kocherei. Sie lebten von Cornedbeef, kalten Kartoffeln und Salat aus dem Garten. Hin und wieder buk Elspeth ein paar Laib Brot und ein Blech Haferbrötchen.

»Sie spricht nicht mit sich selbst, sondern mit dem Knie-Clan«, berichtigte Elspeth und stellte die verkrusteten Stiefel vor die Tür. Griechische und einheimische Bauarbeiter sorgten mit vereinten Kräften dafür, daß kein Winkel von dem rötlich-klebrigen Lehm der Gegend verschont blieb, aber eine gepflasterte Straße mit Marmorstufen war im Bau. »Shunas Gespräche sind grammatikalisch korrekt und völlig normal, ich sehe keinen Grund, sie ihr zu untersagen. Außerdem bleibt sie dadurch in Übung, bis richtige Spielgefährten für sie eintreffen.«

»Wer sind denn diese Knies?«

»Eine große Sippe. Professor McKnie, Erzdiakon Knie, Oberst Knie, Sir Jasper Knie, Lady Knie und ihre vier Kinder, Mercy, Percy, Chris und Bliss.«

»Hm ...« Pat überlegte einen Augenblick. »Kein Wunder, daß die Nonnen froh waren, sie loszuwerden. Braucht sie einen neuen Taschenrechner?«

»Ich habe ihr heute einen in Dorchester besorgt. Sie ist ein sehr vernünftiges, gut erzogenes Kind«, gab Elspeth gelassen zurück.

»Da Fortuneswell in Glifonis glücklicherweise keinen Fernsehanschluß vorgesehen hat, besteht durchaus die Chance, daß sie es auch bleibt.«

Ein paar Tage später machte Lord Fortuneswell einen seiner regelmäßigen Inspektionsbesuche. Er landete mit dem Hubschrauber in der Talmulde, durch die sich im Zickzack die künftige Hauptstraße des Dorfes schlängelte.

Mit einiger Mühe arbeitete er sich über eine Baustelle voller Zementblöcke und Sandhaufen (dort sollte später einmal die Festhalle des Dorfes entstehen) bis zum Haus Glifonis Nr. 2 vor, in dem die beiden Freundinnen und ihr Adoptivkind wohnten.

Dank Elspeths grünem Daumen grünten und blühten auf dem

kleinen gepflasterten Vorplatz schon Geranien und Begonien in Töpfen und ein paar späte Lilien. Ein prächtiger junger Feigenbaum und ein kräftiger Rebstock waren an einem Spalier befestigt. Unterwäsche auf der Leine sorgte für einen Hauch von griechischem Lokalkolorit.

Elspeth Morgan besaß mehrere gute, wenn auch etwas abgetretene Orientteppiche, die hatte sie nach Glifonis mitgebracht, weil sie sich mit der griechischen Einrichtung vertrugen. Zwei davon waren zum Lüften auf dem Vorplatz ausgebreitet, und auf den Teppichen saß ein Kind und legte zwischen den dreieckigen, vogelartigen Umrissen des Knüpfmusters sorgsam ein kompliziertes Gebilde aus Kieseln und Papierschnipseln aus. Mit leiser, knapper, befehlsgewohnter Stimme richtete sie das Wort an ihre Truppen:

»Sie, Oberst Knie, gehen mit Ihren Kräften durch die Blaue Schlucht zum Angriff vor. Vermeiden Sie es, eine Entscheidung übers Knie zu brechen. Und kein Kniefall vor dem Feind, ist das klar?« fügte sie lauter hinzu. »Hüten Sie sich vor den Drachen, leider sind sie da draußen recht zahlreich. Professor McKnie, Ihr Lager ist hier, auf der Insel. Flucht ist nur zu Schiff über den See möglich. Sie, Erzdiakon Knie, und der Doktor bleiben bei den Frauen und Kindern, am besten versteckt ihr euch unter dem Haken dort, das sind große Felsen, und redet nicht zu laut, sonst fallen die Brocken womöglich herunter und schlagen euch tot. Sir Jasper, Ihr reitet auf Eurem treuen Roß durch den Gebirgspaß und holt Hilfe von Gold Kingy. Unterwegs werdet Ihr fürchterliche Gefahren zu bestehen haben, geflügelte Löwen und dreischwänzige Adler. Am Seeufer sind die Truppen des Schwarzen Marby aufmarschiert. Sie haben Bogen und Speere und Armbrüste und Raketen mit flüssiger Seife und – Hey, was machen Sie denn da?« wandte sie sich vorwurfsvoll an Lord Fortuneswell, der gebückt unter der Wäscheleine durchgekrochen war und dabei den größten Teil von Shunas Schlachtordnung zerstört hatte. Er blieb stehen, unbestimmt die Empörung der Kleinen zur Kenntnis nehmend, ohne den Grund dafür zu ahnen.

»Kannst du mir sagen, ob Miss Limbourne zu Hause ist? Oder Miss Morgan?«

Er hatte keine Erfahrung im Umgang mit Kindern und war nicht gerade erbaut über Shunas Anwesenheit. Bei seinen früheren Besuchen hatte er sie noch nicht zu Gesicht bekommen. Er sprach schroff und gezwungen, denn er wußte nicht recht, ob sie schon alt genug war, um ihm eine vernünftige Antwort zu geben. Viel zu klein, dachte er geringschätzig, fast zwergenhaft, ein spilleriges kleines Wesen mit hochgesteckten Zöpfen, einem runden, fein geschnittenen Gesichtchen und großen dunklen Augen, die den Besucher kühl musterten.

»Sie sind unten am Hafen, aber sie kommen bald wieder«, antwortete sie mit klarer, selbstbewußter Stimme.

»Ah so. Dann will ich mal sehen, ob ich sie dort finde.«

»Sie können hierbleiben, wenn Sie wollen.«

»Nein, ich hab's eilig.«

Zeit im Gespräch mit einem Kind vertun? Das wäre ja noch schöner... Aber als er kehrtmachte, um den Rückzug anzutreten (und dabei weitere Zerstörung unter den Truppen anrichtete), fragte sie:

»Waren Sie schon mal auf einer Beerdigung?«

»Wie? Ja... ja, doch. Warum?«

»Wie viele Leute waren da? Außer der Leiche, meine ich.«

»Ein... ein Dutzend, schätze ich. Wa-«

»Wann tun sie die Leiche in den Sarg?«

»Weiß ich nicht«, sagte er kurz. »Ich hab nicht zugesehen. Jetzt spiel schön weiter und frag nicht so viel.«

»Sie haben die Armee des Schwarzen Marby total kaputtgemacht, jetzt muß ich alles neu aufstellen.«

Sie sah ihn mit gekrauster Stirn an und wartete offenbar auf eine Entschuldigung. Darauf hätte sie lange warten können, und so war es gut, daß in diesem Moment die Stimmen von Pat und Elspeth zu hören waren. Die beiden Freundinnen kamen den Fußweg herauf.

»Ein Sandstrand wäre natürlich passender . . .«

»Man muß das realistisch sehen, Bets . . .«

Pats Stimme war klar und gebieterisch, Elspeths Stimme klar und volltönend. Es war nicht schwer zu erkennen, von wem die Kleine ihre präzise Aussprache hatte. Die beiden begrüßten Lord Fortuneswell freundlich und baten ihn zum Kaffee herein, doch er entschuldigte sich eilig, er müsse zu einer Sitzung des Planungsausschusses um elf in Dorchester sein. Improvisierte Gastlichkeit war ihm ein Graus.

»Ich bin nur vorbeigekommen, weil ich Sie bitten wollte, mir Bescheid zu sagen, wenn der Bagger eintrifft. Er soll heute von Poole kommen. Hier ist die Nummer, unter der ich zu erreichen bin. Eigentlich müßte er schon da sein. Ständig muß man diesen Burschen Beine machen.«

Er reichte Pat die Karte, auf der er die Nummer notiert hatte. Die beiden Freundinnen besaßen den bislang einzigen Telefonanschluß der Siedlung.

»Wird gemacht«, erwiderte Pat sachlich. »Wir sind heute sowieso den ganzen Tag zu Hause. Übrigens habe ich noch eine gute Nachricht für Sie: Die restlichen Marmorplatten sind gekommen, Vassili will sie morgen legen. Das macht natürlich den Zugang zum Hafen sehr viel einfacher.«

»Wird auch Zeit.« Er hatte sich, den Kopf voller Probleme, schon zum Gehen gewandt, jetzt aber drehte er sich noch einmal um und schenkte ihnen ein pflichtschuldiges Lächeln.

Er knipst es an und aus wie eine Taschenlampe, dachte Elspeth distanziert und fühlte nach, ob die Gläsertücher, die sie über die Zypressenhecke gebreitet hatte, schon trocken waren.

»Wer war der Mann, Tante Elspeth?« fragte die Kleine, während sie sorgfältig ihre Kiesel und Papierschnipsel neu ordnete.

»Das war Lord Fortuneswell, dem das Land hier gehört.«

»Die Häuser auch?«

»Ja.«

»Ein sehr rücksichtsloser Mensch«, bemerkte Shuna kühl. »Er hat meine Truppen zertrampelt und dann nicht mal gesagt, daß es ihm leid tut. Das gehört sich nicht.«

»Wahrscheinlich hat er es gar nicht gemerkt. Er ist ein sehr beanspruchter Geschäftsmann und hat sicher andere Sorgen.«

»Trotzdem ... Er hätte sagen sollen, daß es ihm leid tut. Haben Geschäftsleute schlechtere Manieren als gewöhnliche Menschen? Und als ich ihn gefragt habe, ob er schon mal auf einer Beerdigung war, konnte er mir nicht sagen, wann sie die Leiche in den Sarg tun.«

»Das hat er vermutlich nicht gewußt. Erwachsene wissen auch nicht alles.«

Miss Morgan blieb, den Stapel mit sauberer trockener Wäsche im Arm, einen Augenblick stehen und musterte ihren Schützling nachdenklich. »Komm ins Haus«, sagte sie dann. »Zeit für dein Glas Milch und deine Computerlektion.« Verhandlungen waren bereits im Gange, Shuna mit zwölf in eins der Frauencolleges von Oxford zu schicken. In Mathematik war sie bereits wesentlich weiter als die Abschlußklasse der hiesigen Schule.

»Da kommt dein Freund den Hang herunter«, bemerkte Elspeth zehn Minuten später nach einem Blick über die steile Böschung, die ihren Garten begrenzte. »Er scheint was vergessen zu haben.«

»Das sieht ihm aber gar nicht ähnlich«, meinte Pat, die unter der Haustür stand und eine Schale Ziegenmilch entrahmte.

»Tut mir leid, daß ich Sie nochmals belästigen muß«, sagte Fortuneswell. Sein gezwungenes Lächeln machte deutlich, daß es ihm ganz und gar nicht leid tat, ja, daß er es nicht mehr als recht und billig fand, wenn andere Leute bereitwilligst auf seine Wünsche eingingen.

»Was gibt's denn noch?« fragte Pat knapp, aber freundschaftlich.

»Irgendein Idiot hat da oben einen Haufen Schutt abgeladen und mir den Weg zum Hubschrauber versperrt. Kann ich mal telefonieren?« Er griff schon nach dem Hörer. »So ein Trottel«, bemerkte Pat gutmütig, aber mit Nachdruck. »Solche Sachen passieren ständig, Denken wird bei diesen Leuten offenbar kleingeschrieben.«

Sie ging in die Küche und setzte den Kessel auf. Bis Fortuneswell mit seinen Vorhaltungen fertig war und den Hörer auf die Gabel geknallt hatte, stand Elspeth mit gütig lächelndem Runzelgesicht neben ihm, ein kleines rundes Silbertablett in der Hand, auf dem eine Tasse mit teerschwarzem Nescafé stand sowie ein Teller mit zwei selbstgebackenen Haferküchlein, einem großen Stück Butter, einem Häufchen klebrig-zäher Erdbeermarmelade und einem dicken Klacks butterfarbener Sahne. »Alles selbstgemacht«, zwitscherte sie und sah strahlend zu seinem düsteren Gesicht hoch. »Wenn die Touristen erst mal Glifonis entdeckt haben, werden wir Nachmittagstees anbieten. Wann kommt der Schutt weg?«

»Erst in einer Stunde. Der Mann ist jetzt auf der anderen Seite der Landzunge. Danke ... sehr liebenswürdig ... aber normalerweise ...« Er betrachtete die Haferküchlein mit deutlichem Mißfallen.

»Ich weiß, ich weiß, eigentlich gehören hierher Ouzo und Tsatsiki«, sagte Elspeth, die ohne große Mühe seine Gedanken erraten hatte, besänftigend. (Allerdings hatte er eher an edle Bath-Oliver-Cracker und Veuve Cliquot gedacht.) »Jetzt setzen Sie sich erst mal und entspannen Sie ein bißchen. Im Augenblick können Sie ja doch nichts machen.«

»Ja, gewiß ...« Sehr ungnädig nahm er Platz, trank einen Schluck Kaffee und gab sich wenig Mühe, ein Schaudern zu unterdrücken.

»Inzwischen könnten Sie vielleicht die Zeit nutzen, um die Bewerbungen durchzusehen, die hier eingegangen sind«, meinte Pat und angelte eine getippte Liste von einem schwankenden Bücher- und Aktenstapel.

»Wenn Sie die Leute geprüft haben, wird bestimmt–«

»Aber es wäre ganz gut, wenn Ihnen zumindest die Namen vertraut wären.«

»Meinetwegen...«

Er hatte größte Schwierigkeiten mit den mürben Haferküchlein, die ihm unter den Händen zerbröselten, während die Butter, die geradewegs aus dem gewaltigen Kühlschrank kam, hart wie Elfenbein war. Elspeth betrachtete seine Mühen mit mildem Blick. »Hätte ich gewußt, daß Sie kommen, hätte ich die Butter vor zwanzig Minuten herausgenommen. Die Innenausstattung der Häuser hier ist wirklich hervorragend, Lord Fortuneswell, alle technischen Geräte sind beste Qualität...«

»Freut mich«, sagte er kurz angebunden und umgab einen Klumpen Butter mit einer Hülle aus Krümeln und Marmelade.

»Sie haben die Sahne vergessen«, bemerkte Shuna, die mit ernstem Gesicht seine Anstrengungen verfolgte.

»Die kann ich ja in den Kaffee tun.«

»Da ist eigentlich kein Platz mehr.«

»Nimm du sie doch«, sagte er in einem verzweifelten Versuch, sie abzulenken.

»Für mich ist noch keine Essenszeit. Und außerdem darf ich keine Sahne essen, ich bekomme Sodbrennen davon.«

Pat, die gemerkt hatte, daß ihr unfreiwilliger Gast kurz vor der Explosion stand, begann die Liste vorzulesen.

»Llewellyn Pool mit Frau und Sohn.«

»Der Architekt? Daß der es nötig hat, sich für so was zu bewerben...«

»Er arbeitet an einem Projekt für das *Victoria & Albert Museum,* und dazu braucht er Ruhe«, sagte Pat rasch.

»Na gut. Hervorragender Architekt, soweit ich weiß. Aber war da nicht was mit dem Sohn? Wie alt ist der Junge?«

»Siebzehn. Er hat einen Studienplatz in Cambridge in Aussicht.« Sie warf Elspeth, die schon den Mund aufgemacht hatte, einen warnenden Blick zu. »Soll hochbegabt sein.«

»Meinetwegen. Hauptsache, er –«

»Keine Eier, kein Fleisch, kein Käse, kein Kokosöl«, sagte Shuna leise, aber deutlich hörbar vor sich hin. Sie drückte eine Taste ihres Taschenrechners und besah das Ergebnis.

»Gib Ruhe, Shuna, wir haben Geschäftliches zu bereden«, sagte Pat mit sanftem Vorwurf und sah erneut auf ihre Liste. »Laurence Noble.«

»Der Komponist?« Pat nickte. »Wenn er nicht eine ganze Meute schriller Freunde mitbringt...«

»Nur einen Hund, soweit ich weiß.«

»Kein Hund. Sagen Sie ihm, daß mir Hunde nicht hierher kommen.«

Pat zuckte die Achseln und machte sich einen Vermerk. »Er schreibt eine Liszt-Biographie und komponiert eine See-Elegie.«

»Einverstanden. Wer noch?«

»Ein Ehepaar Goadby aus den Midlands. Sie haben ihr Kind durch einen Unfall verloren und suchen Ruhe und Abstand, um den Schicksalsschlag zu verkraften.«

»Klingt glaubhaft. Weiter.«

»Sophie Pitt, die Schauspielerin.«

»Richtig, die habe ich bei den Dreharbeiten in Knoyle kennengelernt. Will eine Rolle lernen, nicht?«

»Ja. Mit fortschreitendem Alter kann sie nur noch lernen, wenn sie in Klausur ist, sagt sie.«

»Okay. Weiter.«

»Chicot und Laura.«

»Das Gesangsduo? Abgelehnt.«

Elspeth machte wieder den Mund auf, aber Pat schüttelte

stirnrunzelnd den Kopf. Fortuneswell fuhr fort: »Hier kommt mir niemand her, der auch nur entfernt etwas mit Drogenmißbrauch zu tun hatte, ist das klar?«

»Das kann ich verstehen.« Pat strich sorgsam die Namen wieder aus.

»Es ist schon lange her«, bemerkte Elspeth. »Ich glaube, sie sind ganz neue Menschen geworden und engagieren sich jetzt dafür, junge Leute aus der Sucht herauszuholen.« Es klang weder bittend noch entschuldigend.

»Trotzdem lautet die Antwort Nein. Es gibt bestimmt genug andere Bewerber.«

»O ja. Noch und noch.«

»Wenn Sie Probleme mit der Überprüfung haben, sagen Sie in meinem Sekretariat Bescheid, die erforderlichen Recherchen sind dort kein Problem.« Wieder sah Fortuneswell ungeduldig aus dem Fenster. »Wer ist denn das?« fragte er gereizt.

Ein Mann kam den Hang herunter, der sich schräg vor dem Fenster hinzog, und fuhr beim Gehen mit einem Reisigbesen über das Pflaster.

Pat folgte seinem Blick. »Das ist der Tumbe Tom. Er geht den Griechen ein bißchen zur Hand. Ohne ihn gäbe es hier keine Straßenreinigung. Zuerst haben sie drei Leute mit einem Staubsauger losgeschickt. Der Tumbe Tom schafft das, wozu sie eine Woche brauchen, in einem Tag.«

Fortuneswell hörte gar nicht recht hin. »So langsam müßte der Schutt da oben doch weg sein. Ich schau am besten mal nach.«

»Aber unseren griechischen Bodenbelag müssen Sie noch sehen«, sagte Pat.

Er winkte in stürmischer Ungeduld ab, aber Elspeth zwitscherte: »Ja, den mußt du ihm unbedingt zeigen.«

Betont lustlos folgte er Pat zu einem Nebeneingang, der auf einen kleinen ummauerten Hof führte. Auf dem Boden waren in griechischer Manier mit schwarzweißen, walnußgroßen Kieseln althergebrachte Bilder von Delphinen und schaumgekrönten Wogen gelegt. Ein paar Stufen in der Mauer, die den in den Steilhang eingeschnittenen Hof umgab, führten zu einem terrassenförmig angelegten Garten mit bereits bestellten Gemüsebeeten und einem Schuppen. Den Garten umgab eine weitere Mauer mit einer Zypressenhecke, die die Grenze zu der zickzackförmig verlaufenden Dorfstraße bildete.

Selbst Fortuneswell, der es kaum mehr erwarten konnte, zu seinem Hubschrauber zu kommen, konnte nicht umhin, das Pflaster zu bewundern.

»Eine wunderschöne Arbeit!«

»Die Kiesel kommen von Chesil Bank«, sagte Pat.

»Wer hat das gemacht? Einer der Griechen?«

»Nein, der Tumbe Tom, den Sie vorhin gesehen haben. Wir haben ihm ein Photo gezeigt, und er hatte sehr bald begriffen, worauf es ankam. Unsere Nichte Shuna hat ihm geholfen.«

»Tom ist ein prächtiger Mensch«, fügte Elspeth hinzu, die in Begleitung von Shuna hinterhergehinkt war, aber Fortuneswell lief schon die halbfertige Straße hinauf und hörte nicht mehr hin.

»Er ist ziemlich abrupt, nicht?« meinte Elspeth und sah ihm nach. Auch jetzt schwangen in ihrer Stimme weder Lob noch Tadel.

»Wahrscheinlich hat er nie Erfahrungen mit Rohrbrüchen oder verkalkten Heizkesseln oder liegengebliebenen Wagen machen müssen«, sagte Pat. »Leute seines Schlages erwarten, daß sie schneller durchs Leben kommen als unsereins. Ein Schutthaufen, der ihm den Weg versperrt – so was ist ihm wahrscheinlich seit zwanzig Jahren nicht mehr passiert.«

»Ja, und deshalb sterben Leute seines Schlages auch eher mit Ende fünfzig an zu hohem Blutdruck oder Herzkrankheiten als unsereins«, bemerkte Elspeth, die fünfundsiebzig war.

»Da kommt Tom«, sagte Shuna. »Er hat den Lord verpaßt.«

»Wahrscheinlich ist er auf der Straße an ihm vorbeigekommen.«

Der Tumbe Tom wehte wie ein Blatt Papier die Marmorstufen herunter. Er hatte einen leichten Seitwärtsdrall, sein Gang wirkte tappend, unsicher, scheinbar ziellos lavierend, wobei er aber sein vage angepeiltes Ziel letztlich immer erreichte. Ohne die beiden Frauen zu beachten, die noch einen Augenblick in der Sonne auf der Schwelle ihres Hauses verweilten, schwenkte er seitwärts in den kleinen Hof ein, den er gepflastert hatte. Dort blieb er breitbeinig und mit unbewegter Miene stehen, den Blick nachdenklich auf sein Werk gerichtet. Gewöhnlich stand sein Mund ein wenig offen, so daß man einen dunklen Schlitz sah, denn er hatte keine Zähne mehr. Das kleine schmale Gesicht war mit graumelierten Stoppeln bedeckt, die nie zu wachsen schienen. Auf dem Kopf hatte er eine marineblaue Tellermütze. Wenn er sie abnahm, kam ein kahler Schädel mit ein paar flaumig-weißen Haarfransen am Hinterkopf zum Vorschein, die über einen braunen Runzelnacken hingen. Er trug einen schmuddeligen weißen Pullover, dessen Rollkragen er so hoch wie möglich unters Kinn gezogen hatte. Der innere Kragenrand war schwärzlich verdreckt.

Wo Tom wohnte, war nicht bekannt. Manche Leute wollten wissen, daß er in einer Tonne am Hafen hauste. Über dem weißen Pullover hing eine zerlumpte schwarze Windjacke, die dünnen, abgetragenen grauen Hosen waren an den Knöcheln ausgefranst, und die schmutzstarrenden weißen Turnschuhe hatten vorne Löcher. Ein penetranter Salzgeruch ging von ihm aus, ein Hauch von Speck oder Räucherfisch. Es war unter anderem dieser Duft gewesen, der Shuna sofort für ihn eingenommen hatte.

»Wo ist Arkwright?« fragte sie, und er nickte kurz nach hinten. Ein großer Tigerkater tappte würdevoll über das Brachland, aus dem später mal der Vorgarten von Glifonis Nummer 3 werden sollte.

»Hast du den Lord gesehen?« fragte Shuna. »Den Mann, der eben weg ist? Das war Lord Fortuneswell.«

»Iiih oooh ei«, antwortete der Tumbe Tom. »Eh iiih oooh auiih.«

Seine zahnlose Redeweise war den meisten seiner Mitmenschen unverständlich, aber Shuna konnte Tom mühelos folgen. Sie hatte ihm stundenlang beim Pflastern geholfen, und dabei hatten sie unentwegt miteinander geschwatzt. Shuna war es auch, die den Namen des Katers herausbekommen hatte. »Weil seine Frau Jenny hieß«, klärte sie Pat und Elspeth auf. »Wie der erste mechanische Webstuhl, die *Spinning Jenny*, die dieser Arkwright erfunden hat, ihr wißt schon...«

Tom hatte keine Frau mehr, sie war gestorben – ob erst kürzlich oder schon vor längerer Zeit, wußte niemand. Eines Tages war er in dem geschäftigen Gewimmel von Glifonis aufgetaucht, hatte den Leuten bei der Arbeit zugesehen und nach und nach dort Fuß gefaßt. Er stand nicht auf der regulären Lohnliste, aber die Griechen hatten ihn ins Herz geschlossen und zahlten ihm eine Kleinigkeit für Botengänge und Arbeiten, die ihnen lästig waren. Sein klappriges altes Fahrrad stellte er auf dem Parkplatz oder unten am Hafen ab. Der Kater Arkwright machte alle Fahrten in einem Fischkorb auf dem Gepäckträger mit. Alles, was Tom anpackte, erledigte er gewissenhaft und mit großem Fleiß.

»Könntest du meine Gartengeräte ölen, Tom?« fragte Elspeth. »An der feuchten Seeluft rostet alles so schnell. Ich gebe dir ein Pfund dafür, und ich habe dir einen Napfkuchen gebacken.«

»Ei uuuh ah«, erwiderte Tom und ging die Stufen zum Geräteschuppen hoch, in dem man anhand der dort gelagerten Gegenstände die von den beiden Freundinnen ausgeübten Sportarten nachvollziehen konnte, vom Eishockey bis zum Bogenschießen, vom Golf bis zur Hochgebirgstouristik. Pat hatte in jüngeren Jahren wiederholt die Golfmeisterschaft der Frauen für Hampshire gewonnen, Elspeth ein halbes Dutzend Pokale im Bogen-

und Armbrustschießen nach Hause gebracht, beide waren seit langem Mitglieder des *Ladies' Alpine Club*.

»Zurück an den Computer, Shuna«, mahnte Elspeth.

»Mit deinen Aufgaben bin ich fertig«, wandte Shuna ein. »Du mußt mir neue geben.« Und bei sich fügte sie im Ton maßvoller Kritik hinzu: »Ganz schön schlimm, dieser Lord. Nicht mal der Schwarze Marby traut ihm über den Weg.«

Der Tumbe Tom, der sich auf dem Sims vor dem Geräteschuppen an die Arbeit gemacht hatte, sah in die Richtung, die Lord Fortuneswell eingeschlagen hatte, und spuckte aus.

3

Die ersten Tage unserer Flitterwochen verbrachten Ty und ich damit, einander umzubenennen und über unsere Mütter zu reden. Oder vielmehr über seine Mutter.

Venedig im Februar? Welche Torheit! Das Klima ist wie eine langsam gelutschte Aspirintablette – so herb, daß es einem Schauer über den Rücken jagt. Die Feuchtigkeit gräbt sich durch die Haut bis auf die Knochen, man kommt sich vor wie ein in Arbeit befindlicher Kupferstich. Der Nebel kriecht bis in die Kaffeetassen, man ist versucht, alle paar Minuten über die Augen zu wischen wie über eine Windschutzscheibe. Den Katzen steht das Fell in nassen Wirbeln zu Berge, die Tauben drücken sich in die Mauerritzen. Gleich nach dem Mittagessen setzt die Dunkelheit ein, und die Straßenbeleuchtung ist so trüb, daß man noch auf dem schmalsten Gäßchen nicht von einer Seite auf die andere sehen kann. Und dann die Stille... Ich hatte mir bisher immer eingebildet, daß man bei Nebel alles deutlicher hört, aber in Venedig gilt das offenbar nicht, dort wirkt der Nebel isolierend wie Styropor. Würde man ihn anzünden, gäbe es dicke schwarze Qualmwolken.

All das war mir und Ty nur recht. Irgendwie war uns die überstürzte Hochzeit wohl etwas peinlich. Die Tage verbrachten wir im Bett, die kulturellen Angebote der Stadt, in die wir gekommen waren, gründlichst ignorierend, erst am späten Abend schlichen wir aus dem Haus, um in dem einen oder anderen winzigen Gourmet-Refugium zu essen, umgeben von Millionären mit Tränensäcken unter den Augen und knackigen Puppen an ihrer Seite. Unter ihnen kamen wir uns als richtiges Ehepaar – für jeden von uns war es ja die erste Erfahrung dieser Art – ungeheuer ehrpusselig vor. Nachts lagen wir beieinander in der Dunkelheit, die so dicht war, daß man sie fast mit den Händen greifen konnte, horchten auf den matten Klang ferner Glocken oder das Tuten eines Schiffes, das sich von der Adria her in den Hafen tastete. Manchmal hörte man die müden Wellen Venedigs leise ans Ufer schlagen, manchmal hörte man nur den endlos rauschenden Regen.

Die matte Beleuchtung, die dunstig-trübe Luft, die ziehenden Seeschwaden – all das half uns, den Hauch von Geheimnis in unserer Beziehung zu bewahren. Die Fremdheit zwischen uns blieb. Unsere junge Liebe hatte sich so stürmisch – und noch dazu meist unter den Augen der Öffentlichkeit – entwickelt, daß wir vom wirklichen Wesen des anderen, von seiner Privatsphäre keine Ahnung hatten. Ich hätte mich geniert, Ty in meine winzige Einzimmerwohnung einzuladen, in das schäbige Loch mit der wuchernden Wachsblume, den Muschelkästchen, auf denen »Gruß aus Ramsgate« stand, den abgetretenen Brücken, den Postern an der Wand, dem Emailgeschirr und den Büchern auf dem Behelfsregal aus Brettern und Backsteinen. Ty hingegen besaß so viele Behausungen, daß eigentlich keine ein Spiegel seiner Persönlichkeit war. Ein ziemlich respektheischendes Faktotum namens Parkson kümmerte sich um Tys zahlreiche Domizile, er reiste voraus und sorgte für saubere Bettwäsche sowie einen ausreichenden Vorrat an Champagner, Kaffee und Räucherlachs (sogar in Venedig war Parkson dabei, hielt sich aber im Hintergrund). Ein Leben, wie ich es führte, in dem man nur alle paar Wochen die Bettwäsche wechselt, je nachdem, wann man dazu kommt, schnell mal in den Waschsalon zu sausen, lag offenbar außerhalb von Tys Erfahrungsbereich.

Wir tappten durch Venedig wie zwei Gespenster mit unsichtbaren Gesichtern, wir berührten uns nur im Bett, und auch dort nur mit geschlossenen Augen.

Im Rückblick kann ich nur darüber staunen, daß es nicht schon früher zur Kollision kam. Dutzende, vielleicht Hunderte von Malen müssen wir haarscharf aneinander vorbeigeschrammt sein wie Fledermäuse in einer Höhle. Hätten wir diese Zeit an einem anderen Ort verbracht – in Paris etwa mit seinem unbarmherzigen grauen Licht und seinen klaren Konturen oder im winddurchwehten, geometrisch-strengen Manhattan –, wäre der Showdown schon sehr viel früher unvermeidlich gewesen.

Na ja... An unserem ersten Flitterwochenvormittag sagte Ty: »Ich kann dich nicht Cat nennen. Das ist kein Name, das ist ein Theaterzettel. Wie heißt du wirklich?«

»Das hast du doch gesehen. Auf der Heiratsurkunde. Ich heiße Catherine.«

»Urkunden lese ich nur, wenn Ponsonby meint, daß es nötig ist«, winkte er ungeduldig ab.

Ponsonby gehörte ebenfalls zu Tys Gefolge, er war Anwalt und schleppte ständig eine Aktentasche voller Verträge mit sich herum.

Zuerst fand ich diese Aussage recht erstaunlich – Tys Finanzimperium wurde doch sicher hauptsächlich durch Urkunden zusammengehalten –, aber dann begriff ich, daß es meinem Angetrauten wohl ähnlich ging wie Sherlock Holmes, der belanglose Informationen einfach aus seinem Kopf hinauswarf. Genötigt, sich auf das Wesentliche zu konzentrieren, las Lord Fortuneswell nur solche Urkunden, die Grundlegendes zum Thema hatten, nach langem Ringen zwischen gigantischen Partnern erreichte Festlegungen enthielten. Aus dieser Sicht war unsere Heiratsurkunde kaum gewichtiger als ein Autobusfahrschein.

»Ich werde dich Cathy nennen«, entschied er nach einer Weile.

Cathy? Das wollte mir nicht schmecken. Maschas Schwestern – meine Tanten – hatten mich Cathy genannt, und ich mochte nicht an diese verlorene Inkarnation erinnert werden. Außerdem gab es da einige düstere Assoziationen aus der Literatur: Heathcliff, Thrushcross Grange ... Dennoch jagte mir der Name so, wie Ty ihn aussprach, – langsam, genüßlich, besitzergreifend – einen Schauer über den Rücken.

»Wenn wir schon bei diesem Thema sind ...« Ich wehrte mich nicht gegen den Schauer, es ging mir lediglich darum, die köstlich-erwartungsvolle Pause noch ein bißchen zu strecken, »... wenn wir schon bei diesem Thema sind, finde *ich* Ty auch nicht gerade umwerfend. Das klingt nach einem dieser erdig-maskulinen, spaßhaften Beinamen, mit denen sich Männer schulterklopfend in Pubs und Klubs begrüßen. Cal, Mo, Tig ... Ich denke, ich nenne dich Jas.«

Es war, als ob man an einem Berghang irgendwo ahnungslos mit dem Finger herumbohrt und damit einen Erdrutsch auslöst. Zuerst sagte er gar nichts. Sein Gesicht wurde völlig ausdruckslos. Doch in der Stille, die sich zwischen uns auftat – wir standen auf der Accademia-Brücke und sahen auf ein *vaporetto* hinunter, das durch die Düsternis dem Landesteg zuschoß –, in dieser noch über dem Tuckern des Motors deutlich vernehmbaren Stille hörte ich, daß große Stücke seiner Persönlichkeit sich lösten und in Bewegung gerieten wie bei einer Kontinentalverschiebung. Buchten taten sich im Festland auf, gegenüberliegende Ufer einer Meerenge rückten zusammen.

»Was ist denn?« fragte ich rasch und spürte instinktiv, daß ich die immer breiter werdende Kluft nie mehr würde überwinden können, wenn ich nicht unverzüglich den Sprung auf die davonschwimmende Landscholle wagte. »Hast du was gegen Jas?«

»Nicht hier ...« Er sah sich um, als hätten sich auf der hohen leeren Brücke vollzählig die Mitarbeiter von *Pyramid TV* sowie sämtliche Aktionäre der Fortuneswell Holdings und *Obelisk Press* versammelt. »Komm, es ist kalt und naß. Gehen wir zurück ins Hotel.«

Unser Hotel war nicht groß, aber so luxuriös, daß es einem fast wie eine Sünde vorkam, das Haus überhaupt zu verlassen. Ich schätze, daß Byron, die Sitwells und Frank Lloyd Wright dort abgestiegen sind. Unter den derzeitigen Gästen waren wir wohl die einzigen, die nicht mindestens einem der kleineren Fürstenhäuser angehörten, aber wir bekamen unsere Mitbewohner kaum je zu Gesicht, nur hin und wieder traf man sich an dem knarzenden, gold- und samtstrotzenden *ascensore*. Natürlich frühstückten wir alle auf unseren Suiten, wo zum Orangensaft ganz selbstverständlich Champagner serviert wurde und auf dem Nachttisch abends kleine Grappafläschchen standen, die das Zimmermädchen mitbrachte, wenn sie einem das Nachthemd zu einer dekorativen Girlande drapierte. (Zum Glück hatte Joel, der Gute, mir aus Paris, wo er Madame Chirac porträtierte, als Hochzeitsgeschenk sechs sündhaft schöne Campanillana-Nachthemden geschickt – chinesische Seide und Valenciennes-Spitze –, so daß ich, wenn auch meine übrige Garderobe hoffnungslos unzulänglich war, in punkto Nachtwäsche ein gutes Gewissen haben und dem Zimmermädchen für den Fall, daß es mir einmal begegnete, frank und frei ins Gesicht sehen konnte. Angehabt habe ich die Nachthemden übrigens kein einziges Mal.)

Jetzt warf mich Ty auf das natürlich fürstlich breite Bett. Unsere Liebesspiele hatten etwas sehr Kämpferisches an sich. Wir stürzten uns aufeinander wie Raubtiere. Das wirkte durchaus auch befreiend. *A l'outrance*, Pardon wird nicht gegeben. Man konnte, wie es so schön heißt, mal so richtig alles rauslassen. Ich mußte an die Erzählungen von Leuten denken, die im Sterben gelegen hatten und im letzten Moment ins Leben zurückgeholt worden waren. Sie hätten das Gefühl gehabt, außerhalb ihres Körpers zu stehen, berichteten sie, sechs Fuß über dem Bett zu schweben, um das sich Ärzte, Schwestern und Angehörige versammelt hatten in dem verzweifelten Bemühen, den Tod abzuwenden. Genau so war mir manches Mal zumute: daß ich ein paar Fuß über der verschwitzten Lagerstatt schwebte, auf der Ty und ich verbissen miteinander rangelten. Ob auch er so empfand? Da er so viele Bereiche seines Lebens sorgsam vor der Außenwelt abgeschottet hatte, war es nicht ausgeschlossen. Doch das war eine der Fragen, die ich ihm nie gestellt habe. Eine von vielen.

Nach Mitternacht, als wir verausgabt und zufrieden dalagen und dem Regen lauschten, der wie eine unerschöpfliche Ladung Kies vom Himmel in den Kanal vor dem Fenster prasselte, war ich unvorsichtig genug, noch einmal auf meine Frage zurückzukommen. »Warum darf ich dich nicht Jas nennen?«

Und dann erzählte er mir die Geschichte seiner Kindheit. Oder einen Teil davon.

»Meine Eltern waren schreckliche Menschen. Ich habe sie praktisch mein Leben lang verabscheut.«

»Warum? Wer waren sie denn? Und was haben sie angestellt?«

Sein Vater war Polizeichef in Brighton gewesen und hatte jene Frau aufspüren und schließlich dingfest machen lassen, die der Regenbogenpresse Ende der vierziger Jahre unter dem Namen »Säure-Annie« Schlagzeilen geliefert hatte – ein Name, der Rückschlüsse darauf zuließ, was sie mit ihren sechs Ehemännern angestellt hatte. Das allein war noch nicht weiter schlimm, auch wenn einzusehen ist, daß es für einen jungen Menschen alle möglichen zusätzlichen Belastungen bringt, einen Polizisten zum Vater zu haben. Mit einem Pfarrer ist man übrigens genauso übel dran. Dann aber hatte Tybold senior sich ins Privatleben zurückgezogen und seine Memoiren für sehr viel Geld an eben jene böse Regenbogenpresse verkauft. In den seriöseren Blättern und bei Leuten, die sich von seinen Erinnerungen persönlich betroffen fühlten, hatte die Sache einigen Staub aufgewirbelt, aber rechtlich ließ sich nichts dagegen machen. Schon in der Vorbereitungsschule bekam James die negativen Reaktionen seiner Lehrer und Schulkameraden zu spüren. Später, auf einer ziemlich unbedeutenden Privatschule, war es sehr viel ärger.

»Tybold ist kein sehr häufiger Name, sie kamen alle sehr schnell darauf. Ich wurde behandelt wie ein Aussätziger. Damals habe ich mir vorgenommen, mich irgendwann adeln zu lassen, um einen anderen Namen tragen zu können.«

»Eine simple Umbenennung hast du nicht in Erwägung gezogen?«

»Das wäre feige gewesen.«

Immerhin – man mußte Respekt vor ihm haben ...

»Wo steckte denn dein Vater damals?«

»Er hatte sich mit Mutter schon längst auf eine Steueroase zurückgezogen, nach Jersey. Später gingen sie nach Malta, auch der Steuern wegen.«

»Und du hast ihm nie gesagt, wie nah dir das gegangen ist, was er gemacht hatte?«

»Das hätte ich meinem Vater sagen sollen? Es darf gelacht werden. Es war ja auch nicht mehr zu ändern, er hatte sich ein für allemal als herzloser Geschäftemacher entlarvt, der sich mit anderer Leute Schuld und Elend eine goldene Nase verdient hatte, der in alledem das Gegenteil von dem war, was ein Polizist hätte sein sollen. Die Polizei, dein Freund und Helfer, nicht? Über all das hatte er sich mit blankem Zynismus hinweggesetzt.«

»Wie sah er denn aus?«

Ich wußte, daß Tys Eltern vor einiger Zeit bei einem Autounfall in den italienischen Bergen ums Leben gekommen waren.

»Wie er aussah?« Ty machte ein finsteres Gesicht. »Teiggesichtig. Frömmlerisch. Ein fürchterlicher Kerl, er war mir widerwärtig. Und meine Mutter auch. Unsere Nachbarn in Jersey machten wenigstens kein Hehl daraus, daß sie dort lebten, um so viel wie möglich von ihrem Geld zu haben und sich nach Kräften zu amüsieren. Meine Eltern dagegen waren ständig grantig und liefen mit einem schlechten Gewissen herum. Und geizig waren sie ... ausgemachte Knicker, sage ich dir. Mein Vater hatte eine ganz blöde Angewohnheit, er sah sich jede Pfundnote von beiden Seiten an, ehe er sie ausgab, als hätte er Angst, sie könne auf der anderen Seite zehn Pfund wert sein. Zehn Minuten konnte er damit zubringen, sich das Billigste auf der Speisekarte auszusuchen, und dann nochmal zehn, um die Rechnung nachzuprüfen, damit nur ja kein Penny zuviel daraufstand. Und dann diese ekelhafte Selbstgerechtigkeit der sogenannten guten Christen! Ständig lagen sie mir mit ihrem Gerede von Recht und Unrecht, Gut und Böse in den Ohren. Dabei hatte Dad für den Staat – unabhängig davon, wer an der Macht war, Labour oder Tory – nur Verachtung übrig, er haßte jede Form von Autorität und hielt sie automatisch für korrupt. Gesetzgebung und Justiz waren ihm gleichermaßen suspekt und verächtlich. Hinter allem, was seine Mitmenschen taten, witterte er nur unlautere Beweggründe. Meine Mutter war genauso, sie waren ein ideales Paar. Für beide war es ein ganz selbstverständlicher Grundsatz, weder dem gesprochenen noch dem geschriebenen Wort Glauben zu schenken.«

»Das ist ja trostlos«, sagte ich. Und wie erstaunlich, dachte ich, daß Ty so anders geworden ist als seine Erzeuger. Ich war damals wohl sehr naiv – aber wer fällt schon ausgewogene Urteile in den Flitterwochen?

»Du glaubst wohl, ich sauge mir das aus den Fingern«, sagte er böse. »Du glaubst, ich übertreibe. So ein sauberes Paar kann es gar nicht geben, denkst du wahrscheinlich. Du hättest sie sehen sollen! Du hättest mit den beiden nicht in einem einzigen Punkt übereingestimmt, ihr hättet euch nichts – buchstäblich nichts – zu sagen gehabt. Die Schauspielerei, Filme, Bücher, Bühnenstücke, das alles mißbilligten sie zutiefst. Nicht mal Romane lasen sie. Dad nahm nie ein Buch in die Hand, er las nur Zeitung. Bücher waren in seinen Augen frivoler Luxus und irreführend obendrein. Mutter las Biographien bekannter Zeitgenossen. ›Ich bin für Fakten‹, sagte sie immer. ›Diese ausgedachten Sachen mag ich nicht.‹ Von meinem vierten Jahr ab zwangen sie mich, Bibelverse zu lernen. Jeden Tag zehn. Weißt du, wieviel Verse das Erste Buch Mose hat? Eintausenddreihundertzweiunddreißig. Früher kannte ich sie alle auswendig. Als ich zwölf war, konnte ich das ganze Alte Testament hersagen, einschließlich Joel, Habakuk und Sacharja.«

»Die Bibel soll ja sehr stilbildend sein. Außerdem gut fürs Gedächtnis. Und sehr nützlich, wenn man nicht einschlafen kann.«

»Mußt du immer krampfhaft nach einem Silberstreif am Horizont suchen?« fuhr er mich an. »Vater hat mich mit dem Hausschuh verprügelt, wenn ich steckenblieb oder einen Fehler machte.«

»Wie hast du das bloß überlebt?« Mir tat das Herz weh vor Mitleid.

»Als ich dann ins Internat kam...« Immer schneller kollerte der Erdrutsch den Hang hinab. »... als ich in diese Privatschule kam – keine gute Schule übrigens –, hatte ich viel weniger Taschengeld als meine Mitschüler, obgleich Vater vermutlich reicher war als alle anderen Eltern. Er hatte das Geld von der Zeitung geschickt investiert, er hatte es in einer Elektronikfirma angelegt, später kaufte er eine Ladenkette, *Asteroid Radio*, wahrscheinlich kennst du die Geschäfte, inzwischen gibt es in jeder Einkaufsstraße eins. Daß er reich war, wußte ich natürlich nicht. Mir sagten sie, wir könnten es uns nicht leisten, das Geld zum Fenster rauszuwerfen, Vater sei ja nun im Ruhestand und müsse von seiner Pension leben, und ich dürfe mir in der Schule keine Extratouren leisten. Herrgott, ich hab mir in den Pausen nicht mal ein Rosinenbrötchen oder ein Glas Milch gegönnt. Und wenn ich mal was Zusätzliches haben wollte, Musik- oder Zeichenstunden oder Tennistraining, hieß es regelmäßig: ›Wo denkst du hin? So was kann dein Vater sich nicht leisten...‹ Ich hätte so gern Zeichenunterricht gehabt, der Kunsterzieher in

Morecambe war recht ordentlich, aber der hätte extra bezahlt werden müssen, und da machte Vater nicht mit.«

Mir war schon aufgefallen, daß Ty die anspruchslosen Skizzen auf meinem Zeichenblock – Menschen und Bauwerke in Venedig – ein bißchen scheel angesehen hatte. Jetzt begriff ich, was ihn daran störte, und beschloß, auf das Zeichnen zu verzichten, zumindest, wenn er dabei war.

»Lügen waren für meine Eltern natürlich eine direkte Botschaft des Teufels. Wenn sie mich bei einer Lüge ertappten, wurde ich grausam bestraft.«

»Wie denn?«

»Einen Monat kein Taschengeld. Mundspülungen mit Seife. Rasenmähen vor dem Haus, mit einem Schild auf dem Rücken, auf dem in großen Buchstaben LÜGNER stand.«

»Und im Winter?«

»Wie meinst du?«

»Wenn kein Rasen zu mähen war...«

»Dann mußte ich eben nur so mit dem Schild herumlaufen«, erwiderte er ungeduldig. Ein paar Minuten versenkte er sich mit gekrauster Stirn in die Betrachtung der Vergangenheit, dann fuhr er fort: »Mir war schon klar, warum sie das Lügen so schrecklich fanden. Sie waren beide derart phantasielos, daß sie außerstande waren, eine Geschichte zu erfinden, also die Unwahrheit zu sagen. Sogar die Gleichnisse im Neuen Testament waren Mutter suspekt. Jesus hätte sich lieber an schlichte Tatsachen halten sollen, fand sie – obgleich sie es natürlich nicht so ausdrückte. Erfindungsgabe jagte ihr Angst ein. Märchenbücher gab's für mich natürlich nicht. Selbst der Gang zur Stadtbücherei war ihr verdächtig.«

»Hattest du keine Freunde?« fragte ich erschüttert. Erstaunlicherweise überlegte ich erst in diesem Moment, ob Ty denn jetzt, als Erwachsener, Freunde hatte. Gehörte er zu einer Clique, hatte er Vertraute, gute Kumpel? Wir waren beide gleichsam zu Aussteigern aus den Welten geworden, in die wir eigentlich gehörten, und hatten uns so schnell, so ausschließlich in einer Art Niemandsland zusammengefunden, daß ich keine Vorstellung von den Menschen hatte, mit denen er verkehrte.

Mit all diesen Problemen würde ich mich nach unserer Rückkehr ins wirkliche Leben auseinandersetzen müssen. Nicht jetzt.

»Doch, ich hatte einen gleichaltrigen Freund, Lyndhurst. Er half mir bei den englischen Aufsätzen, die mir unheimlich schwerfielen, ich wußte einfach nicht, wie man so was anpackt. Dafür half ich ihm in Mathe.«

»Und wie war dieser Lyndhurst?«

»Er war ein begnadeter Lügner. Deshalb bewunderte ich ihn ja so. In Nullkommanichts hatte er einem eine ebenso erstaunliche wie glaubhafte Geschichte aufgetischt. Glaubhaft eben deshalb, weil sie so an den Haaren herbeigezogen war. Kein Mensch hätte ihm zugetraut, so was einfach aus dem Ärmel zu schütteln. ›Was hattest du außerhalb des Schulgeländes zu suchen, Lyndhurst?‹ ›Ja, das war so, Sir. Da kam ein Lastwagen vorbei, und als er über eine Bodenwelle rollte, fiel ein Grabstein auf die Straße. Der Fahrer hatte nichts gemerkt, er fuhr weiter, und da lag nun dieser Grabstein mit der Inschrift: Unseren lieben Eltern ... und da habe ich mir gedacht, irgend jemand wartet bestimmt drauf ...‹ Ich durfte natürlich nie Freunde mit nach Hause bringen, aber einmal machten Lyndhursts Eltern Urlaub auf Jersey. Im Golfclub lernten sie Dad kennen und brachten ihren Sohm mit zu uns, und zuerst glaubte Mutter ihm jedes Wort, ihre Augen wurden immer größer, je länger sie zuhörte ...«

»Und dann?«

»Dann erfuhr Dad eines Tages, als er mit Lyndhurst senior Golf spielte, daß die Geschichten, die sein Sohn erzählte, erstunken und erlogen waren. Es gab ein Riesentheater, und natürlich wurde mir jeder weitere Kontakt mit ihm untersagt. In der Schule blieben wir Freunde, dagegen konnten sie nichts machen, aber nach der Sache mit Lyndhurst war klar, daß ich zu meinen Eltern nie ein vernünftiges Verhältnis haben würde.«

»Und wo ist Lyndhurst jetzt? Seid ihr noch befreundet?«

»Er ist verunglückt. Ein Jahr später, beim Höhlenforschen«, sagte Ty gepreßt. »Zwei Tage war er in einem finsteren Loch Hunderte von Metern unter der Erde eingeschlossen, bei einer Springflut ist er dann ertrunken, ehe sie ihn rausholen konnten. Gott habe ihn gerichtet, sagte meine Mutter.«

»Wie gräßlich.«

»Manchmal träume ich nachts von seinem Tod. Wenn ich anfange zu schreien, weck mich bitte, ja?«

»Natürlich«, sagte ich, ganz erledigt vom Mitgefühl und von meiner Unfähigkeit, ihm etwas davon zu vermitteln.

Allmählich wurde mir klar, weshalb Ty sich ideell und finanziell so stark für die schönen Künste engagierte – mit seinem Verlag, seiner Fernsehfirma und mit dem griechischen Dorf in Dorset, einem Projekt, das ich persönlich für recht läppisch hielt. Da er selbst – soviel hatte ich inzwischen schon gemerkt – durch die Schuld seiner Eltern, die ihn wie in einem Gefängnis gehalten hatten, total unkreativ war, konnte er all diese Dinge nur aus zweiter Hand erleben. Die großzügigen Spenden für brotlose Künste wie Tanz, Malerei und Musik waren Schläge, mit denen er im nachhinein Vater und Mutter zu treffen suchte.

War es denkbar, daß ihn auch an mir die unbürgerliche Ungebundenheit gereizt hatte, die Tatsache, daß ich mir die Freiheit nahm zu singen, zu spielen und Modell zu stehen, ganz wie ich wollte, zu malen und Patchworkdecken zu nähen? Eine recht bedrückende Vorstellung. Daß ich für einen anderen Menschen ein Stück Stellvertretergott sein und wegen meiner Teilhabe an Geheimnis und Schaffenskraft des Weltalls vereinnahmt werden sollte, schien mir ganz und gar nicht erstrebenswert.

Wofür will ich dann aber geliebt werden? Nicht wegen meiner Schlagfertigkeit und meines Aussehens, meines Charmes, meiner geistigen Fähigkeiten oder meiner Kochkünste. ›All das zernagt Gewohnheit gnadenlos, und bald ist's Schall und Rauch...‹ Nein, ich möchte perfekt zu einem Menschen passen, ich wünsche mir, daß er sich bei mir wohlfühlt wie in einem alten Handschuh, der ihm durch jahrzehntelanges Tragen lieb und wert geworden ist.

Nun kann man – und mit einigem Recht – einwenden, daß ich all das vor meiner Hochzeit mit Ty hätte bedenken sollen. Das stimmt natürlich. Nur haben wir wohl in unserer schnellebigen Zeit alle das Gefühl, der letzten Grenze so nah zu sein, so dicht vor dem endgültigen Abgrund des Niemals-mehr zu stehen, daß es uns reut, die wenigen noch verbleibenden kostbaren Augenblicke mit Nachdenken zu vergeuden. Da ist es schon besser, noch möglichst viel zu erleben, ehe der Vorhang zum letzten Mal fällt.

»Aber was...« – vermutlich wirkte diese Beharrlichkeit ziemlich penetrant, aber es interessierte mich wirklich – »... was hat das alles damit zu tun, daß ich dich nicht Jas nennen soll?«

Nach und nach entlockte ich ihm den Rest, knarrend und knarzend kam es aus ihm heraus, so daß ich mich fragte, ob er über diese Dinge überhaupt schon mal gesprochen hatte.

Seine Eltern nannten ihn Jim, was ihn sehr empörte. Es war, sagte er, wieder mal ein typisches Beispiel für ihre Knauserei, die kürzeste, kleinlichste Version seines Namens zu wählen – nicht, weil es eine Kosename war, der ihnen gefiel, sondern der Sparsamkeit halber. Einer der fadesten Namen in der englischen Sprache, sagte Ty, nur Gewerkschaftsfunktionäre heißen so oder Sklaven auf einer Missisippi-Plantage. Deshalb hatte er sich für Jas entschieden. Jas – das war der Clevere, der Pfiffikus, der Abenteuer bestand und schlagfertige Antworten gab. Während Jim brav zu Hause blieb, Schuhe putzte und zehn Verse der Chronika auswendig lernte, kraxelte der leichtsinnige Jas auf

Felsen herum und schwamm im Wildwasser. Während Jim mit einem LÜGNER-Schild auf dem Rücken den Rasen mähte, radelte Jas freihändig über die Insel Jersey, machte Mädchen an, trieb sich in Pubs herum und schloß die tollsten Freundschaften. Während Jim sich stumm und mürrisch in Gehorsam übte, machte Jas Radau und Randale, riß das Tischtuch herunter und verstreute Roastbeef und Yorkshire Pudding auf dem Teppich, geigte seinen Eltern die Meinung und schüttete Ming und Chang, den asthmatischen Möpsen seiner Mutter, Arsen ins Futter.

Natürlich wurde nichts davon je Wirklichkeit. Zu Hause fand er sich mit dem Namen ab, in der Schule hieß er Tybold. Es sei, sagte er, im Grunde nur ein Wechsel zwischen zwei Käfigen gewesen, beide so konstruiert, daß man darin weder sitzen noch stehen oder liegen konnte.

Und nach der Schule? Ausbildung zum Buchhalter an einem Wirtschaftskolleg. Auch hier hatte er sich pflichtschuldigst den Wünschen seiner Eltern gebeugt. »Ich war zwar nicht gern dort«, sagte er, »muß aber fairerweise zugeben, daß es mir später sehr zugute kam. Ich lernte organisieren, mich in der Finanzwelt zurechtzufinden, ihre hellen und dunklen Seiten erkennen. Es ist, als wenn du ein Bild betrachtest. Eins, das ständig in Bewegung ist. Nein, wenn ich zurückdenke, muß ich sagen, daß die Buchhalterei keine Fehlinvestition war.«

»Wo war die Ausbildung?«

»In Manchester. Vaters Familie kam aus dem Norden, ein Urgroßvater war Weber gewesen, er war zusammen mit neun Geschwistern in einer Weberkate aufgewachsen, später ist er dann Wanderprediger geworden... Es würde mir gut tun, meinte Dad, wenn ich dahin zurückkehrte, von wo er sich abgesetzt hatte, um es mal besser im Leben zu haben. Also ging ich nach Manchester, das hatte zumindest den Vorteil, daß es weit genug von Jersey entfernt war.«

Die Kommilitonen waren sehr unterschiedlich gewesen, dem Alter wie auch ihrer Herkunft nach, und dadurch viel interessanter für Ty als die Jungen aus seiner mittelmäßigen Privatschule. Zwei von denen, die er am Wirtschaftskolleg kennengelernt hatte, Ponsonby, sein Rechtsberater, und Mirthes, der Buchhalter, waren immer noch bei ihm.

»Und was wurde aus Jas und Jim? Steckten die beiden immer noch in dir?«

»Ja, aber Jas rührte sich kaum einmal. Mit Geld war ich noch immer schlecht gestellt. Ich bekam einen dürftigen Wechsel, der gekürzt wurde, wenn meine Zeugnisse nicht erwartungsgemäß ausfielen. Ich wohnte bei Tante und Onkel, vegetarischen Adventisten vom Siebenten Tag, und lebte von Linsen und Möhren, Brot und Margarine, was die Lust auf Abenteuer nicht eben anfacht.«

Ich nahm mir vor, diese Nahrungsmittel strikt zu meiden, falls er erwartete, daß ich mich später für ihn in der Küche betätigte.

Die Frage war natürlich: Erwartete er, daß ich mich später für ihn in der Küche betätigte? Oder würde ich nur als die liebenswürdige Gastgeberin bei Mahlzeiten in Erscheinung treten, die Parkson von Harrods und Fortnums herbeizauberte oder die eine Cateringfirma ins Haus brachte? Manchmal wurde mir flau in der Magengegend, wenn ich daran dachte, wie wenig ich über unser künftiges Leben wußte. Hin und wieder verstärkte sich der vertraute ziehende Schmerz in meiner Brust derart, daß ich überlegte, wie makaber es doch wäre, wenn Parkson als erstes Gastmahl nach unserer Eheschließung meinen Leichenschmaus ausrichten müßte.

Ty erzählte weiter von seinem Leben als Jas und Jim.

Am Vorabend des Abschlußexamens am Wirtschaftskolleg kam die Nachricht, daß seine Eltern auf einer Urlaubsfahrt durch die italienischen Alpen tödlich verunglückt waren.

»Vater war ein miserabler Autofahrer. Ängstlich, aber aggressiv. Wahrscheinlich hatte er einen Italiener zur Verzweiflung gebracht, indem er ständig zur Straßenmitte zog, wenn der andere zum Überholen ansetzte, und als er schließlich ausscherte, war die Kollision nicht mehr aufzuhalten, und drei Wagen kamen von der Höhenstraße ab und stürzten in die Tiefe.«

»Wie hast du reagiert?«

»Ich ging in die Prüfung und bestand mit guten Ergebnissen. Und dann platzte der Knoten. Es war eine ekstatische Erleichterung, unglaublich geradezu. Ich hatte meine Eltern nicht oft besucht – inzwischen waren sie nach Malta gezogen –, aber schon das Bewußtsein, daß es sie gab, daß ich die Welt mit ihnen teilte, war für mich wie ein Heuschreckenschwarm am Horizont, der unerbittlich näherkommt. Dads kleinliches Mißtrauen, seine widerwärtige Gewohnheit, allen Menschen – selbst der Queen! – nur das Schlechteste zuzutrauen, Mutters verbissen-humorlose Überzeugung, daß der Liebe Gott auf der Bilderleiste saß und einem jedes Stück Zucker für den Tee vorzählte... Daß ich sie jetzt los war, erfüllte mich mit einem euphorischen Freiheits- und Glücksgefühl. Nur ein Beispiel: Bisher hatte ich mit einer Frau nie ohne Schuldgefühle schlafen können... im unpassendsten Augenblick tauchte meine Mutter auf. Dagegen konnte auch Jas nichts machen...«

»Eine Art weiblicher Heiliger Geist.«

»Eher alle drei Eumeniden in einer Person.«

Der Tod seiner Eltern brachte Ty nicht nur moralische und spirituelle Befreiung, sondern auch, wie er staunend erfuhr, beträchtlichen weltlichen Wohlstand. Sein Vater hatte ihm über achthunderttausend Pfund vermacht. »Und zwar vor der Inflation, als das Pfund noch was wert war.«

»Und du hattest bis dahin nicht gewußt, daß er so gut gestellt war?«

»Ich hatte keine Ahnung. Woher auch? Sein Leben war nicht

danach. In Jersey fuhr er einen alten *Morris Minor*, eine richtige Rostlaube, Mutter hatte einmal die Woche eine Putzfrau und machte die übrige Hausarbeit selbst. Schuheputzen und Rasenmähen waren mein Ressort. Sie gingen nie aus, höchstens mal zum Tee, Theaterbesuche kamen überhaupt nicht in Frage. Golf war der einzige Luxus, den sich Dad leistete, und das auch nur, um nützliche Kontakte zu knüpfen. Ich glaube, Spaß hat er nie daran gehabt.«

Ich mußte an Mascha denken und ihre unbändige Lust am Leben. Selbst in Edreds düstersten Stunden, als er schon völlig in jenem Sumpf steckte, in dem es nur noch ihn und den Allmächtigen gab, und langsam in die eisigen Steppen des Alls hinaustrieb, wo er später enden sollte – selbst da konnte sich Mascha unendlich an Formen und Farben, an Sonnenschein und Vogelgesang freuen. Es machte ihr Freude, mit sparsamsten Mitteln noch etwas zustande zu bringen, aus zwei kalten verschrumpelten Bratkartoffeln, einem angeschimmelten Stück Käse, einer matschigen Tomate und einer Tasse Sauermilch ein wohlschmeckendes, einladendes Gericht zu zaubern. Sie freute sich am Duft von Blättern und Blumen, freute sich am Anblick ganz gewöhnlicher Haushaltsgegenstände und der Überlegung, wie sie sich in ein Bild einfügen würden. Sie konnte Edred zur Verzweiflung bringen, indem sie ihn auf schöne Dinge aufmerksam machte: »Schau dir den Flug der Gänse an, Edred. Schau nur, die Spiegelung in der Pfütze ...«

»Ja doch, ja«, sagte er dann ärgerlich und trottete weiter, ohne hinzusehen. Bilder liebte sie über alles, im ganzen Haus waren ihre Postkarten verteilt. Und auch eine ordentlich erledigte Arbeit freute sie. Ihre Anforderungen waren hoch. Wenn man sich darüber nicht im klaren war, hielt es schwer, ihr bei der Hausarbeit zur Hand zu gehen. »Danke, das ist wunderbar«, sagte sie, und das klang dann entweder zerstreut oder so, als würdige sie zwar die gute Absicht, nicht unbedingt aber die Ausführung. Nie übte sie Kritik an spontan angebotenen Hilfeleistungen. Eine halbe Stunde später aber sah man sie unauffällig zurechtrücken, was man vermurkst hatte, und begriff, daß die Arbeit, die man für durchaus zufriedenstellend gehalten hatte, nur zur Hälfte fertig, schlampig, schlecht durchdacht war. »Larifari ...« – das war das vernichtendste Urteil, das Mascha fällen konnte. »Ich kann es nicht vertragen, wenn jemand etwas gedankenlos oder liederlich macht«, habe ich sie tausendmal sagen hören, wenn sie das Papier von einem Stück Butter löste, um ein sauberes Stück herunterzuschneiden, statt – wie manche Leute – mit dem Messer in der Packung herumwühlen.

Wie hätte sie wohl Ty beurteilt?

Hätte ich ihn geheiratet, wenn sie noch am Leben gewesen wäre?

»Warum lächelst du?« fragte er und zog mich an sich.

Wir waren aufgestanden, hatten Trauben und Champagner als nächtlichen Snack zu uns genommen und lagen wieder im Bett, während draußen der Regen in den Kanal rauschte.

Die Wahrheit konnte ich ihm kaum sagen: Ich habe unheimliches Glück gehabt, daß ich eine Mutter wie Mascha hatte statt deiner schrecklichen Eltern ... Aber was heißt schon Glück? Hätte ich eine Mutter wie Mrs. Tybold gehabt, besäße ich jetzt selbst Millionen und hätte keinen Millionär zu heiraten brauchen.

»Ich mußte gerade daran denken, wie sehr du dich von deinen Eltern unterscheidest.«

»Zuerst«, sagte er, »habe ich gedacht, du kannst überhaupt nicht lächeln.«

Er sprach mit der wohltuenden Sicherheit, die durch lange Vertrautheit entsteht – dabei hatten wir uns erst vor ein paar Monaten zum ersten Mal gesehen.

»Das hört sich an, als ob wir uns seit Jahren kennen«, sagte ich und kreuzte die Finger, um den bösen Blick zu bannen.

»Ich kannte dich aus dem Fernsehen. Aus dieser fürchterlichen Gespenstergeschichte. Und aus Vorabkopien von *Rosy and Dodo* ... vor unserer Begegnung auf dem Stoppelfeld. Mein Eindruck war damals, daß du...« Er suchte nach einem Wort. »Nein, hochnäsig trifft es nicht... Als sei im Grunde alles unter deiner Würde. Es war ein richtiger Schock, dich auf der Party lachen zu hören.«

Als ich mit Joel herumgealbert habe, dachte ich. Wer weiß, vielleicht war es keine angenehme Überraschung für Ty gewesen festzustellen, daß ich lachen konnte... Ich gebe gern zu, daß Humor nicht meine starke Seite ist, ich habe nie genug Zeit dafür gehabt. Wenn ich mit Fitz zusammen war, mit Mascha, mit der einen oder anderen Freundin, habe ich aber doch hin und wieder mit großem Genuß albern und ausgelassen sein können, habe gelacht, daß mir die Rippen weh taten. Bei Ty war mir das bisher noch nie passiert. Gewiß, wir machten auch manchmal Unsinn, wie das bei Liebesleuten üblich ist, aber alles in allem war sein Sinn für Humor ein noch weitgehend unerforschtes Gebiet für mich. (Allerdings hatte ich inzwischen die etwas deprimierende Erfahrung gemacht, daß er zu ziemlich handgreiflichem Schabernack neigt – er findet es offenbar sehr komisch, einem Äpfel unters Laken oder Badesalz in die Schuhe zu tun und einen im Klo einzuschließen. Aber das war nicht anders zu erwarten, mit solchen Streichen haben sie ihn wahrscheinlich in der Schule getriezt. Früher oder später, dachte ich, werde ich ihm das schon noch abgewöhnen).

Der strömende Regen sang uns in den Schlaf. Kein Wunder, daß ich im Traum an einem gefährlichen Strand in Dorset stand. Die Flut stieg rasch und drohte unsere Sachen wegzuschwemmen, während Fitz und Mascha unbekümmert, taub für meine warnenden Rufe, immer weiter ins Tiefe hinausschwammen, dem Horizont entgegen.

Ich war richtig erleichtert, als Tys lauter Aufschrei mich

weckte. »Packt ihn! Haltet ihn fest! Zieht ihn zurück, schnell!!« Er hatte mir in einem bedrohlichen Würgegriff die Hände um den Hals gelegt.

»Hör auf, du dummer Kerl, laß mich los«, stieß ich noch ganz benommen hervor und wehrte mich so heftig, daß wir beide aus dem Bett fielen, was uns nachdrücklich aufweckte. Keuchend entschuldigten wir uns gegenseitig, und ich bemühte mich, das Gewirr aus seidenen Laken und federleichten Decken wieder einigermaßen in Ordnung zu bringen.

»Hast du von deinem Freund geträumt, du Ärmster?« fragte ich und rieb mir die Kehle.

Ty grunzte nur – seine Entschuldigung war lange nicht so überschwenglich ausgefallen wie meine – und vergrub sich in dem Deckenberg, so daß für mich kaum etwas übrigblieb. Flüchtig fragte ich mich, ob seine Freundschaft mit Lyndhurst einen homosexuellen Touch gehabt hatte. Heute kann ja praktisch jeder mit so einer Episode in seiner Vergangenheit aufwarten (was aber wahrscheinlich immer schon so gewesen ist). Es ging mich ja vielleicht nichts an, aber wenn wir eine dauerhafte Beziehung aufbauen wollten, würden wir auch all diese Kleinigkeiten aufarbeiten müssen.

Am nächsten Morgen stellte sich heraus, warum Ty so schweigsam gewesen war: Während unseres kurzen, aber heftigen Gerangels hatte meine Faust – oder mein Ellbogen – nur zu gut getroffen und ihm zu einem schauerlichen blauen Auge verholfen.

Ich fand das eher komisch und mußte lachen.

»Daß wir Flitterwöchner sind, ist hier bestimmt ein offenes Geheimnis. Jetzt haben sie einen Beweis mehr für meine bräutliche Leidenschaft. Natürlich läge es für die Italiener näher, wenn *ich* das Veilchen hätte. Soll ich mir eins anmalen? Oder den Arm in der Schlinge tragen?«

Später sollte ich mich an diese Blödelei zur falschen Zeit erinnern. Ty fand sie nicht lustig. Was sein wirklich sehr gutes Aussehen anging, war er ein richtiger Narziß. Frauen – besonders die sachkundigen Venezianerinnen – drehten sich auf der Straße nach ihm um, Zimmermädchen und Kellnerinnen legten es darauf an, ihm in der Halle und auf den Gängen über den Weg zu laufen, und warfen ihm unter gesenkten Lidern bewundernde Blicke zu. Seine Garderobe war stets mit großer Sorgfalt gewählt: üppige, dicke Stoffe, teure weiche Wolle, gedeckte Seidenkrawatten, superdünne Maßhemden. Schaffell, Kamelhaar, Vicuna, Yak. Etwas kleinlaut gestand ich mir ein, daß ich ihn unter anderem auch deshalb so attraktiv fand, weil wir zusammen ein schönes Paar waren, besonders, da ich noch immer als Rosy herumlief, denn nach unserer Rückkehr sollten die restlichen Innenaufnahmen und meine abschließende Konfrontation mit Dodo gedreht werden. Während wir in Venedig waren, drehten sie die vielen Sequenzen, an denen andere Schauspieler beteiligt waren. Dank Tys Vorstandsposition hatten sich die Leute bei *Pyramid TV* fast umgebracht, um uns die Planung unserer Hochzeitsreise zu erleichtern, die im übrigen willkommene Publicity für die Serie war. Fernsehmillionär heiratet Star aus eigener Produktion – ein gefundenes Fressen für die Regenbogenpresse.

Fitz hatte fast so etwas wie Mißbilligung durchblicken lassen. Sogar amerikanische Zeitungen hatten die Meldung gebracht, er wußte also schon Bescheid, als er meinen Brief bekam. (Ich hatte mich nicht dazu aufraffen können, es ihm am Telefon beizubringen).

Daraufhin hatte er mich aus Harvard angerufen.

»Ist das auch nicht übereilt? Du weißt ja, ich wäre der letzte, der deine Handlungsweise in Zweifel zieht...«

Fitz zieht selten die Handlungsweise anderer Leute in Zweifel. Mit seinen Gedankengängen ist er den täglichen Sorgen der meisten Menschen so fern, daß er ohne eine große Portion Toleranz gar nicht auskäme. Es ist, glaube ich, nicht einmal so, daß er sich kein Urteil erlauben würde, er sieht einfach keinen Anlaß, Urteile zu fällen.

»Von Übereilung kann keine Rede sein, es ist eine gute Sache«, beteuerte ich. »Mach dir keine Sorgen, Lieber, mir geht's blendend. Zum ersten Mal in meinem Leben werde ich nach Strich und Faden verwöhnt, und das genieße ich sehr. Außerdem hat mir Ty versprochen, daß ich mit einem Teil von seinem Geld eine Menge interessanter und nützlicher Sachen anstellen kann.«

Ich zählte ein paar Projekte auf: Einrichtung einer Kunstgalerie in Deptford, Finanzierung etlicher Theatergruppen guter Bekannter, von denen ich eine hohe Meinung hatte, Ankauf von Land für ein Naturschutzgebiet...

Fitz räumte widerstrebend ein, daß sich dieses Programm durchaus spannend und lohnend anhörte. »Obgleich mich das ein bißchen an Dorothea Brook mit ihren Häusern erinnert. Ich habe dabei immer scheußlichen sozialen Wohnungsbau vor Augen. Aber bist du wirklich glücklich, meine Alte? Soll ich nicht doch zur Hochzeit kommen?«

Nein, sagte ich, lieber nicht. Es ging mir vor allem wirklich darum, Fitz nicht aus seinem auf ein Jahr ausgelegten, sehr intensiven Forschungsvorhaben herauszureißen. Er sollte sich nicht an mich gebunden fühlen. Hinzu kam, daß ich es noch nicht geschafft hatte, Ty von ihm zu erzählen. Unmittelbar vor unserer Hals über Kopf geschlossenen Ehe hatte sich keine geeignete Gelegenheit ergeben. Und auch in unseren Flitterwochen war bislang der richtige Augenblick noch nicht gekommen. Fitz würde das wohl als arge Schlamperei betrachten, aber allzu wichtig würde er meine Unterlassungssünde nicht nehmen. Andere Menschen sind ihm überhaut nicht allzu wichtig, sofern sie nicht gerade mit einem neuen philosphischen Ansatz an die Öffentlichkeit treten.

Für mich sind andere Menschen ungeheuer wichtig, und eben

deshalb wollte ich den richtigen Moment abpassen, um Ty von Fitz zu erzählen.

Ty verblüffte mich, indem er es glatt ablehnte, mit einem blauen Auge das Hotel zu verlassen und durch Venedig zu schlendern. Meine Überredungskünste blieben ohne Resonanz.

»Du könntest dir eine schwarze Augenklappe umbinden wie Mosche Dayan. Oder ich könnte Perlmutt-Make-up drüberschminken. Oder... oder ich kaufe dir einen Sombrero – ich habe viele Italiener mit breitkrempigen Hüten gesehen, den könntest du über einem Seidentuch tragen...«

»Ich trage nie einen Hut. Und eine Augenklappe wirkt affektiert. Und Make-up nützt nichts.«

»Doch, bestimmt.«

»Ich will aber nicht, daß an dem Auge herumgepfuscht wird, es ist zu wund.«

»Armer Liebling, es tut mir ja so leid«, sagte ich, obgleich ich insgeheim fand, daß er aus einer Mücke einen Elefanten machte. Heute früh zum Beispiel hatte er sich ins Badezimmer zurückgezogen, während ich das Frühstück in Empfang nehmen mußte. Wollte er tatsächlich in Klausur bleiben und sich vor niemandem, nicht mal vor einem Kellner oder einem Zimmermädchen, zeigen, bis die Prellung abgeklungen war?

»Es würde dich ablenken, aus dem Haus zu gehen«, meinte ich hoffnungsvoll.

»Was willst du denn draußen?«

»Gar nichts Besonderes. Wir könnten Gondel fahren.«

»Es regnet.«

Es regnete seit fünf Tagen, was uns bisher nicht weiter gestört hatte. Wir waren unbekümmert aus- und eingeflattert wie die Vögel, hatten in vieler Hinsicht unsere Umgebung gar nicht recht wahrgenommen. Plötzlich kam ich mir in unserer überheizten, unaufgeräumten Luxussuite vor wie in einem Gefängnis, und erst jetzt wurde mir bewußt, daß ich nichts zu lesen hatte. Ich hätte mir zu gern eine Buchhandlung gesucht und mir ein x-beliebiges Taschenbuch gekauft. Aber nein, das konnte ich nicht machen. Ich wollte nicht den Eindruck erwecken, als sei mir Tys Gesellschaft nicht genug.

»Komm wieder ins Bett«, sagte er gähnend. »Das war eine unruhige Nacht. Nach drei Uhr morgens sollte man keinen Champagner mehr trinken, davon kriegt man nur Alpdrücken. Scheußlich, dieser Traum von der Höhle. Ich dachte schon, er zieht mich hinein.«

»Und mich hast du fast garottiert«, sagte ich und legte mich neben ihn. »Mein Hals ist ganz blau, schau nur!«

»Typischer Fall für eine Halskrause«, sagte er und schlug die Finanzseite der *Herald Tribune* auf. »Na ja, heute abend gehen wir ja sowieso nicht weg.« Dann führte er endlose Telefongespräche mit Ponsonby, mit Mirthes und mit Rupert Vassiliaides, der dieses griechische Dorf in Dorset für ihn baute.

»Ja, und sag ihnen, daß der Hafen komplett ausgebaggert werden muß. Den Aushub können sie auf den Strand schütten, warum nicht, darüber dann richtigen Sand. Meinetwegen, auch gut. Und eine Mole drum herum. Nein, ich weiß, daß das nicht mehr alles in diesem Winter fertig werden kann, aber eine Mole brauchen wir unbedingt. Du kannst es ja schon mal durchkalkulieren. Es muß ein Hafen sein, mit dem man auch was anfangen kann. Baugenehmigung? Na gut, er soll sich beeilen. Hat er schon? Na immerhin ... Bedank dich artig, ja? Hm, das weiß ich nicht so genau, wir werden sehen. Ja, danke, durchaus. Ja, wird gemacht. Schön. Gute Nacht.«

Weit hatte er es gebracht, der arme, unterdrückte Jim, der Schuhe putzen und Rasen mähen mußte, dachte ich, während er auflegte.

»Vass läßt sich dir empfehlen.«

Ich hatte Vassiliaides bei der Party auf Knoyle kennengelernt, einen großen, hageren Mann mit hohlen Wangen, der eher einen englischen als einen griechischen Eindruck machte. Ein begabter und tüchtiger Architekt, hatte Joel gesagt. Joel ... Plötzlich hatte ich unheimliche Sehnsucht nach seiner unkomplizierten, unanstrengenden Art.

»In Dorset haben sie ideales Wetter, sagt Rupert«, fuhr Ty fort. »Mild und sonnig. Wir sollten unsere Flitterwochen dort fortsetzen, meint er.«

»Auf Knoyle?« fragte ich und hoffte, daß meine Stimme nicht allzu eifrig klang. Venedig war Tys Vorschlag gewesen, und bisher hatten wir es ja auch sehr schön gehabt. Ehrlich. Aber ich dachte an die sanft gewellte grüne Hügellandschaft von Dorset ... und den Strand ... und daß es nur fünfundvierzig Kilometer bis Yetford waren ... und daß das Herrenhaus eine prachtvolle Bibliothek aus dem vorigen Jahrhundert hatte, ich hatte ein paarmal dort herumgeschmökert, während die Beleuchter an ihrer Wattleistung herumdrehten ... und daß wir dort spazierengehen konnten ...

Ty dämpfte meine Hoffnungen. »Nicht auf Knoyle. Das ist an ein Seminar für Ökologie und Enimonie verpachtet.«

»Was ist Enimonie?«

»Keinen Schimmer, das hat alles Ponsonby ausgemacht. Auf Knoyle können wir nicht wohnen, aber Rupert sagt, eins der Häuser in Glifonis ist ständig für die Insepktionsbesuche von Lord und Lady Fortuneswell reserviert.«

»Wie lieb von ihm.«

Ich hatte mich noch nicht daran gewöhnt, Lady Fortuneswell zu sein, und würde mich wahrscheinlich nie daran gewöhnen. Gewiß, in Venedig sprachen einen die Leute ständig als *Miladi* oder *la Contessa* oder *la Signora* an, man achtete nicht weiter darauf, weil man wußte, daß es nichts zu bedeuten hatte. Aber von englischen Stimmen Mylady genannt zu werden, das mochte schon merkwürdig sein. Ob Mascha damit einverstanden gewesen wäre? Oder hätte es sie schockiert? Titel waren ihr unwichtig. In Edreds Chirurgentagen hatte sie mal einen europäischen Fürstensproß heruntergeputzt, der einem weinenden kleinen Mädchen auf der Kinderstation ein Bonbon in die Hand gedrückt hatte.

»Wie konnten Sie etwas so Unverantwortliches tun«, herrschte sie ihn an, brachte mit einem raschen Griff die süße Gabe in Sicherheit und beschwor damit beinah diplomatische Verwicklungen herauf. Papa war die ganze Sache sehr peinlich. Nein, daß ich nun Lady Fortuneswell war, hätte ihr nicht im mindesten imponiert.

»Fändest du es nett, noch ein paar Tage in diesem griechischen Haus zu verbringen?« fragte ich mit so ausdrucksloser Stimme, daß ich den Eindruck hatte, die Worte kämen aus meinen Ohren.

»Mitten im Winter? Du bist wohl nicht gescheit...«

Er vertiefte sich wieder in die Finanzseite, und ich legte ein kurzes Schläfchen ein.

Ty weckte mich mit einem Rippenstoß. Ich sollte den dienstbaren Geist einlassen, der das Mittagessen brachte, während er erneut einen taktischen Rückzug ins Bad antrat. Nach dem Essen – einem ziemlich angeheiterten Mahl, weil wir den Regen feiern mußten und Tys blaues Auge und einen gewissen Wandel in unserer Beziehung, den wir wohl beide kommen fühlten, aber weder zu artikulieren noch abzuwenden vermochten –, nach dem Essen also machten wir wieder in Liebe. Wie Hochleistungssportler bemühten wir uns um eine immer noch ausgefeiltere Verfeinerung unserer Technik. Mochten wir einander inzwischen auch mit leisem Mißtrauen beäugen – unsere Leiber waren gut Freund geblieben, sie fanden unsere Beziehung ganz in Ordnung und klammerten sich aneinander wie zwei alte Saufkumpane.

»Ich werde dich James nennen«, verkündete ich in einer dieser friedvoll-leeren Pausen hinein, die es hin und wieder im Bett gibt – negative Zeit, vergleichbar dem negativen Raum zwischen den Gegenständen eines Bildes, der aber nicht weniger wichtig ist als diese und berücksichtigt werden muß. Negative Zeit dürfte die Lebenszeit eines Menschen um Monate, wenn nicht um Jahre verlängern. »James ist ein guter Name, warum bin ich eigentlich darauf nicht schon früher gekommen? Wohlklingend, an Heiligengestalten und literarische Vorbilder erinnernd. Und gleichzeitig häuslich-nüchtern. ›Da muß ich James fragen‹ höre ich mich bei allen möglichen Kleinigkeiten sagen.«

»Wie schön, daß *das* endlich geregelt ist«, murmelte er und wühlte das Gesicht in meinen Nacken.

Wir begannen uns zu beißen wie professionelle Haie.

»Von solchen Sachen kann man Videos kaufen«, meinte ich. »Spart Zeit und Kraft...«

»Pst...«

»Magst du das, was ich mache?«

»Pst...« Und dann: »Du bist die Frau meiner Träume.«

Das hätte mich beglücken müssen, tat es aber nicht, es klang allzusehr nach Groschenroman. Er fuhr fort: »Schlaf jetzt ein, während ich das hier mache...«

Ich wollte nicht, zu guter Letzt aber schliefen wir beide darüber ein.

Am nächsten Tag war Tys Auge nicht mehr blau, sondern leuchtete in fahl schillerndem Grün, von Oliv zu stumpfer Spinatfarbe changierend. Noch immer weigerte er sich, aus dem Haus zu gehen. Das Hotel schickte uns Schach und Mahjong aufs Zimmer und auf meinen Wunsch *Das verlorene Paradies* und Shakespeares Sonette. Ty hatte offenbar nie viel zum Vergnügen gelesen. Wenn er jetzt damit anfangen wollte, war es wohl das beste, wenn er gleich ganz oben einstieg. Wir lagen im Bett und stritten über Miltons Gott und sein Verhalten Adam gegenüber, das mich immer empört hatte. Von Ty erwartete ich wegen der Beziehung zu seinem Vater die gleiche Einstellung, aber zu meiner Überraschung reagierte er ausgesprochen autoritär.

»Adam mußte die ihm gestellten Bedingungen akzeptieren. Raphael hatte ihm deutlich genug gesagt, worum es ging. Du kannst weder überleben noch dich in deinem Umfeld behaupten, wenn du deine Grenzen nicht akzeptierst.«

»Aber warum mußte Gott so willkürlich und tyrannisch sein? Wozu überhaupt ein Baum der Erkenntnis? Oder warum hat er, wenn der Baum nun mal da war, Adam verboten, von seinen Früchten zu essen?«

»Weil Adam dann so großmächtig wie sein Schöpfer geworden wäre.«

»Und was ist dagegen einzuwenden?«

»Hierarchie muß sein«, erklärte Ty, »sonst zerfällt die Gesellschaft.«

»Aber dann hat er von den Früchten gegessen und ist doch nicht so großmächtig geworden wie sein Schöpfer. Wie erklärst du dir das?«

»Frag mich was Leichteres. Irgendwie hat Gott da wohl ein bißchen dran gedreht.«

»Typisch! Ganz wie es Ihm in den Kram paßte ... Was wäre wohl passiert, wenn Adam in Buch Neun nicht den Apfel gegessen hätte? Ich habe den Eindruck, daß er es nur aus britischer Anständigkeit getan hat, weil seine Frau sich darauf eingelassen hatte und er sich verpflichtet fühlte, ihr den Rücken zu stärken. Nicht, weil er wirklich wissen wollte, was Gut und Böse ist. Wenn nun nur Eva davon gegessen hätte? Vielleicht wäre es ihr allein besser ergangen.«

»Und was hätte Adam dann gemacht?«

»Er wäre zu seiner ersten Frau zurückgegangen.«

»Von der steht hier doch gar nichts.«

»Nein, das habe ich irgendwo gelesen. Sie hieß Lilith, und nachdem er sie verlassen hatte, verwandelte sie sich in einen Vampir, versuchte seine späteren Beziehungen zu verhexen – typisch erste Frau! – und hat das wohl auch geschafft.«

»Für heute hab ich genug von der Literatur«, sagte Ty unvermittelt. »Schenk mir noch ein Glas Grappa ein. Und komm her ...«

»Erzähl mir noch was von Jas und Jim«, sagte ich hinhaltend. »Ist Jas wirklich nie entschlüpft? Nicht mal für eine halbe Stunde?«

»Wie kommst du darauf?« fragte er unerwartet scharf. Er sah mich an, als habe er einen blutbefleckten Dietrich in meiner Hand entdeckt.

»Ich weiß nicht. Durch Adam und Satan wahrscheinlich, durch Eva und Lilith. Unsere zwei Seelen. Du kannst unmöglich ständig ein so trostloser Tugendbold gewesen sein.«

»Na ja, einmal ...« Er schenkte sich erneut ein und füllte meins nach, dann rollte er sich herum und stützte grübelnd das Kinn auf die Fäuste. »In Jersey gibt es diesen Privatzoo, er gehört einem ganz bekannten Naturschützer, dort bekam ich als Teenager einen Job. Käfigputzen und so Sachen. Ausnahmsweise hatten meine Eltern nichts dagegen. Eine gesunde Tätigkeit, die obendrein noch Geld einbrachte ... Ich bekam fünf Pfund die Woche, die ich immer gleich bei meinem Vater abliefern mußte.«

»Als Teenager? Das darf doch nicht wahr sein, James ...«

»Ich weiß, ich weiß. Der Junge muß zurückgeblieben oder verrückt gewesen sein, denkst du ... Weil ich mich nicht aufgelehnt habe. Aber wenn du ständig in Gefangenschaft gehalten wirst, verkümmert deine Persönlichkeit derart, daß dir der Gedanke an Auflehnung gar nicht kommt.«

»Ja, das kann ich mir vorstellen. Dafür gibt es ja in der Geschichte Beispiele genug. Und wie ging es weiter?«

»An einem Samstag hatte ich gerade mein Geld bekommen und blieb, die Fünf-Pfund-Note in der Hand, einen Augenblick vor dem Schimpansenkäfig stehen. Der Schimpanse war ein großer zotteliger Kerl, Harry hieß er, mit dem ich mich ein bißchen angefreundet hatte. Manchmal brachte ich ihm Äpfel aus unserem Garten mit. Er streckte seelenruhig die Pfote durch die

Käfigstangen, nahm mir den Geldschein aus der Hand und verschluckte ihn, ich konnte überhaupt nichts machen. Eigentlich fand ich das ganz lustig, aber als ich die Geschichte meinen Eltern erzählte, glaubten die mir kein Wort. Sie dachten, ich hätte ihnen ein Märchen à la Lyndhurst aufgetischt, um das Geld zu behalten, und hätte einer armen stummen Kreatur, die sich nicht verteidigen konnte, die Schuld gegeben. Ich bezog eine Tracht Prügel und jede Menge Ärger obendrein.«

»Ja, um Himmels willen, warum hast du den Leuten vom Zoo nichts davon erzählt? Du hättest zu deinem Boss gehen sollen, er hätte sich für dich einsetzen können. Da muß es doch Zeugen gegeben haben...« Ich konnte vor Empörung kaum sprechen.

»Ach, ich weiß nicht... Es war ein Samstag, ich bekam eine ganze Latte von Strafarbeiten aufgebrummt, an alle erinnere ich mich gar nicht mehr. Die Eltern fuhren auf den Golfplatz, er spielte ein paar Runden, und sie setzte sich wie immer mit ihrem Strickzeug in den Wintergarten. Ich blieb zu Hause und mußte unter anderem mit einer Art Flammenwerfer gegen das Unkraut angehen, es war eine Lötlampe, mit der Vater immer die Vogelmiere in der Einfahrt abbrannte. Mutter hatte einen Haufen Platzdecken, die wir, weil wir so gut wie nie Gäste zum Essen hatten, praktisch nie benutzten, mit breiten Kanten aus echter Spitze. Zwei- oder dreimal im Sommer wurden die Lappen gewaschen und zum Bleichen in die Sonne gelegt. Ich nahm die Lötlampe und setzte zitternd vor Angst und Genugtuung die ganze Pracht in Brand.«

»Du lieber Himmel! Und dann?«

»Sie ist erstaunlicherweise nie dahintergekommen, daß ich es war. Es gab so gut wie keine Asche, und ein Windstoß trug den Rest davon... Sie traute mir wohl eine solche Untat einfach nicht zu. Mutter war fest davon überzeugt, daß vorüberziehende Zigeuner ihre kostbaren Deckchen gestohlen hatten. Und damit war – zumindest vorläufig – Jas zufriedengestellt.«

»Und er hat sich nie wieder selbständig gemacht?«

»Doch, einmal. Aber erst Jahre später, und das war eine ganz andere Geschichte.«

»Erzähle!«

Er kippte wieder Grappa in unsere Gläser, mit nachlässigem Schwung, so daß er über die Decken tröpfelte, die schon erstaunlich klebrig und zerknittert waren.

Ich fand es herrlich, wie unbekümmert er war. Andere Leute würden heute abend unsere Betten neu beziehen, andere Leute würden die Wäsche besorgen... »Erzähle«, wiederholte ich, rollte mich in die Grappapfütze und lehnte mich behaglich an seine Schulter.

»In meiner Familie – mütterlicher- wie väterlicherseits – hatten sie es immer schon mit der Religion«, sagte er. »Wanderprediger... Diakone... Methodisten... Baptisten... Unleidliche, streitsüchtige Radaubrüder. Auch Geld war ihnen wichtig. Sie waren eine geriebene Bande. Mir schien, daß die Anhäufung von Besitz nie im Widerspruch zu ihren religiösen Ansichten gestanden hat – und umgekehrt. Bis mir dämmerte, daß die Kluft sich vielleicht fast unmerklich verbreitert hatte, bis sie unüberbrückbar geworden war.«

»Das hab ich nicht so ganz kapiert, aber erzähl nur weiter.«

»Als ich ein Junge war, hatten die Mädchen kein Interesse an mir. Erstens hatte ich unheimliche Angst vor ihnen, zweitens war ich ein schauriger Anblick. Ständig kaute ich an Nägeln und Fingern, jahrelang waren sie dauernd voller Risse und Schrunden. Ich polkte Schorf, ich biß an mir herum wie an einem Knochen. Wenn ich irgendwo eine kleine Wunde hatte, machte ich sie durch Kratzen und Polken immer schlimmer.«

»Selbstkasteiung.«

»Ja, vielleicht. Ich hatte Grind auf dem Kopf und riß mir zusammen mit dem Grind das Haar büschelweise aus. Und dann kam er wieder, es wurde immer mehr, so daß ich kahle Stellen auf dem Kopf kriegte und mir ganze Händevoll Haar ausfielen. Außerdem hatte ich scheußliche Pickel und nässende Stellen im Gesicht und an den Knien und konnte der Versuchung nicht widerstehen, daran herumzudrücken. Ich sah furchtbar unappetitlich aus, du hättest keinen zweiten Blick auf mich verschwendet«, sagte er voller Genugtuung. »›Polk nicht rum‹, schrie Mutter mich an, aber das war natürlich in den Wind geredet. Selbstzerfleischung war meine Lieblingsbeschäftigung. Du kannst dir nicht vorstellen, was für ein vergammeltes, ungesundes, zerbissenes kleines Scheusal ich damals war.«

»Und seit wann ist das anders geworden?«

Ich hatte tatsächlich Mühe, mir den Jungen von damals vorzustellen. Er wirkte so adrett und gepflegt, so betucht und beeindruckend. Nur das blaue Auge trübte dieses Hochglanzbild momentan etwas, aber das war mir nur recht, denn die Spur von Unvollkommenheit machte ihn glaubhafter, ließ ihn lebendiger, natürlicher erscheinen. Das blaue Auge beeinträchtigte sein unverschämt gutes Aussehen nicht im mindesten. (In der Zeit, als er mir den Hof machte und mein Einfluß auf ihn am stärksten war, hatte ich ihn dazu gebracht, sich die Koteletten abnehmen zu lassen). Hin und wieder hatte ich immer noch das Gefühl, daß es eine Ehre war, hier, in einem der teuersten Hotels von Venedig, mit ihm im Bett zu liegen, während draußen der Regen rauschte.

»Nach dem Tod meiner Eltern«, sagte er, als sei das die selbstverständlichste Sache von der Welt. »Ich ging zu einem Hypnotiseur. Meine Hautprobleme besserten sich schlagartig, und danach kam ich auch besser bei den Mädchen an. Die erste, die ich hatte, noch in Manchester, studierte Wirtschaftswissenschaften. Sie war eine tolle Nummer ...« Seine Stimme erstarb, als täte es ihm leid, daß er von ihr angefangen hatte.

Sie muß schon eine tolle Nummer gewesen sein, dachte ich, wenn sie es geschafft hat, den armen Jim zu erobern, so wie er damals war, mit seinen gerade erst abgeheilten Pickeln und Pusteln, von Kindheit an auf Armut und Gehorsam getrimmt, vom Geist seiner Mutter bedroht, der sich über ihm erhob wie alle drei Eumeniden in einer Person.

»Wie hieß sie?«

»Weiß ich nicht mehr.« Das was natürlich gelogen, aber ich insistierte nicht. »Die ersten Semester hatte sie Hasch geraucht, dann war sie auf Acid umgestiegen. Ich habe es eines Abends auf ihrer Bude probiert, einer scheußlichen, düsteren Einzimmerwohnung in Eccles Gardens.«

»Und was geschah?«

»Ich fand es nicht gut. Andere Leute haben mir von den unheimlich schönen Visionen erzählt, die sie hatten, von dem Gefühl, daß sich die ganze Welt vor dir öffnet wie eine Blume und dergleichen. Ich habe so was nicht erlebt.«

»Was dann? War es schlimm? Beängstigend?«

»»N-nein«, erwiderte er nachdenklich. »Aber auch nicht schön. Ich stand neben mir. Ist dir das auch schon mal so gegangen?«

»Ein- oder zweimal.« Und zwar vor gar nicht allzu langer Zeit, mein Lieber, dachte ich, aber er sprach schon weiter:

»Ich sah uns beide, Jas und Jim. Mich und mich. Sah zwei getrennte Gestalten, die sich teilweise überlagerten wie eines dieser doppelten Bilder, die du mit verschwommenem Blick siehst. Normalerweise kannst du sie nach Belieben zur Deckung bringen oder auseinandergleiten lassen. Ich weiß noch, daß ich verzweifelt versuchte, die beiden Bilder zusammenzuschieben, aber es ging nicht. Im Gegenteil, sie entfernten sich immer weiter voneinander. Gleichzeitig hatte ich ein scheußliches Gefühl der Hilflosigkeit, als stünden meine Füße auf zwei auseinandertreibenden Eisschollen.«

»Und dann?«

»Dann hörte ich eine Stimme sagen: ›So, jetzt bist du mich los‹, und danach bin ich wohl zusammengeklappt. Als ich wieder zu mir kam, war mir hundeelend, mein Schädel brummte, als hätte ich einen Eisenring um den Hinterkopf, und ich spürte, daß das Kopfweh noch viel schlimmer werden und mindestens zwei Tage dauern würde, und so war es dann auch. Und dann dieses Gefühl, daß dir die Gedanken aus dem Ruder laufen... Bilder huschen vorbei... nicht zu bremsen, aufwühlend, kräftezehrend... sie verschlagen dir den Atem, du kannst den rasenden Reigen nicht stoppen, sie stürmen immer weiter. Manchmal denke ich, daß der Tod so sein muß, die Phase unmittelbar vor dem Tod, ein Hochjagen, eine Steigerung, die weit über alles Erträgliche hinausgeht...«

Aus irgendeinem Grunde kam mir in diesem Moment Fitz in den Sinn – eine Kindheitserinnerung. Wir hatten einen Igel gefunden, auf dem Rasen von Yetford, er schien tot zu sein. Fitz hob ihn behutsam auf einen Spaten, um ihn zu einer passenden Ruhestätte zu bringen. Plötzlich reckte sich der Igel, er gähnte, rollte sich auf den Rücken und zeigte uns die wehrlos-weiche Unterseite, die man bei Igeln sonst nie sieht, das flaumig-helle Fell. Es war etwas sehr Entspanntes, Argloses in diesem gemächlich-ruhevollen Gähnen, die kleinen rosa Pfoten streckten sich, und auf dem Höhepunkt des Gähnens starb er.

»*So* ist das also, wenn man stirbt...« sagte Fitz sichtlich verwundert.

Und ich bin sicher, daß für ihn durch diesen kurzen Moment der Tod auf immer jeden Schrecken, alles Bedrohliche verloren hat.

In mancherlei Hinsicht war ich froh, daß er nicht in England war, als es mit Mascha zu Ende ging, denn eine der Krankenschwestern hatte mir erzählt, daß sie unter grauenvollen, unerträglichen Schmerzen gestorben ist. Da ist es doch besser, wenn ihm das Bild des friedlichen Igels erhalten bleibt.

»Haben die Kopfschmerzen wirklich zwei Tage gedauert?«

»Ja, und deshalb habe ich es nie wieder mit Acid versucht. Das eine Mal hat mir gereicht.«

»Und welchen bis du damals losgeworden? Jas oder Jim?«

»Jas, nehme ich doch an«, sagte er überrascht, als sei ihm die andere Möglichkeit nie in den Sinn gekommen. »Und ich habe tatsächlich nie mehr an ihn gedacht... bis du auf der Brücke diesen Namen genannt hast...«

»Versunkene Schiffe, die man besser auf dem Meeresgrund läßt, trübe Tümpel der Erinnerung. Und das Mädchen?«

»Welches Mädchen?« Er hatte sich zu mir herumgerollt und begann, mich langsam und erregend zu streicheln und an mir herumzuknabbern, eine überaus genußvolle Technik, die bisher ihre Wirkung noch nie verfehlt hatte.

»Das Mädchen mit dem Acid. Was ist aus ihr geworden? Die Wirtschaftswissenschaftsstudentin...«

»Ach die«, sagte er unbestimmt. »Ich habe sie aus den Augen verloren. Im Grunde war sie ein ziemlich hoffnungsloser Fall.«

Er griff nach meinen Händen, die auf seiner Brust lagen, und betrachtete sie. Ich habe keine schönen Hände, sie sind so mit das Unansehnlichste an mir. Klein, dünn, abgearbeitet, rauh und gerötet von jahrelangem Herumarbeiten im Wasser, Auswringen von Lappen im Krankenhaus, Tellerwaschen in griechischen Restaurants, Kulissenmalen und Seileziehen. Fürs Fernsehen muß ich sie mir weiß schminken, besonders für eine Rolle wie Rosy.

»Warum trägst du diesen schäbigen kleinen Jettring?« fragte er mißbilligend. »Sieht aus wie vom Flohmarkt.«

Da kam er höchstwahrscheinlich auch her. Fitz hatte ihn mir zum Geburtstag geschenkt, vor einer halben Ewigkeit. Ich trug ihn immer. Ty hatte ihn noch nie zuvor bemerkt.

»Ich kaufe dir einen schwarzen Diamanten«, sagte er. »Mit so was kannst du nicht herumlaufen.«

Ty hatte zufrieden meine unverhohlene Lust am Luxus vermerkt, obgleich ich ihm auch ehrlich gesagt hatte, daß mir Entbehrungen oder Unbequemlichkeiten nichts ausmachten. Es sei gut, daß ich mit diesen gegensätzlichen Tendenzen leben könne, sagte er, demnach sei ich eine ausgeglichene Persönlichkeit. Trotzdem schien es ihn zu irritieren, wenn er auf Spuren meiner bescheidenen Vergangenheit stieß, und er bemühte sich sehr, sie zu tilgen. Er erwartete von mir eine Rosy in Reinkultur.

»Ja, weißt du«, sagte ich ein bißchen aufmüpfig, »ehe ich dich kannte, habe ich eben den größten Teil meines Lebens auf Flohmärkten zugebracht...«

»Pst...«

Später, nach dem üblichen erfolgreichen Abschluß, als wir abgeschlafft und nachdenklich zwischen Traubenkernen und Grappaflecken lagen, sagte ich, noch immer recht aggressiv, weil ich das Gefühl hatte, nun müsse endlich Klartext geredet werden:

»Du hast nie nach *meiner* Vergangenheit gefragt. Nach meinem schrecklichen Vater. Oder meiner Mutter.«

»Ich weiß mehr, als du glaubst«, sagte er milde und leicht gelangweilt.

»Was soll das heißen?«

»Ich habe dir die Rosy-Rolle zugeschanzt, du hättest sie sonst nie bekommen.«

»Wie bitte???«

»Bei den Beratungen über die Besetzung fiel mir das Stück ein, in dem Flanagan Regie geführt hatte, und ich erinnerte mich an dich. Und als Randolph sich überlegte, wer die Rosy spielen sollte, schlug ich dich vor. Ich mußte ganz schön Wind machen.« Er lachte in sich hinein. »Grove war außer sich. Natürlich hat er später eine Kehrtwendung gemacht und mir zugestanden, daß es wirklich eine hervorragende Entscheidung war.«

Mir war, als hätte ich eine gefrorene Gurke in einem Stück geschluckt.

»Aber in dem Gespensterstück habe ich kaum zwei Worte gesagt ... ich habe völlig anders ausgesehen ... wie ...«

»Ich weiß, ich weiß. Aber ich habe sofort erkannt, daß du vielversprechende Ansätze hattest, daß dir nur ein bißchen Politur und Firnis fehlen. Allerdings will ich gern zugeben«, sagte er großmütig, »daß nicht mal ich einen derartigen Erfolg vorausgesehen habe.«

Ich war sprachlos vor Entrüstung, und vielleicht war das gut so.

Ich hätte ihn umbringen können.

Meine schöne Rolle, mein schöner Triumph – kaltlächelnd von ihm als seine eigene Leistung vereinnahmt ...

Aber ich würde es ihm zeigen, ich –

Zum Glück stürzte ich gleich darauf kopfüber in den Schlaf wie in eine schwarze Schlucht.

Am nächsten Tag schimmerte Tys Veilchen in zartem Grüngrau, wie die Außenseite eines hartgekochten Eidotters. Mahjong und *Das verlorene Paradies* hatten viel von ihrem Reiz verloren, der Nieselregen, das regenfeuchte Grau hingen unverändert schwer und schmutzigdüster in den Straßen von Venedig. Schließlich fand er sich dazu bereit, einen Hut zu erstehen und sich ein wenig an die frische Luft zu wagen. Er sah unverschämt gut aus mit diesem Hut, Goya hätte ihn in wehendem grauen Mantel gemalt, mit zwei an der Leine zerrenden Jagdhunden und einem kastilischen Höhenzug im Hintergrund.

Wir nahmen eine Gondel, glitten im Nebel durch die stillen Kanäle hinter der Zattere und horchten den klatschenden Ruderschlägen und den melancholischen Rufen der Gondolieri nach.

Angeblich rufen sie »Premi!« und »Stali!«, je nachdem, ob sie rechts oder links überholen wollen, aber in neun von zehn Fällen klingt es eher nach den ersten Takten von »Voi che sapete«. Die Palazzi waren zum Schutz vor dem zu erwartenden Hochwasser verbrettert worden, die Bootsleute trugen Ölzeug, die Fußgänger Schals und Pelzmützen.

Ty hatte sich in den Kopf gesetzt, mir eine Uhr zu kaufen. Er hielt nichts von der robusten Schwesternuhr, die ich seit meinem fünfzehnten Lebensjahr besaß. »Zum Eierkochen oder Fiebermessen mag sie gut genug sein, aber jetzt kannst du so was nicht mehr tragen, man weiß doch nie, wer uns über den Weg läuft.«

So schälten wir uns denn aus den wasserdichten Hüllen, in die der Gondoliere uns verpackt hatte, gingen an Land und begaben uns – nein, nicht zu einem der protzigen Juweliergeschäfte am Rialto oder bei San Marco, sondern zu einem fast beklemmend kleinen, exklusiven, abgelegenen Laden in einer schmalen Gasse, in dem wir uns zuvor hatten anmelden müssen. Ein dienernder Majordomo schloß zwei Türen für uns auf und geleitete uns in ein inneres Gemach.

Ich registrierte graue Vorhänge, grauen Teppich, hellgraue Samtsessel – und kein Juwel weit und breit. In Geschäften dieser Art fühle ich mich ausgesprochen unwohl. Da ich leider einen eher gewöhnlichen Geschmack habe, ist mir ein ganz normales Kaufhaus, in dem man herumgehen und sich alles ansehen kann, ohne sich festlegen zu müssen, allemal lieber.

Prompt wurde ich nervös und kribbelig. Indessen war schon ein sichtlich sachkundiger, schnauzbärtiger Signor aufgetaucht, ein stattlicher Herr mit grauem, im Farbton sorgfältig auf das Interieur abgestimmtem Haar und blanken schwarzen Augen – eine Kreuzung zwischen Albert Einstein und einer Garnele –, der Ty überschwenglich begrüßte. Offenbar hatte mein lieber Mann in diesem Geschäft auch schon anderes erstanden.

Für wen wohl, fragte ich mich und wünschte fast, Ty hätte vor mir eine lange Liaison mit einer glitzernden Paradiesvogelfrau gehabt, hätte sie mit Diamanten behängt und ihr Rubine auf den Weg gestreut. Mit der Zeit fand ich nämlich meine Position etwas irritierend, stieß ich zunehmend auf ein seltsames Vakuum in

Tys Vergangenheit. Bei den meisten Menschen entdeckt man nach und nach geologische Schichten, Erfahrungen, die wie Strata ihren Charakter durchziehen und ein Gefühl der Stabilität vermitteln, ein Erlebnis führt zum anderen, es gibt eine geregelte Abfolge, bei Gegenständen wie bei Menschen. Bei Ty war das nicht so. Man hatte vielmehr den Eindruck, daß sein Innenleben aus einer Art Echoraum bestand. Wenn man anklopfte, hörte man nur ein hohles Hallen, von Stabilität keine Spur.

Wo hatte er gesteckt, was für Freunde, was für Frauen hatte er gehabt in den Jahren, nachdem er das Nägelkauen und Schorfpolken aufgegeben, nachdem er das Vermögen seines Vaters geerbt, den Abschluß am Wirtschaftskolleg gemacht und den Sprung ins Geschäftsleben gewagt hatte?

Zwei oder drei zierlich glitzernde Klunker wurden mir präsentiert. Nur als Muster, hieß es, ich sollte eine Uhr nach Maß bekommen, genau meiner Persönlichkeit angepaßt.

Leider bin ich auf Gold und Diamanten gar nicht allzu sehr erpicht.

Mir mißfielen sie alle. Sie waren zu klein, hatten winzige, grämlich-langgezogene oder herzförmige Zifferblatt-Gesichter. Eine hatte eine Digitalanzeige, die anderen Schmucksteine oder Art-deco-Hieroglyphen statt richtiger Zahlen. Mit einer Uhr, die sich als Armband tarnt, kann ich nichts anfangen. Für mich muß eine Uhr die Zeit anzeigen und sonst gar nichts.

»Tut mir leid, aber an meinem Handgelenk wirken sie alle nicht so recht«, sagte ich. »Ich brauche etwas Schlichteres.«

»Aber Signora la Contessa haben so schöne Hände«, sulzte die Garnele, die wie Einstein aussah. Daß ihm in seiner Verzweiflung nichts Besseres einfiel, ließ tief blicken. »Eccolo! Prächtig, wie meine Juwelen bei Ihnen zur Geltung kommen!«

»Du kommst mir vor wie Jane Eyre, die unbedingt in grauem Bombasin heiraten will», sagte Ty verärgert.

Schau an, zumindest einen Roman hatte er also doch gelesen! Vielleicht kannte er aber auch nur den Film ...

Beschämt und mit schlechtem Gewissen stimmte ich zu, ich war wohl wirklich miesepetrig und eine Spielverderberin.

»Warten Sie, gedulden Sie sich einen kleinen Moment ... Ich zeige Ihnen ... warten Sie ...«

Der schnauzbärtige Signor entschwand in einem weiteren Innenraum und kam mit einem ganzen Tablett voller Uhren zurück, die einzeln am Handgelenk grauer Samthände zur Schau gestellt waren.

Die Wirkung war ausgesprochen surreal, um nicht zu sagen makaber. Dali grüßt aus Buchenwald ...

»Unwahrscheinlich!« sagte ich fasziniert. »Die sehen ja aus wie riesige graue Krokusse.«

Schade, daß Joel sie nicht sehen und photographieren kann, dachte ich, sie wären auch etwas für gute Freunde von mir gewesen, für Mad und Dom, die sehr originelle Fernsehspiele schreiben und diese Hände zu einem Ausgangspunkt für tiefsinnig-bizarre Verwicklungen gemacht hätten.

Ich wandte mich James zu, war drauf und dran, etwas in diesem Sinne zu sagen, ihm zu versichern, daß mein Geschmack in Uhren vielleicht seinen Ansprüchen nicht ganz genügte, daß ich aber die unerwarteten existentiellen Erfahrungen, die er mir in so reichem Maße bot, durchaus zu würdigen wußte – und hielt erschrocken inne, denn sein Gesicht war so grau geworden wie die Samthände. Er sah sterbenskrank aus, sein Ausdruck war angsterfüllt und angeekelt, als quälten ihn unerträgliche, schauerliche Bilder. Er zitterte, schluckte, Schweißperlen standen ihm auf der Stirn.

»James, was ist denn? Fühlst du dich nicht wohl?«

»Mal di stomacho? Il conte soffre di influenza, raffredore, forse«,

meinte Signor Seal teilnahmsvoll. »Der Signor sollte sich sogleich niederlegen, ein wenig Weinbrand zu sich nehmen ... Zu dieser Jahreszeit sind derlei Beschwerden in Venedig häufig. *Le posse offrire qualcosa? No?*«

James schüttelte wortlos den Kopf, und wir verabschiedeten uns eiligst, unter tausend Entschuldigungen, mit überschwenglichen Dankesbezeugungen und wiederholten höflichen Versicherungen, wir würden bald wiederkommen, vielleicht morgen schon, ganz gewiß im Lauf der Woche.

Zum Glück waren es zu Fuß nicht mehr als zehn Minuten bis zu unserem Hotel, aber ich fragte mich ernstlich, ob James es schaffen würde. Er sah aus wie der Tod. Zu schade, dachte ich, daß es in Venedig heutzutage keine Sänften mehr gibt. Meinen Vorschlag, Hilfe zu holen, lehnte er schroff ab, und dann waren wir glücklich wieder in unserer luxuriösen Suite (die unsichtbare Hände während unserer Abwesenheit aufgeräumt und wieder bewohnbar gemacht hatten), und ich konnte James einen Schluck Brandy verabreichen und das Zimmermädchen nach einer Wärmflasche schicken *(la borsa d'acqua calda),* die sie zu meiner Überraschung auch prompt brachte. Er war völlig ausgekühlt und lag jämmerlich würgend und zähneklappernd da. Als der Schüttelfrost sich gelegt hatte, klagte er über unerträgliche Kopfschmerzen.

»Willst du ein *Aspirin? Kodein? Paracetamol?*«

»Nein, es ist eine Migräne«, murmelte er. »Sie dauert mindestens vierundzwanzig Stunden, man kann nichts dagegen machen.«

Ich war entsetzt. »Aber das ist ja schrecklich. Soll ich nicht einen Arzt holen?«

»Nein, nein, der kann mir auch nicht helfen. Ich habe Tabletten in meinem Reisenecessaire, *Feverfew*, es ist das einzige, was wenigstens ein bißchen hilft.«

Er schluckte eine Handvoll, rollte sich zusammen wie ein Fötus und machte die Augen fest zu, die Stirn voller Schmerzensfalten.

Ich fühlte mich entsetzlich hilflos und unzulänglich. Hatten mein Eigensinn, meine störrische, undankbare Reaktion auf sein beabsichtigtes Geschenk den Anfall ausgelöst? Bis dahin hatte er sich doch völlig normal benommen...

Bekam er diese Migräneanfälle häufiger?

»Soll ich dir eine Kopfmassage machen? Das kann ich nämlich ganz gut. Oder ich könnte dir einen Kräutertee brühen...«

»Laß mich in Ruhe«, fuhr er mich an. »Das einzige, was hilft, ist Schlaf. Kannst du das Licht ausmachen? Es tut meinen Augen weh. Und sorge dafür, daß ich nicht gestört werde.«

Niemand hatte etwas davon, fand ich, wenn ich auf unbestimmte Zeit in einem abgedunkelten Hotelzimmer herumsaß. Folglich ging ich auf Zehenspitzen hinaus, hängte das BITTE-NICHT-STÖREN-Schild vor die Tür und schärfte der Zentrale ein, auf keinen Fall Telefongespräche zu *Signor il Conte* durchzustellen. Die Anrufer sollten eine Nachricht hinterlassen, die mir auszurichten sei, er dürfe um keinen Preis gestört werden.

»Si sente poco bene.«

»Ah! Il povero...«

Sie waren voller Anteilnahme und Mitgefühl und überschütteten mich mit Empfehlungen für Ärzte, Krankenhäuser, Massagepraxen, ja sogar Akupunkteure. Ich lehnte sämtliche Angebote höflich ab, kaufte in der Hotelboutique Thackerays *Jahrmarkt der Eitelkeiten* und beschloß, zum Essen in den Speisesaal zu gehen.

Ich war mit meiner Garderobe nicht auf ein förmliches Dinner eingerichtet, mochte aber nicht noch einmal auf unser Zimmer gehen, womöglich hätte ich dort James gestört, wenn er trotz der quälenden Kopfschmerzen vielleicht gerade ein wenig eingeschlafen war. Zu unserem Uhren-Shopping hatte ich ein anthrazitfarbenes Wollkleid mit kurzen Ärmeln und breitem Umlegekragen angehabt. Mochten die Marchesas und Principessas ruhig die Nase rümpfen – für ein einsames abendliches Mahl erschien mir dieser Aufzug durchaus passend. So früh am Abend war der Speisesaal sowieso nur recht spärlich besetzt.

Ich hatte mit einem merklich weniger beflissenen Service gerechnet, wenn ich solo, ohne *Il Milord Inglese*, erschien, aber offenbar zahlte sich meine Rosy-Verkleidung noch aus, denn der Oberkellner geleitete mich zu einem sehr ordentlichen Tisch und reichte mir fürsorglich eine zwei Fuß lange Speisekarte und eine ähnlich umfangreiche Weinkarte. Während ich mich mit einiger Mühe durch den ausführlichen Text kämpfte, überlegte ich, daß ich mich zum ersten Mal seit der Hochzeit mit Ty wieder als Single durchschlagen mußte. Es war erstaunlich erholsam gewesen, die Rolle der braven kleinen Frau zu spielen und Ty die Bestellungen zu überlassen, worauf er sich natürlich bestens verstand. Wo immer er auftauchte, umschwirrten ihn Kellner, Träger, Taxifahrer und Gondolieri wie Tauben die Futtertüte. Jetzt aber fragte ich mich doch, ob ich mir wirklich wünschte, für den Rest meines Lebens in dieser Art umsorgt zu werden. Im Augenblick war es ein sehr genußreicher Zustand, Urlaub der Sonderklasse ist unleugbar etwas Schönes. Vorübergehend. Aber auf Dauer?

Ich hatte, nachdenklich meinen Orvieto trinkend und meine Saltimbocca vertilgend, das Problem noch nicht gelöst, als der Empfangschef sich an den Tischen vorbei auf mich zuschlängelte.

»Ein Anruf aus England für *Signor il Conte*. Wären *Signora la Contessa* so liebenswürdig, ihn entgegenzunehmen?«

Ich willigte ein, und man brachte mir das Telefon an den Tisch.

Es war Ponsonby, Tys Paragraphenreiter. Als ich ihm sagte, Ty habe einen schweren Migräneanfall und könne im Augenblick nicht selbst ans Telefon kommen, zeigte er viel Verständnis.

»Armer alter Ty, ich kenne diese Attacken. Da hilft nur Schlaf.

So ein Pech! Was mag der Auslöser gewesen sein?« Mehr sagte er taktvollerweise nicht dazu, denn daß sich ausgerechnet in den Flitterwochen ein psychosomatisches Leiden bemerkbar macht, ist ja wirklich nicht ganz das Wahre. »Aber ich habe eine Nachricht für ihn, die ihm Auftrieb geben dürfte, falls er einigermaßen aufnahmefähig ist.«

»Worum handelt es sich denn? Können Sie mir das verraten? Und darf ich es ihm sagen?«

»Gewiß. Aber bitte kein Wort zu Dritten, es ist noch streng vertraulich und muß unter uns bleiben. Sie wahren Diskretion, nicht wahr?«

»Natürlich.« Ich versagte mir die Bemerkung, daß ich sowieso keine Seele in Venedig kannte und schon deshalb keine Vertrauten hatte, denen ich Tys Geheimnis hätte verraten können. »Von mir erfährt niemand ein Sterbenswort«, beteuerte ich.

»Nun denn: Ich habe flüstern hören, daß Ty auf der Vorschlagsliste für die Rolandsbruderschaft steht. Was praktisch darauf hinausläuft, daß sie ihn auch nehmen werden. Zu neunundneunzig Prozent dürfte die Vorprüfung gelaufen sein.«

»Rolands –«

»Rolandsbruderschaft.«

»Sie müssen mich für sehr stupide halten, aber von diesem Verein habe ich noch nie was gehört.«

»Das geht Ihnen nicht allein so«, sagte er – nachsichtig, wie mir schien. »Es ist eine europäische Vereinigung, die sich äußerster Zurückhaltung befleißigt. Aber ich weiß, daß Ty sich die Mitgliedschaft insgeheim schon seit Jahren wünscht, ich glaube, sie wäre ihm lieber als der Nobelpreis.«

»Das ist ja eine tolle Nachricht! Ich richte es ihm aus, sobald er aufwacht. Auf der Vorschlagsliste, sagen Sie... Wann ist es definitiv?«

»Im nächsten Monat sind die Wahlen, aber das weiß er alles. Sagen Sie ihm einen herzlichen Glückwunsch von mir.«

»Und Sie glauben nicht, daß es verfrüht wäre, ihm zu gratulieren?«

»Nein, ich wüßte wirklich nicht, was noch schieflaufen sollte. Jetzt geht es nur noch um Formalitäten.«

Ich beendete rasch mein Abendessen und betrat leise unsere Suite, wo Ty sich im Halbschlaf hin und her wälzte und bei jeder Bewegung schmerzlich stöhnte.

»James? Kannst du mich hören?«

»Ja? Was ist?« fragte er ungnädig.

Er schien soweit wach zu sein, daß er begriff, was man sagte, ich richtete also langsam und gewissenhaft Ponsonbys Nachricht aus und vergaß auch den Glückwunsch nicht. Einen Augenblick blieb es still. Vielleicht war ich doch nicht durchgedrungen?

Dann sagte er halblaut: »Was war das? Hast du mir was erzählt, oder habe ich mir das nur eingebildet?«

Ich wiederholte die Nachricht langsam, Wort für Wort. »Ich bin so froh für dich, Schatz. Ponsonby sagte, daß es dich freuen würde.«

»Natürlich freut es mich, was glaubst du denn? Könntest du mir ein Glas Wasser bringen und noch ein paar von den Tabletten?«

Seine Stimme klang etwas kräftiger, und als er die Tabletten geschluckt hatte, fragte ich, was er von einer Tasse Tee halten würde. Er überlegte einen Augenblick, dann stimmte er zu, und nachdem er ihn getrunken hatte, nahm sein Gesicht wieder eine etwas normalere Färbung an. Er konnte sich, von Kissenstapeln gestützt, aufsetzen, die Schmerzensfalten verschwanden allmählich, und die geballten Fäuste lösten sich. Jetzt sah er nicht mehr ganz so jammervoll aus.

»Erzähl mir von dieser Rolandsbruderschaft«, sagte ich behutsam. »Was sind das für Leute? Ich habe noch nie von ihnen gehört.«

»Es ist eine europäische Vereinigung mit sehr langer Tradition, die bis nach Byzanz zurückreicht, ursprünglich hatten sie was mit den Kreuzzügen zu tun, glaube ich.«

»Wie die Johanniter?«

Er nickte und verzog schmerzgepeinigt das Gesicht. »Heutzutage ist es eine Art besserer Rotarierclub.«

Das klang fast flapsig, aber ich spürte die Genugtuung, die ihn erfüllte. Die Nachricht hatte ihm großen Eindruck gemacht, es war eine Ehrung, die ihm offenbar viel bedeutete.

»Sie tagen zweimal im Jahr«, fuhr er fort. »Im Rom und Paris. Alle möglichen Berufe sind vertreten... Beamte und Wissenschaftler und Schriftsteller und Priester... auch der Papst ist Mitglied... und Industrielle... Man kann sich nicht selbst bewerben, man muß warten, bis man aufgefordert wird. Es ist eine große Auszeichnung.«

»Wie mich das freut«, sagte ich herzlich. »Und wie schön, daß die Nachricht gerade jetzt kommt. Es ist praktisch ausgemacht, daß sie dich wählen, meint Ponsonby.«

»Ja, mit der Nominierung ist eigentlich alles gelaufen«, sagte Ty etwas zerstreut. »Sie prüfen die potentiellen Mitglieder auf Herz und Nieren, um festzustellen, ob sie alle Bedingungen erfüllen, dabei geht es ziemlich prüde zu. Wer geschieden ist oder irgendwelche Prozesse am Hals hat, ist, soweit ich weiß, ohne jede Chance. Auch wer mal Bankrott gemacht hat oder den Führerschein losgeworden ist.«

»Dann kannst du ja von Glück sagen, daß du eine so nette, wohlanständige Frau hast«, sagte ich vergnügt, aber dann überlief mich ein leises Frösteln. War die Eheschließung das Tüpfelchen auf dem i von Tys Wohlanständigkeit gewesen, die ihn endgültig für die Mitgliedschaft qualifiziert hatte? Konnte es sein, daß er bei seinem Heiratsantrag auch diese Möglichkeit in Betracht gezogen hatte?

»Weißt du was? Ich glaube, ich könnte etwas Leichtes essen«, sagte er. »Ein Omelette vielleicht. Und ein bißchen Obst. Sagst du dem Zimmerservice Bescheid?«

Danach erholte er sich erstaunlich rasch. Noch nie, sagte er dankbar, sei er eine Migräne so schnell losgeworden.

Ich fand, daß sie lange genug gedauert hatte. Inzwischen war es halb zwölf, der Migräneanfall hatte nachmittags zwischen zwei und drei begonnen. Acht Stunden quälender Schmerzen waren, wie mir schien, keine Kleinigkeit. Ein wirklich schwerer Anfall, beteuerte er, könne gut und gern fünfmal so lange dauern.

»Dafür bin ich, wenn er vorbei ist, immer topfit. Natürlich ist das keine Entschädigung, aber in dem Moment kommt es einem doch so vor. Ich könnte Bäume ausreißen, Gott weiß was anstellen . . .«

Zum Beweis fing er an, mich zu küssen, und er war wirklich wie neu belebt. Während wir vergnüglich aneinander herumturnten, fragte ich, welche Sonderrechte oder Titel ihm als Rolandsbruder zustünden. »Bist du dann außer Lord Fortuneswell auch noch Sir James? Kriegst du ein purpurnes Hosenband? Oder eins dieser tollen Kreuze am Band mit Diamanten? Ist eine Feier vorgesehen? Darf ich dabeisein? Hältst du Nachtwache in einer verwunschenen Kapelle?«

Ty hatte keine Übung im Blödeln und reagierte auf meine diesbezüglichen Anläufe sonst eher vergrätzt, aber im Moment war er so selig, daß nichts seiner Euphorie etwas anhaben konnte. Er brachte es sogar fertig, auf meinen Ton einzugehen.

»Natürlich muß ich Nachtwache halten, und du mußt hinter mir knien, splitterfasernackt, nur mit einem Efeukranz um den Hals. Und die Feier findet am nächsten Tag unter dem Arc de Triomphe statt.«

Es stellte sich dann heraus, daß er über den Ablauf im Grunde so gut wie nichts wußte. Die Rolandsbrüder übten eine derart vornehme Zurückhaltung, daß sie praktisch im Untergrund agierten.

Seine vollständige und glückliche Genesung war doch eine große Erleichterung für mich. Der Ty, den ich zuerst kennengelernt hatte – der kerngesunde Naturbursche mit dem dichten, störrischen Haar und dem herrischen Wesen –, war für mich der Inbegriff blühenden Lebens gewesen. (Nur zu gern, sagte ich mir, würde ich mich samt meinen zahlreichen Leiden von diesem tatkräftigen Mannsbild umsorgen lassen. Der Ärmste ahnte ja noch nicht, worauf er sich da einließ ...).

Deshalb hatte ich auf die Entdeckung, daß auch er seine Achillesferse hatte, mit Bestürzung und Enttäuschung reagiert. Trotzdem gab ich mir die größte Mühe, gütig und versöhnlich zu sein, so ähnlich wie das Bettlermädchen, als es erfuhr, daß König Kophetua gegen den Widerstand mehrerer Mitbewerber und einer starken republikanischen Partei den Thron behalten hatte.

Unsere Liebesspiele erreichten in dieser Nacht beispiellose Höhen, sie waren begleitet von ausgelassener Fröhlichkeit und verrückten Albernheiten. Hin und wieder ließen wir von dem ab, was uns gerade in Anspruch nahm, um uns gegenseitig blödsinnige Fragen zu stellen und uns mit spontan erfundenen Namen anzureden: »Darf ich mir die Frage erlauben, Sir Conrad, wo Sie Essig und Öl versteckt haben? Ich möchte Sie nicht berauben, aber könnten Sie wohl vorübergehend den Ketchup entbehren?« »Für Sie, liebste Frau Bürgermeister, wird es mir eine Ehre sein, aber wäre es Ihnen wohl möglich, den Tintenfisch zu entknoten?«

»Haben Erlaucht daran gedacht, die Standuhr aufzuziehen und die Galoschen abzulegen?«

Wenn ich jetzt an diese Nacht zurückdenke, erfaßt mich große Trauer. Trauer und ein wenig Widerwille. Verliebte Blödeleien vertragen weder Wiederholung noch Rückblick.

»Du bist wundervoll ... wundervoll ... wundervoll ...«, sagte er halblaut.

Worte ... Was bedeuten sie wirklich? Rein gar nichts.

Wundervoll – ich? Ich war für ihn nur eine Idealvorstellung, und die hatte eben wundervoll zu sein.

Und die ganze Zeit rauschte draußen der venezianische Regen wie ein schwarzer Wald, der wieder in den Boden hineinwächst.

»Gefällt dir das?« fragte er. »Was ich jetzt mache? Gefällt dir das?«

»Ja, du, das ist ganz toll. Versprich mir eins ... daß du das jede Nacht mit mir machst ... ganz genau so ... die nächsten fünfundzwanzig Jahre ...«

»Und du hast keine Angst, daß das ein bißchen monoton werden könnte?«

»Bestimmt nicht. Versprochen?«

»Versprochen. Sonst soll die *Chichevache* mich schlucken. Mit Haut und Haar.«

Die *Chichevache* brachte etwas in mir zum Schwingen. Leise und unheilverkündend. Zunächst blieb mir keine Muße, der Botschaft nachzugehen. Später aber fragte ich: »Was in aller Welt ist die *Chichevache*?«

»Unsere Putzfrau in Jersey hat sie immer beschworen. Ein mageres Monstrum mit Kuhhörnern, das sich nur von tugendhaften Ehefrauen ernährt und deshalb ständig halb verhungert und entsprechend vergrätzt ist ...«

Seine Erklärung löste kein Echo in meiner Erinnerung aus, aber auch während wir uns mit etwas *Pol Roger* erfrischten, kam ich nicht ganz von der Sache los.

Eine Viertelstunde später war plötzlich alles wieder da, wie ein komplettes Szenario ... Gerüche, Geräusche, Farben, die ich siebzehn Jahre lang vergessen hatte, bedrängten mich, und ich stammelte ganz benommen:

»Du ... ich ... ich erinnere mich an dich. Wir haben uns schon mal gesehen, allerdings nicht gesprochen ... vor siebzehn Jahren im Ludwell Hospital ... Damals hattest du einen Bart, nicht ...? Du warst es doch, oder? Du hast einem sterbenden alten Mann etwas versprochen... wie hieß er gleich... so ein lieber Mensch...«

Und dann sah ich Tys Gesicht. Und begriff: Unser Traum war ausgeträumt.

»*Krankenschwester* warst du?« sagte er langsam. »Im Ludwell Hospital? Aber warum... Du mußt damals doch noch lächerlich jung gewesen sein. Wie konnte deine Familie das gestatten? Warum haben sie dich nicht was Vernünftiges werden lassen?«

Ich hatte den Eindruck, daß er diese Fragen nicht der Antworten wegen stellte, sondern um Zeit zu gewinnen. Zeit wofür?

»Warum warst du mit... mit sechzehn, nicht?... schon Krankenschwester?«

»Siebzehn. Ich war in der Ausbildung.«

»Aber warum hast du nicht erst mal ein Studium gemacht?« Ich mochte ihm nichts von Papas veränderten Lebensumständen erzählen oder von den jahrelangen Zahlungen an die teure Klapsmühle, in der Onkel Laurence saß. Ich hatte Angst, mir damit nur noch mehr von Tys Sympathien zu verscherzen. Daß er Krankheiten und Abnormitäten nicht schätzte, wußte ich bereits. Sein Blick war auch so schon frostig genug.

»Aber dein Name... Ja, es gab da eine Schwester Smith, aber sie ist bei einem Verkehrsunfall ums Leben gekommen.«

Es rann mir kühl den Rücken hinunter. »Woher weißt du das?«

Er sah mich stirnrunzelnd an. Sein Blick kam aus weiter Ferne, aus vergangenen Zeiten zurück.

»Ich hatte davon gehört... alle sagten, daß... der alte Ossy soll Schwester Smith so gern gehabt haben... Aber als ich nachfragte... ich dachte, ein kleines Andenken... Da sagte man mir, daß sie nicht mehr am Leben war.«

Sonderbar, sehr sonderbar. Ich registrierte die Unstimmigkeit, ging aber nicht darauf ein. Die arme Celia Smith, eine aufopferungsvolle, engagierte Krankenschwester, in allem das ganze Gegenteil von mir, war erst über ein Jahr nach dem Tod des alten Herrn mit einem Freund auf der A 30 tödlich verunglückt.

Warum hatte sich Ty so spät nach ihr erkundigt? Warum nicht gleich? Das wäre doch die passendere Zeit für Andenken gewesen ...

Er schüttelte sacht den Kopf, eine Bewegung, als wolle er eine Klinge in einen Spalt schieben. »Also du hast damals auch im Ludwell gearbeitet? Wie lange bist du danach noch dort gewesen?«

»Nicht lange. Ein paar Monate.«

»Warum hast du aufgehört?«

Sollte ich ihm das von Fitz erzählen? Oder doch lieber nicht?

Es war – vielleicht – ein Glück, daß in diesem Augenblick das Telefon läutete. Ein Telegramm für Milord, womöglich etwas Dringendes. Sollten sie es ihm aufs Zimmer bringen? Vorlesen? Bis morgen früh in Milords Fach deponieren?

»Lesen Sie vor«, sagte er. Es war die zunächst noch unverbindliche Zusage der Mitgliedschaft in der Rolandsbruderschaft.

Danach schlief ich aus lauter Angst sofort ein.

Später hörte ich, wie Ty aufstand, ich hatte den Eindruck, daß er in einer meiner Schubladen herumkramte. Suchte er das *Paracetamol*? Ich versuchte wach zu werden, schaffte es nicht und träumte unruhig von weinenden Kindern und gestürzten Bäumen. Am nächsten Morgen hatte ich den Vorfall vergessen und registrierte, ohne mir etwas dabei zu denken, das Kuddelmuddel in der Schublade und die Tatsache, daß mein Paß obenauf lag. Wochen später wurde mir klar, daß er offenbar darin gelesen hatte.

Als ich von einem vormittäglichen Einkaufsbummel zurückkam – urplötzlich hatte ich das dringende Bedürfnis verspürt, von Ty wegzukommen und allein loszugehen, etwas zu machen, was nichts mit ihm zu tun hatte, ein extravagantes, albernes Geschenk für Joel oder für Fitz zu kaufen –, lief mir eins der Zimmermädchen über den Weg, mein Liebling, ein süßes Kammerkätzchen, auf deren Wangen zarter Flaum lag wie Pollenstaub auf einer Tigerlilie. Im Moment allerdings war die Wange nicht golden überhaucht, sondern feuerrot. Die Kleine lief, von unterdrücktem Schluchzen geschüttelt, über den Gang und drückte eine Hand ans Gesicht.

Als sie mich sah, blieb sie stehen, schnappte nach Luft, drehte sich auf dem Absatz um und flüchtete über eine Dienstbotentreppe.

Ratlos und etwas beunruhigt betrat ich unsere Suite, wo Ty Briefe schrieb. Jetzt verbreitet er die frohe Kunde, dachte ich. Auf dem Marmortisch stand ein Tablett mit Kaffee.

»War das Zimmermädchen hier?« fragte ich aus einer plötzlichen Eingebung heraus.

»Zimmermädchen?«

»Ich bin der Kleinen begegnet. Sie war irgendwie verstört.«

»Ich habe keine Ahnung, wovon du redest.« Ty zuckte die Schultern und widmete sich wieder seiner Korrespondenz.

Am nächsten Tag regnete es noch immer, und Venedig war überschwemmt. Der Markusplatz war zu einem großen grauen See geworden, an dessen Ufern man glitschige hölzerne Laufbretter für die Fußgänger ausgelegt hatte.

»Vielleicht ist es am besten, wenn wir nach England zurückfliegen«, meinte ich, denn Tys Stimmung begann mich ernstlich zu beunruhigen. Er war sehr fern, hatte sich völlig in seiner eigenen Gedankenwelt verschanzt. Ich mußte an eine Katze denken, die ganz damit beschäftigt ist, Speichel zum Putzen zu sammeln, und keine Zeit für müßiges Geschwätz hat.

»Nach England? Meinetwegen ... wenn du willst ...« antwortete er unbestimmt.

»Soll ich Parkson bitten, sich um die Flüge zu kümmern?«

»Wenn du willst«, wiederholte er im gleichen Ton. Ich war mir nicht einmal sicher, ob er überhaupt hingehört hatte.

Im Laufe des Vormittags rief die *Principessa di Montefiori* an, eine venezianische Bekannte von Ty und – Originalton Ty – eine selten dumme Kuh, Witwe eines amerikanischen Filmmagnaten, die in zweiter Ehe mit einem Italiener verheiratet war. Ty hatte sich sehr bemüht, sie über unsere Anwesenheit in Unkenntnis zu lassen, jetzt aber war sie – über den Juwelier vermutlich – doch dahintergekommen und lud uns zum Mittagessen ein. Zu meiner Bestürzung und großen Überraschung hörte ich, wie Ty zusagte. Ich tröstete mich mit dem Gedanken, daß sich bei einem Essen in größerem Kreis dieser unbegreifliche, häßliche Nebel wieder verflüchtigen mochte, der sich zwischen uns ausgebreitet hatte und uns die Sicht aufeinander nahm.

Eigentlich wäre ich, statt mich in die Nässe und unter eine Meute unbekannter Venezianer zu wagen, viel lieber in unserem behaglichen Hotel geblieben, aber ich machte mich tapfer ausgehfein. So geht es einem eben als Ehefrau, dachte ich. In guten wie in schlechten Tagen ...

Aus irgendeinem unerfindlichen Grund fiel mir plötzlich ein, wie mir Fitz vor Jahren erzählt hatte, daß Papa damals, als er so verbissen seine Suche nach Gott begonnen hatte, impotent geworden war. Wobei man natürlich fragen könnte, hatte Fitz laut überlegt, was Ursache und was Wirkung gewesen sein mochte.

»Sag mal, woher weißt du denn das?« hatte ich gefragt. Nicht, daß ich Fitz' Darstellung in Zweifel gezogen hätte, die Geschichte klang durchaus plausibel. Ich staunte nur darüber, daß er sie kannte.

»Mascha hat es mir erzählt.«

»Mascha hat es *dir* erzählt?« wiederholte ich, noch immer ziemlich fassungslos.

»Sie brauchte wohl jemanden, mit dem sie darüber reden konnte. Es war ein harter Schlag für sie. Physisch und psychisch. Mascha war als junge Frau bestimmt eine Wucht«, setzte Fitz in seiner bedächtigen Art hinzu.

»Aber warum hat sie es dir erzählt?« fragte ich einigermaßen erbost. »Mir hat sie nie ein Wort davon gesagt.« Ich würgte an gallebitterer Eifersucht. Der Verlust Maschas, der Verlust von Fitz ... Sie hatten einander, ich aber war ausgestoßen und allein, verdammt zum Schwimmen oder Untergehen. Natürlich wußte ich, daß dieses Urteil ungerecht war, aber dadurch wurde die Situation nicht erträglicher.

»Wahrscheinlich hat sie gedacht«, erwiderte Fitz ruhig und vernünftig, »daß ich mit dem armen alten Kerl Mitleid haben würde. Du hättest dich in deinem Vorurteil nur bestätigt gefühlt. Und manches kann man einem Mann eben leichter erzählen.«

»Haha.«

Fitz gab mir einen liebevoll-ungeduldigen Klaps. Und noch einen. »Komm, Cat, du weißt ganz genau, was ich meine. Dir hat sie doch jede Menge Sachen erzählt, die sie bei mir nie rausgelassen hätte.«

Was natürlich stimmte.

Fitz ist groß und schlank. Er hat dunkles Haar und wunderschöne Augen, sie sind dunkelgrau und stehen sehr weit auseinander. Tatarenaugen vielleicht, aber keine Schlitzaugen. Etwas Russisches hat er schon, ja, das bestimmt. Die Mundwinkel sind immer zu einem halben Lächeln nach oben gebogen, auch wenn er ganz ernst ist. Seine Kleidung wirkt unweigerlich adrett und proper, auch wenn sie es eigentlich gar nicht ist.

Der Gedanke an den in Harvard über seiner Arbeit sitzenden Fitz tröstete mich, als wir in die schneidendkalte Nässe hinaustraten. Wie im Reich Gottes gibt es auch in Venedig keinen Unterschied zwischen arm und reich: Jedermann geht zu Fuß. (Zum Glück war der Palazzo der Principessa nicht weit von unserem Hotel entfernt). Der Gedanke an Fitz hatte mich aber wohl auch leichtsinnig gemacht. Ich kam auf der schmierigen Glätte des Laufbretts ins Rutschen. Ty griff nach mir und brachte mich damit noch mehr aus dem Gleichgewicht, so daß ich schwer zu Boden schlug.

»Vorsicht«, rief jemand, und eine Frau stieß einen hohen, spitzen Schrei aus.

Ich blieb liegen, wo ich war, und fand mich selbst sehr bedauernswert. Im Fallen hatte ich mein Handgelenk knacken hören – und das in den Flitterwochen! Mein linkes Bein war in einem sehr verdächtigen Winkel unter mir abgeknickt. Nur ein paar Zentimeter von meiner Wange entfernt, die sehr unbequem auf eisig-öligem Pflaster ruhte, floß der Canale Grande. Das Wasser sah aus wie Ratatouille, ein Gericht, für das ich noch nie geschwärmt habe. Ich rührte mich nicht, bis freundliche, behutsame Hände mich aufhoben.

Verblüfft konstatierte ich, daß ein Händepaar meinem Freund Joel gehörte. Zwei Gondolieri, deren Dienste bei diesem Wetter ansonsten nicht sehr gefragt waren, halfen ihm.

»Joel! Was machst denn du in Venedig?«

»Ich bin eigentlich hergekommen, um Posy in einem Mancini-Mantel abzulichten.« Er nickte zu der jungen Frau hinüber, die bei meinem Sturz den spitzen Schrei losgelassen hatte. »Ihr kennt euch ja...«

Ich nickte, aber meine Begeisterung hielt sich in Grenzen. Posy Winchester, Tochter aus gutem Hause, arbeitete als Modell, machte Werbung im Fernsehen und spielte auch hin und wieder eine kleine Rolle. Sie war mir nie besonders sympathisch gewesen, jetzt aber gab sie sich sehr fürsorglich. Mit ihrer näselnd-lässigen Schnarrstimme rief sie:

»Du Ärmste, da bist du aber ganz schön auf die Nase gefallen.

So was Dummes! Schau dir nur deine Strümpfe an! Und dein armer Pelz! Wieso bist du eigentlich ausgerutscht?«

Meine Strümpfe und mein armer Pelz machten mir weniger Kummer als mein Handgelenk und mein Knöchel, die offenbar ernstlich angeschlagen waren. Außerdem spürte ich hinter mir Tys wortlose Wut. Wenn er etwas verabscheute – soweit kannte ich ihn inzwischen schon –, war es Erregung öffentlichen Aufsehens durch irgendein Mißgeschick. Erst sein blaues Auge, jetzt das! Unsere Hochzeitsreise drohte sich zu einer Abfolge slapstickhafter Katastrophen auszuwachsen.

Die Gondolieri trugen mich auf verschränkten Händen ins Hotel zurück. Ein rasch herbeizitierter Arzt eröffnete mir, daß ich mir das Handgelenk gebrochen und den Knöchel verstaucht hatte. Auf der Fahrt ins Krankenhaus zum Röntgen, Bandagieren und Gipsen glänzte Ty durch Abwesenheit. Es schien, daß er mit all dem Elend überfordert war. Ob er vielleicht doch noch das Gastmahl der Principessa besucht hatte? Dafür begleiteten mich netterweise Joel und Posy. Seine Gesellschaft tat mir wohl, während ich auf ihr Ach- und Wehgeschrei gern hätte verzichten können. Später brachten sie mich ins Hotel zurück, und Joel bestellte für mich eine Suppe beim Zimmerservice. Ich mochte nichts essen, mir war ziemlich flau von den Schmerzen, aber er redete mir gut zu. »Dann schläfst du schneller ein«, meinte er sehr vernünftig, und natürlich hatte er recht. Ich habe einen eingebauten Schlaffaktor, der in Aktion tritt, wenn ich krank oder verletzt bin, und auch diesmal wurden mir sehr bald die Lider schwer.

»Na also«, sagte Joel freundschaftlich und schob mir ein Kissen unter den eingegipsten Arm. »Jetzt leg dich hin, und sobald du eingeschlafen bist, verziehen wir uns.«

Ich legte mich zurück und nahm die Stimmen am anderen Ende des großen, üppigen Schlafgemachs bald nur noch als vage Geräuschkulisse wahr.

Zumindest die Stimme von Joel. Posy mit ihrer Angewohnheit, jedes zweite Wort kursiv zu sprechen, war nicht so leicht zu überhören. »... sie *natürlich* nur wegen der *Publicity* geheiratet«, verkündete sie in ihrem durchdringenden Diskant. »Das erkennt ja ein *Blinder* mit dem *Krückstock*. Vida sagt, sie weiß es *genau* ... gibt der Ehe kein *halbes Jahr* ... so *unstet*, der liebe Ty ... das wissen wir doch *alle* ...«

»Halt den Mund, Posy«, sagte Joel. »Spiel hier nicht den Raben.«

Der Unglücksvogel, dachte ich. Genau so sieht sie aus mit dem schwarzen Krisselhaar und den boshaften schwarzen Augen. Und dann schlief ich wirklich ein, und als ich aufwachte, wußte ich nicht, ob ich das alles tatsächlich gehört oder es mir nur eingebildet hatte, weil diese Redereien für Posy so typisch waren.

Inzwischen hatte sich auch Ty wieder eingefunden, der sich höflich nach meinem Befinden erkundigte, von mir aber noch immer, wie ich schmerzlich spürte, durch diese unbegreifliche Nebelferne getrennt war. Er habe wegen meines Unfalls umdisponiert, teilt er mir mit. Er müsse heute abend nach London zurückfliegen, wegen verschiedener Details im Zusammenhang mit seiner bevorstehenden Investitur. Ich war laut Aussage des Arztes in den nächsten Tagen nicht reisefähig.

»Aber du hast ja deine Freunde, da wirst du dir hoffentlich nicht allzu verlassen vorkommen«, fügte er hinzu, und seine Stimme machte überdeutlich, daß er Joel nicht leiden konnte.

»Posy ist nicht meine Freundin«, wandte ich halblaut ein.

»Dafür ist Joel Redmond in dich verliebt. Er wird sich zweifellos rührend um dich kümmern«, sagte Ty mit seidenweicher Stimme.

Ich sah ihn einigermaßen fassungslos an.

»Was redest du da für einen Unsinn, Ty! Joel und ich kennen

uns schon eine halbe Ewigkeit. Außerdem ist er schwul, soweit ich weiß.«

»Irrtum«, sagte Ty in lehrhaftem Ton. »Er ist in dich verliebt. Ich sehe diese Dinge, auch wenn du selbst blind dafür zu sein scheinst. Im übrigen hätte ich mich nicht so stark für dich interessiert, wenn nicht ein anderer Mann hinter dir her gewesen wäre.«

Es dauerte eine Minute, bis ich diesen Brocken verdaut hatte. Dann sagte ich: »Du hast dich getäuscht. Um meinen Wert zu steigern, hast du dich selbst betrogen. Und das mit Joel ist völlig aus der Luft gegriffen.«

In seinem Blick lag nackte Feindschaft. Dann hob er lächelnd die Schultern. »Wie du meinst... Ist ja auch nicht weiter wichtig. Ich muß Parkson Bescheid sagen, er soll für mich packen. Hier, nimm diese Pillen. Der Arzt hat sie dagelassen. Ich sollte sie dir geben, sobald du aufwachst.« Er reichte mir eine goldgeränderte Untertasse mit Tabletten, eine ganze Handvoll, alle verschieden – weiß, rot, rund, torpedoförmig.

»Am besten spülst du sie mit einem Glas *Mouton* herunter«, sagte Ty und schenkte mir ein. Dann rief er Parkson an und verzog sich ins Ankleidezimmer. Ich trank den Wein und spülte die Tabletten durchs Klo. Ich habe eine unüberwindliche Abneigung gegen Pillen, sie geht vielleicht auf die riesengroßen, scheußlichen Lebertrankapseln zurück, die mich Mascha zu schlucken zwang, als ich ein kleines Mädchen war, eher aber auf meine Erfahrungen in der Ausbildung, wo ich die armen Alten auf der Pflegestation mit Tabletten vollstopfen mußte, die, wie ich sehr wohl wußte, keinerlei heilende Wirkung hatten, sondern sie nur ruhigstellen sollten. Infolgedessen bin ich fest entschlossen, mir nie auch nur eine einzige Tablette einzuverleiben, und wenn es um mein Leben ginge. Auch darin zeigt sich wohl meine dicke Neurose, auf die ich nun doch etwas näher eingehen muß.

Ich leide an einem Krankheitswahn. Ich weiß es, ich schäme mich sehr deswegen und komme mir lächerlich vor, aber ich sehe beim besten Willen keine Möglichkeit, diese schändliche Schwäche loszuwerden. Aus meinen Krankenhaustagen besitze ich ein Symptomenlexikon, ein dickes ledergebundenes Buch, das meine Bibel ist. Tagelang bin ich schon herumgehinkt in der festen Überzeugung, daß ich an einer progressiven Knochenerkrankung sterben werde, daß die Flecken vor meinen Augen Anzeichen eines fortgeschrittenen Glaukoms sind oder mein steifer Nacken und meine Schluckbeschwerden einen Kehlkopfkrebs ankündigen. Mein Knie, meine Schulter, mein Gaumen, mein Ohr, mein Unvermögen, lange stillzusitzen, die Unverträglichkeitserscheinungen Zigarettenrauch und Milch gegenüber – all das sind Vorboten unheilbarer Krankheiten. Bei ausgefalleneren Leiden wie Staublunge oder Nierenschwund oder der (nur unter Kannibalen von Neuguinea verbreiteten) Kuru-Krankheit hilft es meist, wenn ich mich ordentlich auslache, aber daß ich Magenkrebs habe, *weiß* ich, und ich weiß auch, daß ich in Kürze daran sterben werde. Wie sonst ist es zu erklären, daß ich die gleichen Symptome wie Mascha habe? Natürlich werde ich nicht zum Arzt gehen, wozu auch? Seine wirkungslosen Medikamente und das sinnlose Herumdoktern an meiner Person würden den Auflösungsprozeß nur unnötig verlängern, so wie es bei ihr der Fall war. Ich bin gewillt, bis zum letzten Augenblick (möglichst noch darüber hinaus) zu schweigen, um meinen Lieben die endlose, jammervolle Quälerei zu ersparen, die wir mit Mascha durchgemacht haben.

Und deshalb war ich, das gebe ich zu, die Ehe mit Ty schlechten Gewissens eingegangen, im Bewußtsein einer verantwortungslosen Täuschung. Immerhin war das sehr wohl ein wichtiger Punkt, den ich ihm unterschlagen hatte (neben all dem anderen, was er von mir nicht wußte), und ich gestand ihm gern zu, daß er bei dem Geschäft vielleicht nicht allzu gut weggekommen war. Andererseits hatte ich ihn wirklich so lange wie möglich abgewimmelt. Nur weil er so wild entschlossen war, mich zu erobern, wurde ich letzten Endes weich und dachte: Was soll's, warum eigentlich nicht? Ich bekomme mein Quantum Spaß und Komfort und Luxus, was nach langen Jahren harter Arbeit und schmaler Kost schließlich nicht zu verachten ist, Ty bekommt die blonde Beute, auf die er so scharf war, und wird bald die Ehre haben, ein leidgeprüfter Witwer zu sein, der um seine viel zu jung verstorbene Eheliebste trauert. Alle werden ihn furchtbar bemitleiden, und er wird sich vor verständnisvollen Verehrerinnen kaum retten können. Trotz meines Siechtums schien es ein fairer Handel zu sein. (Dieser Zug von Hypochondrie spielt, wie man auch später noch sehen wird, eine unheimlich wichtige Rolle in meinem Leben.)

Nachdem sich zwischen Ty und mir diese rätselhafte Kluft aufgetan hatte, tat ich mich allerdings schwer mit Zukunftsplänen. Ich wußte nicht, was in Ty vorging. War es wirklich denkbar, daß er wegen dieser Lappalie – einer flüchtigen Begegnung vor etwa achtzehn Jahren – eine derartige Abneigung gegen mich gefaßt hatte? Damals, als Sechzehn- oder Siebzehnjährige, hatte ich geduldig in dem Elend und der Plackerei von Ludwell ausgehalten, ein unwichtiges und verachtetes Rädchen im großen Räderwerk der Krankenhaushierarchie. Der in einem vornehmen Einzelzimmer untergebrachte sterbende Geschäftsmann hatte offenbar einen Narren an mir gefressen. Immer hatte er eine freundliche Bemerkung, ein Scherzwort für mich, wenn ich seinen Nachttisch putzte oder sein Waschwasser wegbrachte. Seasmith nannte er mich, denn C. SMITH stand auf dem Namensschild in der Plastikhülle, die auf meinem gestärkten Schürzenlatz steckte. »Und wie geht's meiner fidelen kleinen Seasmith heute?« fragte er liebevoll, während ich irgendwelche Gerätschaften hereinrollte. Er hatte sich vor einigen Jahren erfolgreich einer Bypass-Operation unterzogen, jetzt kam die nächste auf ihn zu. Die Experten waren sich darüber einig (was sie ihm natürlich nicht auf die Nase banden), daß diesmal die Chancen sehr viel ungünstiger standen, nur eins zu fünf, und mit dieser Einschätzung behielten sie dann leider auch recht.

Er war ein netter alter Herr. Zu mir jedenfalls war er nett. Wie hieß er doch gleich ...

Der gewohnte Anblick des Todes. Woher stammt diese Zeile? Manchmal – nein, häufig – trauere ich der Bildung nach, die mir entgangen ist. Ich wünschte, ich hätte die englische Literatur systematisch und nicht nur in zufälligen Brocken und Häppchen kennenlernen können, hätte Plato und Catull gelesen, wüßte, was sich hinter den Namen Goethe und Heidegger verbirgt. Mascha hatte selbst in ihren schwersten Jahren reichlich geistige Hilfsmittel, auf die sie zurückgreifen konnte, und von denen sie klugen Gebrauch machte. An dem Tag, als sie unter großen Schmerzen starb, las sie *Die Goldene Schale*.

Wie hatte er noch geheißen, der alte Herr? Ich sehe ihn als Toten vor mir liegen, ein Gesicht wie aus grauem Wachs, die Augen geschlossen, die Falten in den Wangen erstarrt wie bereifte, tief ausgefahrene Wege. Die ungewöhnlichen Augenbrauen – weiß und schmal auslaufend wie Schneckenfühler – waren zwei Zentimeter weit vorspringende Simse in seinem Gesicht. Als er noch lebte, funkelten in den Augen, die tief in dreieckigen Höhlen lagen, Schläue und Gewinnsucht. Er war ein geriebener alter Knabe gewesen, der für irgendein geschickt eingefädeltes Geschäft ... Bauwesen? Schulmittel? Nordseegas? ... in den Adelsstand erhoben worden war. Wie hieß er doch gleich ...

»Da kommt ja meine fidele kleine Seasmith.«

Fidel war ich allenfalls in seinem Zimmer. Die Oberin duldete mich nur wegen Papas ruhmreicher Vergangenheit, für die ausgebildeten Schwestern war ich geringer als ein Wurm, die Oberschwestern kniffen die Augen zusammen, wenn sie mich sahen, und machten schmale Lippen. Ich fühlte mich wie erfroren, ausgestoßen, wertlos, ein Gegenstand der Verachtung. Doch irgend etwas in mir wußte, daß das nicht die ganze Wahrheit sein konnte, denn das Geld, das ich verdiente, entschied über Wohl und Wehe meiner Leute zu Hause. Papa begann damals schon abzudriften, unerreichbar zu werden. Wie eine winzige, wärmende Flamme hielt mich dieser Gedanke am Leben.

»Da kommt ja meine fidele kleine Seasmith.«

Er hatte riesengroße Hände mit starken Knöcheln. Das Bowls-Spiel war seine Leidenschaft gewesen. »Wie Francis Drake«, sagte er stolz. Ich konnte mir vorstellen, wie die kräftigen Pranken sich um die schwere polierte Kugel gelegt hatten.

Am Operationstag brachte ich ihm einen großen Strauß Schlüsselblumen und eine Karte, die ihm Mut machen sollte. (In jenen fernen Tagen wuchsen – zumindest in Dorset – Schlüsselblumen üppig an jedem Wegrain. Damals spritzten die Bauern noch nicht erbarmungslos jedes Unkraut tot). In einer Schale auf dem Nachtschränkchen neben seinem Bett verströmten sie ihren zarten, geheimnisvollen Duft. »Danke, die bringen mir sicher Glück. Sie erinnern mich an meine Kinderzeit. Überall auf Jersey blühten sie. Man konnte sie riechen wie Muskat, wenn man die Straße entlangging.«

Er stammte von den Kanalinseln, deshalb benutzte er diesen seltsamen Ausdruck: »... Dann soll dich die *Chichevache* holen ...«

Daß ich nicht auf den Namen komme ... Er hat sich irgendwo in meinen Gehirnwindungen verhakt wie ein Stück Apfelschale, das einem in der Kehle steckengeblieben ist.

Für mich ist er untrennbar mit dem Bild auf der Postkarte verbunden, die ich ihm mitbrachte, dem Bild eines Mannes in Grau, der mit gekreuzten Armen Schlittschuh läuft. Es war eine von Maschas Karten, die sie im ganzen Haus verteilte, um sich bei der Arbeit an ihnen freuen zu können. Im Louvre kamen mir einmal die Tränen, als ich unvermutet vor einem Stilleben stand, einem Bild von Cézanne, glaube ich, Blau- und Grüntöne, ein paar Apfelsinen und ein knautschig herunterhängender Handtuchzipfel. Sofort stand mir in schmerzlicher Klarheit Mascha vor Augen. Ich erbat mir die Schlittschuhläuferkarte von ihr, als ich an meinem freien Nachmittag nach Hause fuhr, und schenkte sie dem alten Herrn. Etwas von seiner ruhigen Würde hatte auch dieser Mann mit dem Pokergesicht und dem schwarzen Zylinder, der vor einer Winterlandschaft dahinglitt. »Finden Sie nicht, daß er Ihnen sehr ähnlich sieht, Sir Ostin?« fragte ich. Er lachte in sich hinein. »Schlittschuhlaufen hab ich nie gelernt. In Jersey gefriert es nicht oft. Aber es ist ein hübsches Bild, lieb, daß Sie es mitgebracht haben. Ich mag Bilder, die einem was sagen. Lilias, das ist meine Tochter, ist ganz wild auf diese komische Sache, die sich *Conceptual Art* nennt, Konzeptkunst ... Rosa Boudoirsesselchen in einem Haselgehölz. Alles Blödsinn. Das hier gefällt mir. Lehnen Sie's an das Wasserglas. Ich werde an den alten Knaben denken, der seine Bahnen zieht, während sie mir die Narkose verpassen. Von wem ist denn das Bild?« Er drehte die Karte um. »Raeburn. Reimt sich auf meinen Namen. Nie gehört, aber der Mann ist gut.«

»Du wirst dich um Lilias kümmern, Jimmy, nicht?« fragte er, als die Transfusion nicht geholfen hatte und allen klar war, daß ihm nicht mehr viel Zeit blieb. »Du wirst sie *heiraten* ... für sie sorgen ... aufpassen, daß sie keine Dummheiten macht ...«

»Selbstverständlich, Sir, das hätten Sie nicht eigens zu sagen brauchen«, erwiderte der junge Mann am Bett, dieser Mann aus fernen, lang vergangenen Zeiten, der, wie ich jetzt weiß, Ty war. Damals sah er ganz anders aus, er hatte einen dicken schwarzen Schnurrbart, das dichte schwarze Haar war an der Seite gescheitelt und mit Brylcreme gebändigt, das Gesicht (soweit man es hinter dem Schnauzer erkennen konnte), war jung, unfertig, noch nicht, wie heute, geprägt von Autorität und Entschlußkraft. Nur die großen, ungewöhnlichen Ohren, die kühn geschwungene Nase –

die hatte er damals schon. »Selbstverständlich kümmere ich mich um sie«, wiederholte er.

»Ich vermache das Geld dir und nicht ihr. Wenn ich es ihr überschreiben würde, könnte ich es gleich ins Meer werfen.« Der alte Herr bewegte sich unruhig. »Du mußt es ihr in kleinen Portionen zuteilen, damit es nicht einem dieser greulichen Gurus in die Hände fällt oder sie sich Drogen dafür kauft. Es ist eine große Verantwortung.«

»Es ist sehr viel Geld«, sagte Ty ehrerbietig. Auch seine Stimme hat sich nicht geändert. Damals war sie heller, jünger – aber unverkennbar die Stimme von heute. Ich war leise hereingekommen, um irgendwelche Handlangerdienste zu verrichten.

»Du bist ein guter Junge, ich weiß, daß ich mich auf dich verlassen kann.« Und dann hatte der alte Herr diesen sonderbaren Ausdruck gebraucht.

Leise verzog ich mich wieder. Ich war ein so unbedeutendes Ding, daß Ty meine Anwesenheit vermutlich gar nicht zur Kenntnis genommen hatte. Er dürfte andere Sorgen gehabt haben. Es war ein bedeutungsvoller Augenblick für ihn. Wer von uns kommt schon in die Verlegenheit, ein Versprechen am Sterbebett zu geben? Die arme Dodo muß es in der Fernsehserie tun, aber zum Glück ist es mit dem gräßlichen Alten aus und vorbei, ehe er die Einlösung des Versprechens fordern kann.

Hatte Ty sein Versprechen gehalten?

Es war ein wichtiger Tag in meinem Leben gewesen, nicht nur, weil Sir Ostin gestorben war, sondern weil ich später zum ersten Mal Andrej Baradin gegenüberstand, einem jungen heimwehkranken russischen Arzt, der zu einer halbjährigen Weiterbildung nach England gekommen war. Sein Großvater war um einige Ecken herum ein Vetter von Maschas Mutter, deshalb rief Andrej im Pfarrhaus an, und Mascha sagte ihm, daß ich im Krankenhaus arbeitete und ihm erklären würde, wie man nach Yetford kommt. Die familienbewußte Mascha war natürlich überglücklich, einen wenn auch noch so entfernten neuen Verwandten kennenzulernen. Sie schloß ihn sofort ins Herz. Er besuchte uns, so oft er konnte. Er liebte Mascha. Yetford sei ihm wie eine zweite Heimat, sagte er.

Und ich verliebte mich in ihn.

Nach Tys Rückflug rührte ich mich zwei Tage nicht aus meinem Zimmer. Ich war ziemlich fertig. Zum Teil, weil ich starke Schmerzen im Handgelenk und im Knöchel hatte, hauptsächlich aber wegen Ty.

Ich hatte keine übertriebenen Erwartungen in unseren Bund gesetzt. Die unzweideutige Ablehnung, die ich von Papa erfuhr, hat mich gelehrt, jedwede menschliche Beziehung mit Argwohn und Pessimismus zu betrachten. Andererseits hatte mich Ty mit einer solchen Besessenheit umworben und schien mir so großen Wert beizumessen, daß ich mich, in falsche Sicherheit gewiegt, hatte überrumpeln lassen. Immerhin hatten wir uns in den ersten Wochen seiner Werbung ja auch sehr gut verstanden. Ein kleiner Teil meines Ich, das sich noch ein Stück kindliche Zuversicht bewahrt hat, flüsterte mir ein, es könne doch noch einmal so werden wie damals, die Trennung sei vielleicht nur vorübergehend. Die Aufnahme in die Rolandsbruderschaft hat ihn verstört, durcheinandergebracht... er kann mit kranken Menschen nicht umgehen, was Wunder, er ist ja bisher noch nie mit so einer Situation konfrontiert worden. Wenn du erst wieder in London bist, renkt sich alles wieder ein...

Im Grunde aber war mir klar, daß ich mir nur etwas vormachte. Ich hatte ihm irgendwie einen tödlichen Schlag versetzt, seine Meinung war so radikal umgeschlagen, daß er mich vielleicht am liebsten nie wiedersehen würde. Und im Grunde genommen meldete sich ein weiteres Stück meines Ich zu Worte, das nüchtern-puritanische Ich, aus dem Maschas walisische Vorfahren sprachen, im Grunde genommen brauchst du dich darüber gar nicht zu beklagen, denn du hast ihn aus unlauteren und egoistischen Motiven geheiratet, du hast gedacht, als Lady Fortuneswell könntest du dir einen schönen Tag machen, hättest für den Rest deines Lebens ausgesorgt.

›Das haste nun davon‹, wie Mrs. Eppy zu sagen pflegte.

Nach zwei Tagen rief mich Randolph Grove aus London an.

Joel war noch in Venedig, vorgeblich, um Aufnahmen von Sta Giacometta zu machen, in Wirklichkeit aber, wie ich vermutete, weil er sich um mich sorgte. Er kam täglich vorbei, brachte mir Bücher, Kassetten und einen Kopfhörer, aber weil ich ziemlich deprimiert war und Schmerzen hatte, blieb er nie lange. Als Randolph anrief, war er gerade nach Torcello gefahren und hatte mir ausrichten lassen, er würde am Abend vorbeikommen.

»Tut mir wirklich leid, dich in den Flitterwochen zu stören, Cat«, sagte Randolph, »aber etwas sehr Bedauerliches und Trauriges ist passiert.«

Es war aufschlußreich, wie sich das Verhalten meiner Mitmenschen mir gegenüber geändert hatte, seit ich Lady Fortuneswell war. Manche, wie Joel, benahmen sich völlig normal, Randolph aber redete heute ebenso vollmundig daher, wie er mit Ty zu reden pflegte.

»Tut mir wahnsinnig leid, daß ich euch den Spaß verderben muß«, fuhr er fort – er hatte offenbar weder von meinem Unfall noch von Tys Abreise gehört –, »aber wir müssen alle Szenen mit Jerry Faber nachdrehen ...«

»Nein!« sagte ich erschüttert. »Du willst doch nicht sagen ...«

»Doch, leider. Er ist diese Woche gestorben. Und wir hatten noch nicht alle Szenen mit ihm im Kasten –«

»Das ist ja schrecklich.«

Jerry Faber war ein noch junger Schauspieler, der sich auf Altherrenrollen spezialisiert hatte. In unserer Serie spielte er den Peter Featherstone, einen verschlagenen alten Knaben, der seinen habgierigen Verwandten nicht verraten mag, wem er sein Vermögen vermachen wird, sondern sich im Angesicht des Todes einen Spaß daraus macht, sie zappeln zu lassen. Sie kommen täglich, kampieren in seinem Haus, machen lautstark ihre Ansprüche geltend und erreichen rein gar nichts. Auf dem Bildschirm ist das sehr wirkungsvoll. Und der Lieblingsneffe des Alten, einer der Helden der Serie, geht fast daran kaputt, daß er auf Erwartungen baut, die sich dann zerschlagen, weil es eine der Heldinnen – in einer sehr eindrucksvollen Szene – schlankweg ablehnt, auf Verlangen des Alten ein Testament zu verbrennen.

Daß Jerry Faber die Rolle übernommen hatte, war insofern eine traurige Ironie des Schicksals, als auch er den Tod vor Augen hatte, denn er litt an Aids. Er wußte es, alle wußten es, aber er war fest entschlossen, so lange wie nur irgend möglich durchzuhalten. Er war ein hervorragender Schauspieler. Spielen, pflegte er zu sagen, ist das einzige, was mir heute noch Spaß bringt, warum soll ich es nicht machen, solange es geht?

Es hatte ihn mit Glück und Genugtuung erfüllt, daß ihm von allen Seiten bescheinigt wurde, wie gut ihm der alte Featherstone gelungen war. »Ein würdiges Denkmal«, sagte er einmal zu mir. Aber er hatte sich zu früh gefreut, der Ärmste. Nun würden seine Szenen sehr bald vergessen sein. Genau wie er.

»Armer Jerry«, sagte ich. »Es tut mir so leid.«

Das war keine Floskel. Wir hatten Jerry alle sehr gern gehabt. Nie jammerte er oder haderte mit seinem Schicksal, immer war er tapfer und voller Optimismus, er konnte sogar Witze über seinen Zustand machen, richtige Witze, über die man lachen konnte. Er würde uns allen fehlen. Der gewohnte Anblick des Todes, dachte ich, hier ist er wieder. Was bleibt dir, wenn jemand stirbt, den du gern hattest? Nur die Welt.

Zudem empfand ich eine durchaus egoistische Bestürzung, denn ich wußte beim besten Willen nicht, wie ich, behindert durch Bandagen an Handgelenk und Knöchel und im Gipsverband, die Szene mit Featherstone drehen sollte. Zum Glück war es nur diese eine Szene, aber sie war wichtig. Mein Bruder und ich kommen hoch zu Roß angetrabt, ich trete ein, nehme Hut und Schleier ab, singe dem Alten zwei Balladen vor und drücke mich dann im Haus herum, damit der junge hübsche Arzt, den ich mir unbekannterweise schon als Ehemann ausgeguckt habe, mich begutachten kann. Es war eine meiner Lieblingsszenen gewesen, ich hatte mein Bestes dafür gegeben und war nicht sicher, ob ich diese Leistung noch einmal bringen würde.

Ich erzählte Randolph Grove von meinem Pech, und er war merklich betroffen.

»Na ja, das müssen wir eben irgendwie hinkriegen. Hauptsache, dein Gesicht ist in Ordnung, dann flicken wir von den Originalaufnahmen was rein, schneiden es zurecht, das wird schon gehen. Aber es wäre mir doch lieb, wenn du noch ein paar Tage nach Knoyle kommen könntest. Wir brauchen ein paar Filmmeter mehr – die Buchhaltung murrt schon –, um die zusätzlichen Drehtage in Knoyle zu rechtfertigen. Wenn Ty schon wieder in England ist, brauche ich zumindest kein ganz so schlechtes Gewissen zu haben.«

Kein Wort der Entschuldigung, daß er mich in meinem angekratzten Zustand zum Reisen zwang. An die Bequemlichkeit seiner Mitmenschen hatte Randolph noch nie einen Gedanken verschwendet. Ich war ehrlich gesagt ganz froh, Venedig den Rücken kehren zu können, das Hotel ging mir allmählich auf die Nerven. Allerdings hätte es nicht unbedingt Knoyle zu sein brauchen ...

»Das Dumme ist«, sagte Randolph, »daß wir das Herrenhaus nicht haben können, weil dort irgendwelche komischen Ökologen tagen, aber das weißt du vermutlich.«

»Das Herrenhaus brauchen wir doch auch nicht«, wandte ich ein. »Die Featherstone-Szenen haben wir auf einer der Farmen gedreht.«

»Ja, das stimmt. Wir werden das Team im Trust House in Weymouth einquartieren und als Künstlergarderobe ein Zelt aufstellen müssen«, stöhnte er und ließ sich über weitere Einzelheiten aus, die er mir, als ich noch nicht Lady Fortuneswell gewesen war, nie anvertraut hätte. »Wann kommst du zurück, Cat? Heute abend? Und morgen dann weiter nach Dorset? Also schön, bis dann. Ruf mich an, sobald du da bist.« Damit hatte er aufgelegt.

Ich zitierte Parkson herbei, den mir mein Mann (recht widerwillig) zu meiner Unterstützung dagelassen hatte, und bat ihn, einen Flug zu buchen, meine Sachen zu packen und einen Rollstuhl zu organisiern. Wie leicht wir uns an die Gepflogenheiten der Reichen gewöhnen, dachte ich. Vielleicht sollte ich so langsam anfangen, sie mir wieder abzugewöhnen ...

Als Joel aus Torcello zurückkam, erstattete ich Bericht. Er war tief betroffen, als ich ihm von Jerrys Tod erzählte, aber ganz unerwartet kam ihm die Nachricht nicht.

»Armer Teufel«, sagte er, »es stand ihm im Gesicht geschrieben. An jenem letzten Abend auf Knoyle. Aber was ist mit dir, Katja, kannst du wirklich reisen?«

»Aber ja. Ich bin heilfroh, hier wegzukommen. Und für das Organisatorische habe ich ja Parkson.«

Joel schob das Kinn vor, wie immer, wenn er sich Sorgen macht.

»Und wie sehen deine Pläne aus? Willst du in Tys Haus nach Battersea?«

»Nein«, erwiderte ich (denn das hatte ich im Lauf des Tages geregelt). »Ty ist sowieso nicht da, er ist in Paris.« (Wegen der Vorbereitungen für die Aufnahme bei den Rolandsbrüdern, aber das sagte ich Joel nicht.)

»Nein, ich fahre gleich nach Knoyle, Parkson bringt mich mit dem Rolls hin.«

»Und wo willst du wohnen?«

»Ty hat doch ein Haus dort, eins der Cottages in Caundle Quay steht ständig für ihn bereit, da kann ich unterkommen. Könnte ganz lustig werden«, fügte ich mit leiser Skepsis hinzu.

»Lustig?« fuhr Joel zornig auf. »Lustig? Wer ist denn auf diese hirnrissige Idee gekommen? Dort geht es doch ständig bergauf und bergab. Wie willst du das denn bewältigen?«

»Ich bewege mich schon recht geschickt auf meinen Krücken. Und Tys Haus soll ziemlich weit oben liegen. Notfalls lasse ich mich im Rollstuhl schieben. Das findet sich alles.«

»Und was wirst du essen? Und was ist, wenn du einen Arzt brauchst?«

»Mach mich nicht schwach, Joel. So was läßt sich doch regeln.«

»Daß es sich regeln läßt, ist nicht die Frage«, knurrte er. »Ob es geregelt wird, *das* möchte ich wissen.«

Da Joel keinen Platz mehr auf meiner Maschine bekommen hatte, saß ich allein in meinem luxuriösen First-Class-Sessel, meine Krücken waren derweil in dem Schrankfach untergebracht, in dem sonst die Kleidersäcke hängen. Der tüchtige Parkson hatte den *Rolls Royce* nach Gatwick bestellt, in dem er mich schnellstens nach Dorset beförderte.

Und so kam ich zum zweiten Mal nach Caundle Quay.

4

Olga Laszlo zieht heute in Nummer sechs ein«, sagte Pat Limbourne zu ihrer Freundin. »Sei so lieb, ihr das Nötigste ins Haus bringen zu lassen, und nimm sie in Empfang, ja? Ich muß nach Dorchester, wegen der Preisverleihung für die Kurzgeschichten. Grauenvolle Geschichten, aber immer noch besser, als wenn die Leute in Wettbüros herumhängen.«

Sie griff sich einen großen, unordentlichen Stapel handgeschriebener Texte, der zwischen Blumentöpfen, Bastrollen, Kaffeetassen und Photosachen auf dem Küchentisch lag.

Elspeth, die gerade dabei war, sich ihrer Gummischuhe zu entledigen, lehnte sich an die Schwelle, rieb einen ihrer alten, knochigen Füße und sah hoch. Ihr Gesicht verriet fast so etwas wie Bestürzung, soweit ein solcher Ausdruck bei ihren freundlich-verknitterten Zügen überhaupt möglich war.

»*Olga Laszlo*? Du hat mir gar nicht erzählt, daß sie herkommt.«

»Ich wußte es ja selber nicht«, sagte Pat ziemlich schroff. »Tys Sekretariat hat gestern die frohe Kunde durchgegeben. Sie hatte sich direkt beworben, ihr Vater muß ein Bekannter oder Geschäftsfreund vom alten Leyburn gewesen sein ... hat Werbung für ihn gemacht ... kannte ihn seit einer halben Ewigkeit ... und sie soll Bühnenbilder für das Theater in Dorchester entwerfen ... an sich kann man nichts gegen sie sagen ... jedenfalls waren die im Sekretariat wohl dieser Meinung ...«

»Ach je.« Langsam schälte Elspeth sich aus dem anderen Gummistiefel. Ihr Gesicht war vor Ratlosigkeit und Sorge ganz schiefgezogen. »Die arme Frau ist ein ausgesprochener Störfaktor. Wahrscheinlich kann sie nichts dafür, als Flüchtlingskind und so weiter...«

»Andere Leute haben nach ihrer Flucht ein ganz normales Leben geführt. Vielleicht bleibt sie ja nicht lange. Wenn es um einen bestimmten Auftrag geht, hat sie keinen Grund, sich hier häuslich niederzulassen.«

»Sie soll ja sehr begabt sein...« Elspeth schlüpfte in Sandalen, richtete sich langsam und vorsichtig auf und sah aus dem Fenster. Der Tumbe Tom war auf dem Hof damit beschäftigt, den wilden Wein an einem Spalier hochzuziehen. Sehr behutsam befestigte er die langen, weichen Triebe an Drähten, die er an die Hofmauer genagelt hatte. Shuna reichte ihm Stoffstreifen dafür zu. Wohl um den Wein zu üppigem Traubenansatz zu animieren, verschönerte sie ihn außerdem mit Früchten aus eigener Produktion, kleinen runden Farbbanddosen, die sie rot lackiert und mit Aufhängern versehen hatte.

Sie mußte eine entsprechende Bemerkung gemacht haben, denn Tom antwortete mit einem Wortschwall, beredten Gesten und nachdrücklichem Kopfnicken.

»Tom bringt Shuna Sympathiezauber bei«, bemerkte Elspeth, die in den dreißiger Jahren Anthropologie studiert hatte.

»Wußtest du, daß er hier in der Gegend als Geistheiler sehr geschätzt ist? Mrs. Monkton von der Poststelle hat es mir erzählt.« Pat fuhr sich rasch mit dem Kamm durch das kurze braune Haar und warf einen flüchtigen Blick in einen Taschenspiegel. Ihre gestrengen, kantigen Züge hatten eine unverkennbare Ähnlichkeit mit denen Oliver Cromwells.

»Du, hör mal, mir ist noch etwas eingefallen... wegen Olga...«, setzte Elspeth an.

»Ich muß los, Bets, sonst komme ich zu spät. Worum geht's denn?«

»Meinst du, Olga könnte ahnen, daß...« Elspeth deutete mit dem weißen Kopf auf das Kind vor dem Fenster.

»Glaube ich nicht. Sehr unwahrscheinlich. Wieso denn? Niemand hat es gewußt.« Aber auch Pat machte jetzt ein nachdenkliches Gesicht.

»Das wäre sehr unerfreulich ... Du kennst ja Olga und ihre unausgegorenen psychologischen Theorien ... So taktlos, wie sie ist ...«

»Und Gerüchte bleiben an ihr hängen wie Fussel an schwarzem Samt. Und dann diese schreckliche Angewohnheit, sich überall ungebeten reinzuhängen. Besonders, wenn's um Kinder geht.«

»Ja, weil sie ihre eigenen verloren hat«, sagte Elspeth bekümmert. »Und deshalb neigt sie noch mehr dazu –«

»Das war ihre eigene Dummheit.«

»Natürlich, nur würde sie das nie zugeben. Aber sie interessiert sich tatsächlich brennend für andere Leute –«

»Du sagst es. Sieht sich als die ideale Briefkastentante.« Pat vertauschte die schmuddelige Strickweste mit einer Tweedjacke. »Tja, dann dürfen wir eben nichts rauslassen, Bets. Denk dir eine schöne Geschichte aus, so was kannst du doch.«

Elspeth grinste wie ein Kobold. »Hoffen wir das Beste, lieber Leser ... Wann kommt sie denn?«

»Keine Ahnung. Nicht vor dem Mittagessen jedenfalls. Bis später.«

Pat griff erneut nach ihren Manuskripten, winkte im Gehen Tom und Shuna zu und schritt rüstig die steile Marmortreppe zum Parkplatz hinauf.

Elspeth rief ihre fleißigen Hilfstruppen auf dem Hof zum Essen. Shuna kam ins Haus, der Tumbe Tom setzte sich draußen hin. Er hatte sich ans Alleinsein gewöhnt und blieb jetzt lieber für sich. Elspeth brachte ihm ein Apfelküchlein, eine Tomate und eine Flasche Bier. Er nahm die Sachen mit dankbarem Nikken entgegen und stellte sie neben seine Kartoffelchipstüte und den mitgebrachten Käse.

»Er ernährt sich völlig falsch«, jammerte Elspeth, als sie wieder im Haus war.

»Aber er ist gesund«, wandte Shuna ein. »Genauso gesund wie du.«

»So scheint es im Augenblick. Aber wenn er mal krank wird, hat er keine Reserven. Was hast du denn da, Schätzchen?« fragte sie, während sie sich zu ihrem rasch improvisierten Mahl setzte. Shuna studierte einen dicken Packen fettfleckiger Zeitungsausschnitte. Sie waren vergilbt und zerfleddert vom Alter oder vom häufigen Durchblättern und sahen so unappetitlich aus, daß Elspeth sie der Kleinen am liebsten weggenommen hätte.

»Da steht alles über Toms Frau drin, er hat mir davon erzählt. Es ist sehr traurig.«

»Was war denn mit ihr?« fragte Elspeth interessiert.

»Sie ist krank geworden. So, wie du es eben von Tom gesagt hast. Und während sie im Krankenhaus lag, haben sie ihnen das Zuhause weggenommen.«

»*Weggenommen*?«

»Ja, ganz weg. Als sie zurückkamen, war es nicht mehr da. Tom hatte derweil in der Stadt gewohnt, wo das Krankenhaus war, in Poole, glaube ich. Als sie wieder herkamen, war nur noch der Stellplatz da, ein kahles, verschlammtes Stück Land.«

»Du lieber Himmel.«

»Es war furchtbar«, sagte Shuna ernst.

»War es ein Zelt oder ein Wohnwagen?«

»Ein Wohnmobil, sagt Tom. Richtig hübsch eingerichtet, sie hatten einen grün-goldenen Herd und Auslegeware, und Jenny hatte die Vorhänge genäht. Und dann ihre ganzen Sachen und seine Streichholzsammlung, das haben sie alles nie wiedergesehen. Sie haben nie rausgekriegt, wo es hingekommen ist. Sie ist wieder krank geworden, und er konnte sich nicht darum kümmern.«

»Aber das ist ja eine ganz schlimme Geschichte.« Elspeth runzelte empört und mitleidsvoll die Stirn. Sie griff sich einen der Ausschnitte und las die Überschrift: RENTNER VERLIEREN KAMPF UM WOHNMOBIL. »Vielleicht sind sie juristisch nicht ordentlich beraten worden... Andererseits – irgendeine Handhabe muß der Stadtrat ja gehabt haben. Ich will versuchen, mit Tom darüber zu sprechen. Wenn ich ihn nur ein bißchen besser verstehen könnte! Er braucht eine Zahnprothese. Ob er wohl von uns eine Unterstützung dafür annehmen würde, was meinst du?«

»Seine Zähne waren in dem Wohnmobil, sagt er. Inzwischen hat er sich daran gewöhnt, ohne sie auszukommen, im Grunde waren sie nur eine Last, er hat sie sowieso nur für Besuch reingetan.«

»Und was ist aus seiner Frau geworden?«

»Sie ist wieder kränker geworden, als ihr Zuhause weg war. Sie mußte zurück ins Krankenhaus und ist gestorben. Danach hat Tom auf einer Verkehrsinsel gewohnt.«

»Auf einer Verkehrsinsel?«

»Die für den Kreisverkehr auf der Dorchester-Umgehungsstraße. Aus... wie heißt das, wenn Leute zeigen wollen, daß man sie ungerecht behandelt hat?«

»Protest.«

»Ja, aus Protest. Er hat ein Zelt auf der Verkehrsinsel aufgestellt, aber die Polizei hat ihn weggejagt. Dann hat er Arkwright gefunden, der irgendwo rumgestromert ist. Arkwright hatten sie schon in ihrem Wohnmobil. Tom hat sich sehr gefreut, seinen Arkwright wiederzusehen, mit so einem Glück hatte er gar nicht gerechnet. Und dann haben er und Arkwright in einem alten MFT gewohnt, aber die Soldaten sind ihm draufgekommen und haben ihn rausgeworfen.«

»Was ist ein MFT?«

»Weiß nicht«, sagte Shuna.

»Irgendein Militärfahrzeug wahrscheinlich.«

»Die Soldaten hätten ihn da wohnen lassen, sagt Tom, er störte ja keinen, aber der Major hat gemeint, er müßte weg.«

»Und wo wohnt er jetzt?« fragte Elspeth, während sie die durch Fettspuren und Abnutzung nahezu unleserlichen Ausschnitte überflog.

»Das verrät er nicht. Muß ja nicht jeder wissen, sagt er immer.«

»Na ja, verstehen kann man das schon ... Ob Lord Fortuneswell ihm ein Haus in Glifonis geben –« Elspeth unterbrach sich. Die Möglichkeit kam ihr selbst höchst unwahrscheinlich vor. Es waren wohl nicht gerade Typen wie der Tumbe Tom, die Lord Fortuneswell als Bewohner seiner aparten griechischen Villen vorschwebten.

»Ein ganzes Haus?« meinte Shuna zweifelnd. »Ich glaube nicht, daß Tom ein ganzes Haus haben will. Er hätte nichts gegen einen ordentlichen Eisenbahnwaggon, wenn *British Rail* welche übrig hat, sagt er. Oder einen ausgemusterten Überlandbus.«

»Wann war das eigentlich? Die Ausschnitte sind nicht datiert.«

»Weiß ich nicht. Muß schon eine ganze Weile her sein. Warum nimmst du dein Hörgerät? Bekommen wir Besuch?«

»Ja. Heute nachmittag.«

Elspeth hatte sich neuerdings eine kleine unauffällige Hörhilfe zugelegt, die direkt im Ohr saß. Technische Geräte lagen ihr nicht, sie hatte sich auch mit diesem nur widerstrebend angefreundet und trug es nicht ständig. Pat und Shuna sprachen klar und deutlich, und Elspeth war an ihre Stimmen gewöhnt, so daß sie zu Hause nur selten von ihrer neuen Errungenschaft Gebrauch machte. Bei Fremden aber war sie doch eine gute Hilfe. Elspeth wußte von früher, daß Olga Laszlo eine sehr leise, intime Art zu reden hatte und stets schnell und atemlos vor sich hin brabbelte.

»Wer kommt denn?« Shuna beobachtete mit lebhaftem technischem Interesse, wie Elspeth eine kleine gelbe Schutzkappe von der stecknadelkopfgroßen Batterie zog und die Batterie geschickt in ein Gebilde aus rosa Plastik schob, das nur wenig größer war als eine Kidneybohne.

»Eine Dame, sie heißt Olga Laszlo und arbeitet für das Theater in Dorchester. Sie hat alle Hände voll zu tun und wird nicht lange bleiben«, verkündete Elspeth ziemlich streng.

»Was macht sie denn am Theater in Dorchester?«

»Sie soll Bühnenbilder entwerfen.«

Shunas Augen glänzten, aber Elspeth sagte: »Jetzt haben wir aber genug geschwatzt. Es ist Zeit für deine Mittagsruhe. Und danach machst du mir die zehn Lateinübungen, die ich dir herausgesucht habe, und ein paar Satzgliederungen. Wenn du damit fertig bist, kannst du etwas zeichnen. Was du willst. Danach übst du zwanzig Minuten Klavier. Dann darfst du wieder Tom helfen.«

»Kann ich ihm erst seine Ausschnitte zurückgeben?«

»Ja, natürlich.«

Elspeth sah der Kleinen nach und stieß gewohnheitsmäßig einen tiefen Seufzer aus, der Besorgnis und die Last der Verantwortung verriet. Dann gab sie sich einen Ruck und machte sich daran, all die Dinge aufzuschreiben, die sie noch brauchte, um Olga Laszlos Haus bewohnbar zu machen.

Einmal in der Woche schickten die Geschäftsleute aus Dorchester einen Lieferwagen nach Glifonis, der fast alles für den Haushalt Nötige mitbrachte, wenn man es rechtzeitig bestellte. Elspeth war mit gezücktem Bleistift auf dem Weg zum Telefon, als es anfing zu läuten.

»Glifonis Nummer Zwei«, meldete sie sich.

»Sind Sie's, Miss Morgan? Hier ist das Sekretariat von Lord Fortuneswell. Wir haben noch einen Neuzugang für Sie, können Sie sich darum kümmern?«

»Aber ja. Je mehr, desto besser. Schön, daß es allmählich lebendig wird in Glifonis. Und so interessante Leute! Wer ist es denn diesmal?«

»Die neue Lady Fortuneswell. Cat Conwil, die Schauspielerin.«

»Wie spannend. Aber ich dachte, sie sind noch auf der Hochzeitsreise.«

Elspeth war dank ihrer gründlichen abendlichen Lektüre des *Independent* stets genau im Bilde.

»Lord Fortuneswell ist geschäftlich nach Paris geflogen, und sie kommt nach Dorset, weil sie einen Teil der Fernsehserie neu drehen müssen, die sie in Knoyle gemacht haben. Im Herrenhaus kann sie nicht wohnen, weil dort eine Tagung läuft. Ich wäre Ihnen sehr dankbar, wenn Sie nachschauen würden, ob Lord Fortuneswells Haus – Nummer Eins, nicht? – bezugsfertig ist.«

»Aber natürlich, kein Problem«, zwitscherte Elspeth. »Ich schicke Mrs. Monkton hin, sie soll nochmal gründlich putzen. Und ich sehe gleich selber nach, ob die Heizung läuft.«

Als Elspeth von diesem Gang zurückkam, sah sie mit gemischten Gefühlen, daß Olga Laszlo angekommen war und vorsichtig über die durch den Seenebel gefährlich glitschige Straße näherkam. Die Gestalt im Regenmantel hatte etwas Demütig-Geducktes an sich, eine Haltung, die Elspeth an Olga Laszlo nur zu gut kannte. Es war, als wolle sie sich im voraus für ihre Anwesenheit entschuldigen, als wisse sie, daß sie nur geduldet war, und als sei es ihr furchtbar unangenehm, ihren Mitmenschen so viele Unannehmlichkeiten zu bereiten.

»Guten Tag«, rief Miss Morgen munter. «Ihr Häuschen ist bereit. Kommen Sie am besten gleich mit, Ihr Gepäck können wir später holen. Oder einer der Griechen bringt es Ihnen, es sind so nette, hilfsbereite Leute.«

»Danke«, hauchte Olga. »Aber ich habe gar nichts, nur einen kleinen Rucksack.«

Ihr mattes Lächeln vermittelte den Eindruck, dieser kleine Rucksack berge all ihre weltliche Habe.

»Um so besser, dann können Sie ihn ja selber holen«, sagte

Elspeth ungerührt und entschlossen, sich nicht auf der Nase herumtanzen zu lassen. Sie wußte, daß Olga von ihren Bühnenbildern recht gut leben konnte.

Olga Laszlo war auf eine hager-hohlwangige, hohläugige Art hübsch, aber offenbar, dachte Elspeth verärgert, ist sie darauf aus, sich so unvorteilhaft wie möglich herzurichten. Das dunkle Haar, das unter dem schmutzigbraunen Wolltuch zum Vorschein kam, war wirr und ungepflegt und hätte eine gründliche Säuberung nötig gehabt. Die fahle Haut war rauh. So, wie sie aussieht, hat sie in ihrem Leben noch keine Apfelsine gegessen, dachte Elspeth. Und diese schlechte Haltung! Vorgeschobener Kopf und krummer Rücken, wie eine alte Frau. Dabei kann sie kaum älter sein als vierunddreißig. Und die Zähne! Keine schlechten Zähne, das nicht, aber geputzt werden die bestimmt so gut wie nie. Kettenraucherin natürlich. Und dabei hatte sie mal zwei kleine Töchter. Viel können die armen Würmer nicht von ihrer Mutter gehabt haben. Insofern ist es wahrscheinlich ein Segen, daß man ihr das Sorgerecht entzogen hat.

Dann aber siegte doch Elspeths gutes Herz. Kinder, besonders Mädchen, gehören zur Mutter. Die beiden liebten Olga wahrscheinlich so zärtlich, als sei sie die beste Hausfrau und hingebungsvollste Mutter der Welt. Und Olga hat die Kinder bestimmt auch liebgehabt. Kein Wunder, daß sie sich jetzt so gehen läßt...

Weder Elspeths Miene noch ihre Stimme verrieten etwas von diesen Gedanken, als sie die solide, schokoladenbraun gestrichene Holztür öffnete und heiter verkündete: »So, hier wären wir. Glifonis Nummer Sechs gehört ganz Ihnen. Hier das Vorderzimmer, dahinter die Küche. Badezimmer links, Schlafzimmer hinten. Griechischer geht's nicht – nur wäre in Griechenland das Badezimmer auf dem Hof. Mit Rücksicht auf das englische Klima und um Platz zu sparen – der in unserem kleinen Winkel besonders knapp ist–, hat man das Badezimmer im Haus untergebracht.«

»Aber das ist ja reizend. Wirklich reizend.« In Olgas leiser, atemloser Stimme mischten sich Spuren des väterlich-ungarischen Erbes mit der Sprachmelodie der englischen Oberschicht, die sie in einem exklusiven Internat erworben hatte (wo sie dank der gütigen Unterstützung finanzkräftiger Freunde untergebracht worden war). Was dabei herauskam, klang häufig – so auch jetzt – ungewollt herablassend. Elspeth stellte unwillkürlich die Stacheln auf, aber dann lachte sie sich selber aus.

»Hier die Lebensmittel... dort Handtücher... zusätzliche Decken... Für einen Zeichentisch ist leider kein Platz, aber ich habe Ihnen einen besonders großen Küchentisch hereinstellen lassen.«

»Wie lieb von Ihnen«, seufzte Olga und streifte das bezeichnete Möbel mit einem etwas abschätzigen Blick. »Ob ich wohl auch eine Staffelei haben könnte? Und wie steht es mit dem Telefon?«

»Tut mir leid, die Häuser haben alle noch keinen Telefonanschluß«, sagte Elspeth, über die Staffelei hinweghörend. »Bis auf unseres, Nummer Zwei. Sie wissen ja, wie die Post ist... Aber Sie können gern bei uns telefonieren. Jederzeit«, setzte sie gegen ihr besseres Wissen hinzu.

»Aber nein... ich will Sie nicht belästigen... gibt es keine Telefonzelle? Kann man nicht ein bißchen Druck bei der Post machen? Wenn Ty vielleicht persönlich...«

»Soviel ich weiß, ist er zur Zeit in Paris«, sagte Miss Morgan reserviert.

»Ja, wenn das so ist... Ob ich wohl gleich mal... Ich habe so viel zu disponieren...«

Fünf Minuten später hing sie in Nummer Zwei am Telefon, das auf dem Fensterbrett in der Küche stand, und führte mehrere ausgedehnte Gespräche. Elspeth, die Ableger in Marmeladengläsern und Körbe voll nasser Wäsche nach draußen brachte, wo sie in der feuchten Luft nur noch nasser wurde, versuchte zunächst, sich taub zu stellen, konnte aber beim besten Willen nicht verhindern, daß sie ziemlich viel davon mitbekam.

»Ja, Tig, Schätzchen, ich komme morgen mit den Skizzen vorbei... bisher habe ich nur vier oder fünf, ich hatte so viele andere dringende Sachen... Zeit? Aber ja, Schätzchen, natürlich habe ich Zeit... ein komisches Häuschen, ja... ein bißchen primitiv... aber einem geschenktem Gaul, du weißt ja, wie das ist...« »Swit, mein Schätzelchen... ich mußte dringend weg, aber ich melde mich bald... könntest du ganz lieb sein und mir ein Päckchen Dias von Nonpareil holen und per Eilboten-Einschreiben hierherschicken... ja, ich bin in der finstersten Provinz, in Dorset... sie haben mich in einer ulkigen Griechenkate einquartiert... und, Swit, bist du ein Engel und gehst mal in Lexham Gardens vorbei? Schau nach, ob eine Stromrechnung da ist, und wenn du das Maß deiner Güte vollmachen willst, zahlst du sie und alles andere, was ein bißchen verdächtig aussieht, ja? Du kriegst es zurück, sobald ich hier mein Honorar kassiere... nein, nicht schlecht,... Weißt du zufällig, ob die *Mars Timlo Show* noch im *Walden* läuft?... Es wäre toll, wenn du mal hingehen und ein paar Dias machen könntest, ob das wohl ginge?...«

Allmählich bekam Elspeth Mitleid mit der oder dem unbekannten Swit, sie konnte sich des Eindrucks nicht erwehren, daß all diese honigsüßen Worte ihren Preis hatten.

»Kann ich Ihnen eine Tasse Tee oder Kaffee anbieten?« fragte sie in eine Gesprächspause hinein. Kaffee um halb vier war für sie ehernes Gesetz.

»Ja, wunderbar, herzlichen Dank«, sagte Olga zerstreut und stürzte sich in das nächste einseitige Gespräch. Als ihr eine Tasse mit Elspeths tintenschwarzem Instantkaffee gereicht wurde, nahm sie einen Schluck, verzog das Gesicht, deponierte die Tasse auf dem Fensterbrett und schob sie ein Stück weg. Das dazugehörige Rosinenbrötchen ließ sie links liegen.

Elspeth registrierte dieses Benehmen mit leisem Nicken und hochgezogenen Augenbrauen, als mache sie einen entprechenden Vermerk auf einem unsichtbaren Formblatt.

»Sehr schön, mein Gretelchen, dann hör ich also in Bälde von dir«, schloß Olga, legte zum letzten Mal den Hörer auf und lächelte Elspeth wehmütig zu. »Es dauert immer so unheimlich lange, bis man etwas geregelt hat, finden Sie nicht? Aber jetzt mache ich mich davon und raube Ihnen nicht länger die Ruhe.«

Shuna hatte, als sie mit ihren Aufgaben fertig war, den Nachmittag bei den Griechen unten am Hafen verbracht und ihnen beim Bau eines Bootsschuppens zugesehen. Jetzt kam sie gerötet, feucht und leicht mit Sägemehl bestäubt zum Abendessen zurück.

»Schau, schau!« Olgas Augen strahlten auf, als habe jemand den Schalter für den Hauptscheinwerfer betätigt. »Wen haben wir denn da?«

»Das ist Shuna«, sagte Miss Morgan kurz angebunden. »Sie wohnt zur Zeit bei uns. Shuna, das ist Mrs. Pendennis.«

»Meine Liebste, Beste, nur das nicht, ich bitte Sie! Ich nenne mich schon längst wieder Miss Laszlo. Aber sagen Sie doch Olga zu mir, das ist so viel netter. Und willst du meine kleine Freundin sein und mir das Dorf zeigen? Du kennst doch sicher alle Ecken und Winkel, wie?« Olga fixierte Shuna mit ihrem Scheinwerferblick.

›Shuna muß arbeiten‹, hätte Elspeth am liebsten gesagt, aber sie nahm sich zusammen und hielt den Mund. »Ja, sicher«, sagte Shuna sachlich, »aber hier findet man sich ganz leicht zurecht, Ecken und Winkel gibt es eigentlich nicht, nur die eine Straße zum Hafen. Und haben Sie nicht alle Hände voll zu tun? Weil Sie doch fürs Theater arbeiten, hat Tante Elspeth gesagt.«

»Ja, gewiß, aber die Zeit, um neue Freundschaften zu schließen, muß immer da sein.«

Das tragisch angehauchte Lächeln, das sie gerecht auf Miss Morgan und Shuna verteilte, vermittelte den Eindruck, daß sie kaum Freunde auf der Welt besaß, daß ihr aber Freundschaft mehr bedeutete als selbst der beste Platz im Himmlischen Schauspielhaus. Was man ihr allerdings nach den Gesprächen, die sie gerade geführt hatte, nicht recht abnehmen mochte.

»Auf Wiedersehen«, hauchte sie, blinzelte Shuna verschwörerisch zu, wickelte sich in ihr braunes Tuch und ging davon.

Shuna setzte sich kommentarlos zum Abendessen.

5

Gefühlsbefrachtete Erinnerungen blieben mir bei unserer späten Ankunft in Caundle Quay erspart, denn die Nacht war pechschwarz. Die Scheibenwischer schoben den an die Windschutzscheibe des *Rolls Royce* schlagenden Regen in dicken, undurchsichtigen Schwaden beiseite, man sah buchstäblich nicht die Hand vor Augen.

»Sehr üppig scheint die Straßenbeleuchtung hier nicht zu sein«, bemerkte ich, als unsere Scheinwerfer endlich ein Schild erfaßt hatten: GLIFONIS – PARKEN NUR FÜR ANWOHNER. Parkson hielt, ohne zu antworten, unter dem Schild. Er war nicht beglückt über den Auftrag gewesen und hatte kein Hehl daraus gemacht, daß er aus seiner Sicht eindeutig Lord Fortuneswell unterstellt war und nicht mir. Daß er meinetwegen bei Dunkelheit und Regen in einem steil ansteigenden, verschlammten Dorf herumtappen mußte, setzte wahrscheinlich allem die Krone auf.

»Sie bleiben am besten sitzen, während ich zum Haus gehe und aufschließe«, sagte er. »Dann trage ich zuerst das Gepäck und die anderen Sachen hinunter, danach klappe ich den Rollstuhl auseinander und bringe Sie hin.« Er nahm einen Korb vom Rücksitz.

Ich hatte gegen diesen Vorschlag nichts einzuwenden, zumal ein Begrüßungskomitee ebensowenig zu entdecken war wie knicksende Bauernmädchen oder strahlende Pächter, die bereit gewesen wären, mich auf den Schultern in meine Behausung zu tragen. Zugegeben, es war nach elf und grauenhaftes Wetter. Kein einziges Licht war zu sehen, die Bewohner von Glifonis lagen wohl längst in den Federn.

Ich wartete also im Wagen und bedauerte Parkson, der gleich noch nach London zurückfahren mußte, um eine Frühmaschine nach Paris zu erwischen.

Nach ein paar Minuten glomm unten, hinter einer Straßenbiegung, ein Lichtchen auf. Einige Zeit verging, dann kam Parkson zurück, holte kommentarlos mein Gepäck aus dem Kofferraum und verschwand erneut in der regennassen Finsternis.

Diesmal mußte ich länger warten. Außer meinen Koffern hatten wir zwei Freßkörbe mitgebracht, die er vermutlich gleich auspackte.

Dann war er glücklich wieder da, holte den Rollstuhl heraus, der die Fahrt auf der Rückbank mitgemacht hatte, und stellte ihn auf. Danach, noch immer schweigend, half er mir vom Beifahrersitz. Er tat sich schwer damit. Ich habe hin und wieder mit Schauspielern gearbeitet, die ich nicht mochte oder die mich nicht mochten. Körperkontakte sind immer heikel.

Er hatte große Mühe, den Rollstuhl über die aufgeweichte Parkplatzfläche, ein Gemisch aus Schlamm und Bauschutt, zu schieben. Ich hörte ihn knurren. Danach kamen wir zu einer abfallenden gepflasterten Straße, die auch ihre Tücken hatte. Zweimal rutschte Parkson aus und brabbelte Unverständliches. »Immer mit der Ruhe, Parkson«, sagte ich und sah uns im Geiste schon in elegantem Schwung bis ins Hafenbecken rollen.

»Dieser ... Marmor!« sagte er halblaut und ließ den Stuhl über eine Stufe hüpfen. Damit hatte ich nicht gerechnet und jaulte auf. Der Stoß hatte mein Handgelenk und meinen Knöchel erschüttert. Parkson entschuldigte sich nicht. »Immer mit der Ruhe«, wiederholte ich. »Wieviele Stufen sind's denn noch?« Er tat, als habe er nicht gehört, und rollte stur weiter. Es waren, wie sich herausstellte, fünf oder sechs im Abstand von jeweils etwa vier Metern. Ich versuchte mich zu entspannen und klammerte mich mit der heilen Hand an die Rollstuhllehne, aber jede Stufe überrumpelte mich erneut und zerrte an meinen verletzten Gelenken.

Inzwischen drang der eisige Regen langsam, aber sicher durch meinen Mantel, es konnte nicht mehr lange dauern, und der Gips war durchweicht. Parkson, der jetzt schon zwanzig Minuten draußen herumlief, war noch schlimmer dran.

Wenig später schwenkte er von der gepflasterten Straße ab nach links und wuchtete den Rollstuhl rückwärts über weitere Stufen zu einem beleuchteten Eingang.

»So, das wär's. Ein Glück, daß der Rollstuhl durch die Tür geht«, sagte er so grämlich, als sei dieses Glück ganz und gar unverdient für eine Person, die einen derart verrückten Plan ersonnen hatte.

Ich blinzelte in das Licht, das mir nach der tintenschwarzen Nacht gleißend hell vorkam, es aber vermutlich nicht war. Wir standen in einem schlichten kleinen Wohnraum mit gefliestem Boden und spartanisch einfacher Einrichtung: Neben der Tür eine kleine Couch, ein Tisch, zwei Stühle.

»Die Küche ist hinten«, sagte Parkson mit einer Kopfbewegung. »Ich habe die Vorräte in den Kühlschrank gepackt. Badezimmer links, Schlafzimmer dahinter. Okay?«

Er wandte sich zum Gehen.

»Warten Sie einen Augenblick«, sagte ich erschrocken. »Wollen Sie ... wollen Sie vor der langen Fahrt nicht eine Tasse Tee trinken oder sonst irgendwas?«

Er schüttelte den Kopf. »Keine Zeit. Ich muß los.«

»Aber ... hey, warten Sie doch.« Er war schon halb durch die Tür und wandte sich ungehalten um. »Wie funktioniert dieser Stuhl eigentlich?«

Der Stuhl, ein kompaktes, kompliziertes Gefährt von beträchtlichem Gewicht, hatte elektrischen Antrieb, fuhr selbsttätig und würde mir zweifellos gute Dienste leisten, wenn auch wohl kaum in Glifonis, das fast ausschließlich aus Stufen zu bestehen schien. Nur – der Stuhl und ich hatten uns erst vor zwei Stunden in Gatwick kennengelernt.

»Steuerung auf der Armlehne«, sagte Parkson ergeben. »Hier, sehen Sie? Start. Der Hebel da ist für den Vorwärtsgang.« Ich probierte es und schoß in beängstigendem Tempo quer durchs Zimmer.

»Wow!«

»Das ist der Rückwärtsgang«, sagte Parkson. »Steuerungsgriff für die Räder. Leerlauf. Bremse. Okay?«

Und dann war er endgültig weg, ohne Abschied und offenbar in der Überzeugung, daß er mir gegenüber seine Pflicht – und mehr als das – getan hatte.

Es dauerte ungefähr zehn Minuten, bis ich mich einigermaßen mit dem Rollstuhl auskannte. Nützliche Vorbereitung für eine Behinderung im Seniorenalter, dachte ich sarkastisch, während ich mir die größte Mühe gab, seine mutwilligen Sprünge zu steuern und vorauszuahnen, wobei wir beide manch kräftigen Puff einstecken mußten. Es war ein großes Glück, ja, eine schicksalhafte Fügung, daß das kleine Haus so sparsam möbliert war. Schließlich meisterte ich sogar die schwierige Fahrt in die Küche, die etwa so groß war wie das Wohnzimmer. Sie enthielt einen Kühlschrank, der schätzungsweise das Fassungsvermögen von St. Paul's in London hatte, einen Elektroherd von der Größe eines Rugbyfeldes, viele leere Regale, eine überaus aufnahmefähige Spüle, Arbeitsfläche und Hocker. Ein Teller, Messer, Gabel, Löffel, Müslischale, Tasse und Untertasse waren in sichtlicher Hast auf der Arbeitsfläche aufgestellt worden. Ein Kessel und ein Topf, beide nagelneu, standen auf dem Herd. Eine Glastür neben der Spüle führte ins Freie, auf einen Hof oder eine Terrasse.

Ich verspürte ein starkes Bedürfnis nach etwas Alkoholischem und fahndete in einer Schublade unter der Arbeitsfläche nach einem Korkenzieher. Die Schublade war leer. Zum Glück fiel mir ein, daß in den Körben, die Parkson ins Haus geschleppt hatte, auch mehrere Flaschen Champagner gewesen waren, die jetzt im Kühlschrank stehen mußten. Ich steuerte mein Gefährt bis zur Kühlschranktür, und nach mehreren Anläufen gelang es mir, den Rollstuhl so zu stellen, daß ich von dort aus die Tür aufmachen und die Flasche herausholen konnte. Dieser Kampf weckte schmerzliche Erinnerungen an meine Reitstunden für die Rosy-Rolle. Wir hatten einen nicht unwesentlichen Teil des Unterrichts darauf verwandt, hoch zu Roß Gatter zu öffnen und zu schließen. Der Rollstuhl war genauso dumm und widerborstig wie ein Pferd und sehr viel launischer. Nachdem ich glücklich eine Flasche *Veuve du Boulanger* herausgeangelt hatte, stieß ich beim Schließen der Kühlschranktür versehentlich mit dem Ellbogen an den Vorwärtshebel, schoß jählings quer durch die Küche, betätigte voller Panik den Rückwärtsgang und wäre beinah samt Flasche an der Spüle zerschellt. Als ich glücklich zum Einschenken kam, hatte ich hauptsächlich Schaum im Glas, aber auch der war nicht zu verachten. Seit meiner letzten Mahlzeit im Flugzeug schienen Stunden vergangen zu sein. Das heißt, es schien nicht nur so, inzwischen war es nach Mitternacht, eindeutig Schlafenszeit. Aber würde ich schlafen können? In Knöchel und Handgelenk hämmerte der Schmerz, schrill und anhaltend. Ich trank noch ein Glas Champagner und rollte meinen Stuhl – inzwischen schon etwas gekonnter – ins Schlafzimmer, das, spartanisch eingerichtet wie die anderen Räume, ein flaches Bett enthielt – es stand nach griechischer Art auf einer Plattform, die von einer niedrigen hölzernen Balustrade umgeben war –, außerdem einen Stuhl und einen Kleiderschrank. An der Balustrade lehnten meine Krücken. Auf dem Bett hatte sich ein großer nasser Tigerkater zusammengerollt. Als ich hereinkam, hob er den Kopf und miaute markerschütternd.

»Na so was«, sagte ich verblüfft. »Wo kommst du denn her?«

Dumme Frage. Nach dem Fell zu schließen, das in nassen Wirbeln hochstand, war er von draußen gekommen.

»Schon gut, Miezekater, kein Grund zur Aufregung, in dieser Sintflut setze ich dich nicht auf die Straße. Bei so einem Wetter würde man keinen Hund vor die Tür jagen, geschweige denn eine Katze.«

Ich mag Katzen, habe aber selbst keine. Wo hätte ich sie unterbringen sollen? Mascha hatte immer Katzen gehabt. In den Pfarrhäusern wimmelte es gewöhnlich von Mäusen und Ratten, die Katze wurde aus rein praktischen Erwägungen gehalten, sie hieß nur »du Katze«, wurde aber gut gefüttert und hatte einen Stammplatz am Kamin neben Mascha, die ihr gelegentlich die Ohren kraulte.

Mein Besuch erhob sich eilig (unter Hinterlassung einer nassen, schmutzigen, mit Haaren ausgekleideten Kuhle auf der weißen Tagesdecke), als sei er nicht sicher, wie ich ihn aufnehmen würde. Ich griff mir ein Handtuch und rubbelte ihm das Fell trocken, was wesentlich zur Verbesserung unserer Beziehungen beitrug. Dann goß ich in meine einzige Untertasse etwas H-Milch, die akzeptiert wurde.

Mühsam stemmte ich mich, das stetige Klopfen in Handgelenk und Knöchel soweit wie möglich ignorierend, aus dem Rollstuhl, quälte mich auf die Plattform und warf mich angekleidet aufs Bett. Ausziehen, Waschen – das alles hatte Zeit, bis es hell geworden war. Ich war fix und fertig.

Nach drei Minuten plumpste etwas neben mir aufs Bett. Der Tigerkater stützte sich behaglich an mir ab und fing an, sich emsig zu putzen.

»Hör auf«, knurrte ich. »Kannst du dich nicht zusammenrollen und schlafen?«

Zu meiner Überraschung gab er tatsächlich Ruhe. Draußen pladderte unentwegt der Regen aufs Dach. Ob man, wenn es nicht regnete, von hier aus die See hören konnte? Sie mußte ganz nah sein.

Ich habe mir immer ein Haus am Meer gewünscht, in dem man

dem Rauschen der Wellen nachhorchen kann, wenn man im Bett liegt. Mascha hatte dieselbe Sehnsucht. Unsere Pfarrhäuser aber waren immer im Binnenland.

Trotz der Schmerzen, trotz des schweren nassen Fellknäuels neben mir schlief ich nach einer Weile ein.

Als ich aufwachte, war es noch immer Nacht, und der Kater maunzte heiser und angsterfüllt.

»Sei still«, sagte ich ärgerlich, woraufhin er noch lauter und anhaltender maunzte. »Was ist denn? Willst du nach draußen?«

Ja, das wollte er ganz offensichtlich. Der Kater schrie erbärmlich. »O verdammt«, sagte ich und merkte, daß ich zu allem Unglück noch eine verstopfte Nase hatte. Selbst wenn nur ein Nasenloch zu ist, werde ich davon unweigerlich mitten in der Nacht wach und hänge grausig-düsteren Gedanken nach. Gesichtskrebs, denke ich, Meningitis ... Bis nicht wieder beide Nasenlöcher frei sind, kann ich kein Auge zutun. Manchmal sitze ich stundenlang im Schneidersitz da, drehe den Kopf hin und her und massiere meine Sinushöhlen. (Ich konnte von Glück sagen, daß mir das nicht in Venedig passiert war.) Im Augenblick waren beide Nasenlöcher blockiert, und ich atmete durch den Mund wie ein Fisch auf dem Trockenen. Ich knipste die Nachttischlampe an und überlegte unglücklich, wo Parkson wohl meine unentbehrliche Reisebegleitung untergebracht hatte, die kleine Tasche mit Tropfen zum Inhalieren, Vitamin C-Tabletten, Wintergrünöl, Wicks, antiseptischer Salbe, Vitamin E-Creme, Ohrentropfen, Nasentropfen, Alka Seltzer, Mull, Pflaster und und und ...

Ich sah die kleine Tasche nicht, ich sah kaum die Nachttischlampe. Auch den Kater sah ich nicht, aber er schrie lauter denn je. Das Zimmer war von dickem gelben Rauch erfüllt, der stetig dunkler wurde. Als hätte jemand den venezianischen Nebel eingepackt und mir nachgeschickt.

Eine brenzlige Lage, im wahrsten Sinne des Wortes ... Auch der Kater schien dieser Meinung zu sein, er wollte raus, und ich war gern bereit, mich anzuschließen.

Vorsichtig ließ ich mich vom Bett auf meinen heilen Fuß herunter, quälte mich, die Balustrade umklammernd, von dem Podest und griff nach meinen Gehstöcken. Mit den Raffinessen des Rollstuhls mochte ich mich jetzt nicht aufhalten. An einem der Gehstöcke war eine Schlinge angebracht, damit ich mich statt auf das gebrochene Handgelenk auf meinen Ellbogen stützen konnte. Stolpernd, torkelnd, so sparsam wie möglich atmend, tastete ich mich zu dem Katergeschrei hin, weil ich annahm, daß dort die Haustür sein mußte. Ich konnte nichts sehen und hatte jede Orientierung verloren. Das Geschrei wurde lauter, der Rauch dichter. Ich war jetzt im Wohnzimmer, was ich daran merkte, daß ich in einen Tisch hineinrannte. Dann stieß ich mir das Schienbein an der kleinen Couch. Richtig, die hatte, wenn man hereinkam, links von der Haustür gestanden. In der Wand vor mir – ich tastete mit der heilen Hand daran entlang – mußte links die Haustür sein.

Man tut sich schwer mit dem Tasten, wenn man dafür nur eine Hand zur Verfügung hat und einem ein hysterisches Katzenvieh ständig zwischen die Beine und Gehstöcke läuft. »Okay, okay«, sagte ich halblaut. »Nur nicht die Nerven verlieren. Irgendwo muß der Türgriff sein.«

Endlich fand ich ihn, drehte, zog, ruckelte – aber die Tür rückte und rührte sich nicht. Hatte ich etwa abgeschlossen? Soviel Umsicht hätte ich mir selbst nicht zugetraut, aber über der Erinnerung an meine letzten wachen Minuten lag dichter Champagnernebel. Möglich war alles ... Ich streifte mit den Fingerspitzen über das Türblatt und fand ein Schlüsselloch, aber keinen Schlüssel dazu. Verdammt, verdammt, verdammt ...

War der Schlüssel vielleicht heruntergefallen? Hatte ich ihn beim Herumtasten herausgezogen?

Ich versuchte mein Glück auf dem Boden, ließ einen Gehstock fallen, konnte ihn nur mit Mühe wieder aufheben, bekam eine Riesenportion Rauch in die Lunge, der offenbar von der Couch ausging, und flüchtete eiligst in die Küche oder besser in die Richtung, in der ich die Küche vermutete, weil dort der Rauch vielleicht – hoffentlich! – nicht so dicht war. Und weil ich neben der Spüle vorhin einen Hinterausgang gesehen hatte.

Ich betete zur Heiligen Katharina, die für mich zuständige Heilige und Schutzpatronin der Feuerwehr, um eine nicht abgeschlossene Hintertür.

Offenbar war die Heilige Katharina nicht erreichbar, vielleicht war sie verreist. Die Glastür widerstand all meinen Bemühungen, sie war geschlossen und gesichert und hatte keinen Schlüssel im Schloß.

Indessen hatte der Kater das heulende Elend bekommen. Sein Maunzen hatte jetzt diesen hohlen, langgezogenen Steppenwolfton, den man bei Katzen nur hört, wenn sie kämpfen oder wenn sie das Gefühl haben, die Menschen hätten sie wieder mal gründlich im Regen stehen lassen.

Mittlerweile war ich mit meinem Latein auch so ziemlich am Ende. Es ist ein Moment, an den ich nur sehr ungern zurückdenke. Ich versuchte, mit einer Krücke das Glas der Hintertür einzuschlagen, aber da ich mich nur auf einen Fuß stützen konnte, brachte ich nicht genug Kraft dazu auf. Die Scheibe war offenbar sehr stark, extradick und einbruchssicher.

Du bist doch ständig auf deinen Tod gefaßt, Verehrteste, dachte ich. Na bitte, hier hast du ihn. Was hat H. James gesagt: ›Hier kommt er endlich, der Gute.‹ Als spräche er von einem besonders wohlgelittenen Haustier. So hast du ihn dir nicht vorgestellt, was? Und jetzt guckst du dumm aus der Wäsche . . .

Ärgerlich war die ganze Geschichte aber doch. Ich hatte mich schon sehr auf den Abschluß der Rosy und Dodo-Serie und auf die Zuschauerreaktionen gefreut. Meine beste Rolle! Und Randolph Grove würde einigermaßen entsetzt sein, daß schon wieder jemand aus seinem Team vor der Zeit abtrat.

Das Maunzen ging mir durch und durch. Warum soll das arme Vieh umkommen, nur weil es Schutz vor dem Regen gesucht hat? Ich fühlte mich verantwortlich für sein Wohlergehen. Eigentlich, dachte ich, müßte ich mir einen Ruck geben und es von seinen Leiden erlösen ...

Dann fiel mir der Rollstuhl ein. Sein Tempo. Sein Gewicht. Seine Masse.

»Aufgepaßt, Kater.« Er war mir gefolgt, er verließ sich fest darauf, daß ich ihm aus der Klemme helfen würde.

Ich erinnerte mich, daß auf der Arbeitsfläche, ordentlich gefaltet, neben Teller und Tasse ein Gläsertuch gelegen hatte.

Das Tuch war noch da, was mir wieder etwas Mut machte. Die Sache mit den Schlüsseln ging mir noch immer im Kopf herum. Wo mochten sie hingekommen sein? Oder gingen vielleicht die Türen aus einem anderen Grund nicht auf? Waren sie nur neu, klemmten sie vielleicht? Oder hatten sie irgendeine unbekannte, neuartige Verriegelung? Einen Haustürschlüssel mußte es ursprünglich gegeben haben. Ob Parkson ihn aus Versehen mitgenommen hatte?

Indessen machte ich das Gläsertuch naß, legte es mir, so gut es mit einer Hand gehen wollte, vors Gesicht und schleppte mich wieder ins Schlafzimmer, mit geschlossenen Augen, um sie vor dem beißenden Qualm zu schützen, und so flach wie möglich Atem holend.

Es fiel mir schwer, mich ohne meine getreuen Krücken dem Rollstuhl anzuvertrauen. Von der inneren Einstellung her, meine ich. Wenn der Rollstuhl nun streikte, wenn er nicht startete, wenn ich es nicht schaffte, ihn durch den Rauch in die Küche zu manövrieren?

Es war, wie ich gefürchtet hatte, eine Angstpartie, den Stuhl durch die Türöffnung zu bekommen. Ich war nervös, meine

Hände zitterten. Immer wieder stieß ich gegen den Türrahmen und klemmte mir die Fingr. Einmal, als der Stuhl an einer Ecke hängenblieb und herumschwenkte, zerrte ich mir schmerzhaft den angeschlagenen Knöchel. Endlich war es geschafft. Von hier bis zur Tür gegenüber mußte ich jetzt eigentlich freie Fahrt haben.

Auf los geht's los, Kater! Augen zu und durch!

Der Kater tat keinen Mucks mehr. Hoffentlich lebte er noch. Inzwischen war auch hier der Rauch so dicht, daß mir schwindlig wurde. Ich hatte keine Zeit mehr zu verlieren.

Ich drehte den Stuhl so, daß seine Rückenlehne der Glastür zugewandt war, stellte den Hebel auf Rückwärtsgang und zog ihn so weit wie möglich nach hinten.

Es klang wie die Posaune des Jüngsten Gerichts. Der Rollstuhl hatte eine enorme Beschleunigung. An der Tür dachte ich tatsächlich, er würde abheben. Die Scheibe ging unter dem Aufprall in tausend Stücke. Ich und der Stuhl sausten durch die Öffnung hinaus in klare, kalte Luft, rollten noch ein, zwei Meter weiter und kamen an einer Buchsbaumhecke zum Stehen (später stellte sich heraus, daß es kein Buchs war, sondern eine dichte Zypressenpflanzung).

Es hatte aufgehört zu regnen, und im Licht einer schmalen Mondsichel sah ich die weiße quadratische Hinterfront meines Hauses vor mir. Neben dem Küchenfenster rankte Wein hoch. Durch die zertrümmerte Glastür wälzte sich dicker schwarzer Rauch.

Ich überlegte, was ich jetzt machen sollte. Die Feuerwehr rufen? Aber wie? Wo steckten die übrigen Bewohner von Glifonis?

Eine Entscheidung blieb mir erspart, denn gleich darauf erschienen zwei Nachbarinnen, die – was Wunder! – das ohrenbetäubende Krachen aus süßem Schlummer gerissen hatte.

Ich hatte Stimmen an der Hausecke gehört und lenkte meinen Rollstuhl in diese Richtung. Es war ein großartiges Vehikel. Das

Zertrümmern der Tür hatte seine Fahrtüchtigkeit nicht im mindesten beeinträchtigt. Wahrscheinlich hatte der Stuhl ein Vermögen gekostet, und das war er auch wert, bis auf den letzten Penny. Elegant über nasse Marmorplatten gleitend, segelte ich wie die Königin von Saba auf zwei weibliche Gestalten mit zerzaustem Haar zu, die sich in sichtlicher Eile irgendwelche Tageskleidung über ihre Nachtgewänder gezogen hatten.

»Ja, um Himmels willen, was ist denn hier passiert?« fragte die Größere, während die Kleinere hervorstieß: »Lady Fortuneswell? Ja, was geht denn hier vor? Ist Ihnen auch nichts passiert?«

Es war eine kleine, koboldhaft verhutzelte Person mit flaumweißem Haar, das im Mondlicht leuchtete. Ihr Gesicht war runzliger als eine getrocknete Feige. Sie schielte ein bißchen vor Sorge und Verwunderung.

»Nein, mir ist nichts passiert«, sagte ich, »aber ich glaube, mein Haus brennt.«

»Den Eindruck habe ich auch«, bestätigte die andere Frau trocken. »Ich rufe die Feuerwehr.«

Sie wandte sich zum Gehen, lief aber dabei einem weiteren Nachbarn in die Arme, der gerade die Stufen zu meiner Haustür hochkam. Es war ein breiter, schwerer Mann mit Glatze, der über einer uralten ausgebeulten Strickweste einen Overall trug. Sein Gesicht wirkte höchst eindrucksvoll und erinnerte einen an römische Imperatoren – bis man den schwachen, verdrießlichen Mund bemerkte.

»Was geht denn hier vor?« fragte er deutlich verstimmt. »Ich erging mich im Freien, erfreute mich am Aufhören des Regens, genoß die Stille und die Klänge der Nacht … und dann … urplötzlich … dieses grauenhafte Geräusch …«

»Lady Fortunewells Haus brennt«, erläuterte die größere Frau und setzte, zu mir gewandt, hinzu: »Ich bin Pat Limbourne. Das ist Elspeth Morgan. Wir wohnen in Nummer Zwei. Und das ist Laurence Noble von Nummer Vier.«

»Sehr erfreut«, sagte ich. Laurence Noble kannte ich dem Namen nach, er war Komponist und hatte ein Stück geschrieben, das *Ebb Tide* hieß (oder so ähnlich) und von dem Joel nicht viel hielt. Wir hatten es bei einem Mittagskonzert auf dem Smith Square gehört.

»Ich will gerade die Feuerwehr anrufen«, sagte die Frau, die sich als Pat Limbourne vorgestellt hatte.

Ein Ausdruck des Widerwillens ging über Laurence Nobles Züge. »Ist das wirklich erforderlich? So etwas ist immer mit sehr viel Lärm verbunden. Das Feuer scheint sich noch nicht sehr weit ausgebreitet zu haben. Können wir es nicht selber löschen?«

Er ging die Stufen hinauf und rüttelte an der Haustür.

»Sie ist abgeschlossen«, sagte ich. »Das ist es ja, ich bin nicht rausgekommen, ich konnte den Schlüssel nicht finden. Und die Haustür war auch abgeschlossen, es ging nur mit Gewalt.«

Sie wunderten sich sichtlich, was ich ihnen nicht verdenken konnte.

»Ich glaube, der Rauch kommt von einer Couch«, sagte ich. »Im Wohnzimmer. Wenn ... wenn wir das vordere Fenster einschlagen und Wasser hineinschütten ... vorhin habe ich noch keine Flammen gesehen ...«

»Wenn die erst mal da sind, brennt es im Nu lichterloh«, sagte Pat Limbourne zögernd. »Ich finde eigentlich ...«

Sie sah nach unten, zu dem Haus auf der anderen Straßenseite, dem ihren, nahm ich an.

»Um so wichtiger ist es, schnell zu handeln«, erklärte Mr. Noble mit unerwarteter Tatkraft. »Bis die Feuerwehr hier ist, vergehen bestimmt vierzig Minuten.«

Er sah sich um. Auf dem unbebauten Grundstück oberhalb meines Hauses standen eine Bauwanne und einiges an Werkzeug, Schaufeln und Mörtelkellen. Die Wanne war nach dem heftigen Regenguß bis zum Rand voll Wasser. Noble füllte einen Eimer und griff sich eine schwere Schaufel.

»Zurück«, kommandierte er. Die beiden Damen gehorchten. Ich blieb notgedrungen in meinem Rollstuhl sitzen. Mr. Noble trat mit ein paar raschen Schritten an das vordere Fenster und schlug es mit der Schaufel ein, woraufhin sofort schwarze Qualmschwaden ins Freie drängten. Mit Schwung schüttete er das Wasser ins Zimmer und trat schnell beiseite. Erneut kamen dicke Rauchwolken, vermischt mit Ascheflocken, durch die Öffnung, Flammen aber waren nicht zu sehen. Eilfertig reichte ihm Pat Limbourne den nächsten Eimer Wasser. Sogar die winzige Miss Morgan schien gewillt, sich der Eimerkette anzuschließen, aber ich bat:

»Seien Sie nett und bleiben Sie bei mir, Miss Morgan. Ich glaube, die beiden schaffen es auch allein.«

»Aber wie konnte das nur passieren?« stieß sie verstört hervor. »Haben Sie vielleicht einen Zigarettenstummel fallen lassen? Ein Streichholz?«

»Ich rauche nicht, und ich bin erst vor zwei oder drei Stunden angekommen.«

Im Mondlicht sah ich auf die Uhr. Es war halb drei.

»Wir wollten eigentlich auf Sie warten... aber seit wir hier sind, gehen wir buchstäblich mit den Hühnern ins Bett...« Sie zog ein Gesicht. »Und als es zehn wurde, dachten wir, Sie hätten Ihre Reise verschoben... Ach, da fällt mir ein, daß wir ja einen Ersatzschlüssel haben, wir haben Schlüssel zu allen Häusern. Ich hole ihn schnell.«

Als sie mit dem Schlüssel wiederkam, waren die anderen beiden, die abwechselnd ihre Eimer in mein Wohnzimmer leerten, sich ziemlich sicher, daß das Feuer unter Kontrolle, wenn nicht schon erloschen war. Noble schloß auf, steckte vorsichtig den Kopf zur Tür hinein und leuchtete mit einer starken Taschenlampe, die er aus seinem Overall zutage förderte, ins Zimmer.

»Die Couch ist praktisch ausgebrannt«, berichtete er. »Eine

einzige schwarze Masse. Sicher aus diesem widerlichen Schaumstoffzeug, das ewig vor sich hinschwelt.«

»Aber der Rauch ist lebensgefährlich«, sagte Miss Limbourne. »Es war ein Riesenglück, daß Sie rechtzeitig aufgewacht sind, Sie hätten leicht ersticken können.«

»Der Kater hat mich mit seinem Maunzen geweckt.«

»Sie haben einen Kater?« Sie sahen sich um.

»Ich dachte, er gehört ins Haus ... ein großer getigerter Kater.«

»Ach, das war Arkwright.«

»Weil er so naß war, habe ich ihn auf meinem Bett schlafen lassen, und von seinem Maunzen bin ich aufgewacht.«

»Er hat Ihnen das Leben gerettet«, nickte die kleine Miss Morgan.

»Hoffentlich ist er davongekommen.«

»Um Arkwright brauchen Sie sich keine Sorgen zu machen, der hat von seinen Katzenleben noch etliche übrig. Aber kommen Sie jetzt, Sie Ärmste, Sie übernachten besser bei uns, Ihr Haus ist ja noch ganz verqualmt.«

Laurence hatte noch einmal mit der Taschenlampe das Wohnzimmer abgeleuchtet und kam mit einem blinkenden Schlüssel zurück.

»Der lag auf dem Boden, in der linken Ecke. Muß aus dem Schlüsselloch gefallen sein. Vielleicht sind Sie mit dem Rollstuhl dagegengestoßen. Wahrscheinlich hätten Sie ihn nie gefunden.«

»Bestimmt nicht«, sagte ich und dachte an die Mühe, die ich gehabt hatte, auf dem Boden meinen Gehstock wiederzufinden. »Ich bin Ihnen allen sehr dankbar. Glauben Sie, man kann das Haus guten Gewissens sich selbst überlassen? Womöglich flammt das Feuer noch einmal auf ... Was meinen Sie, ob es ein Defekt in der elektrischen Leitung war?«

»Ob Sie mir behilflich sein könnten, das Möbelstück nach

draußen zu bringen, Miss Limbourne?« fragte Mr. Noble. »Es ist nicht schwer.«

Mit vereinten Kräften brachten sie ein verkohltes Gerippe nach draußen, in dem man schwerlich die behagliche kleine Couch wiedererkannt hätte, die ich bei meiner Ankunft nur flüchtig wahrgenommen hatte.

»Warum sind Sie übrigens so verbunden?« erkundigte sich Miss Morgan, mit teilnahmsvoller Neugier das Bild des Jammers musternd, das ich zweifellos bot.

»Ich bin in Venedig gestürzt. So angeschlagen, wie ich bin, wäre ich sonst nicht hergekommen, aber wir müssen ein paar Szenen nachdrehen ...«

»Sind Sie denn ganz allein? Haben Sie niemanden mit, der sich ein bißchen um Sie kümmert?« Sie war offenkundig entrüstet.

»Nein, leider ... mein Mann mußte dringend nach Paris ...«

Die anderen beiden kamen die Stufen herunter und klopften sich den Ruß von den Händen.

»Meiner Meinung nach ist die Gefahr gebannt«, erklärte Mr. Noble.

Ich betrachtete ihn mit gehörigem Respekt. Das hatte er wirklich gut gemacht.

»Meine Damen, ich darf mich empfehlen ... Gute Nacht.« Er machte eine kleine Verbeugung und ging gemächlich davon.

»Kommen Sie«, sagte Miss Morgan. »Pat schiebt Ihren Stuhl. Bis zu unserem Haus sind es nur vier Stufen. Sie können mein Bett haben, ich nehme das Sofa. Das wird ja hoffentlich heute nacht nicht auch noch abbrennen.«

6

Als ich aufwachte, war mir sofort bewußt, daß es schon reichlich spät war. Und bis ich mich steifgliedrig zum Badezimmer gerollt hatte, mir mit einem Kamm durch die Haare gefahren war und notdürftig Toilette gemacht hatte, war es noch später geworden.

Meine Stimmung war gedrückt. Zuviel lief neuerdings in meinem Leben schief. Mit dem in Schauspielerkreisen so weit verbreiteten Aberglauben um Leitern und Vögel und Macbeth-Zitate habe ich an sich nicht viel im Sinn. Daß es aber Strömungen, Wellenlängen, Kräfte gibt, die jenseits der engen Grenzen unseres Menschenlebens fluten und wirken, glaube ich schon und denke auch, daß es nicht gut tut, sich gegen diese Einflüsse zu sperren. Zur Zeit strebte mein Geschick ganz offensichtlich in eine andere Richtung als ich, so daß ich mich einigermaßen besorgt fragte, was es wohl als nächste Überraschung für mich bereithielt.

Im Haus war es sehr still. Meine beiden freundlichen Gastgeberinnen waren offenbar ausgegangen und hatten mich netterweise nach meinem nächtlichen Abenteuer ausschlafen lassen. Inzwischen war es elf, und ich rollte hoffnungsvoll in Richtung Küche (das Haus hatte den gleichen Grundriß wie meins, besaß aber noch ein Obergeschoß). Vielleicht hatten sie mir ja eine Kanne Kaffee warmgehalten oder ein Glas Instantkaffee und einen Kessel bereitgestellt.

Hinter der Küchentür hörte ich eine Stimme scheinbare Selbstgespräche führen, demnach wurde dort telefoniert.

»Mervyn, Süße«, sagte die Stimme, »könntest du ganz toll lieb sein und mir einen Gefallen tun? Hol dir meinen Wohnungsschlüssel bei Swit ... muß im Bett liegen, vielleicht krank geworden, die Leitung ist ständig besetzt ... und schau in Lexham Gardens nach, ob eine Rechnung von Tagus da ist. Sei so nett und zahl sie, ja? Und beschwichtige die Leute von *Nofretete Press* und sag ihnen, ich melde mich *bald* ... würdest du das für mich tun? ... Du warst schon ...? Nein, das hat Zeit ... du weißt ja, das sehen die nicht so eng ...«

Die Stimme kam mir unliebsam bekannt vor, und als ich meinen Rollstuhl mühsam durch die Tür in die sonnige Küche manövriert hatte, bestätigten sich meine düstersten Befürchtungen. Der Anblick der Frau, die in diesem Moment ihr Gespräch beendete und den Hörer auflegte, weckte in mir Beklemmung, Abscheu und schwerste Schuldgefühle.

Die Vorstellung, eine Ehe zu zerstören, ist mir schrecklich. Keiner meiner Liebhaber (es waren einige!) war verheiratet. Menschliche Beziehungen sind etwas so Empfindliches, Verwundbares, sind so schnell aus der Bahn geworfen – was mir gerade jetzt wieder besonders deutlich zu Bewußtsein kam –, daß ich es für eine große Sünde halte, für eine der destruktivsten, niederträchtigsten Taten, die der Mensch begehen kann, an der Zerschlagung eines dieser zerbrechlichen Bauwerke aktiv mitzuwirken. Dabei fällt mir die böse Geschichte ein, wie die Königin sich versehentlich auf den aus tausend zarten Vogelknöchelchen gefertigten Fächer setzt, den ihr ein alter Inselbewohner soeben feierlich zum Geschenk gemacht hat. »Das tut mir aber leid ... Ich hoffe doch, Sie können mir einen neuen machen?«

»Ich kann anfangen, Majestät ...«

Und doch habe ich selbst einmal eine solche Tat begangen. Damals war Olga seit etwa acht Jahren mit einem Strafverteidiger verheiratet (inzwischen ist Creighton Pendennis Richter geworden) und hatte zwei reizende kleine Töchter von ihm. Er war vernarrt in Olga, verliebt bis zum Wahnsinn. Sie aber hatte sich in einen Schauspieler verguckt und eine heimliche Liebschaft mit ihm angefangen, eine – so schien es mir damals – stürmische, hochromantische Affäre. Wie hieß er doch gleich? Unwichtig. Er spielte eine Hauptrolle in dem Stück, in dem ich als Statistin agierte. Olga war eine gute Bekannte der Bühnenbildnerin und freundete sich mit mir an. Ihre gefühlvolle Schwärmerei für den Schauspieler machte mir tiefen Eindruck, ich sah das Paar in romantisch verklärtem Licht – Romeo und Tristan, Julia und Isolde zugleich in einem einzigen berückenden Szenario. Was wußte ich von Olgas Mann, ihren Kindern? Nicht das mindeste. Ich stellte ihr meine primitive Dachkammer zur Verfügung, nur eine Querstraße vom Theater entfernt, sehr praktisch. Dort trafen sie sich, und eines Tages galt es als beschlossene Sache, daß Olga ihren faden Ehepartner verlassen, ihm mit den Kindern weglaufen und mit diesem anderen Mann ein neues Leben anfangen würde. Axel Grift nannte er sich, ja, jetzt fällt es mir wieder ein. Was mag aus ihm geworden sein? Man hört nichts mehr von ihm.

Es war alles verabredet. Sie würden sich an einem Samstag bei mir treffen (Olga würde die Kinder mitbringen) und ins Ausland fahren, nach Frankreich oder sonstwohin. Irgend jemand aber – Freunde? Nachbarn? Dienstboten? – mußte sie verpfiffen haben, und plötzlich stürmte ihr Mann meine Wohnung wie ein Racheengel, schnaubend vor Empörung, Wut, Haß und Verachtung. Axel war noch gar nicht eingetroffen, nur Olga war da mit Koffern und Kindern. Schreien, Toben, Tränen, Beschimpfungen. Er hatte einen Wagen unten stehen, griff sich die Kinder – die armen Würmer wußten nicht, wie ihnen geschah –, und danach bekam Olga sie jahrelang nicht mehr zu Gesicht. Bei seinen Beziehungen unter den Kollegen vom Fach waren ihre Chancen, das Sorgerecht zu bekommen, ungefähr so groß wie die einer Butterkugel im Vesuv. Natürlich hat sie nach der Scheidung Axel geheiratet und seinem Kind, einem traurigen kleinen Jungen namens Peter, das Leben zur Hölle gemacht. Er wurde dann bald ins Internat abgeschoben, weil Olga nicht *mit ihm warmwerden* konnte. Die Trauer um ihre verlorenen Lieblinge setzte ihr noch zu. Inzwischen habe ich gehört, daß er das Studium geschmissen hat und an der Nadel hängt, aber das kann einem natürlich bei jedem Kind passieren. Axel und Olga sind nicht sehr lange zusammengeblieben, irgendwie lief es nicht bei den beiden.

Unter anderem dieser ebenso traurigen wie lehrreichen Geschichte wegen habe ich mich von verheirateten Männern immer tunlichst ferngehalten – und die Beziehung zu Olga einschlafen lassen. Ihre hagere, tragikumwitterte Erscheinung, die ständig den Eindruck vermittelte, die anderen seien schuld, erinnerte mich zu schmerzlich an meine törichte Gutgläubigkeit jüngerer Jahre und den bleibenden Schaden, den ich damit angerichtet hatte. Hätte ich Olga nicht erlaubt, sich mit ihrem Liebhaber in meiner Dachkammer zu treffen, wäre der Leidenschaft in Ermangelung eines geeigneten Liebesnestes vielleicht sehr bald die Luft ausgegangen, und drei Kinder hätten bei ihren Eltern aufwachsen können. Kinder gehören zu den Eltern, finde ich.

Zumindest aber hätte ich (um es realistischer zu formulieren) nicht das Gefühl zu haben brauchen, daß ich eine Mitschuld am Zerbrechen von Olgas erster Ehe trug.

Meine Begrüßung fiel infolgedessen eher flau aus. Sie hingegen heuchelte lautstarkes Entzücken und riß die großen, gehetzten dunklen Augen weit auf.

»Cat, Schätzelchen! Das darf ja wohl nicht wahr sein! Hier also treffen wir uns wieder – nach einer halben Ewigkeit... Aber was hast du alles durchgemacht, du Ärmste!«

Ich stellte mich dumm. »Du meinst meine Heirat?«

Sie stieß einen freudlosen Lacher aus – einen Laut wie ein hoffnungslos verstopftes Abflußrohr.

»Ja, sicher, das auch, meine Liebe... herzlichen Glückwunsch... ich finde das ja ganz toll für dich... aber ich meinte all das Mißgeschick, das dich heimgesucht hat. Erst brichst du dir ein Bein, dann verbrennst du um ein Haar bei lebendigem Leibe...«

»Ja, eine richtige Pechsträhne, nicht?« Ich fahndete in dem erstaunlichen Durcheinander auf der Arbeitsfläche – das Abwaschen schienen die Damen von Nummer Zwei so lange aufzuschieben, bis sämtliche Schüsseln und Küchengeräte mindestens zweimal benutzt worden waren – nach dem Nescafé. »Hoffen wir, daß es nicht ansteckend ist.« Schließlich fand ich einen dampfenden Kessel (die Guten hatten tatsächlich vorgesorgt) und füllte einen Becher.

»Ansteckend, meine Liebe?«

»Wie bei der Typhus-Marie. Und wie geht es dir, Olga? Was treibst du denn hier?«

Sie erzählte von ihrem Auftrag am Theater von Dorchester. Beruflich war sie ebenso begabt wie tüchtig. Allerdings wußte ich auch, daß viele Regisseure nichts mit ihr zu tun haben wollten, weil sie es einfach nicht schaffte, eine Arbeit pünktlich abzuliefern. Ihre Entwürfe waren intelligent, überaus einfallsreich – und immer um Wochen im Rückstand.

»Nein, daß du den guten Ty an Land gezogen hast...« Ein melancholisch-erinnerungsträchtiges Lächeln spielte um ihre Lippen und deutete an, sie könne mir, wenn sie nur wolle, so allerlei über den guten Ty berichten. Da ich keine Fragen stellte, sondern stumm meinen Kaffee trank, fuhr sie fort: »Beinhart, der Mann. Gelegentlich auch herzlos. Er hat etwas Manisches an sich. Ich kenne... kannte... eine Frau, die er sehr herzlos behandelt hat. Es ist kein Verlaß auf ihn. Aber du, Cat...« Sie sah mich wieder aus weit geöffneten dunklen Augen an. »... du bist ja so eine praktische, selbständige kleine Person, nicht? Du kommst immer so gut zurecht. Vielleicht bist du genau die Richtige für unseren guten Ty.«

»Möchtest du auch einen Kaffee, Olga?« fragte ich mit farbloser Stimme. »Und findest du es eigentlich sehr angebracht, mir all diese Sachen über den guten Ty zu erzählen? Immerhin bin ich noch nicht mal einen Monat mit ihm verheiratet.«

»Aber mein Engel, jedermann weiß, daß ihr schon wieder kurz vor der Trennung steht. Weshalb sollte denn sonst Ty mitten in den Flitterwochen nach Paris düsen? Nachdem er dich auf dem Markusplatz in aller Öffentlichkeit niedergeschlagen hat? Selbst Joel, der nie tratscht, hat gesagt, daß er genau gesehen hat, wie –«

Zum Glück kam in diesem Moment – ich war drauf und dran, in die Luft zu gehen – ein kleines Mädchen durch die Hintertür, das mich interessiert musterte.

Ich hätte, weil ich im Grunde so wenig mit Kindern zu tun gehabt habe, nicht sagen können, wie alt sie war, acht oder neun vielleicht. Sie war eine wache, gesammelte kleine Person mit ordentlich aufgesteckten Zöpfen, nicht eigentlich hübsch, aber mit blanken, intelligenten Augen und auffallenden Augenbrauen, die dem Gesicht Ausdruckskraft verliehen.

»Sie müssen Lady Fortuneswell sein», sagte die Kleine. Sie hatte eine klare Stimme und eine wunderschöne, präzise Aussprache. Mit einer entsprechend penetranten, ruhmsüchtigen Mutter im Hintergrund, dachte ich, hätte sie beste Chancen beim Fernsehen. Für den Bildschirm ist das unscheinbare Gesicht ideal.

Aber sie scheint einen hellen Kopf zu haben. Vielleicht zu intelligent für die Schauspielerei ...

»Ja, ich bin Lady Fortuneswell. Und du bist –«

»Das ist Shuna«, sagte Olga voll Besitzerstolz. »Wir sind dicke Freundinnen, nicht wahr, Kleines?« Sie hakte sich bei Shuna unter, die unverbindlich »Ja« sagte und gedankenvoll die Zehen meines rechten Fußes musterte, die unter dem Verband hervorsahen und eine Menge Schmutz mit sich herumtrugen: Schmutz aus Venedig, Schmutz aus dem Flugzeug und guten, ehrlichen Dorsetschmutz.

»Frieren die nicht?« fragte sie.

»Doch, ziemlich. Daran denkt nur keiner.«

»Sie müßten so was wie einen Teewärmer für Ihren Fuß haben.«

»Stimmt genau!«

»Vielleicht mach' ich Ihnen mal einen. Fährt der Stuhl da von allein?«

»Ja, ich zeig es dir ...«

Ich war noch bei meiner Vorführung, als Miss Limbourne und Miss Morgan geschäftig herbeigeeilt kamen. »Sie haben also den Kessel gefunden, das ist recht ...«

»Tja, dann will ich mich mal an die Arbeit machen ...« bemerkte Olga und lächelte leidend.

Tu das, dachte ich, schließlich ist es schon fast zwölf. Sie winkte uns neckisch zu und ging sichtlich widerstrebend davon.

»Wir haben alle Hebel in Bewegung gesetzt«, sagte Miss Morgan, »um Ihr Haus wieder in Ordnung zu bringen. Die Griechen sind wirklich rührend. Einer von ihnen, Stavros, hat gestanden, daß er möglicherweise ein noch glühendes Zigarettenende weggeworfen hat, eine Kippe hat sich nämlich vor der Haustür gefunden. Er war so unheimlich zerknirscht, der Ärmste – und das durfte er ja auch sein! –, daß wir beschlossen haben, die Sache auf sich beruhen zu lassen. Die zerbrochenen Scheiben sind schon ersetzt, und Mrs. Monkton hilft beim Putzen und Aufräumen. Pat bestellt nachher gleich ein neues Sofa und Geschirr ... gestern mußten Sie sich mit dem behelfen, was wir noch in unserem Vorrat hatten ...«

»Es war sehr lieb von Ihnen ...«

»Wenn Sie zum Essen hierbleiben wollen«, sagte Miss Limbourne, »können wir versprechen, daß nach dem Mittag Ihr Haus wieder bewohnbar ist ... Sofern Sie nichts gegen Corned Beef haben.«

Mir fiel etwas ein. »Oben in meinem Haus stehen zwei Freßkörbe. Wollen Sie nicht mit mir teilen? Es müßte Gänseleberpastete dabei sein, ein Wild-Pie und noch allerlei Sachen in Gläsern und Plastikverpackungen, denen der Qualm wohl nichts anhaben konnte ...«

»Gern», sagte Pat Limbourne prompt. »Elspeth ist bei uns für die Vorratshaltung zuständig, aber sie ist mit ihren Gedanken immer im Garten. Kommst du mit, Shuna? Wir holen etwas Feines zu essen ...«

»Ist Shuna Ihre Nichte?« fragte ich, als die beiden sich auf den Weg gemacht hatten.

»Nein. Ihre Mutter war die Tochter eines Bekannten. Sie ist gestorben, die Ärmste, und weil sich sonst niemand um die Kleine kümmerte, haben wir sie genommen.«

»Da kann sie von Glück sagen«, meinte ich und dachte mir, daß einer Waise Schlimmeres passieren konnte, als in die Obhut dieses fröhlichen, tüchtigen Paares zu kommen.

»*Wir* können von Glück sagen.« Miss Morgans Runzelgesicht verzog sich liebevoll. »Sie ist ein prächtiger kleiner Kerl. Und fast ein Genie. Nein, ehrlich ...« Ich hatte wohl eine etwas skeptische Miene gezogen. »Ihr Intelligenzquotient ist weit überdurchschnittlich. Aber in der Familiengeschichte hat es viel Betrübliches gegeben – mehr will ich dazu nicht sagen –, deshalb achten Pat und ich sehr darauf, daß sie nicht verwöhnt wird und niemand großes Getue um sie macht.« Miss Morgan sah kurz aus dem Fenster und bedachte mich dann mit einem scharfen Blick. »Deshalb schätze ich es nicht, wenn sich Theaterleute wie Olga Laszlo auf sie stürzen, auch wenn sie eine gescheite Person ist und es sicher gut meint. Wir haben Shuna mit nach Dorset genommen, weil wir der Meinung waren, daß das Landleben genau das richtige für sie ist ... nicht zu viel Aufregung ...«

»Ja, das kann ich Ihnen nachfühlen. Ich kenne zwar Shuna erst seit ein paar Minuten, aber ich habe den Eindruck, daß Sie an dem Kind Beachtliches geleistet haben.«

Ich hatte viel Verständnis dafür, daß Miss Morgan nicht allzu begeistert war, wenn sich Olga mit ihrem Küken anfreundete. War die Bemerkung auch als taktvoller Hinweis für mich gemeint? »Wird sie irgendwann zur Schule gehen?«

»Wir haben sie schon in Oxford angemeldet, Somerville und Balliol interessieren sich sehr für sie.«

»Das ... das ist ja sehr erfreulich«, sagte ich matt.

In diesem Moment kamen Miss Limbourne und Shuna zurück, sie schwenkten einen Korb zwischen sich und hatten frisches Brot und Flaschen unter dem Arm.

»Darf ich mal bei Ihnen telefonieren?« fragte ich.

»Aber natürlich, Kind, das Telefon steht allen im Dorf zur Verfügung.«

»Ich muß meinen Regisseur anrufen und ihm sagen, wo ich bin.«

»Randolph Grove?« fragte Pat Limbourne. »Das hätte ich jetzt fast vergessen. Er läßt Ihnen ausrichten, daß das Team erst am Donnerstag nächster Woche kommen kann ... irgendwas ist bei der Folge, die sie zur Zeit im Studio drehen, nicht nach Plan gegangen. Bis dahin werden Sie nicht gebraucht. Sie sollen sich schön ausruhen, läßt er sagen, wieder ganz gesund werden, es ruhig angehen lassen. Und herzliche Grüße natürlich ...«

»Danke.« Ich war wie vor den Kopf geschlagen, wie so oft, wenn man zu einer Verabredung hastet und feststellen muß, daß sie in eine ziemlich ferne Zukunft verschoben worden ist. Unerwartet hatte ich eine ganze freie Woche – acht Tage, genau genommen – vor mir. Was sollte ich damit anfangen? Nach London zurückfahren? Aber in welches Domizil? In meine Wohnung? In Tys Penthaus? Und wo steckte Ty überhaupt? War er noch in Paris? Vermutlich. Würde er sich melden? Würde ich ihn je wiedersehen? Hatten Olgas Andeutungen eine sachliche Grundlage? Und woher, zum Teufel, hatte sie ihre Weisheit?

Nach dem Essen überfiel mich jähe Müdigkeit. Ich hätte jetzt lange genug gestört, sagte ich zu meinen Gastgeberinnen, brauchte aber Hilfe, um in mein Haus zurückzukommen. Vielleicht würde einer der netten Griechen...? (Den ganzen Vormittag hatte ich sie draußen ihre Schubkarren mit Mörtel und Marmor herumfahren sehen und sie lautstark griechische Bemerkungen und Anweisungen von oben nach unten rufen hören.)

»Aber natürlich, Dmitri bringt Sie nach Hause.« Miss Limbourne steckte den Kopf zur Tür hinaus. »Dmitri!«

»Kyria Limbourne!« Etwa dreißig Sekunden später erschien ein Gesicht mit schwarzgelocktem Bart in der Tür.

»Kannst du die Kyria Fortuneswell zu ihrem Haus fahren?«

»Klar, kein Problem.« (Er hatte offenbar sein Englisch in New York gelernt.)

»Und ich helfe!« Shuna sprang auf. Sie brannte offenbar darauf, die Funktionen meines Rollstuhls näher zu ergründen.

»Sobald du Lady Fortuneswell nach Hause gebracht hast, kommst du wieder her, verstanden?« sagte Miss Morgan mit einigem Nachdruck. »Lady Fortuneswell hat ihre Mittagsruhe nötig, und du brauchst sie auch.«

Doch als wir am offenen Fenster vorbeirollten, hörte ich, wie Miss Morgan, wie zum Ausgleich für ihre gestrenge Ermahnung, zu ihrer Freundin sagte: »Sie macht einen sehr netten Eindruck, kein bißchen unsolide.«

»Das will ich auch hoffen«, erwiderte Pat Limbourne.

Während mich Dmitri auf der Hauptstraße rückwärts die Stufen hinunterzog (aber sehr viel sanfter und rücksichtsvoller, als Parkson es getan hatte), hatte ich zum ersten Mal einen Gesamteindruck von dem früheren Caundle Quay, aus dem mein Angetrauter das griechische Glifonis gemacht hatte.

Nie hätte ich in dem Ort, der vor mir lag, das unratbedeckte, schmutzig-zertrampelte Gelände wiedererkannt, auf dem die Wohnwagen wimmelten wie Maden im Schaffell und das sich mit seinem Dreck bis zu der kleinen Talmulde hinzog, in die sich das eigentliche Dorf schmiegte.

Hier mußte ein guter Landschaftsplaner am Werk gewesen sein. Das Wohnwagengelände hatte eine andere Form bekommen, war in der Mitte flacher, an den Seiten steiler geworden. Die gestufte Hauptstraße zog sich im Zickzack zwischen weißen griechischen Häuschen mit Ziegeldächern dahin, die unregelmäßig zwischen Rebhängen und Gärten verteilt waren wie in einer mediterranen Hügellandschaft. Das Ergebnis war bezaubernd. (Wo hatten sie nur die Dachziegel her? Selbst in Griechenland waren das inzwischen gesuchte Raritäten.)

Unten im Tal konnte ich Dächer, Kamine und alte Bäume ausmachen, das ursprüngliche Dorsetdörfchen war demnach erhalten geblieben, und das freute mich, denn es war auf seine Art durchaus reizvoll gewesen und hatte nur durch das schmutzig-verkommene Gelände am Hang so trostlos gewirkt. Dahinter lag das Meer, das heute in der warmen Sonne postkartenblau leuchtete. Als wir vor meiner Haustür halt machten, meinte ich tatsächlich ein fernes Rauschen zu hören. Vielleicht war das aber auch nur Wunschdenken, denn in Wirklichkeit waren die zahlreichen Umweltgeräusche wohl stärker als das Schlagen der Wellen. Mit seinem Hafen hatte Caundle bisher keinen Staat machen können. Jetzt aber war eine eindrucksvolle, wie ein Ellbogen gekrümmte Mole im Bau. Ein Bagger war am Werk, der Greifarm hob und senkte sich, schaufelte Kies vom Meeresboden und ließ ihn in einen wartenden Logger fallen. Bulldozer fuhren an dem fertigen Abschnitt der Seemauer hin und her. Motorboote flitzten durch das Hafenbecken.

Wie aus einem anderen Leben hörte ich Tys Stimme in Venedig: »... ein Hafen, mit dem man auch was anfangen kann!«

Wie eigenartig, daß dieses rege Treiben, diese Veränderungen, dieses zugegebenermaßen sehr reizvolle und phantasiereiche Werk, die Verwandlung eines schlimmen Schandflecks in ein

Schmuckstück mit exotischem Touch – daß all dies auf Ty zurückging, auf seinen Weitblick, seine Energie. In den letzten Tagen hatte ich ihn in Gedanken herabgesetzt und unterbewertet, weil er so sonderbar auf diese kleine, doch sicherlich nicht allzu bedeutende Enthüllung aus seiner Vergangenheit reagiert hatte. Warum war ihm die Sache eigentlich so wichtig gewesen? Daß ich Zeugin jener Szene im Krankenhaus geworden war, hatte ihn offenbar buchstäblich umgeworfen. Er hatte ein Versprechen gegeben, das er nicht gehalten hatte. Gewiß, das war nicht schön von ihm, aber nicht immer ist es möglich, das zu halten, was man versprochen hat – denn die Verhältnisse, die sind nicht so ... Es würde mir nie einfallen, jemanden deswegen zu verurteilen. Wie aber ließ sich seine Kehrtwendung *mir* gegenüber erklären? Womit hatte ich sie verdient?

Der Blick auf das von seiner Phantasie, seinem Elan geschaffene Glifonis hatte wieder freundliche Gefühle für Ty in mir geweckt und die Hoffnung, daß sich vielleicht doch alles noch einrenken ließ.

Insgeheim aber wußte ich wohl damals schon, daß das nicht möglich sein würde.

»Könnten Sie mich auf die Terrasse bringen?« bat ich Dmitri. »Ich möchte wissen, welchen Blick man von dort hat.«

Zu meiner Freude stellte ich fest, daß man von meiner Terrasse aus direkt auf den Hafen sah. Und noch etwas konstatierte ich, was ich in der Nacht nicht hatte sehen können: Hätte mein Rollstuhl die Zypressenhecke durchbrochen, wäre er – und ich mit ihm – über einen steilen Abhang und über die nächste Biegung der gepflasterten Hauptstraße gestürzt und auf der oberen Terrasse des Gartens von Miss Morgan und Miss Limbourne gelandet. Ich sah das weiße Wuschelhaar von Miss Morgan, die vier Meter tiefer Wäsche auf die Leine hängte. Während ich noch damit beschäftigt war, diesen Tatbestand zu verdauen, hörte ich hinter mir ein seltsames Krächzen. Als ich mich umwandte, sah ich einen kleinen, hageren alten Mann, der Shuna zuwinkte. Sie lief zu ihm ans andere Ende der Terrasse, wo er, heftig die Arme schwenkend, auf sie einredete, während sie den Kopf schüttelte. Immer wieder sah er zu mir hin, offenbar fragte er sie etwas.

»Was will er denn?« rief ich. »Kann ich ihm helfen?« Das Männlein wirkte irgendwie mitleiderregend in seiner sichtlichen Erregung.

»Das ist der Tumbe Tom«, sagte Shuna.

»Guten Tag, Tom«, sagte ich. Er ruckte mit dem Kopf und brabbelte etwas Unverständliches.

»Er will wissen, wo Lord Fortuneswell ist.«

Sonderbare Frage! Wollte er ihn um einen Gefallen bitten? Ich erwiderte langsam und deutlich – vielleicht war der Kleine ja geistig ein bißchen unterbelichtet –, mein Mann habe mich nicht begleitet, er sei, soviel ich wüßte, zur Zeit in Paris. Der Alte schüttelte den Kopf und überschüttete uns mit einem weiteren Wortschwall, mit dem ich nichts anfangen konnte, weil seinen Sätzen sämtliche Konsonanten fehlten. Shuna hingegen schien keine Verständnisschwierigkeiten zu haben.

»Er meint, daß Ihr Mann mit Ihnen hier war.«

»Wirklich nicht, tut mir leid. Kann ich ihm etwas ausrichten?« (Allerdings hatte ich gewisse Zweifel, ob eine Nachricht dieses seltsamen Alten Ty interessieren würde, es sei denn, sie hinge mit seinem Glifonis-Projekt zusammen.) Tom schüttelte den Kopf und zuckte die Schultern. Seine Sache hatte offenbar keine Eile.

Der dicke Kater, den ich inzwischen als Arkwright kannte, kam aus der Küche (die Terrassentür war sauber neu verglast) und setzte sich lässig, wie an einem alten Stammplatz, auf meinem Schoß zurecht.

»Au, mein Fuß!« protestierte ich. Trotzdem bekam er seine Streicheleinheiten, ich war ja froh, daß er das Feuer überlebt hatte.

»Er hat Ihnen das Leben gerettet«, erklärte Shuna. »Weil er Sie mit seinem Maunzen aufgeweckt hat. Er hat Sie gerettet. Sonst wären Sie erstickt, hat Tante Elspeth gesagt.«

»Stimmt, aber ich habe ihm auch das Leben gerettet, weil ich uns mit Gewalt den Weg ins Freie gebahnt habe.«

»Richtig, daran hatte ich nicht gedacht. Laß dir das eine Lehre sein, Arkwright. Man geht nicht ohne Erlaubnis in fremde Häuser. Zu schade, daß ich nicht gesehen habe, wie Sie durch die Glastür gerauscht sind«, sagte Shuna ganz geknickt.

»Noch einmal mache ich das nicht, aber du kannst gern zusehen, wie ich – samt Kater – auf dem üblichen Weg ins Haus zurückrolle.«

Gesagt, getan. Arkwright, dem die unvermutete Bewegung unsympathisch war, sprang von meinem Schoß und lief dem Alten nach, der sich das dünne Haar unter dem Mützenrand kratzte und ratlos vor sich hinbrabbelte, während er die Stufen hinunterstieg.

»Ist das Toms Kater?«

»Ja. Er sagt, daß er Ihren Mann genau gesehen hat.«

»Gestern abend?« Mir ging ein Licht auf. Hatte der Alte sich hier herumgedrückt, als wir angekommen waren? »Das war nicht mein Mann, das war Parkson, er hat mich nur hergefahren und mußte gleich wieder nach London zurück.«

»Haben Sie alles, was Sie brauchen»? erkundigte sich Shuna, nachdem ich in die Küche gerollt war, in so fürsorglich-erwachsenem Ton, daß ich mir ein Lächeln verkneifen mußte. Ja, sagte ich dankend, ich hätte alles, und überlegte, ob ich sie für später auf einen Orangensaft einladen sollte. Doch dann fiel mir Miss Morgans sanfte Mahnung ein, und ich sagte nur: »Sonst schicke ich einfach einen der Griechen mit einer Nachricht zu euch. Sie wuseln ja ständig hier herum, wie die Ameisen.«

Sie lächelte verschmitzt, ließ dabei reizende Grübchen sehen (Rosy wäre blaß vor Neid geworden) und lief davon.

Im Haus war ein gründliches Großreinemachen veranstaltet

worden, und das gestrige Abenteuer hatte kaum Spuren hinterlassen, abgesehen von ein paar feuchten Stellen, dem frischen Kitt an Fenster und Terrassentür und dem säuerlich-beißenden Geruch nach rußigem Rauch, der sich erst nach Tagen verzieht.

Ich rollte ins Schlafzimmer, hievte mich auf das Podest und ließ mich aufs Bett fallen, wobei ich ein paar Papierschnipsel und Verpackungsreste zur Seite schob. Inzwischen hatte ich schon einige Übung darin, mich mit meiner Behinderung zu bewegen, was mich im Grunde eher deprimierte. Es wäre mir lieber gewesen, ich hätte nicht dieses instinktive Talent zum Überleben in mir entdeckt. Wer will schon überleben? Was bringt es? Mir fiel ein Vers der Lyrikerin Ingrid Christ ein, mit der mich, so meinte ich damals, eine gewisse Wesensverwandtschaft verband. Allerdings hatte die Ärmste ihr Auto über eine Klippe gefahren, und so etwas würde ich nie tun:

»Mein list'ger Leichnam, da mich Schlummer barg,
In Trotz die Luft sich nimmt, um die ich Klage webe,
Und so mit warmem Atem füllt den Sarg,
Den zu verlassen ich mein Leben gäbe.«

Als ich so auf dem frischbezogenen Bett lag, war mir sehr friedlich zumute. Flüchtig dachte ich daran, daß ich vergessen hatte, die Hintertür zu schließen, aber was machte das schon? Es war ein warmer Tag, erstaunlich warm für März. Irgendwann würde ich aufstehen und die Tür zumachen ...

Ehe ich einschlief, hatte ich plötzlich wieder Olga Laszlos Bemerkung im Ohr. »Jedermann weiß, daß ihr schon wieder kurz vor der Trennung steht.« Wer war jedermann? Und – stimmte das, was sie da behauptete? Ich wußte aus der Zeit unserer Freundschaft, daß Olga gern dramatisierte und übertrieb. Schon damals, als ich noch jünger war, als ich zu ihr aufgesehen und sie bewundert hatte, war mir das aufgefallen. Erst jetzt fragte ich mich, ob Olga wegen der Rolle, die ich bei jener Katastrophe gespielt hatte, vielleicht doch noch einen Rest von Groll oder Feindseligkeit mir gegenüber hegte. Natürlich wäre das unvernünftig, andererseits aber auch verständlich gewesen. Die Bemerkung hatte irgendwie gehässig geklungen, schadenfroh... Neidete sie mir mein Glück? Im Vergleich zu ihr hatte ich ja tatsächlich das Große Los gezogen: erst die Bombenrolle im Fernsehen, jetzt die Heirat mit dem ›Kleinen Lord‹ von *Pyramid TV,* wie der *Mirror* ihn genannt hatte.

Ich wünschte sehr, Olga wäre nicht hier in Dorset, und konnte nur hoffen, daß sie nicht allzulange blieb.

Sie hat ja keine Ahnung, dachte ich bedrückt, während ich mich bemühte, meinen knarrenden, schmerzenden rechten Arm in eine andere Stellung zu bringen, ohne das Gelenk allzusehr zu belasten, sie hat ja keine Ahnung, wie es wirklich um mich steht.

Der Rücken tat mir weh, der Nacken tat mir weh, meine Kehle war wund vom Rauch. Mein krankes Bein fühlte sich ungemütlich taub an. Vielleicht war das der Beginn eines Gangräns, am Ende würden sie es abnehmen müssen...

Trotzdem schlief ich nach einer Weile ein.

Ich war mit einem Stück Papier in der Hand eingeschlafen, das auf dem Bett gelegen hatte. (Das passiert mir oft. Einmal hielt ich die ganze Nacht eine Taschenbuchausgabe von *John Gabriel Borkman* umklammert, einen Finger zwischen den Seiten, die ich zuletzt gelesen hatte. In jener Nacht habe ich abscheulich geträumt.)

Ich muß diesen unappetitlichen Fetzen in den Papierkorb werfen, dachte ich träge, als ich aufwachte, und rieb ihn zwischen den Fingern. Nur – wo ist hier im Haus der Papierkorb? Habe ich schon irgendwo einen gesehen?

Zu faul, um aufzustehen und danach zu suchen, betrachtete

ich das rauhe Stück Papier, wie man in Ermangelung von anderem Lesestoff den Aufdruck eines Streichholzbriefchens oder die Beschriftung auf einer Milchflasche betrachtet. Es hatte die Größe eines Streichholzbriefchens, schwarz-orangefarbener Druck auf grobem Papier, wie man es als Verpackung für Feueranzünder und Kerzen verwendet. Oder für die Tütchen mit Pulver zum Selberfärben von Stoffen. »... zum ... ärben ...« entzifferte ich mit einiger Mühe. Spuren pudriger orangeroter Farbe blieben an meinem Finger haften, als ich die Unterseite rieb. Hatte ich nicht in Nummer Zwei orangefarbene Vorhänge hängen sehen? Mein Haus hatte schlicht-weiße Fensterkleider. Vielleicht schätzten die beiden Damen kräftigere Farben, die nicht so schnell schmutzten, und hatten ihre Vorhänge eingefärbt?

Höchlich belustigt von diesem Beweis meines detektivischen Scharfsinns nahm ich mir noch einmal das Stück Papier vor. Jetzt sah ich, daß das F von FÄRBEN sorgfältig übermalt war. Dafür war dieses Wortrelikt von einigen anderen Buchstaben und Zahlen umgeben, das heißt von einer Zahl und fünf Buchstaben, der 8, einem H., A., P., S. und T. War das ein Spiel, das sich Shuna ausgedacht hatte? Oder nur eine Kennziffer des Ladens, aus dem die Farbtüte stammte?

Zeit zum Aufstehen, dachte ich träge. Und dann? Was kann man in diesem kargen kleinen Haus anfangen, in dem es kein Briefpapier gibt, kein Buch, keinen Stift, weder Radio noch Bilder, noch Kreide, weder Nadel und Faden noch Farbtopf, Tintenflasche, Klebeband, Langspielplatte oder Compact Disc? Hier kann man nur essen, herumsitzen, schlafen, aufs Meer hinaussehen. Wie erholend. Wie überaus erholend ... Und ich blieb regungslos auf dem harten flachen Bett liegen, freute mich, daß keine beißenden Rauchwolken über mich hinzogen, und merkte, daß ich entspannter war als seit Tagen, wenn nicht Wochen.

Vielleicht lag es an der Leere in meinem Kopf, daß die rätselhaften Zeichen auf dem Zettel in meinem Hirn herumsummten wie eine Fliege unter dem Glassturz.

H. A. P. 8 . . . S. T. . . .

Wenn man die vorhandenen Buchstaben hinzusetzte (und in Rechnung stellte, daß es Leute gibt, die mit der Rechtschreibung auf Kriegsfuß stehen), ergab das:

HAP ACHT ZUM STÄRBEN!

Man kann es auch brutaler ausdrücken, dachte ich: Dein Tod ist dir gewiß. Eine tiefe Weisheit, in der Tat... Und dann fiel mit einiger Verspätung der Groschen, und ich schnellte hoch, ohne mich von dem Protest meiner angeschlagenen Gliedmaßen bremsen zu lassen.

Denn dieses Sätzchen war keine unverbindliche Botschaft, sondern eine Nachricht, die speziell mir galt: Hab acht zum Sterben... Dein Tod ist dir gewiß...

Natürlich bin ich mir dessen bewußt und bereite mich seit Jahren darauf vor. Doch daß es mir jemand sagt, so gezielt und verrätselt sagt, darauf war ich nicht gefaßt.

Wer mochte es sein?

Gab es einen Menschen, der mir den Tod wünschte, auf meinen Tod hinarbeitete? Und sofort schlich sich durch die Hintertür die nächste Überlegung: Hatte den gestrigen Zwischenfall jemand geplant? Ich war dem Tod noch nie so nah gewesen wie in jener Stunde. Es war kein Kunststück, die Hintertür abzuschließen, dann, nachdem ich zu Bett gegangen war, mit einem Ersatzschlüssel (wenn Miss Morgan einen hatte, mochte es auch noch mehr geben) die Haustür aufzuschließen, irgendwelches langsam brennende Zeug in die Couch zu stopfen, den anderen Schlüssel in eine Ecke zu legen, wo ich ihn, wenn das Feuer erst ausgebrochen war, nie finden und später annehmen würde, er sei versehentlich aus dem Schloß gefallen, dann leise wieder hinauszugehen und abzuschließen. Ich war mit Champagner zugeschüttet, war voll außer Gefecht gewesen... Der Regen prasselte, der Kühlschrank in der Küche machte einen Krach wie ein ausgewachsenes Kraftwerk. Tucketucke... ummm, ummm, ummm, ummm... tucketucke... Wenn er zwischendurch mal Ruhe gab, bekam man es geradezu mit der Angst zu tun, aber zum Glück fing er ja sehr bald wieder von vorn an. Die Hoffnung, vom Bett aus das Meer rauschen zu hören, konnte ich wohl begraben...

Der Kühlschrank setzte aus. Und ich hörte Schritte.

Diesmal sprang ich fast so behende vom Bett wie in gesunden Tagen, knickte mit dem Knöchel um und stieß einen Schmerzenslaut aus. Wie ein Echo hörte ich, daß in der Küche jemand erschrocken nach Luft schnappte, vernahm das Trappeln weicher Sohlen auf dem gefliesten Küchenboden. Shuna? Als ich es auf meinen Gehstöcken glücklich bis zur Küche geschafft hatte, sah ich den Tumben Tom durch die offene Hintertür auf die Terrasse flüchten. Arkwright lief vergnügt vor ihm her, als sei das alles ein sehr unterhaltsames Spiel.

»Hey«, rief ich scharf. »Wollten Sie was?«

Er war ein so kümmerlicher kleiner Kerl, daß ich ihn beim besten Willen nicht bedrohlich finden konnte. Vielleicht hatte er in der Küche ein paar Reste für sich oder den Kater abstauben wollen, und die waren beiden herzlich gern gegönnt.

Er warf mir einen ängstlich-gehetzten Blick zu, murmelte etwas, das nach einer Verneinung klang, und gestikulierte heftig mit beiden Händen. Daß ich nicht kapierte, was er sagte, machte mich ganz verrückt. Total unverständlich konnte seine Redeweise nicht sein, denn Shuna hatte damit offenbar keinerlei Probleme.

»Kommen Sie zurück«, rief ich. »Sie stören mich nicht, und Arkwright auch nicht.« Doch er brabbelte weiter vor sich hin, musterte heftig beunruhigt meine verletzte Hand, die auf dem Gehstock lag, dann schlurfte er weiter und war bald nicht mehr zu sehen.

Ich ging wieder ins Haus – es dämmerte inzwischen –, machte die Tür zu, schloß sie ab und überzeugte mich, daß der Schlüssel fest steckte und auch leicht schloß. Ich hatte, als ich zur Tür ging, den ominösen Zettel in der Hand gehabt. Jetzt legte ich ihn nachdenklich auf das Abtropfbrett in der Küche, hinkte zu meinem Rollstuhl und fuhr zur Haustür, um nachzusehen, ob sie geschlossen und gesichert war.

Und dann überlegte ich ernsthaft, ob ich Feinde hatte. Womöglich eine Kollegin, die auf die Rolle der Rosy scharf war? Warum aber hatte sie mich dann nicht schon längst aus dem Verkehr gezogen, ehe die meisten Szenen im Kasten waren?

Neidete mir jemand die Ehe mit Ty? Auch in diesem Fall kam die Reaktion lächerlich spät. Jetzt, da die Beziehung zu kippen schien, machte eine Morddrohung eigentlich keinen Sinn mehr. Allerdings überlegte ich nun – leicht nervös und betreten –, wie ich finanziell gestellt sein mochte, falls Ty unerwartet das Zeitliche segnete, zum Beispiel beim Absturz eines Hubschraubers, der sein bevorzugtes Beförderungsmittel war. Hätte ich als Tys Witwe Anspruch auf sein ansehnliches Vermögen? Ich würde natürlich umgehend darauf verzichten, das war für mich keine Frage – doch außer mir wußte das niemand. Von Geld war zwischen Ty und mir nie die Rede gewesen, er hatte nur wie selbstverständlich sämtliche Rechnungen bezahlt und mir in Aussicht gestellt, meinen Flohmarkt-Schmuck durch edle Stücke zu ersetzen.

Diese Szene im Juweliergeschäft ... Die grauen Samthände mit den Armbanduhren ... Ty waren fast die Sinne geschwunden. Und – warum kam ich eigentlich erst jetzt darauf? – unmittelbar nach diesem sonderbaren Zwischenfall hatte Ty seine schwere Migräne bekommen, von der er erst genesen war, als er von der Nominierung zur Rolandsbruderschaft erfahren hatte.

Als es laut an der Haustür klopfte, fuhr mir der Schreck in alle Glieder. Ich atmete auf, als sich herausstellte, daß es nur Pat Limbourne war, die übrigens eine auffallende Ähnlichkeit mit dem Lordprotektor Oliver Cromwell hat – mitsamt seinen Warzen. Ob ihr das schon mal jemand gesagt hat?

»Ich wollte fragen, ob Sie auf einen Löffel Suppe zu uns kommen wollen. Das dürfen Sie im übrigen ganz wörtlich nehmen. Es gibt einen von Elspeths wäßrigen Eintöpfen.«

»Das ist sehr lieb von Ihnen«, sagte ich dankbar, »aber für heute haben Sie bestimmt genug von mir. Und ich habe reichlich Vorräte, ich kann Salate und Paté essen.«

»Ich weiß«, sagte Pat. »Deshalb will ich Sie auch nicht drängen. Nach all der Aufregung sind Sie sicher noch ziemlich mitgenommen.«

»Aber wollen Sie nicht einen Sherry mit mir trinken? Etwas anderes kann ich Ihnen leider nicht bieten ...«

»Gern«, sagte sie bereitwillig. «Soll ich ihn holen?« Was sie unverzüglich tat.

»Zum Wohlsein!« Sie füllte gekonnt die beiden Gläser, gab mir eins und hob das ihre. »Hoffentlich werden Sie Ihre Verbände bald los. Für Rollstuhlfahrer ist Glifonis nicht das Wahre. Aber die Griechen sind sehr hilfsbereit und fahren Sie gern, Sie brauchen es nur zu sagen. Es sind wirklich nette Leute.«

»Sie scheinen sehr gutmütig zu sein. Und was ist mit dem Tumben Tom? Den kann ich noch nicht so recht einordnen.«

»Der ist harmlos. Tut keiner Fliege was zuleide. Er läuft gern im Ort herum und macht sich nützlich.«

»Sie glauben nicht ...« Ich nahm einen Schluck Sherry. »... Sie glauben nicht, daß er das Feuer gelegt haben könnte?«

»Tom? Keine Spur ... Der ist eine Seele von Mensch.« Sie sah mich nachdenklich an. »Wie kommen Sie denn auf so was?«

Ich versuchte ihr auseinanderzusetzen, was ich mir wegen des Schlüssels überlegt hatte. Pat schüttelte den Kopf. »Keine sehr überzeugende Grundlage für einen Verdacht. Außerdem ... Wer hätte etwas davon, Sie bei lebendigem Leib zu verbrennen?« Ihr Lächeln verriet herablassende Nachsicht mit meinen dummen Gedanken. »Ich tippe eher auf einen Kurzschluß.«

»Ich weiß... es klingt irgendwie nach Verfolgungswahn... und dazu neige ich normalerweise nicht. Aber ich habe mir gesagt... angenommen, jemand war der Meinung, mein Mann hätte mich hierher begleitet... Er hat sich im Laufe seines Berufslebens bestimmt den einen oder anderen Feind gemacht...« Ich kam nicht noch einmal auf Tom zurück, der ein Schützling der beiden Damen zu sein schien. Wenn Tom geglaubt hatte, Ty sei bei mir gewesen, konnten auf den Gedanken auch andere gekommen sein.

Wie zum Beweis klopfte es erneut, und eine Stimme rief: »Ist jemand zu Hause? Bist du da drin, Ty?«

Als ich aufmachte, sah ich ein bekanntes Gesicht vor mir: Rupert Vassiliaides, den Ty nur Vass nannte.

»Ach, ihr seid's«, sagte er enttäuscht, als er Pat und mich sah. »Ist Ty nicht da? Angeblich soll er hier in der Gegend sein. Ich wollte ihm sagen, daß wir die Baugenehmigung für das zweistökkige Pier bekommen haben...«

»So eins wie in Lyme Regis?« fragte ich. »Das ist ja großartig. Nein, Ty ist nicht da, aber er wird sich sicher sehr freuen. Kommen Sie doch auf einen Sherry herein.«

Vass ließ sich nicht lange bitten. Er hatte einen geschniegelten Mann mit Hornbrille, langem Hals und hellem Haar im Schlepptau, den er als »mein Assistent, Peter Hart-Crouch« vorstellte. Vass war groß und dunkel, und obgleich er Grieche war, sah er sehr englisch aus und sprach auch so. Er und Pat waren offenbar alte Bekannte. Sie schenkte Sherry ein, und Vass sprach mir sein Mitgefühl wegen meiner Blessuren aus. »Aber Peter fährt Sie bestimmt gern im Dorf herum.« Peter dachte natürlich gar nicht daran, das war ihm deutlich anzusehen. Ich fand ihn sofort unsympathisch. Er hatte eine tranige Stimme, drehte und wendete ständig den Hals, sprach von ›Corb‹, wenn er Corbusier meinte, und von ›Arschitektur‹.

»Wir ermüden Sie, Lady Fortuneswell«, sagte Pat nach kurzer Zeit. »Am besten lassen wir Sie jetzt in Ruhe.«

Dann wünschten sie mir fröhlich eine gute Nacht und zogen ab. Die Männer hatten mit ihren Zigaretten das ganze Haus verräuchert. Ich litt wohl doch an Verfolgungswahn. Als sie weg waren, suchte ich das Zimmer gründlich nach Zigarettenstummeln ab, fand aber zum Glück keine.

Pat hatte netterweise schnell noch die Gläser gespült. »Lassen Sie sich nicht von Shuna tyrannisieren«, rief sie aus der Küche.

»Keine Bange. Sie scheint eine sehr vernünftige kleine Person zu sein.«

»Ich laß mir das, was Sie gesagt haben, nochmal durch den Kopf gehen!«

Ich wäre wirklich gern öfter mit Shuna zusammen, dachte ich, nachdem die Tür hinter Pat zugefallen war und ich abgeschlossen hatte. Sie scheint ein interessantes Kind zu sein. Und ich habe so wenig Kontakte zu Kindern gehabt. So wenig Kontakt zu Fitz, als er ein Kind war. Diese Lücke in meinem – vielleicht auch in seinem – Leben wird sich nie mehr schließen lassen.

Als Andrej anfing, uns zu besuchen, machte Papa gerade eine der unerfreulicheren Phasen seines Rückzugs aus der Realität durch. Er hatte das Bedürfnis, Schuldzuweisungen vorzunehmen, als könne er seiner Verunsicherung, seinem Unbehagen und seinen inneren Widersprüchen nur Erleichterung verschaffen, indem er auf außenstehende Gruppen eindrosch, auf Vegetarier, die Christian Science, Gewerkschaften, Jagdgegner, Zoowärter, die Polizei, die britischen Sozialdemokraten. Fast jede Zielgruppe war ihm recht, wenn sie nur anonym genug war. Wohl zu fühlen schien er sich nur in der Verunglimpfung einer beliebigen, in sicherer Entfernung befindlichen Schar hypothetischer Unbekannter, die sich nicht verteidigen konnten. Er brauchte die Gruppe als Sündenbock. Ihre Identität war zweitrangig, an erster Stelle stand sein Bedürfnis, zu verdammen. Hätte sich ein lebendiger Mensch vor Papa hingestellt und verkündet: »Ich bin Vegetarier und gegen die Jagd«, hätte er sich vermutlich baß erstaunt und vage nickend und grüßend in sein Arbeitszimmer zurückgezogen.

Seine Unterhaltung bestand damals ausschließlich aus einseitigen Argumenten. Er stürzte sich auf jede Feststellung, um sie zu bestreiten und nach allen Regeln der Kunst zu widerlegen, wenn es aber ernst wurde, zog er sich stets auf eine allgemeine Verteidigung seiner eigenen Position zurück.

»So? Na ja, ich sehe nicht fern, ist sowieso alles Quatsch. Ich fahre auch nicht mit dem Auto, nur Trottel setzen sich ans Steuer. Romane? Lese ich nicht. Nur kleine Geister lesen Romane. Am Samstag gehe ich nie aus dem Haus, da sind zu viele Rabauken unterwegs. Geschenke? Sind bei mir gestrichen. Die Schenkerei ist nur ein Versuch, sich Gunst zu erkaufen, so was ist unter meiner Würde. Weihnachten ist zu einer widerwärtigen kommerziellen Orgie verkommen und findet bei mir nicht mehr statt.« (Woran er sich wortwörtlich hielt, was seine jeweilige Gemeinde erheblich verunsicherte). »Hunde sind schmutzige, ungezieferträchtige Monster, sie gehören alle ausgerottet.«

Papa liebte es, sanft und höflich allem zu widersprechen, was man gerade gesagt hatte. Selbst wenn man eben noch seinem Standpunkt beigepflichtet hatte, mochte er das nicht gelten lassen.

»Nein, nein, du hast offenbar nicht begriffen, was ich gesagt habe. Du verstehst mich nicht. Es war genau umgekehrt ...«

Mascha ertrug ihn mit nimmermüder Güte. Geduld und Verständnis schienen ihr nie auszugehen. Auch in seine ständigen Zweifel schickte sie sich. Es waren keine religiösen Zweifel wie bei Prendergast, sondern er fragte sich immer wieder, ob er recht daran getan habe, seinen eigentlichen Beruf aufzugeben.

»War es richtig, das alles im Stich zu lassen, Maria? Habe ich unrecht gehandelt? Habe ich meine wahre Pflicht verkannt?«

Wie oft habe ich ihre Antwort gehört: »Das kannst nur du beurteilen, Edred.« Denn bei aller Milde besaß auch sie eine gehörige Portion Unbeugsamkeit. »Du bist intelligent genug, entscheide selbst«, sagte sie immer wieder zu mir, wenn ich sie fragte, ob es wohl regnen würde, ob ich einen Regenmantel mit in die Schule nehmen sollte, ob es richtig sei, mit flachen Absätzen und Söckchen zum Schulfest zu gehen.

Papas Zweifel wurden noch dadurch verschärft, daß er sich mit unseren sehr dürftigen Verhältnissen nicht abfinden konnte. Nie gewöhnte er sich daran, aus Sparsamkeit das Licht auszumachen, wenn er das Zimmer verließ, zum Waschen nur eine kleine Schüssel heißes Wasser zu nehmen, vor dem Schlafengehen die letzten Kohlen aus dem Feuer zu klauben. In erhabener Zerstreutheit vergaß er diese Dinge ständig und geriet in Rage, wenn man ihn daran erinnerte.

»*Ich hätte schon daran gedacht, Maria!* Geh bitte davon aus, daß es mir nicht ganz an Verstand gebricht. Ich bin hoffentlich noch nicht total verblödet.«

Wenn sie darauf anspielte, daß er die Backofentür zwei Stunden lang hatte offenstehen lassen, um sich grübelnd im Garten zu ergehen, während die Wärme nutzlos verpuffte, erklärte er aufgebracht und sehr von oben herab:

»Das war ein Versehen. Ein einziges Vorkommnis ... So etwas kann jedem mal passieren.«

Später aber entdeckten wir ihn am Schreibtisch, den grauen Kopf auf die Unterarme gelegt, in Selbstmitleid zerfließend. »Ach ja, ich weiß, ich bin für dich ein hoffnungsloser Klotz am Bein. Es wäre wohl wirklich besser gewesen, wenn ich dich verlassen hätte, um allein in die Wüste zu gehen.« Mascha mußte ein großes Maß an einfühlsam-diplomatischem Verständnis und viele Tassen Tee aufbieten, um sein Gleichgewicht wiederherzustellen.

Als Halbwüchsige fand ich es ebenso rätselhaft wie empörend, daß Mascha, die ruhige, scharfsichtige, kluge Mascha, immer von neuem so viel Kraft, grenzenlose Geduld und Einfühlungsgabe darauf verwandte, sein Ego wieder aufzupäppeln. Damals begriff ich nicht, daß es sich alles in allem angenehmer lebte, wenn Papas Ego gut in Form war. Nicht gerade wundervoll, aber eben doch erträglich.

Meine Unversöhnlichkeit gab wohl auch den Ausschlag, als Mascha später, als es hart auf hart ging, zu der Entscheidung kam, ich müsse gehen.

Ein-, zweimal hatte auch ich, ihrem Beispiel folgend, den Versuch gemacht, Papa mit Verständnis zu begegnen, weil ich hoffte, damit die Rückkehr zur Normalität zu beschleunigen, doch das erwies sich als totaler Mißgriff. Mit eisiger Wut fuhr er auf mich los: »Bitte misch dich nicht in Dinge, die dich nichts angehen, Catherine! Du bist weiß Gott kein Engel mit deiner Unordnung und Gedankenlosigkeit und machst deiner armen Mutter viel unnötige Sorgen.«

Eifersüchtig und mit scharfem Blick wachte er darüber, daß sie nicht zuviel für mich tat. »Kann deine Tochter sich das nicht selber besorgen? Es wäre eine nützliche Übung für sie.« Er selbst machte Mascha ständig zusätzliche Arbeit – wegen irgendwelcher Kleinigkeiten, wie mir schien –, obgleich sie den ganzen Tag auf den Beinen war, während er in seinem Arbeitszimmer herumsaß.

»Wenn du verblühte Sträuße aus der Vase entfernst, liebe Mascha, wäre es mir schon angenehm, wenn du sie etwas weiter entfernt vom Haus unterbringen könntest und nicht gerade in dem Brombeerbusch neben dem Hintereingang... Wenn nun

Bekannte von uns sie dort sähen? Das würde doch einen recht ungünstigen Eindruck machen.«

Eine von Maschas kleinen Freuden war es, Garten- oder Wildblumen, die sie sich ohne großen Kostenaufwand beschaffen konnte, in Töpfen und Krügen im Haus zu verteilen.

»Besuch kommt vorn herein, Edred, und nicht durch die Hintertür.«

»Der Anblick verletzt mein ästhetisches Empfinden«, sagte er gereizt. »Ich schätze es nicht, wenn welke, modrige Blüten in den Brombeerzweigen hängen.«

Danach mußte sie die Blumen immer bis ans Ende des Gartens tragen.

Im Gespräch hatte Papa die Gewohnheit, rasch zur Seite zu sehen, als wecke der Anblick seines Gegenübers in ihm schier unerträgliche Irritationen. Andererseits war er durchaus bereit, zumindest Mascha auch mal etwas Liebes zu tun. Ich wüßte allerdings nicht, daß er je etwas für mich getan hätte. Einmal konnte sie wegen einer schweren Erkältung nicht aus dem Haus und hätte zu gern Händels *L'Allegro ed Il Peseroso* im Dritten Programm gehört. Mascha hatte die irrationale Vorstellung – sie ließ sich ansonsten in ihrem Leben so strikt von der Ratio leiten, daß diese Nester von Unvernunft sehr sympathisch, ja rührend wirkten –, daß aufgezeichnete Musik gleichsam abgestanden, schal, verbraucht war. Am liebsten hörte sie Musik – die sie sehr liebte – in Live-Übertragungen oder direkt im Konzertsaal, doch diesen Luxus konnte sie sich nur sehr selten leisten. Während ihrer schweren Erkältung hatte die Radiobatterie den Geist aufgegeben, und Papa erklärte sich entgegen seinen sonstigen Gewohnheiten bereit, bei strömendem Regen den Gang zum Dorfladen anzutreten, um eine neue zu kaufen. Tatsächlich kam er mit der Batterie zurück, hatte aber außerdem die *Times* eines anderen Käufers unter dem Arm, die er in dem Laden geistesabwesend in die Hand genommen und gelesen hatte. Die Entdekkung dieses Tatbestandes, seine Aufregung und Bestürzung, seine fruchtlosen Nachfragen im Dorfladen und den umliegenden Häusern – das alles erstreckte sich über die gesamte Sendezeit, und dabei hatte er die Batterie natürlich immer schön in seiner Manteltasche.

Mascha hatte in den dreißiger Jahren Englisch und Theaterwissenschaft in Cambridge studiert, hatte ihre Doktorarbeit über Ibsen geschrieben und skandinavische Sprachen gelernt. Russisch konnte sie schon, das verdankte sie Großmutter Elena. Und was hatte sie letzten Endes davon gehabt? Allenfalls der Ibsen mag ihr später eine kleine Stütze gewesen sein. Papa lernte sie in Cambridge kennen, wo er Medizin studierte, und sie heirateten fast vom Fleck weg. Er stand allein. Sein Vater, Sir Paul Mars-Smith, war Gouverneur auf irgendeinem Außenposten im Pazifik gewesen, er und seine Frau waren an Tropenkrankheiten gestorben und hatten zwei Söhne hinterlassen, die bei einem Onkel aufwuchsen. Einer von ihnen hatte einen Gehirnschaden.

Zur Fortsetzung von Papas Ausbildung gingen sie nach London, Mascha nahm, um die Finanzen ein wenig aufzubessern, eine Stellung als Lehrerin an der *Wolsey Hospital School for Girls* an, und sie wohnten sehr bescheiden in Islington. Während Papa jene langwierige Prozedur durchlief, an deren Ende aus dem Medizinstudium glücklich ein fertiger Arzt geworden ist, fand sie auf ihrem Gebiet Anerkennung. Als Edred seine Zulassung bekam, hatte sie eine führende Position an ihrer Schule in Aussicht. Inzwischen war der Zweite Weltkrieg ausgebrochen, und viele Lehrer wurden eingezogen.

Als Arzt brauchte Edred natürlich nicht zum Militär, und ich habe manchmal überlegt, ob er nach dem Krieg deswegen Schuldgefühle hatte. Er hätte sich freiwillig auf einen Posten nach Übersee melden können, tat es aber nicht. Vielleicht reagierte er deshalb später stets verärgert und aggressiv, wenn andere Männer in seiner Gegenwart von ihren Kriegserlebnissen erzählten.

Die mageren Jahre waren vorbei, meine Eltern wurden unvermittelt recht wohlhabend. Papa hatte sich nach mehreren Anläufen für einen ganz speziellen Bereich der Gehirnchirurgie entschieden, bei dem es um kniffligste Feinarbeit ging, die Unterbrechung und Neuverlegung wichtiger Leitungen, eine Kunst, die er, wie sich herausstellte, konkurrenzlos gut beherrschte. Von nah und fern kamen die Besucher, um ihm bei der Arbeit zuzusehen, und ließen sich auch durch den Krieg nicht davon abhalten. Mehrere Filme in Zeitlupe entstanden, die seine Hände bei ihrer kitzligen Aufgabe zeigten. Papa wurde eine Art Menuhin der Chirurgie. Er stellte sein Können am Gehirn einer alternden Fürstlichkeit unter Beweis. Als Kaufmann hätte er hinterher das Schild ›Hoflieferant‹ ins Schaufenster hängen können. Gefragt war er auch bei älteren Politikern und Militärs. Von Islington zogen sie sehr bald in ein Haus in der Park Crescent. Edred lernte eine Reihe finanzkräftiger und einflußreicher Leute kennen; von Freundschaften konnte dabei nicht die Rede sein, denn so weit schien er in seiner Wertschätzung anderer Menschen nie zu gehen. Er sah genau so aus, wie man sich einen erfolgreichen Chirurgen vorstellt. Auf den Photos aus jener Zeit ist er ein imponierender Arzt wie aus dem Bilderbuch, groß und arrogant, mit scharf geschnittenen Zügen, tiefliegenden Augen und kerzengerader Haltung. Der schöne, gerade Mund war in den Winkeln tief eingezogen, so daß tiefe Kerben über seine Wangen liefen.

Als Kind entdeckte ich eines Tages durch Zufall, daß ich Papa zeichnen konnte, indem ich einen geraden Strich als Mund zog, ihn durch zwei senkrechte Striche begrenzte und zwei ziemlich nah beieinanderstehende Punkte als Augen hinzusetzte. »Schau mal, Mascha ... Ich habe Papa gemalt!«

Unbegreiflicherweise stimmte das Porträt sie traurig, und sie weigerte sich hartnäckig, ihm mein Kunstwerk zu zeigen. »Später. Im Moment hat Papa zu tun.« Irgendwie ging das Blatt dann verloren. Ich wiederholte die Zeichnung ein paarmal, so gut gelang sie mir aber nie mehr. Es traf mich sehr, daß sie ihm das Porträt nicht zeigen wollte. Damals sehnte ich mich noch nach seiner Anerkennung. Ich hatte zwar Angst vor Papa und traute mich nie allein zu ihm, aber ich hatte gehofft, Mascha würde in diesem Fall zwischen uns vermitteln. Ich solle nach draußen gehen und in meinem kleinen Blumenbeet graben, meinte sie nur.

»Es ist so ein schöner, sonniger Tag, da hockt man doch nicht im Haus herum . . .«

Das war natürlich nach der Wende in unserem Leben.

Mascha hatte ihre Stellung an der Schule aufgeben müssen, weil Edred sie als Gastgeberin brauchte, inzwischen hatten sie einen sehr großen und sehr prominenten Bekanntenkreis. Falls ihr daneben noch Zeit blieb, machte sie Übersetzungen aus dem Russischen, und wenn sie sich hin und wieder von ihren gesellschaftlichen Verpflichtungen freimachen konnte, besuchte sie ihre vier Schwestern, Dolly und Tascha, Mig und Minka, die damals alle nicht in London wohnten. Nach Sitzungen oder Konferenzen übernachteten sie manchmal bei uns.

Papa pflegte abschätzig-bissige Bemerkungen über sie zu machen, wenn sie wieder weg waren.

Ja, und was geschah dann?

Joel hat mich mal gefragt – fremde Familiengeschichten haben eine ganz eigene Faszination für ihn –, ob Edred womöglich eine Operation mißlungen und damit sein Selbstbewußtsein in der Wurzel getroffen war. Ich konnte ihm keine Antwort geben, ich wußte es einfach nicht und spürte, daß er dieses Manko verwunderlich, ja blamabel fand.

Damals lebte Mascha noch. Bei meinem nächsten Besuch fragte ich sie danach.

»Was war mit Papa? Warum hat er seinen Beruf als Chirurg

aufgegeben? War ihm seine Fingerfertigkeit abhanden gekommen?«

Daß so etwas einen Menschen tief treffen kann, läßt sich denken. Eines Tages schlägst du plötzlich alle Bälle ins Netz, kommst auf dem Drahtseil ins Stolpern, vergißt deinen Text, tippst alle Worte rückwärts. Dein Gehirn verweigert sich den ihm gegebenen Befehlen. (Manchmal denke ich, daß es jetzt bei mir soweit ist. Ich habe ganz eigenartige Bewußtseinslücken, komme in ein Zimmer und weiß nicht, was mich dorthin gebracht hat, verliere unwiederbringlich irgendein ganz gewöhnliches, gängiges Wort, das ich eben noch auf der Zunge hatte.) Was kann man dagegen tun? Wenn es nur die eigene Person betrifft, ist es weiter kein Unglück. Man wartet eine Weile und macht dann einen neuen Anlauf. Was aber, wenn man von Berufs wegen in anderer Leute Gehirn herumschneidet?

Vielleicht hatte Papa nach so vielen Operationen einen Horror vor bloßliegenden Gehirnen?

Nein, sagte Mascha, so sei es nicht gewesen. »Er war nach wie vor ein Könner. Und so schnell! Seine Hände bewegten sich wie beim Spitzenklöppeln, die Finger flogen nur so, mit bloßen Augen konnte man ihnen gar nicht mehr folgen. Die OP-Assistenten mußten erstklassig sein, um mit ihm mithalten zu können, beim Zureichen der Instrumente und so weiter.«

»Hast du oft zugesehen?«

»Nur einmal«, erwiderte sie trocken. »Ich bin sofort umgekippt, was lästig für seine Mitarbeiter war, und natürlich habe ich danach nicht noch einmal darum gebeten.«

»War Papa böse?«

»Er hat es nie erfahren, ich hatte sie gebeten, es ihm nicht zu sagen.«

Die graugrünen Augen kamen aus der Ferne zurück und musterten mich nachdenklich. Überlegte sie, warum ich die Frage nicht schon früher gestellt hatte?

»Es kam also ganz plötzlich? Die Entscheidung aufzuhören, meine ich...«

»Die Entscheidung ja. Aber er beschäftigte sich schon seit ein, zwei Jahren mit dem Gedanken. Ich hatte fünf Jahre vor dir ein totes Kind zur Welt gebracht, einen Jungen, er war an seiner Nabelschnur erstickt.«

Ihre Stimme klang nachdenklich, distanziert.

Ich überlegte, ob es ein großer Kummer für sie gewesen war. An Papa dürfte sie keine große Hilfe gehabt haben.

»War er traurig?«

Sie überging die Frage. »Er hatte viele Bücher über Gott und die Wissenschaft gelesen, deren Verfasser erklärten, das Gottesbild des 19. Jahrhunderts sei veraltet, wissenschaftlicher Fortschritt und religiöse Überzeugung brauchten keine Gegensätze mehr zu sein. Nachdem er sich etwa fünf Jahre mit solchen Sachen beschäftigt hatte, kam er mehr und mehr zu der Überzeugung, daß es seine Pflicht sei, sich für den Rest seines Lebens mit dem Allmächtigen auseinanderzusetzen.«

»Glaubte er an Gott?«

»Zu Beginn unserer Ehe nicht«, sagte Mascha trocken, mit leiser Belustigung, den Blick in die Vergangenheit gerichtet. »Da war er ein richtiger Atheist.« Sie selbst, das wußte ich, glaubte unkritisch, von keinem Zweifel angekränkelt, an die Existenz eines gütigen Gottes. Gewiß, im Moment mochte es so aussehen, als habe er die Dinge in dieser Welt ein bißchen schleifen lassen, aber sicher war das im wesentlichen unsere eigene Schuld. Schließlich gab es noch genug andere Welten, um die er sich kümmern mußte, aber früher oder später renkte sich bestimmt alles wieder ein. Ich glaube nicht, daß sie jemals mit Papa über ihren Glauben gesprochen hat, ihre Privatsphäre schützte Mascha mit allen Mitteln. Dank dieses Glaubens aber fand sie die Kraft, auch mit widrigen Umständen fertigzuwerden.

Ich habe eine Erinnerung aus dieser Zeit. Wir hatten Kindergeburtstag gefeiert, ich war drei geworden. Wer da war, weiß ich nicht mehr, es waren Kinder aus meiner Spielgruppe. Papa war nicht dabeigewesen, er ließ sich bei solchen Anlässen nie sehen. Ich lag schon im Bett, als er heimkam, mit meinem neuen Kaleidoskop und Kiplings *Genauso-Geschichten*, beides Geburtstagsgeschenke von Mascha. Ich konnte noch nicht lesen, aber sie hatte mir die erste Geschichte vorgelesen, jetzt sah ich mir die Bilder an.

Nach einer Weile hörte ich die Haustür schlagen – das Signal, daß Papa heimgekommen war. Andere schlossen die Tür behutsam, er knallte sie zu, daß es durchs ganze Haus hallte. Ich schlich mich aus meinem Zimmer und sah nach unten. Würde er heraufkommen und mir gute Nacht sagen, weil ich doch Geburtstag hatte?

Er kam nicht. Ich ging auf Zehenspitzen die Treppe hinunter, bis ich ihre Stimmen hörte, die in langem, gedämpftem Hin und Her aus dem Wohnzimmer drangen. Einzelne Worte konnte ich nicht ausmachen, aber der Ton war ungewohnt und bereitete mir Unbehagen.

Nach einer Weile wurde Maschas Stimme lauter, als habe sie ihren Platz gewechselt. »Ich muß mal auf fünf Minuten zu Katja hinauf«, hörte ich sie sagen, »ihr die Fingernägel schneiden.«

Ich hatte gerade noch Zeit, die Stufen hochzurennen und ins Bett zu springen, ehe sie mit der Nagelschere mein Zimmer betrat.

»Aber du hast mir doch heute vormittag die Nägel geschnitten«, protestierte ich. »Für den Kindergeburtstag.«

»Ja, richtig.«

Das war, soweit ich mich erinnere, der erste Vorwand, den sie fand, um unter vier Augen mit mir zu sprechen. »Ich muß Katja die Haare waschen.« »Ich muß für die neue Schulbluse Maß nehmen.« »Ich muß ihre Sachen für das nächste Trimester durchsehen.« Solche Bemerkungen fielen in der Folge häufig, und ich lernte rasch, sie zu deuten.

Als Dreijährige begriff ich noch nicht, weshalb Papa auf die enge Bindung zwischen Mascha und mir so erschreckend feindselig reagierte. Er stand nicht gern am Rande. Obgleich er mich meist völlig ignorierte, ja, kaum je das Wort direkt an mich richtete, vermerkte er jedes Zwiegespräch zwischen Mascha und mir mit krankhafter Empfindlichkeit, die sich in frostig-wortloser Anspannung äußerte. Wenn er durch die Diele ging und uns beim Johannisbeerenzupfen oder anderen häuslichen Verrichtungen in der Küche miteinander reden hörte, kam er herein und fixierte Mascha mit seinem zerstreuten Blick.

»Ähem ...« Und dann folgte eine lange Pause, in der sie geduldig wartete und ihre Tätigkeit fortsetzte. Endlich rückte er dann mit irgendeiner unwichtigen Frage heraus, oder er bat sie, ihm beim Sichten seiner Unterlagen zu helfen, einen Brief für ihn zu tippen, vor der Kirchenratssitzung die Taschenklappen seines guten Jacketts zu bügeln. Es war ganz klar, daß ihm der Strom der Kommunikation, der so ungehindert zwischen uns floß, nicht geheuer war.

In den kleinen, beengten Pfarrhäusern, die wir später bewohnten, wurde das natürlich noch viel deutlicher. Inzwischen war ich auch älter geworden und achtete mehr auf diese Dinge.

Am Abend meines dritten Geburtstages spürte ich nur unbestimmt, daß irgendeine Veränderung bevorstand, und klammerte mich an Mascha, die – was ihr gar nicht ähnlich sah – einen Arm um mich legte und mich an sich zog.

»War es ein schöner Geburtstag?«

Ja, sagte ich, wunderschön sei er gewesen, und am allerschönsten sei das Kaleidoskop. »Schau, es ist ein Regenbogen drin.«

»Bald ziehen wir aufs Land«, sagte Mascha. »Da kannst du

dann richtige Regenbogen sehen. Und Schafe und Kühe und Heuschober und Bäume, auf die man klettern kann. Lustig, nicht?« Ihre Stimme klang nicht so ganz überzeugend.

Ich hatte meine Zweifel. »Warum ziehen wir dahin? Was ist mit meiner Spielgruppe? Gibt's da auch Spielzeugläden?«

»Du wirst neue Freunde finden. Und Besseres als Spielzeuggeschäfte. Und wir ziehen hin, weil Papa beschlossen hat, kein Arzt mehr zu sein.«

»Nein? Was dann?«

»Er wird Pfarrer werden und viel über den Lieben Gott nachdenken.«

Komisch, dachte ich. Der Liebe Gott ist doch immerfort da, was soll man da noch groß über ihn nachdenken? Aber Erwachsene waren eben manchmal wunderlich, da konnte man nichts machen.

»Du wirst sehr brav auf dem Land sein, nicht? Und Papa nicht plagen? Denn er wird den ganzen Tag daheim sein und nicht im Krankenhaus, und wir werden ein sehr viel kleineres Haus haben. Aber natürlich wirst du brav sein, du bist ja mein liebes Kind.«

Überrascht sah ich, daß ihr eine Träne über die Wange lief. Abgesehen vom Tod ihrer Schwestern habe ich das bei Mascha nur dieses eine Mal erlebt.

»Gute Nacht«, sagte sie. »Schlaf jetzt.« Resolut legte sie Buch und Kaleidoskop auf einen Stuhl außerhalb meiner Reichweite, ehe sie, die unbenutzte Nagelschere noch in der Hand, mein Zimmer verließ.

Danach macht meine Erinnerung einen Sprung. Auf das erste Pfarrhaus nach Papas Ordination kann ich mich nicht mehr besinnen. Ich weiß nur, daß es in Newcastle stand, und ich habe Mascha von der beißenden Kälte, den Küchenschaben und dem Tag und Nacht dröhnenden Verkehrslärm erzählen hören. Ich selbst sehe nur noch vage einen steinigen kleinen Stadtgarten vor mir, dessen beschnittene Zwergbuchshecken jenen besonders abstoßenden Buchsgeruch, Inbegriff staubiger Säuernis, verströmten.

Soviel weiß ich allerdings, daß Newcastle nach Maschas anschaulicher Schilderung des Landlebens eine bittere Enttäuschung für mich war.

Es dauerte aber nicht lange, bis wir wieder umzogen, in ein Dorf aus grauen Steinhäusern zwischen einem Kohlebergwerk und einem Moor. Die Bewohner sprachen einen derart ungewohnten, seltsam kleistrigen Dialekt, daß Mascha und ich lange brauchten – sie Wochen, ich Monate –, ehe wir sie verstanden, und ich glaube, Papa hat mit seiner Gemeinde die ganze Zeit kein Wort gewechselt.

Als Pfarrer muß er eine absolute Null gewesen sein. Vornehmste Aufgabe des Seelenhirten ist es doch wohl, seiner Herde zu helfen, ihr Halt und Trost zu sein. Selbst bei Aufbietung all meiner Phantasie kann ich mir Papa in dieser Rolle nicht vorstellen. Ihm ging es darum, einen Dialog mit Gott zu führen – oder das wenigstens zu versuchen. Die Gemeinde mochte, wenn sie wollte, seinen Auslassungen zu diesem Thema folgen, ansonsten sollte sie sehen, wie sie zurechtkam.

Kein Wunder, daß er so oft versetzt wurde. Schon der berühmte, erfolgreiche Chirurg stand in dem Ruf, überaus schwierig zu sein. Er hinterließ eine Spur wütender Krankenhausverwaltungen, entrüsteter Patienten, widerborstiger Kollegentrottel und unverschämter Mitarbeiter. In seiner neuen Berufung zerstritt er sich mit dickschädeligen Kirchenvorständen und verblödeten Kommunalbehörden, mit bigotten Bischöfen und starrsinnigen Provinzdekanen. Von meinem fünften bis zu meinem zehnten Lebensjahr erinnere ich mich an vier Umzüge kurz nacheinander. Mascha wirkte mitgenommen. In das schwarze Haar mischte sich Silber, Querfalten hatten sich in die breite

Stirn gegraben. Dabei war sie erst fünfzig. Wir verloren den Kontakt zu ihren Schwestern. Zuerst ging sie mit mir sonntags zum Frühgottesdienst. Wir sangen beide gern Kirchenlieder. Und Mascha lauschte mit gespannter Aufmerksamkeit Papas Monologen über die Schwierigkeiten, einen Dialog mit dem Höchsten in Gang zu bringen. (Er war immer eingeschnappt deswegen, grantig und gereizt. Durfte er nicht, nachdem er soviel auf sich genommen hatte, um die Verbindung herzustellen, vom Allmächtigen ein Mindestmaß an Entgegenkommen erwarten?) Ich überlegte oft, warum Papa weiter mit dem Lieben Gott redete, da der doch offenbar keine Lust zum Antworten hatte. Es war eine so einseitige Angelegenheit. Warum redete er nicht zur Abwechslung mal mit mir? Aber in den seltenen Fällen, da Papa das Wort an mich richtete, geschah dies nur, um mich zurechtzuweisen.

»Du verstehst nichts von dem Gegenstand, Catherine, unterbrich mich nicht. Es ist sehr ungezogen, wenn ein Kind sich in das Gespräch Erwachsener mischt.« »Sei bitte ruhig, Catherine, das geht dich nichts an.«

Maschas und meine Kirchgänge hörten auf, weil Papa verkündete, wenn wir zu einem seiner Gottesdienste gingen, müßten wir zu allen gehen. Es gehöre sich nicht für die Frau des Pfarrers, nur hin und wieder in der Kirche zu erscheinen.

Dann, konterte Mascha mit gewohnter Bestimmtheit, würden wir leider ganz wegbleiben müssen. Sie ginge zum Gottesdienst, wenn ihr danach sei, und nicht, um nur Lippenbekenntnisse abzulegen. Außerdem habe sie keine Zeit, sonntags zweimal in die Kirche zu laufen.

Mittlerweile waren wir finanziell sehr übel dran. Ich erfuhr später, daß Edred den größten Teil seines Vermögens darauf verwendet hatte, seinem unglücklichen Bruder den Aufenthalt in einer teuren Schweizer Klinik zu ermöglichen. Der Bruder starb, als ich acht oder neun war. Danach lebten wir von dem, was

Mascha aus ihrer Lehrertätigkeit erspart hatte, und von ihren Übersetzungen.

Warum sie nicht wieder an eine Schule ging? Weil sie das Gefühl hatte, daß Edred sie ständig brauchte, außerdem war ich ja auch noch zu Hause. Sie besorgte praktisch die ganze Hausarbeit, sie kochte und kümmerte sich um den Garten. Papa versuchte sie gar nicht erst zur Mithilfe heranzuziehen. Er saß in seinem Arbeitszimmer und rang mit Gott, während sie Holz und Kohlen schleppte, Wasser pumpte, umgrub, Anmachscheite hackte, Böden schrubbte, Holz sägte, Nägel einschlug, Sicherungen reparierte und Wände strich. Unser jeweiliges Heim mochte noch so klein sein – Papas Arbeitszimmer war stets Sperrgebiet, war tabu für Besucher und Kinder. In manchen Häusern habe ich das Arbeitszimmer vom ersten bis zum letzten Augenblick nicht ein einziges Mal betreten.

In jenen Jahren waren wir von meinen Tanten praktisch abgeschnitten. Soweit ich weiß, hat Edred nie ausdrücklich Einwände gegen ihren Besuch erhoben. Ich denke mir, daß es Mascha einfach zu anstrengend war, ständig zwischen unvereinbaren Standpunkten ausgleichen zu müssen, und daß sie deshalb ihre Schwestern nicht mehr einlud. Außerdem waren die Verkehrsverbindungen zu uns immer miserabel.

Als ich zwölf war und wir nach Dorset zogen, war das Leben ein wenig leichter geworden. Meine beiden älteren Tanten, Tascha und Dolly, waren auf dem Weg zu einer ILO-Konferenz auf den Philippinen bei einem Flugzeugabsturz ums Leben gekommen. Sie hatten sich gegenseitig zu Erben eingesetzt und für den Fall, daß sie beide gleichzeitig sterben sollten, ihr Geld Mascha vermacht. Der Verlust war schmerzlich – zwar hatten sie sich seit Jahren nicht mehr gesehen, schrieben sich aber jede Woche, die Schwestern hingen alle sehr aneinander –, doch die beiden waren schon Mitte sechzig gewesen, erheblich älter als Mascha selbst, und die Trauer, die sie empfand, war eher so, als habe sie in ihnen die Eltern verloren. Das Geld half uns sehr. Zum ersten Mal, seit Papa die Medizin an den Nagel gehängt hatte, konnten wir uns für das eiskalte Pfarrhaus zwei Nachtspeicheröfen leisten und zweimal in der Woche eine Putzfrau fürs Grobe. (Warum Dolly und Tascha uns nicht zu ihren Lebzeiten finanziell unter die Arme gegriffen hatten? Versucht haben sie es bestimmt, aber Mascha hat vermutlich gesagt, sie sollten das Geld lieber der Welthungerhilfe spenden.) Und so kam, als ich dreizehn war, Mrs. Eppy zu uns, eine vierschrötige, durch nichts zu erschütternde Kriegerwitwe mit grauem Krisselhaar, rotem Gesicht und scharfer Zunge.

Sie bewunderte Mascha sehr.

»Nee, was Sie sich aber auch abzappeln, Mrs. Mars-Smith«, sagte sie immer wieder staunend – Bewunderung mit einer Prise Ironie versetzt.

Ihre Meinung über Papa behielt sie für sich, aber ich merkte, daß er ihre Gespräche mit Mascha sehr bald genauso mißtrauisch verfolgte wie die meinen. Wenn er sie länger als eine Minute miteinander reden hörte, kam er aus seinem Zimmer, räusperte sich und wartete mit hochgezogenen Brauen, bis sie höflich verstummten oder woanders hingingen.

Das Pfarrhaus in Dorset war zwar genauso kalt wie seine Vorgänger, aber es war ein hübsches Haus, und die Landschaft war von einer bezaubernd unverdorbenen Schönheit, der sich sogar Papa nicht ganz entziehen konnte. Vielleicht aber hatte die Verbindung zum Lieben Gott nun endlich doch geklappt ...

Für kurze Zeit schien unser Leben leidlich normal und glücklich zu verlaufen.

7

Mir gefällt sie«, sagte Elspeth. »Sie macht einen zuverlässigen Eindruck, findest du nicht? Ich frage mich bloß, warum sie diesen Kleinen Lord geheiratet hat.«

»Aus den üblichen Gründen, möchte ich annehmen. Er hat ihr gefallen. Und er hat ja auch sehr viel Charme.«

»Hm«, sagte Elspeth skeptisch, blätterte einen Augenblick in ihrem Dahlienkatalog und meinte dann: »So hundertprozentig wie du war ich ja nie für ihn.«

»Ich würde allerdings auch nicht so weit gehen, ihn zu heiraten. Nicht mal, wenn er auf die Idee käme, mir einen Antrag zu machen.«

»Und wenn du nicht zufällig doppelt so alt wärst wie er.«

»Aber er hat das Herz auf dem rechten Fleck. Denk nur mal an das, was er hier geleistet, was er aus diesem traurigen Stückchen Erde gemacht hat. Und auch anderswo hat er ohne großes Tamtam viel Gutes getan, hat große Geldbeträge für wohltätige Zwecke, für die schönen Künste zur Verfügung gestellt ...«

»Das kann er sich ja auch leisten.«

»Du bist heute sehr krittelig.«

»Wenn einer nur etwas auf die Beine stellt, hat er in deinen Augen schon das Herz auf dem rechten Fleck.«

»Ja, weißt du, es gibt so viele Idioten auf der Welt«, erklärte Pat voller Überzeugung, »... sie sitzen in den Ausschüssen, sie hören sich gern reden, sie machen Murks, spielen Bremser und frustrieren alle anderen ... und wenn dann einer daherkommt, der erkennt, was getan werden muß und es verdammt nochmal auch tut – muß der einem nicht einfach sympathisch sein?«

»Also ich weiß nicht…«, sagte Elspeth. »Ich finde es doch sehr eigenartig, daß er seine Frau ganz allein hierherkommen läßt, in ihrem Zustand, ohne Betreuung, so kurz nach der Hochzeit. Sie waren schließlich noch in den Flitterwochen. Nein, sag, was du willst, aber das ist schon befremdlich. Und ich habe etwas sehr Unerfreuliches über ihn gehört…«

Olga Laszlo streckte, ohne anzuklopfen, den Kopf zur Tür herein. »Darf ich mal telefonieren, ihr Lieben?« fragte sie und war schon drin.

»Nur zu.« In Pats Ausdruck lag eine Spur weniger Herzlichkeit als in ihrer Stimme. Sie zog ihre Tweedjacke an und fragte: »Brauchst du noch was in Dorchester, Bets?« Als Elspeth den Kopf schüttelte, ging sie schnell hinaus.

Elspeth füllte einen Bestellzettel für ihre Dahlien aus und steckte ihn in einen frankierten Umschlag, dann fing sie an, Pflanzkartoffeln zu sortieren, die in Kisten überall herumstanden, auf Stühlen, Tischen und auf der Arbeitsfläche zwischen dem gewohnten Wust von Büchern, Geschirr und Katalogstapeln. Dabei verfolgte sie ohne die mindesten Gewissensbisse Olgas Gespräch.

»…Swit? Könntest du ganz lieb sein und dir meinen Schlüssel von Gretl zurückholen… ich habe den Eindruck, daß sie der Schlag getroffen hat, sie meldet sich überhaupt nicht mehr… und dann gehst du in meiner Wohnung vorbei, und wenn eine Telefonrechnung da ist, zahlst du sie, ja?… Und schau doch bitte nach, ob Dias gekommen sind… die Trottel von Tagus haben sie offenbar dorthin geschickt, hier sind sie nämlich nicht angekommen… Wie? Gretl ist in *Paris*…? Aber… ja, dann… vielleicht hat Mervyn den Schlüssel… Gehst du mal hin, Schätzchen? Aber erledige auf jeden Fall das mit der Telefonrechnung, hörst du? Ich schicke dir… nein, sehr lange bin ich nicht mehr hier, nur noch eine Woche, hoffentlich jedenfalls… Nein, nein, nicht direkt am

Verhungern, aber du weißt ja, wie das in der Provinz ist, kein Mensch, mit dem man reden kann ...«

Elspeth nickte ingrimmig lächelnd vor sich hin und verlas ihre Kartoffeln. Olgas Telefonate waren ihr zur täglichen Freude geworden.

Wenig später kam Shuna herein.

»Mit Mathematik und Grammatik bin ich fertig, und *Kubla Khan* kann ich auch auswendig. Soll ich es dir aufsagen?«

»Ja, gleich.« Elspeth beobachtete Olga aus dem Augenwinkel. »Bring aber erst noch die Reste für die Vögel in den Garten, am besten legst du sie ganz oben hin, dann brauchen sie nicht so nah ans Haus zu kommen.«

»Dann sehe ich sie aber nicht so gut.«

»Dafür haben mehr Vögel etwas davon.«

Als Shuna zurückkam, hatte Olga gerade ihr letztes Telefongespräch beendet und legte den Hörer auf. Sie begrüßte die Kleine überschwenglich.

»Hallo, Liebchen! Wie geht's uns denn heute? Was hast du da Schönes?«

»Eine Landkarte.«

»Darf ich mal sehen? Was ist denn das für eine Landkarte?«

Shuna gab ihr das Blatt. »Eine Karte von Freitagland.«

»Freitagland? Und wo liegt das, mein Engelchen?«

»Da, wo die Knies wohnen.«

»Aber warum Freitagland? Warum nicht Donnerstagland?«

»Freitagland ist besser. Bei Freitag denkt man an Gelb, nicht? Ein schönes, leuchtendes Gelb. Donnerstag ist grau, genau wie Dienstag. Donnerstag ist so voll Nebel, da würde kein Knie wohnen wollen.«

»Und was machen deine Knies so in Freitagland?«

»Das Übliche«, erwiderte Shuna erstaunt. »Was die Knies eben so machen.«

»Zum Beispiel?«

»Burgen bauen, Schlachten schlagen, im Symphonieorchester spielen...«

»Dieses Kind hat eine Phantasie – einfach hinreißend«, schwärmte Olga. Shuna sah sie ein wenig ratlos an und nahm ihr die Karte aus der Hand. In eine Ecke schrieb sie *Parkplatz*, als sei ihr die Notwendigkeit einer solchen Einrichtung gerade erst in den Sinn gekommen.

»Shuna«, sagte Elspeth, »sei so lieb und bring das Päckchen zu Lady Fortuneswell. Es ist von *Pyramid TV*, vielleicht wartet sie darauf. *Kubla Khan* kannst du dann aufsagen, wenn du zurückkommst. Und Tom soll ihr nicht auf die Nerven gehen, hörst du? Mir scheint, daß er sich ziemlich oft bei ihr herumdrückt, ich weiß auch nicht warum.«

»Weil Arkwright sie gern hat, glaube ich.« Shuna legte ihre Karte weg und griff nach dem Umschlag, den der Briefträger gebracht hatte.

Olga sah der Kleinen nach und wäre ihr offenbar gern gefolgt. Zu Elspeths Erleichterung entschied sie sich dann aber dafür, noch auf einen Schwatz zu bleiben.

»Hat man je erfahren, wer der Vater war?«

»Nicht, daß ich wüßte«, erwiderte Elspeth mit farbloser Stimme und ohne eine Miene zu verziehen.

»Schrecklich, die Sache mit ihrer armen Mutter. Eine ganz, ganz schlimme Geschichte. So ein Jammer. Dabei war sie so hochbegabt. Ganz klar, woher das Kind es hat...«

Elspeth machte den Mund auf, besann sich und machte ihn wieder zu.

»Wie stolz die Ärmste gewesen wäre, wie glücklich«, erklärte Olga mit tränenumflorter Stimme.

»Gewiß«, sagte Elspeth unverbindlich und nahm sich die nächste Kiste Kartoffeln vor.

»Von diesen Leuten hat man wohl nie mehr was gehört, was? Bei denen sie damals war, meine ich...«

»Es ist jemand an der Tür, glaube ich«, sagte Elspeth. »Gehen Sie mal eben hin? Ich habe die Hände voll Erde.«

Es war Sophie Pitt, die von Elspeth überaus herzlich begrüßt wurde.

»Wie schön, dich zu sehen, Sophie. Was kann ich für dich tun? Wolltest du telefonieren?«

Sophie war auch ohne Make-up, mit ungetöntem, unfrisiertem Haar und in Jeans jeder Zoll eine Herzogin.

»Nein, danke, ich bin nur vorbeigekommen, weil meine Rolle sitzt und ich zur Feier des Tages den ganzen Ort zu einer Soiree einladen will.«

»Zu einer Soiree ...«

»Heute abend um sechs. Ich werde wahrsagen. Und es gibt Punsch.«

»Wahrsagen? Wie aufregend«, hauchte Olga. Ihre Augen glänzten, ihr Lächeln hätte einen Eisberg zum Schmelzen gebracht. Sophie, die Olga nicht leiden konnte – ohne triftigen Grund, denn sie hatten bisher kaum zehn Worte miteinander gewechselt –, überwand ihre Abneigung und sagte huldvoll: »Ich hoffe, Sie können es einrichten?«

»Ich komme auf jeden Fall rechtzeitig vom Theater zurück«, versprach Olga. »Aber jetzt muß ich an die Arbeit, meine Leute werden sich schon fragen, wo ich bleibe. Über unserem Plausch habe ich ganz die Zeit vergessen. Aber Sie erzählen auch immer sooo interessante Sachen ...«

Sie bedachte Elspeth mit einem sanften vorwurfsvollen Lächeln und zog ab.

»Ziemlich penetrant, diese kleine Schmuddelliese«, bemerkte Sophie, zündete sich eine Zigarette an und schenkte sich unaufgefordert Kaffee ein.

8

Ich habe, wie ich wohl schon an anderer Stelle bemerkte, eine Schwäche für Büroklammern. Ich sammle sie ..., nein, das vermittelt den falschen Eindruck. Es ist nicht so, daß ich meine Tage in Papiergeschäften verbringe, um sie schachtelweise abzuschleppen, wie der Mann, der Koffer voll Pfannkuchen unter dem Bett hortete. Aber wenn ich welche finde, hebe ich sie auf, in Konzertsälen, Büros, Zügen, Restaurants, auf Straßen und Durchgängen, in Kirchen, Aufzügen und Rolltreppen, auf der Bühne, im Studio und in Kunstgalerien. Ich habe schon Büroklammern im Louvre gefunden, in St. Pauls, sogar im Parthenon. Wenn ich drei an einem Tag finde, ist das ein gutes Omen, aber das kommt selten vor. Eine ist die Norm, zwei sind relativ häufig. In Notzeiten lasse ich manchmal eine Büroklammer, die ich entdeckt habe, eine Weile liegen und hole sie mir dann an einem mageren Tag ab, um meinem Glück wieder auf die Sprünge zu helfen. Man stelle sich meine Bestürzung vor, als ich mir im Oktober letzten Jahres eine sehr zuverlässige Klammer, die seit Wochen in einem Pflasterspalt vor dem Broadcasting House (Vordereingang) steckte, als Nachschub holen wollte und sie spurlos verschwunden war ... Haarklemmen findet man ebenso häufig wie Büroklammern, aber nie habe ich auch nur den leisesten Wunsch verspürt, eine Haarklemme aufzuheben. Haarklemmen haben so etwas Unappetitliches an sich, etwas Fettig-Persönliches, Büroklammern hingegen sind blank, symmetrisch, extrovertiert, ein guter Freund in allen Lebenslagen ... Was ich mit meiner Sammlung anfange? Ich bewahre sie in einer kleinen Blechtruhe auf, die mir Fitz mal geschenkt hat, und das Interessante (das Normale) an meinem Hobby ist die Tatsache, daß ich die Büroklammern ebenso schnell wieder weggebe, wie ich sie vereinnahme, sie landen auf Briefen, Rollentexten, Kopien von Songs und, und, und. Sie kommen und gehen, es ist eine ständige Fluktuation.

Deshalb war es schon ein merkwürdiges Gefühl, an einem Ort zu sein, wo es weit und breit keine einzige Büroklammer gab. Ich erkundete Glifonis Nummer Eins recht gründlich, um mich zu orientieren, aber da ich nicht erwartet hatte, in Schüben oder Schränken auf Büroklammern zu stoßen, war ich auch nicht sonderlich enttäuscht. Sei vernünftig, sagte ich mir, für Büroklammern ist dies kein günstiges Umfeld, natürlich erreichte ich mit diesem guten Zuspruch aber nur, daß mich Unruhe erfaßte, Unbehagen und leichte Verunsicherung. Hinzu kam, daß ich mich (von dem gebrochenen Handgelenk und dem verstauchten Knöchel abgesehen) bedenklich wohl fühlte. Die Krebssymptome in Wirbelsäule und Brust hatten sich vorübergehend gelegt, die Flecken vor meinen Augen waren weniger dicht, selbst ein sehr beunruhigendes neues Symptom, ein Gefühl, als bohrten sich abgebrochene Wimpern in meinen linken Augapfel, hatte sich so sehr gebessert, daß ich mich fragte, ob das vielleicht die Ruhe vor dem Sturm war, die Gnadenfrist, ehe die eigentliche Killerkrankheit zuschlug.

Das Büroklammerndefizit war nicht nur ein böses Omen, sondern auch in praktischer Hinsicht ärgerlich. Büroklammern kann man für so vieles gebrauchen. Warum war Ty nicht auf den Gedanken gekommen, in Glifonis einen Dorfladen einzurichten? Oder zumindest eine Taverne aufzumachen? Die armen Griechen mußten, wenn sie ein Bier trinken wollten, fast acht Kilometer fahren, bis nach Toller Asinorem. Eigenartig, überlegte ich, daß Ty, der perfekte Planer, an dieses Grundbedürfnis nicht gedacht hatte.

Ich freute mich deshalb, als Shuna mir einen dicken Umschlag von *Pyramid* brachte (die zusätzlichen Szenen für *Rosy und*

Dodo, ein Zugeständnis an die Buchhaltung, um die neuerliche Expedition nach Knoyle zu rechtfertigen), denn Randolph Groves Begleitbrief war an dem zusammengehefteten Text mit einer schönen großen messingfarbenen Büroklammer befestigt. Und ich war stocksauer über die schnöde Bosheit der Vorsehung, als beim Herausziehen des dicken Packens die Büroklammer absprang, in weitem Bogen durch die sonnenflirrende Luft flog und irgendwo auf meiner Terrasse landete.

»So eine Gemeinheit!«

»Ich hole sie«, sagte Shuna und hopste hilfsbereit zwischen den Marmorplatten und am Rand der Zypressenhecke herum. Arkwright, der das für ein neues Spiel hielt, lief hinter ihr her und jagte Schatten.

Doch nicht einmal Shunas scharfe junge Augen vermochten den Ausreißer zu entdecken.

»Da kann man nichts machen. Dank dir schön. Es wird auch so gehen, ich hätte sie nur ganz gern für meine Sammlung gehabt.«

»Tom hat früher Streichholzschachteln gesammelt«, sagte sie. »Er hatte neunhundertdrei, als sie ihr Zuhause verloren. Danach hat er sich nicht aufraffen können, nochmal von vorn anzufangen, sagt er.«

Shuna hatte mir die Geschichte von Toms Zuhause erzählt, und ich fragte mich sehr beunruhigt, wo genau es wohl gestanden hatte, aber das wußte Shuna nicht.

»Wie läuft es in Freitagland?«

»Der Aufstand ist niedergeschlagen, Marschall Knie ist wieder an der Macht.«

»Und wie ist es den Majoren ergangen?« Ich wußte, daß es die Majore gewesen waren, die den Aufstand in Freitagland organisiert und nach dem Staatsstreich sogar ein paar Wochen das Land regiert hatten. Insgeheim, so vermutete ich, war Shuna auf ihrer Seite, obgleich sie behauptete, völlig unparteiisch zu sein.

»Die sind alle hingerichtet worden.«

»Du lieber Himmel!«

»In Freitagland ist kein Platz für Leute, denen man nicht trauen kann, sagt Marschall Knie«, erklärte Shuna mit unbewegtem Gesicht, aber ihre Stimme, fand ich, klang traurig. Sie hatte ein Gedicht über die Generäle und die Majore und Orpheus geschrieben, aus dem eine gewisse Zuneigung zu den Majoren sprach und überdies ein beachtliches Talent, das um so erstaunlicher war, als Shuna sich gleichzeitig lebhaft dafür interessierte, wie viele Integrale sich zwischen eins und einskommafünf zwängen ließen. Eine unendliche Zahl, meinte sie, und ich sah keinen Anlaß, diese Aussage in Zweifel zu ziehen.

»So ganz unrecht hat der Marshall damit vielleicht gar nicht. Aber sie alle hinzurichten... Hätte er sie nicht deportieren können?«

»Wohin?«

»In eine Strafkolonie. Nach Donnerstagland?«

»Dann würden sie ihn nur von da aus hassen, bis sie stark genug wären, Schiffe zu bauen und zurückzukommen. Wie die Normannen.«

»Da hast du leider recht.«

»Ich lasse es mir nochmal durch den Kopf gehen«, sagte sie und hörte sich an wie Pat.

Sophie Pitt kam und brachte einen Laib Brot.

»Hallo, ihr Lieben! Ich habe gebacken.« Sie legte das Brot auf den Tisch.

»Riecht köstlich.«

»Wiedersehen, Cat. Ich muß jetzt *Kubla Khan* aufsagen.« Shuna sprang auf, kam aber nochmal zurück. »Tante Elspeth läßt fragen, ob der Tumbe Tom Ihnen auch nicht auf die Nerven geht.«

»Keine Spur. Er läuft öfter mal hier herum, ich habe den Eindruck, als ob er etwas sucht, aber er kommt nie so nah heran, daß ich mit ihm sprechen kann.«

»Tom tut Ihnen nichts«, versicherte Shuna. »Ich glaube, er hat was in Ihrem Haus liegenlassen, was er sich holen will. Einen Zettel oder so. Aber er ist sehr lieb.« Dann war sie endgültig weg.

»Putzige kleine Person.« Sophie sah ihr nach. »Sie soll ja ein Genie sein.«

»Würde mich nicht wundern«, sagte ich etwas zerstreut und dachte an den Tumben Tom. Hab acht zum Sterben ... Stammte der Zettel von ihm?

»Ich wollte dich zu meiner *conversazione* einladen. Eine Party für die Neu-Glifonier. Heute abend um sechs.«

»Besten Dank. Das dürfte eine ziemlich gemischte Gesellschaft werden.«

»Um so interessanter.« Sophie drückte ihre Zigarette in einem Geranientopf aus. Zum Ausgleich für die etwas karge Einrichtung prangte der Pflanzenschmuck um so üppiger, was ich wohl hauptsächlich Miss Morgan zu verdanken hatte.

»Wer kommt denn noch?«

»Zoe, ich erwarte sie heute im Lauf des Tages.«

»Wie schön! Ich mag Zoe.«

»Und Miss Laszlo. Eine Freundin von dir, nicht?«

»Eine Bekannte«, erwiderte ich zurückhaltend. »Freundin wäre zu viel gesagt.«

»Und die Goadbys.«

»Die traurige Pelzmantelfrau und der graugesichtige Mann?«

»Ganz recht. Sie haben ihr Kind durch einen Unfall verloren, die Ärmsten. Und der alte Laurence Noble. Wenn er sich von seinen Klangwelten losreißen kann. Und die Pools.«

»Kenne ich nicht.«

»Er ist Architekt und mit dem Griechen befreundet, der das Dorf geplant hat. Schon etwas angejahrt, sehr viel jüngere Frau, Sohn im Teenageralter.«

»Die habe ich noch nicht zu Gesicht bekommen.«

»Du kommst ja im Moment auch nicht viel herum. Sie wohnen in dem untersten Haus. Mann und Sohn hocken den ganzen Tag daheim, derweil Frau und Hausfreund auf den Klippen spazierengehen.«

»Was du alles weißt, Sophie ...«

»Man muß immer die Augen offenhalten«, sagte sie vieldeutig. »Ich weiß eben gern, was läuft. Was meinst du wohl, wie ich an meine guten Rollen komme? Indem ich immer nur einen Sprung von der Tür zum Besetzungsbüro entfernt bin.«

»Eine glückliche Gabe ...«

Die Rolle in *Rosy und Dodo* war ihr wie auf den Leib geschrieben: Eine gescheite Pfarrersfrau, die sich geschickt mit dem dürftigen Gehalt ihres Mannes über die Runden rettet und die Gemeinde nach ihrer Pfeife tanzen läßt. Mascha hätte ihren Spaß daran gehabt.

»Gut, dann also bis heute abend um sechs. Soll ich dir Laurence schicken, damit er dir die Stufen hinunterhilft?«

»Nein, danke, das schaffe ich schon allein. Ich komme auf meinen Gehstöcken inzwischen ganz gut zurecht, notfalls sind ja auch noch die netten Griechen da.«

Später ging ich selbst bei dem alten Laurence Noble vorbei.

Zunächst hatte ich es bei den Ladies versucht (»die Ladies von Glifonis« klang so schön nach alter Ballade), aber sie waren nicht da. In der chaotischen Küche etwas finden zu wollen, war ein hoffnungsloses Unterfangen. Außerdem hing Olga Laszlo mal wieder am Telefon und sprach mit der unglückseligen Swit, sie sah mich groß an, hörte aber nicht auf zu reden, und ich war heilfroh, daß ich mich mit Anstand zurückziehen und ein Haus weitergehen konnte. Durchs Fenster sah ich Mr. Noble, die Hände auf den Rücken gelegt wie Beethoven, im Wohnzimmer hin und her laufen. Ich klopfte schüchtern.

Er schien mich nicht zu erkennen, denn er sah mich mit gekrauster Stirn und zusammengekniffenen Augen an.

»Guten Tag, Mr. Noble, ich bin Ihre Nachbarin von oben. Ihnen habe ich es zu verdanken, daß mein Haus neulich nicht in Flammen aufgegangen ist.«

»Ah ja«, sagte er unbestimmt und hoffte sichtlich, ich würde wieder gehen.

»Entschuldigen Sie bitte die Störung, die Damen waren nicht da... ich wollte fragen, ob Sie zufällig eine Büroklammer haben...«

»Eine *Büroklammer?*«

»Ich lerne gerade meine Rolle... ich bin nämlich Schauspielerin...« Sein Gesicht trug noch immer einen Ausdruck feindselig-ablehnender Verständnislosigkeit. »Der Text war zusammengeheftet, aber die Heftklammer hat sich gelöst, weil der Stapel so dick war... Sie wissen ja, wie das so geht...«

»Tut mir leid, aber ich habe keine Ahnung, wovon Sie reden«, sagte er patzig.

»... und jetzt sind es nur noch fliegende Blätter. Es ist so schönes Wetter, ich hatte mich auf die Terrasse gesetzt, aber der Wind...«

»Ich kann Ihnen nicht helfen.«

»Oder vielleicht eine Nadel?« sagte ich in meiner Not. »Wenn Sie eine Nadel hätten ... eine Sicherheitsnadel...«

»Eine Nadel?« Es war fast, als hätte ich in fremden Zungen mit ihm geredet. »Eine Nadel... nein.« Er machte schon die Tür zu.

»Ja, dann ... entschuldigen Sie bitte vielmals, daß ich Sie belästigt habe...« Meine Ironie ging ins Leere. Die Tür war ins Schloß gefallen.

Ich sah hügelab. Etwa fünf Meter Gefälle und eine Stufe trennten mich von den nächsten beiden Häusern rechts und links der Straße. Lohnte das den Aufwand? Es war ein sonniger Tag, die

Aussicht war herrlich, weit schweifte der Blick über die Dächer der tiefer gelegenen Häuser bis zu dem Hafen, wo der Bagger am Werk war und Arbeiter auf der allmählich wachsenden Mole herumkrabbelten, und zu der blauen, sanft bewegten See... Ich machte mich auf den Weg.

In Nummer Vier öffnete mir der graugesichtige Mann, vermutlich Mr. Goadby.

»Guten Morgen, Mr. Goadby, ich bin Ihre neue Nachbarin von weiter oben, Cat Conwil. Ich habe eine Bitte...«

Kein Lächeln. Sein Gesicht schien in permanenter Trauer erstarrt. «Was kann ich für Sie tun?« fragte er durchaus gutwillig und mit einem merklichen Midland-Akzent.

»Haben Sie zufällig eine Büroklammer im Haus?«

»Nein, junge Frau, leider nicht. Wir haben keine Papiere, für die wir so was brauchen.«

»Oder eine Nadel? Vielleicht hätte Ihre Frau –«

»Die macht grad ein Mittagsschläfchen, ich möcht sie nicht gern stören.«

»Nein, lassen Sie nur«, sagte ich rasch und bedauernd, nicht so sehr der Störung wegen, sondern weil mir der Kummer ans Herz ging, der dumpf und schwer das ganze Haus zu erfüllen schien, förmlich mit Händen zu greifen wie neulich der Qualm bei mir. »Ich will Sie nicht weiter aufhalten. Wir sehen uns hoffentlich heute abend auf Miss Pitts Party.«

»Mal sehn, wie meine Frau sich fühlt.« Aber ich hatte den Eindruck, daß er eine Spur lebendiger geworden war.

Ich hinkte über die Straße zum Haus Nummer Fünf. Pool, las ich an der Haustür. »Guten Tag, Mrs. Pool«, sagte ich zu dem scharfen jungen Gesicht in der Tür. »Ich bin Ihre Nachbarin von oben, Cat Conwill...«

»Guten Tag«, erwiderte sie mit einem leichten französischen Akzent und unverkennbar abweisend-argwöhnischem Ausdruck. Was hab ich dir denn getan, Mädchen, dachte ich erstaunt, und dann fiel mir ein, daß ich ja noch in meiner Rosy-Hülle steckte. Vielleicht hielt sie mich für eine räuberische Blondine? Meine Vermutung bestätigte sich, als hinter ihr ein zweites Gesicht auftauchte. Nicht ihr Mann, der war laut Sophie viel älter. Dies hier war ein gutaussehender, dreister Typ, etwa fünfundzwanzig, jünger als Mrs. Pool, die etwa so alt wie ich sein mochte, und knackig braungebrannt, als hätte er lange unter südlicher Sonne gelebt. Er legte sein Kinn mit einer besitzergreifenden Bewegung auf ihr Schlüsselbein.

»Hey, kommen Sie aus dem Krieg?« fragte er in aufgesetztem amerikanischem Tonfall und musterte meine Krücken und Verbände.

Frau und Hausfreund gehen derweil auf den Klippen spazieren, hatte Sophie gesagt. Demnach hatte ich hier den Hausfreund vor mir.

»Nein, ich bin hingefallen. Können Sie mir zufällig eine Büroklammer leihen?«

»Haben wir nicht«, sagte sie, ohne sich auch nur eine Sekunde zu besinnen. »Tut mir leid. Komm, Tad. Wir wollten gerade weg«, erklärte sie, während sie an mir vorbeiging.

»Vielleicht hat Jeremy eine«, meinte Tad. Er drehte den Kopf. »Hey, Jerome!« röhrte er. »Hast du 'ne Büroklammer?«

»Was?« fragte eine gelangweilte, schleppende Stimme von hinten.

»Komm mal 'ne Minute her.«

Der Junge, der jetzt auftauchte, war groß, erschreckend dünn, etwa achtzehn Jahre alt. Seine Arme waren wie Stöcke.

»Was?« wiederholte er gähnend.

»Hast du bei deinem Krempel irgendwo 'ne Büroklammer?«

»Nein«, fauchte Jeremy und verschwand schneller, als er gekommen war. An mich hatte er kaum einen Blick verschwendet. »So beeil dich doch, Tad«, rief Mrs. Pool, die schon ein paar Meter den Hang hinunter war.

»Tut mir leid, Schätzchen.« Tad zwinkerte mir kumpelhaft zu und folgte ihr. Ich konnte seinen Akzent nicht recht unterbringen. Rhodesien vielleicht? Unter der amerikanischen Tünche klangen die Vokale kurz und abgehackt.

Wie ein begossener Pudel zog ich ab und kämpfte mich wieder bergauf. Ein verlorener Vormittag...

Weil ich unvorsichtig rasch kehrtgemacht hatte, verlor ich das Gleichgewicht, belastete unbedacht den verletzten Fuß und fiel fluchend und schwitzend auf die Nase. Zum Glück lag ein Felsbrocken an der Straße, bis zu dem ich mich gerade noch schleppen konnte.

Jetzt siehst du ganz schön alt aus, dachte ich, und daran bist du selbst schuld. Du hättest die Blätter ja auch mit einer Wäscheklammer zusammenhalten können. Allerdings gibt es in diesem Haus wahrscheinlich auch keine Wäscheklammern. Jetzt mußt du dich in Geduld fassen, bis einer der Griechen vorbeikommt.

Zunächst aber kam Arkwright vorbei, der mich freundschaftlich begrüßte und neben mir auf dem großen Stein Platz nahm, als sei dies ein lange geplantes Rendezvous. Vielleicht war es das auch. Ich traue Katzen hellseherische Fähigkeiten zu.

Nach einer Weile stapfte der Tumbe Tom in seinen löcherigen Turnschuhen den Hang herauf. Der runzlige Adamsapfel hinter dem schmutzigweißen Rollkragen hüpfte. Als Tom mich sah, blieb er stehen und gab ein leises zirpendes Krächzen von sich, das bekümmert und mitfühlend klang und dem ein langer, unverständlicher Sermon folgte. Er redete sich in regelrechte Erregung hinein und fuchtelte dabei heftig mit den Händen. Ich lächelte und breitete meinerseits entschuldigend die Hände aus.

»– ... –?« fragte Tom. Ich schüttelte den Kopf.

»– ... –?« wiederholte er. Ich gab durch Gesten zu verstehen, daß ich kein Wort mitbekommen hatte.

In plötzlicher Ungeduld bückte er sich und griff nach meinem bandagierten Fuß. Ich zuckte leicht, aber mit einer ärgerlichen

Kopfbewegung bedeutete er mir, stillzusitzen und nicht herumzuzappeln.

Als ich seine Hand auf meinem Knöchel spürte, war ich total perplex. Ein schmächtiges Männchen, das nur aus Dreck und Lumpen zu bestehen schien, und dann dieser feste und doch sanfte Griff ... es war nicht zu fassen! Er betastete das Gelenk, schien, den Kopf schräg gelegt, daran zu horchen, als stimme er ein Instrument, und bewegte es behutsam hin und her. Nach ein paar Minuten hatte ich den Eindruck, daß der Schmerz nachließ.

»– – –?« sagte Tom. Ich wollte wieder ratlos den Kopf schütteln, doch dann ging mir auf, daß er gefragt hatte: »Wie lange haben Sie das schon?«

»Seit sieben Tagen.«

Er nickte und setzte die Behandlung fort. Zwei Griechen kamen vorbei und sahen zu uns hin, als sei ihnen diese Situation durchaus vertraut.

»Er Sie bald machen gesund, werden sehen«, rief mir der eine über die Schulter zu.

Nach etwa fünf Minuten stand Tom auf (er hatte sich, um meinen Knöchel zu behandeln, hingekniet) und reichte mir die Gehstöcke. »Stehen Sie jetzt vorsichtig auf und versuchen Sie's«, befahl er mir.

Ich gehorchte. Er nickte.

»Jetzt können Sie nach Hause laufen«, bestimmte er.

»Und den Fuß belasten?«

Er schüttelte nachdrücklich den Kopf. »Nein, nein. Mit den Gehstöcken.«

Sehr vorsichtig zog ich mich den Hang hinauf. Der Tumbe Tom tappte aufmerksam neben mir her. Wenn er meinte, es könne gefährlich werden, nahm er meinen Arm in einem festen Griff.

»Setzen Sie sich auf die Stufen«, befahl er. Ich setzte mich, und er bearbeitete erneut meinen Fuß.

»Es ist schon besser«, sagte ich. Tom nickte, als sei das keine Überraschung für ihn.

»Jetzt gehen Sie die Stufen hoch.«

Ich gehorchte.

»Warten Sie hier.«

Arkwright sauste an uns vorbei ins Haus, kaum daß Tom die Tür aufgemacht hatte. Tom folgte ihm langsamer und kam mit einem Stuhl zurück, auf den ich mich dankbar sinken ließ. Dann bearbeitete er zum dritten Mal meinen Fuß.

»Morgen können Sie drauf gehen«, sagte er. »Für heute reicht's.«

Ich begriff gar nicht mehr, wieso ich ihn nicht hatte verstehen können, die Konsonanten mußte man sich eben dazudenken.

»Ich weiß nicht, wie ich Ihnen danken soll, Tom. Was kann ich ... ich möchte Ihnen etwas zahlen ...«

»Nein, nein. Ein Bier würd ich nicht ablehnen, wenn Sie eins hätten ...«

»Kann's auch ein Glas Wein sein?«

»Okay.« Er ging auf der Terrasse herum und inspizierte die Pflanzen. Aus einem der Töpfe holte er meine messingfarbene Büroklammer und legte sie aufs Küchenfensterbrett. Ich brachte ihm den Wein.

»Morgen nehm ich mir auch Ihre Hand vor.« Er schnippte mit den Fingern. Arkwright kam aus dem Haus gerannt, und die beiden gingen zusammen weg.

Nach einer Weile hinkte ich hinein. Den Stuhl und das leere Glas ließ ich auf der Terrasse stehen, Shuna oder sonstwer konnte die Sachen später hereinbringen. Ich war plötzlich so müde, daß ich mich hinlegen mußte.

Als letztes Bild vor dem Einschlafen sah ich das zornige, unglückliche junge Gesicht von Jeremy Pool vor mir, ein Gesicht, aus dem Haß auf die ganze Welt sprach. Gott sei Lob und Dank, dachte ich, daß Fitz nie so ausgesehen hat.

Die Party war typisch Sophie. Sie hatte in einem großen Bowlengefäß einen Punsch gebraut, den man zuerst mit Genuß trank und der einem später den Boden unter den Füßen wegzog. Sophie selbst war eine durstige Seele, sie hatte das hochrote Gesicht und den glasigen Blick der Alkoholikerin. Da sie aber, das hatte sie mir mal erzählt, keinen Tropfen anrührte, wenn sie arbeitete, begnügte sie sich an diesem Abend mit Tomatensaft und beobachtete mit sachlichem Interesse, wie ihr Gebräu die Hemmungen der Gäste löste. Statt der schmutzigen Jeans, in denen sie sonst hier herumlief, trug sie einen blaugrauen Kaftan und sah, umwabert von Zigarettenrauch, wie die Sibylle von Cumä aus.

Zu essen gab es bei ihrer *conversazione* nur dünne Knäckebrotscheiben mit Streichkäse, auf denen sie Streifen von roten Paprikaschoten und schwarzen Kaviarklümpchen kunstvoll so angeordnet hatte, daß Spielkarten entstanden waren. König, Königin und Bube waren durch Buchstaben aus Paprikaschoten gekennzeichnet. Die eßbaren Karten lagen auf einem großen hölzernen Drehteller, dem sie hin und wieder einen Schubs gab, so daß er in kreisende Bewegung geriet.

Wie eine Hexe ging sie unter ihren Gästen herum und suchte sich ihre Opfer.

»Los, Cat, greif dir die nächstbeste Karte. O weh, die Kreuz Acht ... Hm ... am besten nimmst du eine andere.«

»Was bedeutet die Kreuz Acht, Sophie?«

»Eine dir nahestehende Person ist erzürnt. Nimm eine andere. Diese Person ist sehr erzürnt. Pik Zwei. Ach je. Hier, trink noch ein Glas.«

»Habe ich tatsächlich eine Pechsträhne, Sophie?«

»Hoffen wir, daß sie nicht lange anhält.« Sie sah mich zerstreut an und rieb sich die Schultern. »Aber du kannst bestimmt nichts dafür«, sagte sie halblaut. Dann packte sie unseren Nachbarn ... wie hieß er doch gleich, Goady, Goadby ... am Arm.

»Greifen Sie zu, Mr. Goadby.«

Er gehorchte mechanisch und blieb dann mit der Knäckebrotscheibe in der Hand zaudernd stehen, als wüßte er nicht recht, was er damit anfangen sollte.

»Sehr gut.« Sophie strahlte. »Pik As. Eine große Ambition wird für Sie Wirklichkeit.«

Er sah sie betroffen an. »Ambition? Ich weiß nicht recht. Für so was bin ich inzwischen eigentlich zu alt.«

»Na, jedenfalls geschieht etwas, was Sie sich seit langem wünschen«, versicherte sie, »und zwar sehr bald. Kennen Sie schon unsere neue Nachbarin, Lady Fortuneswell...«

»Ja, ich –« Er unterbrach sich und starrte mich an. Die Knäkkebrotscheibe zerbrach ihm unter den Händen, das größere Stück fiel zu Boden. »Gut, daß wir Fliesen haben«, sagte Sophie, hob es auf und warf es in die Spüle (die Gäste pendelten ständig zwischen Wohnzimmer und Küche, Punschtopf und Knäckebrotteller hin und her). Mr. Goadby trat hastig einen Schritt zurück, und ich sah, wie er sich einer ziemlich dicken, ziemlich blonden Frau in einem noblen Pelzmantel zuwandte und etwas zu ihr sagte, woraufhin sie mich aus wäßrig-blauen Augen erstaunlich feindselig musterte.

Ich scheine mir schneller Feinde als Freunde zu machen, dachte ich seufzend. Rosys Hülle wird allmählich ausgesprochen lästig, ich will froh sein, wenn die Serie abgedreht ist.

Hinter den Goadbys entdeckte ich Zoe Grandison. Sie hatte sich mit dem Hausfreund der Pools unterhalten, der sie mit den Augen verschlang gleich einer hungrigen Hyäne, die einen Knochen vor sich sieht (Zoe mit dem dunkel wallenden Haar über hautengen Kordsamthosen hätte selbst einer vegetarischen Hyäne das Wasser im Munde zusammenlaufen lassen), aber als sie mich entdeckte, unterbrach sie ihr Gespräch und kam rasch zu mir herüber.

»Hallo, Liebes. Was hast du denn mit deinem armen Fuß angestellt? Eigentlich wollte ich mit dir ein bißchen wandern.« Wandern ist Zoes große Leidenschaft. Sie hat mir erzählt, daß sie in East Sheen, wo sie wohnt, den ganzen Sommer früh um fünf aufsteht, um auf dem Weg zum Richmond Park die Gärten ihrer Nachbarn zu erforschen. »Ich springe über die Zäune und laufe einfach quer durch. Um diese Zeit ist kein Mensch unterwegs, nicht mal die Polizei. Und Gärten verraten so viel über ihre Besitzer ...«

»Den habe ich mir verstaucht. In Venedig. Aber es ist schon viel besser. In ein, zwei Tagen können wir vielleicht losgehen.«

»Es soll hier wunderschöne Klippenpfade geben.«

»Liegen die nicht im Sperrgebiet? Zivilisten, denke ich, haben dort nichts zu suchen ...«

»Das ist mir schnuppe, ich hab mich schon ein bißchen umgesehen.« Dann nickte sie zu dem Hausfreund der Pools hinüber, der sie aus der Entfernung noch immer lüstern beäugte. »Mieser kleiner Typ. Wie kommt denn der in solche feinen Kreise?«

»Er gehört zu den Pools.«

»Die halten ihn sich wohl als Hauskröte? Der arme Pool kann einem leid tun. Darf ich mir irgendwann mal dein Haus ansehen, Cat?«

»Ja, gern. Komm doch morgen zum Frühstück.«

»Mach ich. Willst du noch ein Glas von diesen K.O.-Tropfen?«

Ich schüttelte den Kopf, und sie ging zu der großen Bowle, um ihr Glas aufzufüllen.

»Wissen Sie, was nach Sophies Regeln die Pik Zwei bedeutet?« fragte ich Miss Morgan, die angeregt mit einem hageren grauhaarigen Mann fachsimpelte. »Man braucht das Gefälle, wissen Sie, das beste Abwassersystem der Welt ist für die Katz, wenn man kein Gefälle hat ...«

Sie unterbrach sich und bedachte mich mit einem tröstlichen Lächeln. »Llewellyn kennen Sie wohl noch nicht. Llewellyn, das ist Cat. Lady Fortuneswell... Pik Zwei, Kind... Tja, ich weiß nicht recht. Es könnte sein, daß Sie unschuldig in Verdacht geraten sind...«

»Unschuldig ist schon mal gut...«

»Kann ich Ihnen noch etwas zu trinken holen?« fragte Llewellyn Pool.

»Nein, bitte nicht. Ich kann mich jetzt schon kaum mehr senkrecht halten.«

Er holte Nachschub für sich und Miss Morgan, die im Zweifelsfall vermutlich sämtliche Gäste unter den Tisch trinken konnte, und wir kamen auf Geologisches zu sprechen. Beim Legen der Fundamente für Glifonis, erzählte er, seien etliche Fossilien ans Licht gekommen, zwar nicht so viele wie ein Stück weiter unten an der Küste, immerhin aber hatte der Umweltminister gemeint, man solle den Bau stoppen, bis eine Untersuchungskommission geklärt hatte, ob sich eine geologische Erschließung des Gebietes lohnen würde.

»Das darf ja nicht wahr sein!« Ich konnte mir lebhaft Tys Wut über die Behinderung seiner Pläne vorstellen. »Und wie ging es weiter?«

»Zum Schluß hieß es, die Sache sei den Aufwand nicht wert. Möglich, daß irgendwo auch Schmiergelder im Spiel waren, angeblich waren keine Arbeitskräfte oder keine Mittel für das Vorhaben da, und der Plan wurde ohne viel Aufhebens zu den Akten gelegt. Aber wenn man ein bißchen sucht, kann man wirklich unten am Strand, hinter der Baustelle für die Mole, die eine oder andere schöne Versteinerung finden...« Er sah bedauernd auf meine Gehstöcke. »Im Augenblick kann ich Ihnen das allerdings nicht empfehlen...«

Olga, die während des Gesprächs zu uns getreten war, hatte mit blitzenden Augen zugehört.

»Versteinerungen? Ist ja super. Ich *liebe* Versteinerungen. Was für welche?«

»Ammoniten. Darf ich Ihnen noch einen Drink holen?« fragte Mr. Pool höflich.

Er tat es, setzte sich dann aber schnell ab. Ich hatte den Eindruck, daß Olga nicht so ganz sein Fall war.

»Er ist so deprimiert, der Ärmste«, sagte sie halblaut und sah ihm nach. »Hast du gewußt, daß sein Sohn an der Nadel hängt? Und die Frau treibt es mit diesem gräßlichen Proleten aus dem Busch...«

Ich ließ ziemlich deutlich durchblicken, daß ich derlei unverblümte Äußerungen in Hörweite der Betroffenen nicht sehr gut fand, und fragte sie rasch nach dem Fortgang ihrer Arbeit für das Theater von Dorchester. Auf das boshafte Lächeln, mit dem sie mich bedachte – ein äußerst unangenehmes Lächeln – war ich nicht gefaßt. Sie hatte sich offenbar schon tüchtig an Sophies Punsch gehalten. »Danke der Nachfrage. Heute lief es sehr gut. Und du, mein Goldkind? Wie geht's uns denn so in der ländlichen Einsamkeit? Ganz schöne Umstellung, nachdem man in Venedig dem Luxus gepflegt hat, wie?«

»Ich kann mich irren, aber ich glaube, man sagt in diesem Fall ›frönen‹. Dem Luxus gefrönt...«

Ohne rechten Zusammenhang kam mir eine herzerquickende Erinnerung an Mascha in den Sinn: Wie sie mir – ich mochte fünf gewesen sein – beigebracht hatte, das Kerngehäuse aus einem Apfel auszustechen, und wie sie mit zartestem Takt gesagt hatte: »Ich kann mich irren, aber ich *glaube*, du tätest dich leichter, wenn du den Apfel *so* und den Ausstecher *so* halten würdest...«

Das liebevolle Lächeln, mit dem ich dieser Szene gedachte, erboste Olga offenbar über die Maßen, denn zu meiner Verblüffung und Bestürzung überschüttete sie mich plötzlich mit einer Flut wütend gezischelter Gehässigkeiten, mit denen sie meine zahlreichen unliebsamen Eigenschaften »Hältst dich für das Salz der Erde... rührst keinen Finger, um einem zu helfen...« ebenso geißelte wie meine Jugendsünde: »... meine Ehe zerstört, aus lauter Lust am Dazwischenfunken. Soll ich dir sagen, wie alt meine Kinder jetzt sind? Sechzehn und siebzehn. Und wenn sie seit... seit damals drei Abende mit mir verbracht haben, ist das viel. Sie wollen mich nicht sehen, die vornehmen englischen Dämchen, ich bin ihnen nicht fein genug, ich bin kein Umgang für sie... Wenn man in dieses feudale Internat geht und in Kürze bei Hof vorgestellt wird, hat man es schließlich nicht mehr nötig, sich mit der alten Olga abzugeben, dieser lästigen Ausländerin...«

Das fahle, wutverzerrte Gesicht war nur Zentimeter von dem meinen entfernt.

»Es tut mir leid, Olga«, sagte ich stupide. »Ich habe nicht gewußt, daß du das so siehst. Daß du mir in dieser Sache die Schuld gibst, meine ich. Damals... ich dachte...«

»Wissen wir denn, was wir tun, wenn wir jemandem mit Haut und Haar verfallen sind? Aber du warst damals meine Freundin... du hättest mich besser beraten müssen. Manchmal«, stieß sie erregt hervor, »manchmal bin ich so gut wie sicher, daß du es Cal gesteckt hast. Daß ich von ihm weg wollte, meine ich. Wer hätte es denn sonst sein sollen?«

Mir war regelrecht schlecht vor Bestürzung und Widerwillen. »Komm, Olga, das geht nun aber doch zu weit. Weshalb hätte ich so was tun sollen?«

»Nimm ein Knäckebrot, Olga«, sagte Sophie, die unvermutet hinter ihr aufgetaucht war.

Mechanisch, ohne mich aus den Augen zu lassen, griff Olga zu.

»Karo Drei«, sagte ich. »Was bedeutet das, Sophie?«

»Es muß etwas mit deiner Arbeit zu tun haben, Olga.« Sophie wirkte leicht beunruhigt. »Stößt du vielleicht mit deinen Plänen am Theater auf Widerstand?«

»Immer! Immer!« Olga gestikulierte weit ausgreifend mit dem Glas, dann trank sie es schnell leer. »Ich habe noch nie einen

Auftrag gehabt, bei dem mir nicht irgendwelche Idioten Sand ins Getriebe gestreut hätten.« Wie Papa, dachte ich. »Ein Glück, daß ich gute Freunde habe, die mir immer wieder Mut machen.« Plötzlich schlang sie die Arme um mich, so daß ich um ein Haar das Gleichgewicht verloren hätte. »Gute, gute Freunde wie meine allerliebste Cat, nicht?« Sie grinste schief wie eine Katze und stopfte sich die ganze Scheibe auf einmal in den Mund.

Ich würde mich allmählich auf den Weg machen, sagte ich zu Sophie. »Es war wirklich nett, aber Gehstöcke sind nicht so ganz das Wahre für eine Party.«

»Du Ärmste, warum hast du dich nicht hingesetzt?«

»Dann wäre ich nie wieder hochgekommen.«

Als ich mich zur Tür hangelte, sah ich Pat Limbourne. »Komme gerade aus Dorchester«, hörte ich sie sagen, und irgend etwas von Kunstpreisen. Dann erkannte sie mich, und ein seltsamer Ausdruck ging über ihr Gesicht, den ich nicht zu deuten wußte. Besorgnis, Bestürzung, Mißbilligung?

Auch das noch, dachte ich. Nur weg hier... Der Aufstieg dürfte allerdings haarig werden.

Zu meiner Überraschung war plötzlich die kleine, vogelgleiche Miss Morgan neben mir.

»Ich will auch gerade gehen«, zwitscherte sie. »Wir lassen Shuna nicht gern zu lange allein... auch wenn sie so ein vernünftiges Kind ist... und es war so schlechte Luft da drin... erstaunlich, wie viele Leute immer noch rauchen, obgleich sie es eigentlich besser wissen müßten...«

Sachlich nahm sie mir den linken Gehstock aus der Hand und stützte mich mit einem für ihre geringe Größe erstaunlich kräftigen Griff.

»Das macht der Karateunterricht«, erläuterte sie mit großer Selbstverständlichkeit. »Und das Bogenschießen. Stärkt den Bizeps. Und natürlich die Gartenarbeit. Ich bin fast den ganzen Tag draußen.«

Ich bedankte mich herzlich und erzählte ihr von Toms Behandlung.

Sie freute sich sehr. »Ist er nicht fabelhaft? Ich habe so gehofft, daß er es machen würde, aber er muß einen mögen, sonst rührt er keinen Finger. In ein, zwei Tagen hat er Sie soweit, daß Sie wieder gehen können, passen Sie nur auf.«

»Ja, das hat er auch gesagt.« Ich zögerte. Zu gern hätte ich gefragt, ob der Tumbe Tom etwas gegen meinen Mann hatte. Aber dann hielt ich doch lieber den Mund.

Miss Morgan brachte mich noch ins Haus. »Ich an Ihrer Stelle würde mich bald hinlegen.«

»Ja, danke, das werde ich tun.«

Angekleidet legte ich mich aufs Bett. Ich war abgespannt, aber nicht schläfrig. Nach meinem einsamen Tag war das, was ich bei Sophies Party an Strömungen und Gegenströmungen wahrgenommen hatte, einfach zuviel gewesen. Gesichter und Stimmen strudelten, einem lärmenden, glitzernden Wasserfall gleich, durch meinen Kopf, es gelang mir nicht, die Flut zu stoppen oder auch nur einzudämmen. Ich versuchte es mit Gedichten, von denen ich eine stattliche Zahl auf Lager habe, mit alten Rollen, mit den Jahreszahlen englischer Könige, blieb aber bei 1413 – Heinrich v. – stecken. Dann griff ich zu einem anderen Mittel, das manchmal hilft, wenn ich überdreht bin. Ich machte in Yetford einen Streifzug durch Haus und Garten.

Das Haus war weder schön noch besonders komfortabel, dazu waren die Zimmer zu hoch und zu kalt, aber es hatte Charakter und viel Platz, so daß man sich darin ausbreiten konnte. Und Mascha liebte den Garten wegen der hohen Zeder, der Büsche und der steinernen Bank. Auch ich liebte ihn. Die Zeder war der erste Baum, den ich erkletterte ... Dann kamen der Nußbaum, die Wildkirsche, die große Weide, die Eiche, die Blutbuche ... Bei der Blutbuche mußte man schummeln und eine Wäscheleine über den untersten Ast werfen, weil es sonst ein Ding der Unmöglichkeit war, an dem dicken glatten Stamm hochzukommen.

Böte man mir an, einen Tag meines Daseins noch einmal zu leben, würde ich mich für einen Sommernachmittag in Yetford entscheiden.

Auch wenn ich das, was danach kam, ebenfalls noch einmal durchmachen müßte?

Nein, nein, das nicht. Um keinen Preis. Ein Leben genügt vollauf.

Die Erinnerung an Yetford hatte mich unvermutet zu jenem Tag zurückgeführt, dem schlimmsten meines Lebens, an dem ich Mascha eröffnen mußte, daß ich schwanger war.

Sie nahm die Nachricht in gewohnter Weise auf, wie ein gestrenger General: Unverzüglich begann sie mit der Planung, ließ die Vergangenheit beiseite, konzentrierte sich auf die Zukunft. Wehmutsvolle Rückschau war noch nie ihr Fall gewesen. Andrej war wieder in Rußland, es hätte gar keinen Zweck gehabt, ihn zu informieren, wenn es denn überhaupt möglich gewesen wäre, Kontakt zu ihm aufzunehmen.

»Du wirst natürlich so lange wie möglich arbeiten.«

»Natürlich.«

»Und Papa brauchen wir es vorläufig noch nicht zu erzählen ... Ich fürchte, es wird ihn sehr treffen ...«

Papa hatte sich damals schon weitgehend in jenen exklusiven Männerklub zurückgezogen, den er mit dem Allmächtigen teilte. Hin und wieder kam er in die Küche und verlangte: »Sag doch bitte dem Stab, man soll mir das Mittagessen ins Arbeitszimmer bringen.« Welchen Stab er meinte, blieb unklar. Vielleicht, meinte Fitz viel später einmal, war es eine Anspielung auf den 23. Psalm: »Dein Stecken und Stab trösten mich ...« Später verstand sich Fitz virtuos auf den Umgang mit Papa, er konnte ihn dirigieren wie ein Streichquartett. Aber das war viele Jahre danach. Zuerst gab es Probleme. Schwere Probleme.

Ich begreife jetzt – was ich damals nicht begreifen konnte –, daß Mascha in einer Hinsicht überglücklich gewesen sein muß. Ein großer Teil ihres Lebens war wohl aus ihrer Sicht nutzlos vertan, auf der Habenseite waren diese Jahre allenfalls in dem geheimnisvollen Großen Buch eingetragen, das für sie lebendige Wirklichkeit war, während es für die meisten von uns eher eine Glaubenssache ist. Jetzt wurde ihr eine zweite Chance geboten, sich wirklich nützlich zu machen, ihre brachliegenden Fähigkeiten einzusetzen. Ihrem Gesicht allerdings (das mit zunehmendem Alter immer mehr einer zerklüfteten Landschaft in einer trockenen Gebirgsregion ähnelte) waren solche Gedanken nicht anzusehen.

Ihr fassungsloses Staunen war schwer zu ertragen. »Aber habe ich dich nicht die Grundbegriffe der Ethik gelehrt? Ich dachte, das genügt, um dich vor derlei Dingen zu bewahren.« Ein abgrundtiefer Seufzer. »Ich habe mich wohl doch zu ausschließlich mit Edred beschäftigt ...«

Die Geburt selbst war nichts Besonderes. Ich erinnere mich nur an die Frau im Nachbarbett. »Allah, Allah, Allah«, sagte sie halblaut vor sich hin, mit der Betonung auf der letzten Silbe, a là, a là, a là, als seien Geburt und der Name Gottes die allerneuste Modemasche.

Fitz' erstes Lebensjahr verlief ruhig und friedlich. Als er dann aber anfing, zu laufen und einen eigenen Willen zu bekunden und die ersten Zusammenstöße mit Papa hatte, brach die Hölle los.

Jener Tag, jener qualvolle Tag, an dem Mascha zu mir sagte: »Ich glaube wirklich, Katja, es ist besser, wenn du nicht mehr nach Hause kommst.« (Damals arbeitete ich noch im Krankenhaus.) »Es ist zu schmerzlich für uns alle.«

»Nicht mehr ...«

»Nicht mehr nach Hause kommst«, wiederholte sie. »Oder zumindest erst, wenn Fitz sehr viel größer ist. Es ist zu schwer für ihn. Zu schwer für Papa. Zu schwer für dich.« Von sich selbst sprach sie nicht.

Lag es daran, daß Papa ihr den Kontakt zu ihren Schwestern unmöglich gemacht hatte? Hatte sie deshalb Fitz von mir getrennt?

Ich höre noch – auf alle Ewigkeit ist es in mein Gedächtnis eingebrannt – sein wildes, jammervoll-verzweifeltes Rufen: »Mammi ... Mammi ... Mammi ...«, während Mascha ihn festhält und die Haustür abschließt und ich blind vor Tränen über die Auffahrt zur Straße laufe.

Nichts kann je wieder so schlimm sein.

Solche Wunden lassen sich nicht heilen. Sie schmerzen bis heute. Und Fitz? Er scheint sich völlig normal entwickelt zu haben. Bestimmt hat Mascha ihn viel besser erzogen, als ich es getan hätte.

Joel ist da ganz anderer Ansicht.

»Du meinst, sie hat dich einfach gehen lassen ... dich mit sechzehn in die Welt hinausgeschickt ...«

»Damals war ich schon siebzehn, glaube ich ...«

»Einfach so, nach diesem schrecklichen Trauma ...«

»Gebranntes Kind scheut das Feuer, so sah es Mascha. Und natürlich hatte sie recht.«

»Das war barbarisch. Es war unkultiviert.«

»Mascha war auch nicht kultiviert ... trotz ihrer ausgesucht guten Manieren. Sie hatte walisische und russische Vorfahren ...«

»Ich bin irisch-jüdisch«, sagte Joel. »So etwas würde ich nie tun.«

»Du bist ja auch kultiviert, Joel. Mascha hatte ihre Wurzeln im Stammesverband, sie war eine Matriarchin. Für sie zählte nur die Familie.«

»Du *warst* doch ihre Familie, verdammt nochmal.«

»Ja, aber ich hatte Fitz, die nächste Generation, in die Familie eingebracht, meine Aufgabe war es deshalb, loszugehen und für seinen Unterhalt zu sorgen. Sie übernahm es, ihn großzuziehen, und das hat sie wunderbar gemacht. Sie hat es geschafft neben der Betreuung von Papa, und die hatte Vorrang, denn Papa betrachtete sie als ihre Lebensaufgabe.«

»Aber warum bloß, wenn er doch so ein hoffnungsloser alter Trauerkloß war? Hat er in seinem Leben je irgend etwas Nützliches zustande gebracht?«

Ich überlegte, aber mir wollte nichts einfallen. Sein Beitrag zu einer Krise bestand darin, daß er mit verbiestertem Gesicht herumstand und fragte: »Ja, was machen wir denn da? Was meinst du, Maria, was ist zu tun?«

Seine chirurgische Meisterschaft, sein Können als Operateur war ein einmaliges Phänomen, es war dahingegangen wie der Morgentau, wie Wordsworths frühes Genie. Geblieben war eine leere Hülle.

»Nein», sagte ich langsam. »Nicht, daß ich wüßte...«

»Ja, aber dann...«

»Weißt du, für Mascha war Edred ein verwundeter Adler. Nein, mehr als das. Er war schließlich früher einmal der genialste Chirurg Londons, vielleicht der ganzen Welt gewesen. Diese Tätigkeit hatte er aufgegeben... aus freien Stücken...«

»Schön dumm«, sagte Joel mitleidslos.

»Darum geht es nicht. Er hatte sie aufgegeben, um Gott zu suchen. Für Integrität hatte Mascha seit jeher die größte Hochachtung...«

»Integrität! Dieses abgeleierte Schlagwort! Gott im Himmel!«

»Wer weiß, vielleicht war Edred ja drauf und dran, eine große Entdeckung zu machen, einer Sache auf die Spur zu kommen, die viel bedeutsamer war als sein Geschick mit dem Skalpell. Sie respektierte seine Entscheidung, so wie sie es respektierte, als ich ihr eröffnete, ich könne nun nicht mehr Krankenschwester sein, sondern würde im Kaufhaus Strümpfe verkaufen. Und sie hat für Fitz gesorgt, sie hat ihn zu dem gemacht, was er ist...«

»Aber als der alte Knabe senil wurde, seinen Schlaganfall gehabt hatte oder was es war ... als sie genau gesehen hat, daß er das Ziel, das er sich gesetzt hatte, nie erreichen würde ... warum hat sie da nicht –«

»So hat sie es eben nicht gesehen! Vielleicht war er ja schon am Ziel, in seinem Shangri-la oder wohin er wollte. Heilige sind bekanntlich immer schwierige, ja unmögliche Menschen. Wer weiß, vielleicht war er einer. Sie traute ihm eben nur das Beste zu, bis zum Beweis des Gegenteils, so machte sie es übrigens bei allen.«

»Nur nicht bei dir.«

»Sie wußte, daß ich auch so durchkommen würde. Ich war wie sie. Ihre große Stärke war es, daß sie alles hinnahm, was ihr geschah, daß sie das Schicksal nie in Frage stellte –«

»Hätte sie's nur getan ...«

»Das war nicht ihre Art. Wenn ihr irgendwo der Weg verbaut war, suchte sie sich einen anderen. Wie eine Ameise, eine Termite. Irgendwo habe ich mal einen Aufsatz über die Notwendigkeit und die Sinnlosigkeit alles menschlichen Tuns gelesen. Das mit der Notwendigkeit ist okay, die Sinnlosigkeit bestreite ich. Maschas Tun war nicht sinnloser als das eines Korallentiers. Für sie war Leben gleich Tun ...«

So wie für mich, dachte ich.

»Dabei war sie eine gebildete Person«, sagte Joel verwundert.

»Gewiß, aber was hat das schon zu sagen?«

»Bildung lehrt dich argumentieren, protestieren ...«

Vielleicht tue ich das deshalb viel zu selten, dachte ich, weil ich nach meinem fünfzehnten Lebensjahr nichts Ordentliches mehr gelernt habe außer dem, was ich im Vorübergehen habe aufschnappen können.

»Dann hat Mascha offenbar diesen Aspekt ihrer Bildung über Bord geworfen. Sie hat nur an den geistigen Reserven festgehalten, die ihr halfen, schlechte Zeiten zu überstehen.

Deshalb war *Der Idiot* immer ihr Lieblingsroman. Sie hat unablässig das wiedergekäut, was sie einmal gelernt hatte.«

»Sehr unverdaulich.«

»Mag sein. Aber damit hat sie überlebt. Und konnte vielen Menschen helfen. In den Dörfern, in denen Papa als Pfarrer so ein Versager war, hatten die Leute an Mascha eine echte Stütze. Zu ihr kamen sie mit allen Problemen. Mascha war eine verständnisvolle Seele, so was wird dringend gebraucht, heute mehr denn je.«

Trotzdem fragte ich mich, ob vielleicht dieser innere Frust, das Wissen, daß ihr öffentliche Funktionen und eine Karriere versagt geblieben, ihre Fähigkeiten nie richtig gefordert worden waren, den Krebs ausgelöst hatte? Die Überlegung war nicht neu, ich hatte mich schon häufig mit ihr herumgeschlagen. Ich glaube nicht, daß sie den großen Gesellschaften nachtrauerte, dem Ruhm, dem Wohlstand. Von ihren wunderschönen Liberty-Kleidern aber hat sie sich nie getrennt. Nach ihrem Tod fand ich sie, sorgsam zusammengelegt und an sicherer Stelle verwahrt, unverblaßt, in Seidenpapier gehüllt und mit Mottenkugeln versehen. Sie wäre die letzten dreißig Jahre ihres Lebens in die Kleider bestimmt nicht mehr hineingekommen (von minderwertigem Essen wird man immer besonders dick), mir aber hatte sie die Sachen nie angeboten. Allerdings hätten sie auch kaum zu meinem Lebensstil gepaßt.

Ehe ich einschlief, hörte ich noch einmal Olgas zornbebende Anklage: »Manchmal bin ich so gut wie sicher, daß du es Cal Pendennis gesteckt hast... Daß ich von ihm weg wollte, meine ich...« Verrückt, dachte ich. Wie kommt Olga nur auf so etwas? Ich war ihre Bundesgenossin gewesen, ihre Vertraute und Busenfreundin. Vielleicht, weil sie von sich selbst wußte, daß sie einen solchen Treuebruch fertiggebracht hätte?

Ich erwachte mit einem Ruck von einer Stimme, die meinen Namen rief, immer wieder, mit großer Hartnäckigkeit. »Lady

Fortuneswell, Lady Fortuneswell!« und dann: »Cat! Cat Conwil!« Endlich mußte ich mich doch zu der Erkenntnis durchringen, daß es eine Stimme aus dem wirklichen Leben war. Schwerfällig rollte ich mich vom Bett und hangelte mich an den Krücken zur Haustür.

Dort stand Pat Limbourne.

»Entschuldigen Sie bitte«, sagte sie, als sie mich in meinem zerknitterten Zustand sah. »Hatten Sie geschlafen? Es ist noch relativ früh, aber...«

»Macht nichts.« Ich gähnte. »Wie spät ist es denn?«

»Viertel vor zehn. Elspeth war dafür, Sie nicht zu stören, aber er hat es so dringend gemacht...«

»Wer?« fragte ich und gähnte wieder. Ich hatte kurz, aber sehr fest geschlafen und kam mir vor wie ein Zementblock.

»Ihr Mann. Am Telefon.«

»Nein!« Ich schwankte und packte rasch die auseinanderstrebenden Gehstöcke.

»Keine Aufregung, wir haben alles im Griff. Ich habe ihm versprochen, Sie zu holen, er ruft in zehn Minuten nochmal an. Soll ich Sie im Rollstuhl hinunterfahren?«

»Nein, danke, es geht schon wieder. Aber wenn man so plötzlich geweckt wird... Wo steckt er denn?«

»In Dorchester.«

»Dorchester?«

»*Close Hotel.* Er hat schon einmal angerufen, sagt er.« Pat half mir die Stufen hinunter. »Aber da waren wir wohl alle auf Sophies Party. Daß er in Dorchester war, wußte ich übrigens, ich habe ihn heute vormittag bei einer Sitzung des Kunstvereins gesehen. Und...« Sie unterbrach sich, um mir fürsorglich über eine glitschige Stelle hinwegzuhelfen. Nach dem schönen Tag hatte leichter Regen eingesetzt. Jetzt war das leise Raunen der See ganz deutlich zu hören, aber ich achtete kaum darauf. Der Schreck darüber, daß Ty ganz in meiner Nähe, daß er in Dorchester war und daß er sich bei mir gemeldet hatte, war mir gründlich in die Glieder gefahren.

Weshalb wollte er mich sprechen? Waren meine wilden Phantasien völlig abwegig gewesen? Würde unsere Ehe doch weiterbestehen? Das Herz schlug mir, wie man so schön sagt, bis zum Halse. Eine verrückte, fiebrige Neugier packte mich bei der Aussicht, Ty wiederzusehen. Als hätte ich mich Knall auf Fall in einen Wildfremden verliebt. Es heißt, daß Frauen romantische Träume um Hitler gewebt haben. Im Mittelalter haben sie wohl in ähnlicher Weise vom Teufel geträumt, in einer Mischung aus Furcht und Faszination.

Genau so empfand ich in diesem Augenblick für Ty.

Auf dem Weg zum Haus der Ladies fiel kein weiteres Wort. Die Straße war glatt von Regen und Schlamm, so daß man selbst mit zwei heilen Füßen sehr aufpassen mußte.

Miss Morgan machte sich in der Küche zu schaffen. Aufräumen konnte man es nicht nennen, sie legte nur Sachen von einem Fleck auf den anderen und tauschte, als wir hereinkamen, einen vielsagenden Blick mit Pat. Bislang hatte ich die beiden nur immer in schönster Harmonie erlebt und gedacht, daß sie stets ein Herz und eine Seele waren, jetzt aber merkte ich, daß irgend etwas sie entzweit hatte.

Die lastende Stille machte mich nervös, und ich fragte, ob ich ihre Toilette benutzen dürfte.

»Natürlich, Sie kennen sich ja bei uns aus«, sagte Miss Morgan.

Als ich zurückkam, hörte ich ihre eindringliche Stimme: »Du kannst sagen, was du willst, ich finde, das muß sie erfahren.«

»Geschwätz«, sagte Pat Limbourne schroff. »Belangloses, bösartiges –«

»Das ist mir egal, ich habe da keine Hemmungen.« Und als ich mich an meinen Gehstöcken in die Küche zurückgehangelt hatte, diesen chaotischen Raum mit den Bücherstapeln und nicht zu Ende geflickten Pullovern, der im Vergleich zu der kühlen Kargheit in meinem Haus so bewohnt und gemütlich wirkte, sagte Elspeth: »Pat hat heute vormittag gesehen, wie Ihr Mann in Dorchester mit Olga Laszlo gegessen hat.«

Ich war ein bißchen verwundert, sagte aber nur: »Ach ja? Irgendeine Theatersache vermutlich, er ist ja im Vorstand. Und sie kennt ihn schon lange.« (Nein, daß du den guten Ty an Land gezogen hast... hörte ich sie sagen.) »Eigenartig, daß sie heute abend bei Sophie nichts davon erzählt hat«, fügte ich hinzu. »Aber sie wirkte etwas angeschlagen, fand ich.«

»Angedudelt, nicht angeschlagen«, stellte Elspeth richtig. »Wenn Olga was getrunken hat, entwickelt sie sich zu einer richtigen Giftnudel. Sehr unerfreulich.«

»Bis morgen ist das bestimmt vergessen«, sagte ich. »Dann ist alles wieder Friede, Freude, Eierkuchen. Ich kenne Olga immerhin auch schon einige Jährchen.«

»Das beunruhigt uns eigentlich auch weniger.« Elspeth nahm die Hörhilfe aus dem Ohr, betrachtete sie mit finsterer Miene und setzte sie wieder ein. Ich kannte diesen Vorgang inzwischen und wußte, daß er eine Trübung von Miss Morgans Seelenfrieden signalisierte. »Pat sagt, daß Olga heute mittag offenbar wieder in diesem Zustand war.«

Pat zog ein Gesicht, als habe sie auf eine ranzige Haselnuß gebissen.

»Sie meinen, Ty hat sie unter Alkohol gesetzt?«

»Ja. Und sie war mächtig in Fahrt. Unheimlich aufgedreht und ganz in der Stimmung, Unheil zu stiften.«

Das Telefon läutete.

Ich hinkte hin. »Ich glaube kaum, daß sie da bei Ty und mir viel anrichten kann.«

Weil das Unglück ja längst seinen Lauf genommen hat,

dachte ich und hob ab, während die Ladies sich taktvoll ins Wohnzimmer zurückzogen.

»Hallo?«

»Bist du's?« fragte mein Mann.

Es war eigenartig, seine Stimme am Telefon zu hören, und eigenartig war auch, daß sie so vertraut klang. Zum letzten Mal hatten wir vor der Hochzeit miteinander telefoniert, wegen der Vorbereitungen. Wieviel jünger wir beide damals gewesen waren... (In der Zeit seiner hartnäckigen Werbung hingen wir manchmal stundenlang am Telefon. Er rief mich aus Athen an, aus Islamabad oder Melbourne oder wohin auch immer es ihn gerade verschlagen hatte.)

»Ja, ich bin's. Wo steckst du denn?« fragte ich und begriff sofort, daß ich den falschen Ton gewählt hatte.

»Im *Close Hotel* in Dorchester. Ich muß dich sehen«, sagte er frostig.

»Du weißt ja, wo ich wohne. Und ich glaube, du bist im Augenblick um einiges beweglicher als ich es bin, ohne Wagen, mit Gipsverband und Gehstöcken...«

»Richtig, dein Fuß«, sagte er schleppend, als habe er das ganz vergessen und sei nun zu einer radikalen Umstellung seiner Pläne gezwungen.

»Warum kommst du nicht nach Glifonis? Es ist sehr hübsch geworden, ein reizender kleiner Ort, du hattest ganz recht.«

Die Unaufrichtigkeit in meinem Ton erschreckte mich, dabei bemühte ich mich doch nur, so zu reden, wie wir es gewohnt gewesen waren.

»Nein«, versetzte er brüsk. »Das ist mir zu eingeschlossen. Ich hatte an einen Spaziergang gedacht. Aber mit deinem Fuß... Ich wollte dir ein Konzeptkunstwerk zeigen.«

»Ein Konzeptkunstwerk?« wiederholte ich einigermaßen verdattert. Seit wann interessierte sich Ty für *Conceptual Art?*

»Aber wenn... dein Knöchel... Zu Fuß geht es dann wohl

nicht«, sagte er halblaut, wie zu sich selbst. Ich fand, daß er schon ziemlich im Tran war, was mich etwas wunderte, denn bisher hatte ich immer den Eindruck gehabt, daß Alkohol Ty nicht viel anhaben konnte.

»Jawohl, ein Konzeptkunstwerk«, wiederholte er unerwartet aggressiv. »Du hast mir da mal irgendwas erzählt... eine deiner hochgestochenen Ideen... Konzeptkunst an der ganzen Südküste... wie in der Steinzeit, hast du gesagt...«

»Ja, richtig.« Etwas verschwommen stellte sich die Erinnerung ein und brachte mich in Verlegenheit. »Das war in Venedig... als wir diesen großen Streit über Farbskalen hatten... und du hast gesagt, eine Sechzigjährige könne unmöglich noch neue Ideen aufnehmen... und ich habe gesagt, warum nicht. Wir haben über das *Déjeuner sur l'herbe* diskutiert und ob die Art, wie sie die Hand unters Kinn legt, erotisch gemeint ist, und du bist so böse geworden...«

»Hör endlich auf damit«, brach es so gepeinigt aus Ty heraus, als hätte ich mich damit vergnügt, ihm mit einer Pinzette Härchen aus dem Nacken zu zupfen. Eine kurze Pause, dann war seine Stimme wie ausgewechselt. Kalt, bösartig, gemessen, tödlich: »Warum hast du dieser Dreckschleuder Olga Laszlo erzählt, daß sich etwas mit der Rolandsbruderschaft abzeichnet?«

»Olga Laszlo?« Ich fiel aus allen Wolken. »Das ist nicht wahr, auf die Idee wäre ich nie gekommen.«

»Ich hatte gedacht, daß man sich wenigstens auf deine Diskretion verlassen kann«, bemerkte er bitter.

»Ich habe ihr kein Wort gesagt.«

»Das behauptet sie aber.«

»Dann lügt sie. Es wäre nicht das erste Mal.«

Es gab eine lange, spannungsgeladene Pause. »Woher sollte sie es denn sonst wissen?«

»Frag mich was Leichteres.«

»Herrgott –« stieß er hervor. Es war ein Laut der Verzweiflung, ja, der Qual, als fühle er sich von allen Seiten umzingelt. Unbedacht fragte ich: »Bekommst du wieder deine Migräne?« Ich hätte mir die Zunge abbeißen können. Mitleid und der Hinweis darauf, daß ich um seine Schwäche wußte, mußten gerade jetzt wie ein rotes Tuch auf ihn wirken. Ich kannte doch inzwischen sein Mißtrauen, wußte, wie verletzlich er war, ständig auf der Hut...

»Ich muß dich sprechen«, erklärte er. »Morgen früh auf dem Parkplatz von Glifonis. Halb neun.«

»Zu früh. Nicht vor neun.«

Er sollte mich nicht den Hang hochkrabbeln sehen, und für den Weg würde ich mindestens eine halbe Stunde brauchen.

»Meinetwegen.«

Er knallte den Hörer auf die Gabel, ehe ich Gute Nacht sagen konnte.

Behutsam legte auch ich auf. Kummer und Verlust lagen mir schwer auf der Seele. Wie sehr ich einen Menschen liebe, merke ich wohl immer erst, wenn ich ihn habe hergeben müssen. Es ist sinnlos, Erinnerungen an Andrej hervorzuholen, ich versuche es gar nicht erst. Das Areal ist hermetisch abgeriegelt, verbrettert, mit Tonnen von Beton zugeschüttet wie Tschernobyl. Nur ja kein Leck entstehen lassen! Das wäre zu gefährlich, zu schmerzhaft, zu brisant. Ich gehe meinen Weg, ohne einen Blick zurückzuwerfen, wie Mascha es mich gelehrt hat. Die meisten Menschen haben eine erste Liebe erlebt, die meisten wissen um die Ausschließlichkeit einer solchen Erfahrung. Für mich war Andrej Familie, aber Familie als etwas Männlich-Starkes, Kluges, Liebevolles – all das, was Papa mich hatte vermissen lassen. Was Andrej in mir sah, kann ich nicht sagen. Westliche Freiheit, unbegrenzte Kreativität, vielleicht Frivolität? Kleine Katjuschka, so nannte er mich. Genug davon, mag es liegenbleiben unter dem Stein. Fitz hat mich nie nach seinem Vater gefragt. Nicht ein einziges Mal. Mascha hat das Thema entweder ein für allemal mit einem mächtigen Tabu belegt, oder sie hat ihm eine Geschichte erzählt, die ihn zufriedenstellte. Fitz bewegt sich ohnehin in höheren Sphären ...

9

Am nächsten Morgen wachte ich sehr früh auf, das heißt, eigentlich hatte ich die Nacht über kaum ein Auge zugetan, sondern mich ruhelos herumgewälzt, unablässig über Ty, über Olga, wieder über Ty nachgrübelnd. Denn wie, um Himmels willen, hatte sie erfahren, daß Ty auf der Kandidatenliste für die Rolandsbruderschaft stand? Gewiß, Olga hatte ihre Beziehungen überall, in ganz Europa, ein Wunder war es nicht, wenn ihr so etwas gerüchteweise zu Ohren kam. Vertraulichkeit war für sie ein Fremdwort, sie zahlte für ein wohlgehütetes Geheimnis mit einem anderen und setzte ihre Kenntnisse dann entweder ganz gezielt als Tauschobjekte ein oder verbreitete sie ganz nach Lust und Laune. Tys Geheimnis war bei ihr so sicher aufgehoben wie Plastiksprengstoff in einem Wäschetrockner. Bedrückt fragte ich mich, ob Tys Aufnahmechancen sich womöglich verschlechtert hatten, nachdem die Nachricht schon bis zu Olga gedrungen war. Und genau dieselbe Frage würde er sich auch stellen. Kein Wunder, daß er so wütend gewesen war.

Ob er sich bis neun wieder beruhigt hatte? Würde er mir abnehmen, daß ich nichts mit der Indiskretion zu tun hatte? Wir kannten uns erst so kurze Zeit, daß ich keine Voraussage wagte. Selbst wenn er mir vor der Entdeckung, daß ich Schwester Smith war, vertraut hatte, konnte ihm dieses Vertrauen durchaus abhanden gekommen sein, nachdem ich ihm ahnungslos die Wahrheit enthüllt und er seine Beziehung zu mir offenbar völlig neu durchdacht hatte. Ich jedenfalls hatte eine ganz andere Einstellung zu ihm, seit ich wußte, daß er jener Jimmy war, der dem alten Herrn etwas versprochen und nicht gehalten hatte. (Das nahm ich jedenfalls an, denn wo steckte das Mädchen jetzt?) Natürlich konnte er Gründe, durchaus triftige Gründe für sein Verhalten gehabt haben. Vielleicht war sie tot.

Um sechs stand ich auf und machte mir eine Kanne extrastarken Kaffee. Der Tag war sonnig, aber kühl. Die unzähligen wilden Narzissen, die Elspeth Morgan an den Hängen von Glifonis gepflanzt hatte, würden uns noch ein, zwei Tage auf ihre volle Blütenpracht warten lassen. Die eisblaue See schimmerte wie hartes Gestein.

Während ich vorsichtig in der Küche herumtappte, klopfte es an der Hintertür. Ich drehte mich um und sah zu meiner großen Überraschung den Tumben Tom vor der Glastür stehen, abgerissen und stoppelbärtig wie eh und je. Offenbar rasierte er sich nie, aber die Stoppeln schienen auf einer bestimmten Höhe stehenzubleiben. Ich machte auf und bat ihn herein.

»Guten Morgen, Tom. Sie sind ein Frühaufsteher.«

»Ich mach jetzt Ihren Fuß«, nickte er. »Und die Hand auch.«

»Sie meinen, der Gips soll weg?« fragte ich etwas besorgt. Er nickte wieder.

»Höchste Zeit. Wird sonst nur zu schwach.«

»Möchten Sie eine Tasse Kaffee?«

Ein Zucken, das ich als Lächeln zu deuten gelernt hatte, ging über sein Gesicht. »Da sag ich nicht Nein. Aber erst kommt der Gips weg.«

Er entfernte ihn geschickt mit einem scharfen Küchenmesser. (Dank der praktisch veranlagten Ladies von Glifonis hatte sich in den letzten Tagen die Ausstattung meiner Küche wesentlich verbessert.)

Mein Handgelenk schmerzte ohne den Gips, es fühlte sich ausgesetzt und verletzlich an, aber Tom ließ ihm dieselbe Behandlung angedeihen wie dem Knöchel, bewegte es prüfend, horchte, bewegte es wieder, bis es warm und geschmeidig war wie ein gesundes Gelenk. »Fast wieder in Ordnung«, befand er und nahm sich den Knöchel vor. »In ein, zwei Tagen«, prahlte er, »können Sie vor dem Frühstück auf den Bulbarrow kraxeln.«

»Ich bin heute früh mit meinem Mann zu einem Spaziergang verabredet«, sagte ich. »Aber hier in der Nähe, glaube ich, auf den Klippen, nicht auf dem Bulbarrow.«

»Mit Ihrem Mann? Lord Fortuneswell?« Der Tumbe Tom sah erschrocken auf, machte große Augen, bewegte stumm das Kinn und zog die Stirn kraus. »Ich denk, Sie sind nicht mehr zusammen?«

»Wer sagt denn so was?« Daß unsere Ehe sozusagen in aller Munde war, fand ich denn doch etwas verdrießlich. »Es ist einfach so, daß mein Mann viel zu tun hat, er mußte dringend nach Paris und London, während ich wegen des Fernsehens hierher kommen mußte...«

»Daß Sie mir bloß nicht mit dem spazierengehen«, sagte der Tumbe Tom, und dann – es war sehr eigenartig – wurde mir seine Redeweise wieder total unverständlich. Von fünfzig hastig hervorgesprudelten Worten bekam ich mit Mühe und Not eins mit. Der allgemeine Sinn seiner Rede aber war unmißverständlich: Es wäre eine unverzeihliche Torheit von mir, mich auf den Ausflug mit Ty zu wagen.

»Aber es hilft nichts, Tom, ich habe es versprochen. Sie waren doch auch mal verheiratet, mit... mit Jenny, nicht? Sie wissen, wie wichtig es ist, daß man hält, was man verspricht, besonders dem Menschen gegenüber, den –«

Ratlos und betroffen sahen wir uns an.

»Nicht ohne Krücken«, sagte er. »Daß Sie mir die Krücken mitnehmen!«

»Damit er mich nicht für allzu beweglich hält? Ich hätte sie sowieso mitgenommen, ohne die Gehstöcke traue ich mich noch nicht aus dem Haus. Aber es ist ganz erstaunlich, wieviel wohler ich mich fühle. Und das habe ich Ihnen zu verdanken.«

Ich überlegte, wem ich Tom empfehlen konnte. Unter den

Schauspielerkollegen waren bestimmt ein Dutzend gern bereit, ihn großzügig zu entlohnen, wenn er ihnen half, wie er mir geholfen hatte. In ein paar Monaten konnte er sich ein kleines Vermögen verdienen ...

Während er auf seinen Kaffee pustete, fiel mir siedendheiß ein, daß ich ja Zoe zum Frühstück eingeladen hatte.

»Würden Sie mir noch einen Gefallen tun, Tom, und eine Nachricht zu Miss Grandison bringen?«

Na klar, sagte er, machen wir doch, und ich schrieb rasch einen Zettel: »Bin heute früh mit Ty verabredet. Kannst du statt zum Frühstück zum Mittagessen kommen?«

Tom bestand darauf, mich zum Parkplatz zu begleiten, und war erst zufrieden, als ich sicher auf der steinernen Umfassungsmauer saß. Während er wieder bergab tappte, sah er sich ein paarmal besorgt nach mir um. Dann war er hinter der Biegung verschwunden. Ein lieber alter Kerl, trotz seiner Schrullen. Irgendwie mußte ich dafür sorgen, daß er nicht mehr in einer Tonne im Hafen von Poole zu hausen brauchte. Ob für ihn Ty so eine Art Antichrist war? In den letzten Tagen hatte sich nach der einen oder anderen Bemerkung, die Tom hatte fallenlassen, ein beunruhigender Gedanke in mir festgesetzt. Hatten Tom und seine Frau in dem Wohnwagencamp des damaligen Caundle Quay gelebt? Hatte er hier nach seiner Rückkehr mit Jenny feststellen müssen, daß ihr Zuhause verschwunden war? Wie mochte Tom zu meinem Mann stehen, wenn er wußte, daß Ty die treibende Kraft hinter der Enteignung gewesen war? Ich dachte an das Stück Farbtüte. Hab acht zum Sterben ... Inzwischen war ich fast sicher, daß Tom es in meiner Küche hatte liegenlassen (aus der es, wie das bei solchen Dingen immer geht, am nächsten Tag verschwunden war). Vielleicht war die Botschaft nicht für mich, sondern für Ty bestimmt gewesen? Und was war mit dem Feuer, das mich um ein Haar das Leben gekostet hätte? Mein anfangs wild wuchernder Verdacht hatte sich, zumal es keine weiteren Zwischenfälle gegeben hatte, im Lauf der Zeit gelegt. Ich neigte inzwischen auch der Ansicht der Ladies zu, daß es ein unglücklicher Zufall gewesen war, der auf das Konto einer fehlerhaften elektrischen Leitung und des Leichtsinns der griechischen Bauarbeiter ging. Jetzt aber kam mir eine andere Idee: War das Feuer vielleicht für Ty gelegt worden?

Diese Verdächtigungen gingen mir im Grunde sehr gegen den Strich. Ich hatte den Tumben Tom gern, und zwar nicht nur, weil er meinen Knöchel und mein Handgelenk wieder in Ordnung gebracht, sondern weil ich wirklich den Eindruck hatte, daß er ein ehrlicher, harmloser, gutherziger Mensch war. Der Gedanke, daß er solche Dinge tun konnte, widerstrebte mir zutiefst.

Das Geräusch eines Wagens schreckte mich aus meinen Betrachtungen auf. Ich blickte hoch. Kreischende Bremsen verkündeten Tys Ankunft, und ich mußte daran denken, wie er damals, bei unserer ersten Begegnung, mit dem Hubschrauber über mich gekommen war. Als er jetzt aus dem Wagen sprang (es war nicht der auffällige *Rolls Royce,* sondern ein robuster, schlammbespritzter Kombi), trug sein Gesicht einen ähnlich unversöhnlichen Ausdruck wie damals. Er stürmte über den Parkplatz wie ein zorniger Held, der gekommen ist, um einem Ungeheuer den Kopf abzuschlagen. Ty hatte einen eigenartigen, nach hinten geneigten Gang, sehr typisch für ihn, vielleicht von dem stundenlangen Herumlaufen im Vorgarten, mit dem LÜGNER-Schild auf dem Rücken.

»Guten Morgen. Willst du nicht mit herunterkommen und einen Kaffee trinken?« fragte ich und setzte friedfertig hinzu: »Es ist wirklich ein nettes Haus.«

Es war mir ans Herz gewachsen, das geht einem oft so mit Stätten, an denen man gerade nochmal mit dem Leben davongekommen ist. Auch Tom und Arkwright, diese wunderlichen Schutzgeister, machten es mir lieb und wert. Und Shunas Besuche. Vielleicht sollte ich mich hier als Dorfhexe niederlassen, ich stellte es mir recht beschaulich vor, meine Tage in Glifonis zu beschließen. Ein dummer Gedanke, ich gebe es zu, und vor Tys Miene, die finster war wie die Zukunft eines ehrlichen Politikers, verflüchtigten sich derlei Überlegungen denn auch blitzartig.

»Nein«, sagte er. »Steig schon ein, ich hab nicht viel Zeit. Und ich ... ich möchte dir diese Sache zeigen.«

»Könntest du dann vielleicht wenigstens den Wagen ein bißchen näher heranfahren?«

Ich hatte mich gewundert, daß er den Kombi so weit weg abgestellt hatte, am obersten Ende des Parkplatzes, jetzt aber begriff ich, daß man ihn dort von den weiter unten gelegenen Häusern aus nicht sehen konnte. Er hatte offenbar nicht vor, sich meinetwegen ein Bein auszureißen. In seinen Augen stand nackte Feindschaft, und wie auf der Accademia Brücke sah er sich nervös um, als wähnte er sich von Lauschern umstellt.

»Na schön, dann nicht«, seufzte ich ergeben und schleppte mich mit großem Getue auf meinen Gehstöcken zum Wagen. Ein bißchen Spaß machte es mir schon, Ty ins Unrecht zu setzen. Rosy hätte viel Verständnis für diese Vorstellung gehabt.

Leider aber waren meine Bemühungen an Ty verschwendet. Er ging mit langen Schritten an mir vorbei, öffnete mit einem zornigen Ruck die Wagentür und nahm mir, nein, riß mir die Gehstöcke aus der Hand. Noch immer die Gebrechliche mimend, schob ich mich auf den Beifahrersitz. Die Gehstöcke warf er auf die Rückbank, meine Verletzungen waren ihm keine Frage wert. Ich hatte vorsichtshalber den Fuß neu bandagiert und mir eine elastische Binde ums Handgelenk gewickelt, so daß äußerlich eigentlich alles beim alten geblieben war.

Ty schlug die Beifahrertür zu und setzte sich ans Steuer. Dann brach es jäh aus ihm heraus:

»Warum hast du mir nicht gesagt, daß du einen Sohn hast?«

So muß es sein, wenn man von einer Kugel getroffen wird: Ich empfand nur Schock, keinen Schmerz.

»Ich hätte es dir noch gesagt. Früher oder später. Ich hatte es fest vor. Ich habe ihn dir nicht absichtlich verschwiegen. Es ... es schien einfach nicht von Belang.«

»Nicht von Belang? Darf man fragen, was für dich dann überhaupt von Belang ist?«

»Ich hätte es dir gesagt«, wiederholte ich. »Ich hatte nicht vor, ihn zu unterschlagen. Außerdem –« –, ich bemühte mich, Rosys biestig-sanftmütigen Ton zu treffen –, »– warst du ja so angelegentlich damit beschäftigt, deine Vergangenheit vor mir auszubreiten – wobei du auch etliche Lücken gelassen hast –, daß mir nicht viel Gelegenheit blieb, meine Geschichte zu erzählen.«

Statt einer Antwort ließ er den Motor an und legte knirschend den Gang ein.

Wir starteten mit einem Ruck, der mir noch vor zwei Tagen Höllenqualen bereitet hätte. Ich dachte daran, wie Parkson mich sadistisch von Stufe zu Stufe hatte plumpsen lassen. Für Glifonis, überlegte ich, war der Rollstuhl eine glatte Fehlinvestition gewesen, nahm aber dieses Urteil sofort wieder zurück, als mir einfiel, welche unschätzbaren Dienste er mir als Rammbock geleistet hatte.

»Wo ist dein Sohn jetzt?« fragte Ty in dürrem Ton.

»In Harvard. Er ist Philosoph. Er ist zwanzig. Ich nehme an, du hast es von Olga Laszlo?« Er antwortete nicht. Ich fügte hinzu: »Jeder hätte es dir sagen können. Es ist kein Geheimnis. Schließlich hat heutzutage ja fast jeder einen Sohn in Harvard.«

Ohne auf mein dummes Gerede einzugehen, fuhr er ein Stück landeinwärts und bog dann auf eine schmale Straße mit hohen Böschungen ein, die nach Osten führte.

In den zehn Minuten, als Tom und ich langsam den steilen Hang von Glifonis erklommen hatten und ich auf dem Parkplatz gewartet hatte, war das Wetter in aller Stille schlechter geworden. Die Sonne hatte sich einen tückisch-dünnen Schleier vorgezogen, und die Temperatur war merklich gefallen. Als Ty einen

Hügel hochfuhr, war links und rechts von uns die Gegend plötzlich weg. Ein kalter, ziehender Nebel hüllte uns ein, der uns, so flüchtig er auch schien, jede Sicht nahm.

Und das war eigentlich schade. Bei besserem Wetter mußte das eine atemberaubende Strecke sein, die kleine Straße lag so hoch, daß man nach rechts und links bestimmt einen phantastischen Blick hatte. Nach Süden, zu unserer Rechten, fiel das Weideland bis zu den Klippen ab, dahinter mußte man einen Blick auf den Ärmelkanal haben. Links von uns, in nördlicher Richtung, senkte sich ein offenbar steilerer Hang, auf dem man den struppigen Bewuchs von Ginster und Heide als undeutliche dunkle Flecken wahrnahm, zu einem grasigen Tal, das im Norden, etwa eineinhalb Kilometer entfernt, von einer weiteren bewachsenen Höhe begrenzt wurde. Auf der großen Landkarte, die in der Küche der Ladies hing, war das ganze Areal als ein von keinem Zivilistenfuß entweihtes Truppenübungsgebiet ausgewiesen. Großtrappen tummelten sich auf diesen Hügeln und andere Spezies, die in anderen, vom *homo sapiens* heimgesuchten Gebieten längst ausgestorben waren.

»Dürfen wir hier eigentlich herumfahren?« fragte ich. »Ich denke, das Betreten dieses Gebiets ist streng verboten...«

»Ich darf«, sagte Ty. »Es ist meine übliche Strecke, die Genehmigung habe ich von Generalmajor Dickinson höchstperönlich. Der schnellste Weg von Glifonis nach Knoyle.«

»Was bedeuten die roten Fähnchen?«

»Daß gewöhnliche Sterbliche sich fernzuhalten haben.«

Die Straße führte über eine Landzunge, schwenkte nach Norden und senkte sich zum Tal. Jetzt fuhren wir durch eine richtige Traumlandschaft, nur hin und wieder sah man formlose dunkelbraune Klumpen am Straßenrand, die sich als Büsche entpuppten, ansonsten nichts als den perlmuttfarbenen Nebel, der uns in allen Richtungen umwaberte.

»Hast du deinem Sohn von mir erzählt?« fragte Ty. Seine

Worte klangen wie Eiszapfen, die er nacheinander von der Dachrinne brach.

»Ja, ich habe ihm gesagt, daß ich heiraten würde. Und wen. Selbstverständlich wußte er, wer du bist.«

»Und wie hat er reagiert?«

»Er hat sich natürlich gefreut.«

Wirklich? Nein, ausgesprochen freudig hatte Fitz' Stimme nicht geklungen. Eher beunruhigt... fürsorglich... »Er war froh, die Verantwortung los zu sein«, fügte ich hinzu.

»Verantwortung?« Trocken und kalt die Stimme. Fast wie Papa. Unterbrich nicht, Catherine, das geht dich nichts an.

Hatte das Leben mit Mascha ihn zu dem gemacht, was er war?

Gewiß, wir wirken alle ständig aufeinander ein. Es lohnt sich, darüber gelegentlich nachzudenken. Nur nicht gerade jetzt. »Nun ist er frei und kann sein eigenes Leben führen«, sagte ich. »Er braucht keine Rücksicht mehr auf seine lästige alte Mutter zu nehmen.«

Ich mußte schlucken, als ich an das dachte, was wir damals so unbeschwert geplant hatten: Wir kaufen uns einen Peugeot und machen damit Europa unsicher. »Ich glaube bestimmt, daß er in Amerika bleiben wird«, fuhr ich fort. »Philosophen haben dort ein sehr viel besseres Auskommen.« Und dann fragte ich, um den Ball aus meiner Hälfte zu schlagen: »Hast du noch etwas von der Rolandsbruderschaft gehört? Wann die... die Feier stattfindet?«

Ty antwortete nicht. Er fuhr den Wagen von der Straße weg auf ein flaches Grasstück zwischen spinnwebbehangenen Ginsterbüschen und stellte den Motor ab. Die plötzliche Stille war beängstigend. Wir hörten nur das glucksend ansteigende Flöten des Brachvogels, einen Ruf, den ich sonst sehr liebe, den ich aber in diesem Augenblick als unsagbar traurig empfand.

Eine Minute verging, dann sagte Ty: »Machst du dir überhaupt einen Begriff davon, wie mir zumute war? Als ich erfuhr, daß du mir so etwas verschwiegen hattest?« Er zündete sich eine

Zigarette an, was mich sehr überraschte. Ich hatte ihn noch nie rauchen sehen. Seine Hände zitterten heftig.

Ich fand es übertrieben, wie er auf seinem moralischen Vorteil herumritt. Seine Stimme klang nicht so sehr verletzt als kritisch.

Mit großer Mühe – denn natürlich hatte ich ein schlechtes Gewissen – konterte ich: »Komm, Ty, ich bitte dich... Von dem, was du mir verschwiegen hast, redest du nicht, wie?«

»Zum Beispiel? Ich habe keine Kinder in meiner Vergangenheit versteckt.«

»Und das Mädchen?«

»Was für ein Mädchen?«

»Die Tochter vom alten Leyburn.« Endlich war mir der Name eingefallen. »Von Sir Ostin. Um die du dich hattest kümmern sollen. Was ist aus ihr geworden?«

»Ach die... Sie ist tot. Schon lange.« Und ziemlich hochtrabend fügte er hinzu: »Selbstverständlich könnte sie sonst nach wie vor auf meine Unterstützung zählen.«

In seiner Stimme erahnte ich plötzlich den Tonfall seiner Mutter – kalt, starr, pedantisch. Es war natürlich sträflicher Leichtsinn, den Sohn eines so verabscheuungswürdigen Paares zu heiraten, dachte ich verzagt. Aber woher hätte ich es wissen sollen? Damals hatte er mir ja noch nichts von seinen Eltern erzählt.

»Es tut mir wirklich leid, Ty. Wahrscheinlich – nein, sicher – hätte ich dir das von Fitz sagen müssen, das sehe ich jetzt ein. Aber er war so lange nicht in mein Leben einbezogen... Als er klein war, hat meine Mutter ihn versorgt, ich habe nur gezahlt, und jetzt ist er völlig unabhängig, finanziell und auch sonst. Wie gesagt, ich fand, daß es nicht von Belang war. Für dich und für mich, meine ich. Für uns. Wir hatten so viel Spaß miteinander...«

Spaß... Das Wort lag zwischen uns wie ein verwehtes Bonbonpapier. Ty machte ein Gesicht, als habe er es noch nie im Leben gehört. Olga ist wirklich ein gemeines Luder, dachte ich und überlegte, warum sie es ausgerechnet jetzt für richtig gehalten hatte, Ty über mein Vorleben aufzuklären. Weil er zufällig bei der Hand war? Weil sie ihn zufällig in Dorchester getroffen hatte? Nur zu ihrem Privatvergnügen?

»Bedeutet es dir wirklich so viel, Ty?«

»Nehmen wir an, ich wünschte mir auch einen Sohn?« sagte er hitzig.

Das eine, schien mir, schloß das andere nicht aus. »Möchtest du denn einen Sohn, Ty? Ich dachte ... nach den traurigen Erfahrungen mit deinen Eltern ... es wäre vielleicht das Letzte ...«

»Nehmen wir es einmal an ...«

Das darf doch nicht wahr sein, dachte ich einigermaßen erschüttert. Da stehst du tatsächlich wieder vor der vertrauten alten Mauer, von der du gedacht hast, sie sei inzwischen glücklich abgetragen, sei endgültig in sich zusammengefallen. Falsch gedacht: Er hat sich allen Ernstes eine unberührte Frau gewünscht und sich eingebildet, er sei der ERSTE MANN in meinem Leben – in Versalien und gotischen Lettern. Weil ich Rosy war und Rosy Jungfrau zu sein hatte? Weil er mir den Rosy-Part verschafft oder weil er Rosy aus mir gemacht hatte?

Nach Fitz' Vater fragte er nicht. So verbissen mochte auch Joseph geschwiegen haben, nicht aus Taktgefühl, sondern aus schmerzlich verletztem Stolz.

»Glaub mir, Ty, es tut mir sehr leid. Ich hätte nie gedacht, daß es dir soviel bedeutet. Ich hatte den Eindruck, daß dich meine Vergangenheit sowieso nicht sonderlich interessiert ...«

»Du hast offenbar recht eigenartige Vorstellungen von dem, was mich interessiert ...«

Ich zwang mich zu einem sachlichen Ton. »Bist du jetzt der Meinung, daß unsere Ehe ein Fehler war? Möchtest du dich scheiden lassen? Weil die Beziehung auf ... auf falschen Voraussetzungen beruhte? Ich will dir nicht im Wege stehen. Es war wohl wirklich so eine Art Märchen ...« Ich kann Schauspielunterricht nur jedem empfehlen. Für solche Szenen ist Stimmbeherrschung unerläßlich.

Zu meiner Überraschung ging Ty nicht gleich auf meinen Vorschlag ein. »Scheidung? Daran hatte ich noch nicht gedacht. Vielleicht. Ach, ich weiß nicht... ich weiß es einfach nicht. Dieses Gefühl, daß ich dir nicht trauen kann. Daß ich nie mehr sicher sein kann, was hinter der Fassade in dir vorgeht...«

Schluß, dachte ich, das bringt uns nicht weiter. Es tut nur unnötig weh. Du hast mich in diese Klemme gebracht, geschätzte Rosamond, jetzt hilf mir gefälligst auch wieder heraus. Mit frostig-sanfter Würde sagte ich: »Diese Drohgebärden sind im Grunde Kraft- und Zeitverschwendung, findest du nicht auch? Du hast das Gefühl, daß du mir nicht trauen kannst. Andererseits habe ich an dir auch Seiten entdeckt, die mir... sagen wir... überraschend kamen...« Er durchbohrte mich mit seinem Blick und machte den Mund auf, aber ich sprach rasch weiter: »... und deshalb sehe ich ein, daß es sinnlos wäre, wenn wir versuchen würden, unser gemeinsames Leben fortzusetzen. Wir haben es einfach falsch angefangen. Ich mache dir einen Vorschlag. Wir legen eine Abkühlungsphase ein, wie die Gewerkschaften es nennen, und sprechen dann noch einmal in aller Ruhe darüber.«

Dabei ging es mir vor allem um seine Nominierung zur Rolandsbruderschaft. Wenn es gelang, Ty als glücklich mit mir verheirateten Ehemann über diese Hürde zu bringen, dachte ich mir, würde vermutlich eine gewisse Entspannung eintreten. Immer vorausgesetzt, daß die Aufnahme in die Rolandsbruderschaft noch aktuell war. Aber danach konnte ich ihn natürlich nicht fragen.

Nach einer Pause sagte er: »Meinetwegen.« Seine Stimme klang rauh, ganz anders als sonst.

Ich versuchte, einen leichteren Ton anzuschlagen. »Wo ist jetzt deine Konzeptkunst? Oder war das nur eine... Phantasmagorie?« Ich bereute die Wortwahl sofort. In Venedig hatten wir den Ausdruck irgendwie entdeckt und in den verschiedensten albernen Kombinationen schier zu Tode geritten.

»Nein, nein«, sagte er, noch immer mit dieser rauhen Stimme und so unduldsam, als sei es eine Zumutung von mir, einen auch nur halbwegs höflichen Ton von ihm zu verlangen. »Nein, ich zeig sie dir. Sie ist auf dieser Strecke, noch ein Stück weiter...«

Er sah auf die Uhr, dann warf er die halb gerauchte Zigarette aus dem Wagenfenster.

»Hast du es eilig?« fragte ich. »Wenn du nämlich einen Termin hast oder so... Ehrlich gesagt muß das mit der Konzeptkunst im Moment nicht sein. In diesem Nebel wäre es wohl auch ziemlich sinnlos, ich –«

»Der Nebel stört nicht«, fuhr er mich an. »Da ist das Ganze nur noch eindrucksvoller.« Er legte den Gang ein. »Du hast doch immer gesagt, daß du Carnac sehen möchtest.«

Das stimmte. Auf jener ersten Party, bei der Randolph Joel und mich mit Ty bekanntgemacht hatte, damals, als wir alle so ausgelassen gewesen waren, war die Sprache auf Carnac gekommen. »Ich möchte es zu gern mal sehen«, hatte ich gewispert, und Ty hatte sofort erwidert: »Das können Sie haben. Ich fliege Sie morgen mit dem Hubschrauber hin.« Aber ich – oder vielmehr Rosy – hatte lässig gesagt: »Lieb von Ihnen, aber morgen muß ich wieder in London sein. Ein andermal vielleicht.«

Ich habe Carnac wirklich schon immer sehen wollen. Auf Photos wirkt es viel geheimnisvoller als Stonehenge, oder vielmehr: Es sieht so aus, wie Stonehenge gewesen sein muß, ehe staatliche Lenkung dort alles kaputtgemacht hat. Ty jagte den Wagen durch den immer dichter werdenden Nebel.

»Wirklich, Ty, ich glaube, es ist witzlos...«

»Ach was«, unterbrach er mich gereizt. »Der Nebel verzieht sich bestimmt, oft kommt das von einer Minute auf die andere. Jetzt hab doch ein bißchen Geduld. Kannst du denn nie auch nur eine Minute abwarten?«

Wieder fuhr er von der Straße herunter auf ein furchig aufgeworfenes Stück Land, das aussah, als hätten riesenwüchsige Schweine darin nach Trüffeln gesucht.

»Warte hier, ich schau mich mal um.« Er sprang gewandt aus dem Wagen und verschwand im Dunst. Ich wartete, starrte in die silbrige Düsternis und hing trüben Gedanken nach. Hätte ich Ty jetzt nicht auch eröffnen müssen, daß ich nicht mehr lange zu leben hatte? Daß der Schmerz in meinem Rücken wühlte wie ein rotglühendes Eisen? Daß die Hals- und Kieferbeschwerden so heftig geworden waren, daß ich fest damit rechnete, in einem Jahr der Kamera – wie Freud – mein linkes Profil zuwenden zu müssen? Wenn Ty sich nur entschließen könnte, noch ein Dreivierteljahr zuzuwarten, dachte ich. Ein Witwer ist so viel reputierlicher als ein geschiedener Mann.

Ty war zu meiner Verwunderung mit einem Klappstuhl abgezogen, den er aus dem Kofferraum genommen hatte. Jetzt kam er ohne den Stuhl zurück. »Ja, es ist die richtige Stelle«, sagte er. »Komm, ich helfe dir.«

Geschickt war er mir beim Aussteigen behilflich, faßte meinen Arm in einem festen Griff und führte mich über den Sturzacker in den Nebel hinein.

Ich machte ein paar ungeschickte Hopser. »Warte! Meine Gehstöcke!«

»Nicht nötig, es sind nur ein paar Meter. Auf diesem weichen Untergrund könntest du mit Gehstöcken sowieso nichts anfangen. Komm, ich trage dich.«

Er hob mich hoch und schritt rasch voran. Ich konnte nur noch staunen. Im Grunde hatte ich Ty nie für besonders kräftig gehalten. Zäh, das ja, drahtig, behende – aber jetzt schienen ihm Riesenkräfte gewachsen zu sein. Ich hatte unwillkürlich nach Luft geschnappt, als er mich unvermittelt hochriß, ich tat es erneut, als er mich ebenso unerwartet auf den Klappstuhl setzte. Neben dem Klappstuhl stand etwas Formlos-Dunkles. Eine Scheune.

Ein großer Felsen. Dann erreichte mich der Geruch ... eine süße, tröstliche Kindheitserinnerung ... die warme, würzige Schärfe von ziemlich feuchtem Heu. Oder Stroh.

»Himmel, das ist ja eine richtige Festung«, sagte ich matt.

»Warte einen Augenblick, dann siehst du noch mehr von der Sorte. Sie stehen in einem weiten Halbkreis – als hätten die Druiden sie eigenhändig aufgestellt ...«

Wieder warf er einen nervösen Blick auf sein Handgelenk. »Verdammt!« stieß er ärgerlich hervor.

»Was ist?«

»Meine Uhr ist weg ...«

»Vielleicht ist das Armband aufgegangen, als du mich hochgehoben hast. Vorhin hattest du sie noch um. So was Dummes ...«

Er runzelte die Stirn. »Oder als ich meine Zigarette aus dem Wagenfenster geworfen habe. Ich meine fast, daß da das Armband schon locker war. Nein, bleib hier ...« Ich hatte Anstalten gemacht, mich aus dem Stuhl hochzuhieven. »Warte, bis der Nebel sich verzogen hat, ich schau mich mal um. Bin gleich wieder da ...«

Er ging zurück in die Richtung des Kombis und blickte dabei suchend auf den unebenen Boden. »Bleib, wo du bist«, rief er mir noch zu, dann war er nur noch eine vage Gestalt im Nebel und wenig später ganz verschwunden. Gleich darauf hörte ich einen Motor anspringen, aufheulen, in der Ferne verklingen.

Eine kleine Weile genoß ich den traumverlorenen Schwebezustand, in dem ich mich befand. Er war sehr erholend nach dem Zusammensein mit Ty, seiner zornigen Zerrissenheit, seinen Widersprüchen. In tiefen Zügen sog ich die nasse, frische, nach Heu und Meer duftende Luft ein. Ty und Andrej ... wie grundverschieden waren diese beiden ... Zwei beliebige Erinnerungen kamen mir in den Sinn: Andrej, in Tränen aufgelöst, nachdem wir uns zusammen *Dr. Schiwago* angesehen hatten. Ungeniert weinte er auf der Straße. »Ich habe nur einen Wunsch«, hatte er gesagt. »Daß alle Welt genug zu essen hat.« Er war ein einfacher Mensch, er war Russe. Für ihn war dies ein einfaches Ziel. Und ich erinnerte mich an diese erstaunliche Gabe, die er hatte: Er konnte Katzen hypnotisieren. Er sang ihnen ein russisches Liedchen vor, und sie legten sich auf den Rücken und streckten völlig entspannt die Pfoten in die Luft. Ich habe nie wieder erlebt, daß jemand das fertiggebracht hätte.

Allmählich überkam mich – man hat das oft, wenn man unvermutet an einem unbekannten Ort allein gelassen wird – ein starkes Gefühl der Verunsicherung. Wer bin ich? Wo bin ich? Gibt es mich wirklich? Gibt es eine Person namens Cat Conwil? Und wenn ja, bin ich das?

Irgendwo zu meiner Linken stieß ein Brachvogel seinen fragenden Ruf aus, ansonsten war es völlig still.

Ganz sacht verdrängte Beklommenheit die friedliche Leere aus meinem Kopf.

Zuerst dachte ich: Hoffentlich findet Ty wieder zurück. Und dann: Will er überhaupt hierher zurück? Oder will er mir einen seiner Streiche spielen? (Ich dachte an seine derben Späße in Venedig, einmal hatte er mich im Badezimmer eingesperrt und mich erst herausgelassen, als ich versprach, daß... aber das gehört nicht hierher).

Er hatte die Uhr tatsächlich nicht mehr am Handgelenk gehabt, aber natürlich hätte er sie auch selbst abnehmen können, als er ausgestiegen war.

Was aber bezweckte er damit? Wollte er mir Gelegenheit geben, Buße für meine Missetaten zu tun?

Statt einer Antwort kam mir die schmerzliche Erinnerung an jenen Tag in den Sinn, als ich auf die Idee verfallen war, mich um eine Stellung als Landschaftsgärtnerin zu bewerben. Ich rief Mascha an (sie wohnte inzwischen in der bewußten Bruchbude bei Reading) und fragte sie nach Gartenplänen, die ich früher mal für sie gezeichnet hatte. »Hast du sie noch, Mascha?« fragte ich mit jenem grenzlosen Vertrauen, das wir in die Findigkeit unserer Eltern setzen. »Ja also ... ich weiß nicht recht«, sagte sie etwas beunruhigt. »Vielleicht sind sie in einer Schublade oder in einer Kiste ... Beim Umzug haben wir alles mögliche eingepackt und weggeräumt ...« »Ich wäre dir schrecklich dankbar, wenn du mal nachsehen könntest«, sagte ich. »Gerade jetzt könnte ich sie gut gebrauchen. Ich komme morgen mal vorbei, vielleicht hast du sie inzwischen entdeckt.«

Als ich am nächsten Tag in der Grosvenor Crescent vor der Haustür stand, sah Mascha sehr schlecht aus, das Gesicht fahl und elend, das Haar stumpf und strähnig. »Was ist los, Mascha? Bist du krank?« »Du weißt ja, ich habe das manchmal ... saurer Magen, Verdauungsstörungen, das, was Paps den flotten Heinrich nennt ... Nicht der Rede wert.« Auf Umwegen bekam ich später heraus, daß sie den größten Teil der Nacht mit qualvollen Schmerzen und Durchfall auf der Toilette verbracht hatte. »Aber dafür habe ich deine Zeichnungen gefunden«, verkündete sie triumphierend. »Ich hatte schon die größte Angst, sie wären beim Umzug verlorengegangen.« Und sie überreichte mir das vergilbte, mit einer rostigen Büroklammer zusammengehaltene Bündel.

Ich war zutiefst zerknirscht. Mit meiner rücksichtslosen, unbesonnenen Bitte hatte ich ihr all diese Mühe gemacht und damit bestimmt die Magenkrämpfe ausgelöst. Wäre ich nicht so schlampig gewesen, hätte ich nicht meine eigenen Zeichnungen verlegt, hätte ich Mascha nicht zu belästigen brauchen. Die Bewerbung blieb ungeschrieben ...

Und dann dachte ich wieder an Ty. Glaubte er vielleicht, ich würde erfrieren, wenn ich lange genug hier herumsaß? Oder mich verirren und von einer Klippe stürzen? Das schien denn doch zu weit hergeholt. Wären wir in der Arktis gewesen, hätte ich ihm so etwas allerdings durchaus zugetraut. Er besaß eine skrupellose Zielstrebigkeit. Ich wußte, daß er sich mit Brachialgewalt an den Anfang einer Menschenschlange zu kämpfen pflegte. Beim Einsteigen ins Flugzeug oder in den Zug war er immer der Erste. Ich hatte erlebt, wie er um ein Haar auf einem Fußgängerüberweg eine Frau überfahren hätte, die einen Kinderwagen schob und ein weiteres Kind an der Hand hielt, und hatte bestürzt zur Kenntnis genommen, daß er hinterher keinerlei Reue oder Schuldgefühle erkennen ließ. Ich hatte gesehen, wie ihm auf einer Gesellschaft ein Buch überreicht worden war, das er, weil er es ohnehin nicht zu lesen gedachte, rasch zwischen den Sofakissen verschwinden ließ, kaum daß der Geber ihm den Rücken gekehrt hatte. Er wußte haargenau, was er wollte und was er nicht wollte.

Was hatte er gewollt, als er mich hier allein ließ?

Hin und wieder überfallen mich jähe Zweifel an meinem Geisteszustand. Wenn ich nun eines Tages durchdrehe? Schon jetzt leide ich an erschreckenden Ausfällen. Immer wieder kommt es vor, daß mein Gehirn aus unerfindlichen Gründen streikt, sich weigert, den gesuchten Satz, die Anweisung für meine nächsten Schritte zu liefern. Ich betrete einen Raum, stehe da, habe mein Stichwort vergessen...

Vielleicht hatte sich just in diesem Augenblick mein Hirn zu permanentem Urlaub abgemeldet? Vielleicht findet man mich nach Wochen ziellos umherirrend wie eine Gestalt aus einem Schauerroman?

»Ty?« rief ich hoffnungsvoll ins Leere hinein. »Ty? Bist du da?« Mit dem Teil meines Gehirns, der noch vernünftig denken konnte, wußte ich natürlich, daß er nicht in Hörweite sein konnte, sonst hätte ich ja ein Wagengeräusch vernehmen müssen. Doch der Klang meiner Stimme war irgendwie tröstlich, und ich rief noch einmal: »Ty? Hallooo!«

Zu meiner Überraschung und großen Freude kam tatsächlich eine Antwort: »Juhuu! Hallooo!«

Ich machte mich noch ein paarmal lautstark bemerkbar, und

wenig später sah ich undeutlich, wie aus dem silbrigen Nebel eine Gestalt auf mich zukam. Nicht Ty – jemand, der viel kleiner war und sich viel geschmeidiger bewegte. Als die Gestalt näherkam, erkannte ich zu meiner Verblüffung Zoe Grandison in zweckmäßigem Wanderdress, Kordhosen und dickem Pullover, das lange, dichte Haar unter einer Wollmütze verborgen.

»Hier steckst du also«, sagte sie. »Wo ist der große Boß?«

»Zoe! Wie kommst du denn hierher?«

»Ich kenne die Gegend. Er hat dich wohl mit dem Wagen hergebracht ... es ist lange nicht so weit, wie man denkt, wenn man die Fahrstraße benutzt. Zu Fuß kann man gut vier Kilometer abkürzen. Trotzdem wird es langsam Zeit, daß wir uns in Bewegung setzen. Wo ist er denn?«

»Er hat seine Uhr verloren und wollte sie suchen gehen.«

»Hm«, sagte Zoe. »Das hat er aber ziemlich knapp abgepaßt.«

»Knapp abgepaßt? Wieso?«

»Wegen der Schießübung, Schätzchen. Jetzt komm, wir müssen uns beeilen. Wo sind deine Gehstöcke?«

»Verflixt, die liegen im Wagen.«

Zoe drückte mir ihren kräftigen Eschenstock in die Hand. »Hab ich mir wegen der Hunde angeschafft«, erläuterte sie. »Auf dem Land haben heutzutage so viele Leute Hunde, manche sind richtige Bestien, aber wenn sie den Stock sehen, haben sie den nötigen Respekt.« Ohne ein weiteres Wort nahm sie meinen Arm und zerrte mich in raschem Tempo über das holprige Gelände. Unsere Fortbewegung war eine Art Springprozession – zwei Schritte vor, einer zurück. Nach kurzer Zeit kamen wir zu einem richtigen Weg, schmal wie eine Kaninchenspur, aber offenbar begangen, der in gerader Linie einen ziemlich steilen Hang hinaufführte. Wir sahen noch zwei der gewaltigen Strohburgen, an einer kamen wir dicht vorbei, und ich erkannte, daß sie aus den großen, kreisrunden, biskuitrollenartigen Strohbündeln zusammengesetzt waren, die nach der Ernte auf den Stoppelfeldern herumstehen.

»Das war der höchste Punkt«, sagte Zoe munter, als wir die Burg hinter uns gelassen hatten. »Wie kommst du zurecht, Schätzchen?«

»Okay«, sagte ich kurz angebunden.

Mit dieser Expedition war mein Knöchel – auch nach Toms Behandlung – eindeutig überfordert, für Fragen oder Kommentare hatte ich keine Luft übrig. Ich kannte Zoe als praktisch veranlagte Person (ihr Aussehen, das sie als wandelndes Sexsymbol auswies, war völlig irreführend) und hatte deshalb sofort begriffen, daß Eile not tat. Äußerlich war sie die Ruhe selbst, aber der Griff, mit dem sie meinen Arm hielt, sprach Bände. Ich beeilte mich, so gut ich konnte, und verschob Fragen auf später.

Jetzt wurde der Weg breiter, aber für mich noch mühsamer. Er führte über die Felsen steil nach unten und wurde dabei zu einer sandig-grasigen Rutschbahn, auf der man sich allenfalls – und auch das nur hin und wieder – an Ginster und niedrigen Brombeerbüschen festkrallen konnte.

»Vielleicht wäre es leichter, wenn du dich hinsetzen und runterrutschen würdest?« meinte Zoe.

»Nein«, krächzte ich. Ich war schweißgebadet, obgleich es ein kalter Tag war.

Sie ging voraus, sich etwas seitlich haltend, und stützte mich am Oberarm.

»Gib acht. Wenn du hintenüber kippst...«

»Keine Sorge. Ich bin diesen Weg schon ein paarmal gegangen. Und ich mache viel Yoga.«

Zoes Bewegungen waren wirklich wunderschön geschmeidig und voller Harmonie.

Am Fuß der Klippe sagte sie: »So, ich glaube, hier können wir uns hinsetzen.« Aufatmend ließ ich mich auf den angespülten Unrat und trockenen Tang des oberen Strandstreifens fallen.

Zehn Meter hinter uns schmatzten und schurrten die Wellen über den von der Flut schon saubergewaschenen Sand.

»Glück gehabt«, sagte Zoe. »Die Flut läuft ab. Höher kommt das Wasser nicht. Das bedeutet allerdings, daß Dos und Stav erst in einer halben Stunde mit dem Strandbuggy durchkommen.«

»Aber warum –«

»Du brauchst nur hinzuhören«, sagte sie. Über uns, hinter den Klippen, ertönte lautes Geknalle. Beleidigt kreischend erhob sich ein Möwenschwarm und kreiste über unseren Köpfen. Der Boden unter uns bebte, hundert Meter weiter fielen Erd- und Felsbrocken auf den Strand. Zwei Minuten später krachte es erneut, und gleich darauf wieder, alles in allem etwa zwanzigmal in regelmäßigen Abständen.

Zoe sah auf die Uhr. »Dienstag, halb elf. Schießübung auf Fernziele. Jede Woche einmal.«

Ich dachte daran, wie Ty auf die Uhr gesehen hatte. Vorhin im Wagen. Ehe er sie verloren hatte.

»Was für Munition benutzen sie?« fragte ich mit einem flauen Gefühl in der Magengrube.

»Nichts direkt Lebensgefährliches. Geschosse zur Verwendung gegen lebende Ziele nennen sie die Dinger. Sie sind aus gepreßtem Torf. Komisch, nicht? Wenn du einen Menschen ein lebendes Ziel nennst, kannst du guten Gewissens mit gepreßtem Torf auf ihn schießen.«

»Und was können diese Brocken anrichten?«

»Ausgesprochen gesundheitsfördernd sind sie bestimmt nicht. Immerhin sind es ziemlich lange Schüsse ...«

»Diese Strohgebilde sind demnach so was wie Zielscheiben.«

»Genau. Wer konnte denn ahnen, daß du dort herumsitzt!«

Danach schwiegen wir beide geraume Zeit. Das Meer murmelte vor sich hin, während es sich allmählich zurückzog, auf dem grauen Sand breiteten die Wellen ihre weißen Spitzenrüschen aus und falteten sie wieder zusammen. Ich mußte an Maschas Occhi-Arbeiten denken.

»Weshalb wollte Ty dich umbringen?« fragte Zoe schließlich. »Ist er verrückt?«

»Anders kann ich es mir nicht erklären.« Ich dachte an Jas und Jim. Welcher von den beiden hatte den Plan ersonnen?

»Es scheint so sinnlos.«

»Ich bin ihm nicht nach Plan geraten.«

»Deshalb begeht man doch keinen Mord.«

Jemand wie Ty offenbar doch.

»Wie bist du … wieso hast du nach mir gesucht?«

»Der Tumbe Tom brachte deine Nachricht, er war ganz aufgelöst. Sophie war dabei, aber wir haben beide nicht so richtig mitgekriegt, was er sagen wollte. Er hat nur immer mit den Armen gefuchtelt und auf die Klippen gezeigt …«

»Es war sehr lieb von dir, daß du gekommen bist. Für dich war es doch auch unheimlich gefährlich.«

»Ich kannte ja die Zeiten. Und die Stelle. Ich bin nicht zum ersten Mal hier.«

Wieder Schweigen. Das Ganze war mir wahnsinnig peinlich, ich schämte mich in Grund und Boden, als hätte man mich beim Griff in Omas Sparbüchse ertappt. So ähnlich muß den Opfern einer Flugzeugentführung oder eines Menschenraubs zumute sein, nachdem sie wieder freigekommen sind. Nach einer Weile brachte ich heraus: »Ich wäre dir sehr dankbar, wenn das unter uns bleiben könnte. Wenn du nicht darüber sprechen würdest.«

»Aber wenn er es noch einmal versucht?« Die Mißbilligung in ihrer Stimme war nicht zu überhören. »Du kannst doch nicht dasitzen und ihn gewähren lassen.«

Warum eigentlich nicht, dachte ich. Wäre das nicht eine schöne, saubere Lösung für beide Teile? Nein, Zoe hatte natürlich recht, ich durfte nicht zulassen, daß Ty zum Mörder wurde, es wäre sehr schädlich für sein Image. Gewiß, in vieler Hinsicht und aus vielerlei Gründen konnte es mir nur recht sein, wenn mein trübes Erdenleben ein Ende fand, aber ich lasse mich nicht gern überrumpeln. Darauf zu warten, daß Ty erneut zuschlug, war mir zu nervenaufreibend. In der Schule hatten wir dieses gräßliche Spiel, *Wer hat Angst vorm Bösen Wolf,* bei dem man versuchen mußte, sich an jemanden anzuschleichen, der dann jäh herumfuhr und einen packte. Weder die Rolle des Anschleichers noch des Zupackers konnte mich reizen.

»Nein, das ist wahr«, sagte ich bedrückt. »Aber nachdem ich nun weiß, was er vorhat, kann ich ihm ja sagen, daß ich im Bilde bin. Das dürfte ihm das Konzept verderben. Wenn er weiß, daß ich es weiß und daß andere Leute es vielleicht auch wissen –«

»Komm, hör auf«, sagte Zoe. »Das hört sich an wie diese grauenvollen Romane von Henry James, die ich nie verstehe. Aber wenn du Ty sagst, daß ich Zeter und Mordio schreiend zur Polizei laufen werde, sobald dir was passiert ...«

»Dich würde ich da nicht hineinziehen«, sagte ich rasch. »Ich sage einfach, andere Leute –«

»Na endlich, da sind sie ja«, sagte Zoe hörbar erleichtert. »Ich hatte Tom mit einem Zettel hingeschickt, und ich wußte, daß sie sich beeilen würden.« Die Erleichterung, dachte ich, galt wohl nicht nur unserer Rettung, sondern dem Ende dieses peinlichen Gesprächs. Zoe stand auf und winkte den Griechen.

Das Gefährt, mit dem sie anrollten, war kein richtiger Strandbuggy, sondern eine Art Bulldozer.

Ich stand auf und umarmte Zoe verlegen, aber herzlich. »Das werde ich dir nie vergessen. Es war –«

»Schwamm drüber!« Sie lachte, und die Spannung löste sich. Die beiden munteren Griechen brachten ihre schwerfällige Kutsche zum Stehen und nahmen mich an Bord.

Zehn Minuten später waren wir nach einer holpernden Fahrt über den Strand wieder am Hafen von Glifonis angelangt.

10

Pat Limbourne betrat in großer Eile die Küche von Nummer Zwei, wo Shuna mit der Erfindung eines Algebra-Puzzles beschäftigt war. Der Tumbe Tom hatte ihr die Teile zugeschnitten, und sie war dabei, ihnen Werte zuzuordnen.

»Weißt du, wo Tante Elspeth ist?«

Shuna wunderte sich etwas über Pats Ton, aber ihr eigenes Leben war so ausgefüllt, daß sie sich um die Angelegenheiten der Erwachsenen kaum kümmerte. »Im Garten, auf der obersten Terrasse«, sagte sie deshalb nur und vertiefte sich wieder in ihre Berechnungen.

Pat stieg rasch die Steinstufen hinauf, wo Elspeth zwischen einer Pflanzung junger Rebstöcke kniete. »Olga ist tot«, sagte sie schroff.

»*Nein*!« Erschrocken sah Elspeth auf und strich sich mit der erdverkrusteten Hand das flaumige weiße Haar aus der Stirn. »Und wie–?«

»Die Griechen haben sie gefunden. Unten am Strand. Es hat einen Erdrutsch gegeben – du weißt ja, wie unsicher diese Klippen sind–, sie lag unter einem Haufen von Lehm und Schiefer. Dmitri hat ihren Fuß gesehen.«

»Mein Gott«, sagte Elspeth leise. »Sonst war niemand dabei? Sie war allein?«

»So scheint es. Die Griechen meinten, sie hätte wohl nach Versteinerungen gesucht.«

»Ja, ich habe Olga von Versteinerungen sprechen hören«, bestätigte Elspeth. »Wie schrecklich. Armes, dummes Ding! Keine gute Reklame für Glifonis.«

»Fortuneswell dürfte nicht erbaut sein«, bestätigte Pat trokken. »Nur gut, daß sie von seinem Sekretariat empfohlen worden ist.«

Elspeth krauste die Stirn. »Etwas eigenartig ist es aber doch ... Wann hat man sie gefunden?«

»Vor einer halben Stunde. Aber sie muß die ganze Nacht dort gelegen haben, es waren mehrere Tiden dazwischen.«

»Sie wird ja wohl kaum im Dunkeln auf Fossiliensuche gegangen sein.«

»Kaum«, bemerkte Pat nüchtern.

»Wann ist sie dann aber losgegangen?«

»Das muß jetzt der Coroner klären. Natürlich gibt es eine gerichtliche Untersuchung.«

»Ach je ... Ich habe Shuna immer wieder auf die Seele gebunden, daß sie nicht auf den Klippen herumlaufen soll«, sagte Elspeth ganz verstört. »Das wird ihr hoffentlich eine Lehre sein. Was meinst du, ob es sie sehr trifft?«

»Schwer zu sagen. Olga war ja ganz vernarrt in sie, aber ich hatte nicht den Eindruck, daß das auf Gegenseitigkeit beruhte.«

»Nein, an Cat Conwil liegt ihr mehr. Aber Olga hat ihre Mutter gekannt ...«

»Komm, werd nicht sentimental. Davon weiß Shuna doch gar nichts.«

»Nein, du hast schon recht. Schlimm, daß so etwas hier passieren mußte. Mit Olga hat man wirklich nichts als Ärger. Am besten räume ich schon mal ihr Haus aus. So wie ich sie kenne, ist es in einem fürchterlichen Zustand ...«

Pat sah ein wenig skeptisch drein. »Wartest du da nicht besser, bis die Polizei da war? Die hat es nicht gern, wenn man sich an der persönlichen Habe von Toten zu schaffen macht.«

»Wer ist tot?«

Shuna war, ein Sonarmeßgerät in der Hand, zu ihnen getreten. »Ich will Pater Athanasios helfen, seinen Friedhof auszumessen«, erklärte sie. »Wer ist tot?«

»Olga Laszlo«, sagte Pat. »Sie ist von einem Erdrutsch verschüttet worden. Die Griechen haben ihre Leiche unten an den Klippen gefunden.«

»Sie muß nach Fossilien gegraben haben.«

»Dir haben wir das verboten. Jetzt weißt du auch warum«, sagte Pat streng.

»Ja. Pater Athanasios wird sich freuen. Jetzt hat er jemanden für seinen Friedhof«, bemerkte Shuna zufrieden und ging wieder ins Haus.

Elspeth folgte ihr, nachdem sie ihre Gartengeräte zwischen den Skiern und Armbrüsten im Schuppen verstaut hatte. Shuna hatte sich die Karte von Freitagland vorgenommen und kennzeichnete mit großer Sorgfalt eine Parzelle als ›Friedhof‹.

»Kommst du mit? Ich will Olgas Haus in Ordnung bringen, und du kannst von da aus zur Kirche weitergehen.«

»Ist gut.«

Als sie auf der Hauptstraße waren, fragte Shuna: »Was passiert mit dem Gehirn von Menschen, die gestorben sind?«

»Die Seele kommt in den Himmel«, erklärte Elspeth fest. »Und die Gehirnmasse trocknet aus und wird zu Staub. Und alles, was so ein Gehirn erfunden und geschrieben hat, überlebt den Menschen – wie Shakespeares Dramen und Einsteins Theorien.«

»Ich erfinde später mal eine neue mathematische Theorie, die mich überlebt«, sagte Shuna. Nach einer kleinen Pause fügte sie hinzu: »Wie soll sie heißen?«

Elspeth, die sich mit mancherlei Problemen herumschlug, sagte: »Wie wäre es mit der Freitagland-Theorie?«

»Nein, das ist blöd«, widersprach Shuna empört. »Freitagland ist doch bloß ein Spiel.«

»Stimmt. Weißt du was? Wir warten mal ab, bis deine Theorie steht, dann können wir ihr immer noch einen Namen geben.«

»Ist gut«, sagte Shuna besänftigt. »Ist denn Olgas Seele jetzt im Himmel?«

»Da fragst du mich zuviel«, erwiderte Elspeth ziemlich bärbeißig und betrat Olgas Haus.

11

Zwei Griechen, Dionisios und Georgis, trugen mich vom Strand zum Haus der Ladies. Dort setzten sie mich auf meinen Wunsch hin ab. Ich hatte ihnen gesagt, daß ich telefonieren wollte. Sie würden mich dort auch gern wieder abholen und nach Hause bringen, beteuerten sie, ich brauchte nur nach ihnen zu schicken. Dann beeilten sie sich, wieder nach unten zu kommen. Im Hafen, am anderen Ende des Strandes, tat sich irgendwas Aufregendes, das wollten sie nicht verpassen. Irgendwas Aufregendes tat sich bei den Griechen eigentlich immer.

Da die Haustür sperrangelweit offenstand und niemand da zu sein schien, hangelte ich mich in die Küche. Weit konnten die Ladies nicht sein. Eine gute Chance für einen Anruf bei Ty. Zwar zogen sie sich, wenn ich telefonierte, stets taktvoll zurück, aber daß ich sie in unmittelbarer Nähe wußte, wirkte doch etwas hemmend, und was ich diesmal zu sagen hatte, war nun wirklich nicht für fremde Ohren bestimmt.

Es dauerte eine Weile, bis ich unter Bergen von Samenkatalogen, alten Zeitungen, Plastiktüten und verheddertem Gartenbast das örtliche Telefonbuch gefunden hatte. Mit nicht ganz sicherer Hand wählte ich schließlich die Nummer von Tys Hotel.

»*Close Hotel.* Guten Tag.«

»Könnte ich bitte Lord Fortuneswell sprechen?«

»Wen?« fragte die gelangweilte junge Stimme und setzte ihre Unterhaltung fort: »Na schön, wenn es ihm um die Zeit nicht paßt, hab ich gesagt, kann er meinetwegen auch später kommen. Und weißt du, was sie gesagt hat, diese Ziege? *Wen* wollten Sie sprechen?«

»Lord Fortuneswell.«

»Fordsall? Haben wir nicht.«

»Fortuneswell.«

»Wie?«

Ich buchstabierte. »F wie Freddy, O wie Otter–«

»Ach, Fortuneswell. Hätten Sie doch gleich sagen können. Zimmer 12, bleiben Sie dran–«

Eine lange, lange Pause. Klicken und Rasseln. Klitschnasse Hände, die kaum den Hörer halten konnten. Grauenvolle Schmerzen im Nacken. Ich überlegte, ob ich überhaupt würde sprechen können. Manchmal dörrt meine Kehle total aus, und ich kann nur stumm den Mund auf- und zumachen wie ein Goldfisch (Gottlob ist mir das nie auf der Bühne passiert).

Endlich ein Läuten, wieder ein Klicken, dann eine vertraute Stimme, aber in ruhig-distanziertem Ton: »Hier James Tybold, Lord Fortuneswell. Ich bin zur Zeit nicht im Hause, Sie können aber eine Nachricht hinterlassen. Bitte warten Sie auf den Signalton ...«

Ich war enttäuscht und ungeheuer erleichtert zugleich. Die Konfrontation blieb mir erspart. Ich konnte eine Nachricht hinterlassen und auflegen. Und trotzdem ... irgendwie bedauerte ich es, daß ich ihm nicht von Angesicht zu Angesicht sagen konnte ... von Ohr zu Ohr ...

»James? Hier ist Cat. Ich habe nicht ... ich bin nicht dageblieben, um deine Konzeptkunst zu bewundern.« (Ich wählte meine Worte mit Bedacht, denn eine aufgezeichnete Nachricht kann schließlich jeder abspielen). »Ich bin jetzt wieder in Glifonis, bei Miss Morgan. Hör gut zu, James: Mach dir meinetwegen keine Gedanken. Ich glaube zu wissen, was du im Sinn hast, aber ... ganz ehrlich ... es lohnt sich nicht. Du brauchst nämlich nur zu warten. Mir ... mir geht es nicht gut. Gar nicht gut. Begreifst du, was ich dir sagen will? Was ich bei unserer Ehe tatsächlich falsch gemacht habe ... mein eigentliches Unrecht ... das wirklich Wichtige, was ich dir vorenthalten habe... Kurz und schlecht, ich bin krank, mein Gesundheitszustand ist miserabel. Ich bin ein wandelndes Lexikon lebensbedrohender Krankheiten. Ja, ich weiß, ich hätte dir das nicht verschweigen dürfen, aber... na ja, so ist es nun mal. Es lohnt sich also nicht, irgendwas zu unternehmen... eine Scheidung beispielsweise... das gibt nur unnötigen Wirbel, und darauf legst du doch keinen Wert, nicht? Und... und ich möchte nicht, daß du etwas tust, was du später bereuen müßtest. Hast du mich verstanden, Ty? Ich bin nicht mehr so lange da, daß sich deine Pläne auszahlen würden. Viele Grüße, Cathy«, schloß ich und legte mit feuchten Zitterhänden auf.

Erst jetzt merkte ich, daß Miss Morgan inzwischen hereingekommen war und gerade ein Bündel Wäsche in die aufnahmefähige Waschmaschine stopfte.

»Armes Ding, armes Ding«, sagte sie halblaut, halb zu sich, halb zu mir. »Aber man soll keine schmutzige Wäsche herumliegen lassen, nicht?« Ihr freundliches Runzelgesicht war vor Sorge und Verdruß ganz schiefgezogen, und ich sagte mir erleichtert, daß sie von meinem Gespräch offenbar nichts mitbekommen hatte.

»Hallo, Miss Morgan. Entschuldigen Sie, daß ich einfach hier eingedrungen bin und telefoniert habe...«

»Macht gar nichts, Kind, dazu sind wir doch da. Vorhin hat übrigens jemand angerufen, der Sie sprechen wollte, wir haben Sie gesucht, aber Sie waren nicht zu Hause. Er meldet sich nochmal, hat er gesagt.«

»Wer war es denn? Doch nicht... nicht mein Mann?«

»Nein, nein, *die* Stimme kenne ich. Er hat seinen Namen nicht genannt.«

»Vielleicht Joel. Oder Randolph.«

Shuna kam herein, ein schwarzes Plastikding in der Hand, das aussah wie eine schwere, komplizierte Taschenlampe.

»Pater Athanasios ist in die Kirche gegangen, um ganz viel für Olga zu beten«, berichtete sie. »So richtig verstehe ich das ja nicht. Er hat nämlich gesagt, daß Olga jetzt mit dem Lieben Gott spricht. Wieso muß er dann noch für sie beten?« Sie wandte sich an mich. »Glauben Sie, daß Olga mit dem Lieben Gott spricht?«

Ich starrte sie entgeistert an.

»Wußten Sie es noch nicht?« fragte Miss Morgan.

»Nein ...«

»Sie haben Olga den Garaus gemacht«, sagte Shuna.

»Sie?« würgte ich mit trockener Kehle.

»Die Klippen, sie sind Olga auf den Kopf gefallen. Sie muß unten nach Fossilien gesucht haben.«

»Das ist ja furchtbar«, sagte ich langsam. »Ganz furchtbar ...«

Konnte so etwas Zufall sein? Zwei von uns an einem Tag.

Wenn der Tumbe Tom nicht Zoe gewarnt hätte ... wenn Zoe nicht gekommen wäre, um mich in Sicherheit zu bringen ...

»Was ist nun?« insistierte Shuna. »Glauben Sie, daß Olga jetzt mit dem Lieben Gott spricht?«

Ich dachte an Papa. Unterbrich nicht, Catherine, ich spreche mit dem Herrn. »Ehrlich gesagt nein«, erwiderte ich traurig.

»Da bekäme er doch nur jede Menge bösartigen Klatsch zu hören«, sagte Miss Morgan halblaut. »Zeit fürs Klavierüben, Shuna. Daß du mir viele Tonleitern und Fingerübungen spielst, ehe du mit dem *Italienischen Konzert* anfängst. *Viele* Tonleitern.«

»Ist gut«, sagte Shuna friedlich und klapperte die Treppe hinauf. Gleich darauf perlten technisch perfekte Fingerübungen durchs Haus.

»Es tut mir so leid«, sagte Miss Morgan. »Ich wußte ja nicht, daß Sie das von Olga noch nicht gehört hatten.«

»Macht nichts«, sagte ich mechanisch. »Es war nur so ein Schock. Ich ... ich war draußen an den Klippen. Etwa um die Zeit, als sie gefunden wurde, schätze ich. Auf einem Spaziergang mit meinem Mann.«

Miss Morgan sah mich groß an. »Das war nicht sehr klug, finde ich.«

»Nein, aber es ist alles gut abgegangen.« Oder es wird alles gut abgehen, dachte ich, wenn er meine Nachricht bekommen hat. Zerstreut angelte ich eine Büroklammer aus der Obstschale und steckte sie ein. »Würden Sie mir einen Gefallen tun, Miss Morgan? Helfen Sie mir zurück zu meinem Haus? Ehrlich gesagt bin ich doch ein bißchen groggy.«

»Aber natürlich, Kind.«

Sie begleitete mich bis nach Hause. Die Tür war nicht abgeschlossen. »Merkwürdig«, sagte ich. »Ich hätte schwören können, daß ich den Schlüssel herumgedreht hatte.«

»Schauen Sie sich lieber gleich um«, sagte Miss Morgan leicht beunruhigt. »Fehlt etwas? Allerdings gibt es hier wirklich nur anständige Leute, bei uns steht dauernd die Tür offen.«

Soweit ich das feststellen konnte, fehlte nichts. Meine Sachen waren fast alle noch eingepackt. Ich vermißte ein paar Blätter aus einer Aktenmappe, meinen Zusatztext für *Rosy und Dodo.* Aber wen konnte der schon interessieren? Und kein Mensch bewahrt in einer Aktenmappe Geld auf... Allerdings wußte ich nicht genau, ob ich die Blätter wirklich dort abgelegt hatte, Ordnung ist nicht meine starke Seite. Ich hatte gerade gehen wollen, da war der Tumbe Tom gekommen, so daß ich keine Zeit mehr gehabt hatte, die Mappe aufzuräumen. Eine halbe Ewigkeit schien das schon her zu sein. »Möglich, daß ein Notizbuch fehlt...«

»Was stand drin?« fragte Miss Morgan. »Sachen, die Sie erledigen wollten? Tagebuchnotizen?«

»Keine Spur. Ich nehme mein Leben nicht wichtig genug, um mir Listen in einem Notizbuch anzulegen. So was mache ich auf alten Umschlägen... Was drinstand? Ideen für Bühnenstücke, glaube ich. Vielleicht hatte ich es aber auch gar nicht mit. Bei mir herrscht zur Zeit so ein fürchterliches Durcheinander...«

Sie war offenbar nicht recht zufrieden. »Daß Sie in diesem

Haus ganz allein sind, will mir gar nicht gefallen«, sagte sie halblaut. »Vielleicht sollten Sie lieber wieder zu uns kommen...«

»Aber ich bitte Sie! Es geht mir viel besser. Tom hat mich heute früh noch einmal behandelt, er ist ein großartiger Mensch...«

»Ja, das ist er.« Doch ihr Gesicht hatte sich bei der Nennung seines Namens womöglich noch mehr verdüstert. »Na schön, wenn Sie meinen... Rufen Sie einfach, wenn Sie etwas brauchen. Oder schwenken Sie ein Tuch auf der Terrasse, das können wir vom hinteren Fenster aus sehen. Wir sind ja praktisch direkt gegenüber. Haben Sie genug zu essen?«

»Ja, dank Miss Limbourne ist der Kühlschrank voll.«

»Pat«, sagte sie zerstreut. »Sagen Sie doch bitte Pat und Elspeth zu uns. Ich weiß! Die Hundepfeife!«

»Hundepfeife?«

»Den Ton hört man meilenweit. Wir hatten mal einen Jack Russel mit einem ausgeprägten Wandertrieb«, fügte sie vage hinzu. »Ich schicke Shuna vorbei. Auf Wiedersehen. Und schließen Sie gut zu.«

Mit raschen Schritten ging sie davon.

Ich saß da und grübelte über Ty nach. Daß er mich auf dem Artilleriegelände in eine Falle gelockt hatte, war nur das letzte Glied in einer Kette, soviel war mir inzwischen klar. Mit ziemlicher Sicherheit ging das Feuer in meinem Haus auf sein Konto. Parkson konnte es gelegt haben oder auch Ty selbst (jetzt fiel mir wieder die Bemerkung des Tumben Tom ein, er habe meinen Mann gesehen, die ich damals für ein Hirngespinst gehalten hatte). Und mein Sturz in Venedig... Zufall oder Absicht? Ty hatte nach mir gegriffen, aber hatte er mich nicht zuerst – in unmittelbarer Nähe des Canale Grande! – aus dem Gleichgewicht gebracht? Und dann... nach und nach kamen die Erinnerungen... die Untertasse voller Pillen, die er mir im Hotel aufgedrängt und die ich sofort durchs Klo gespült hatte... Wie wäre es mir ergangen, wenn ich sie alle geschluckt hätte?

Fünf Minuten später kam Shuna angerannt, sie brachte ein großes komisches Ding aus Messing mit, das an einem Ende einen Ring hatte.

»Hier dreht man dran...« Sie zeigte es mir. »...dann wird der Ton lauter. Andersrum wird er so leise, daß nur Hunde ihn hören können, aber das ist ja für Sie nicht der Sinn der Sache...«

»Jedenfalls habe ich keine Lust, sämtliche Hunde von Glifonis anzulocken.«

»Ich glaube, hier gibt's gar keine«, sagte sie ernsthaft. »Der Lord hat sie verboten. Und Arkwright würde wohl nicht kommen... Glauben Sie, daß es Sachen gibt, die wir hören können und Hunde nicht?«

»Höchstwahrscheinlich. So, wie es vermutlich auch Sachen gibt, die du hören kannst und ich nicht.«

Sie überlegte. »Die Stimme Gottes, meinen Sie?«

»Ja, zum Beispiel. Wenn du die hörst, bist du mir über.«

Sie runzelte die Stirn. »Tante Elspeth sagt, wenn ich eine mathematische Idee habe, ist es eine Botschaft vom Heiligen Geist, denn wo sollte sie sonst herkommen?«

»Ich weiß genau, was sie meint.«

»Wie das Gedicht von Kubla Khan.«

»Das kam vom Opium«, meinte ich.

»Nicht nur vom Opium. Es gibt eine Menge Leute, die Opium nehmen und nicht so was wie *Kubla Khan* schreiben. Manchmal, da ist es, als wenn man an einem Ende Schnur zieht oder an einem Wollknäuel... und wenn man nur fest genug ziehen könnte, würde sich das ganze Knäuel aufrollen, bis zum Ende, und man würde alles wissen.«

Sie sah mich siegesgewiß an.

»Dann wünsche ich dir, daß du es schaffst, früher oder später einen anständigen Ruck an deiner Schnur zu machen.«

»Doch, das schaffe ich bestimmt. So, und jetzt muß ich weiter Klavier üben.« Sie lief davon.

Und ich sagte mir, daß die Ladies bei Klein-Shuna hervorragende Arbeit geleistet hatten.

Der Tag schleppte sich dahin. Durch den Nebel, der sich am Nachmittag merklich verdichtete, beobachtete ich das ungewöhnlich lebhafte Treiben im Ort. Wagen rollten auf den Parkplatz oberhalb von meinem Haus, dunkle Gestalten in Uniform gingen mit schweren Schritten den gepflasterten Fußweg hinunter. Nach einer Weile kamen mehrere sehr langsam zurück, sie trugen etwas, was ich für eine Bahre hielt, aber das Bild war schwankend und unscharf, ein Zug von Gespenstern, den man durch ein beschlagenes Fenster beobachtet. Ich hätte wohl Mitleid mit Olga haben müssen, empfand aber nur ein unbestimmtes Grauen. Ich stellte mir vor, wie das fahle, hagere Gesicht sich dem krustig-schroffen Felsen zugewandt hatte, der auf Olga herabzustürzen drohte, wie sie vergeblich versucht hatte, noch zu entkommen ... Aber hatte es sich wirklich so abgespielt?

Am späten Nachmittag klopfte ein Sergeant namens Bridger bei mir an, um zu fragen, wann ich Miss Laszlo zum letzten Mal gesehen hatte. Gestern abend bei Miss Pitts Party, erwiderte ich, und er nickte, offenbar hatte er das von den anderen auch schon gehört.

»Sie kannten die Dame schon länger?«

»Ja, seit neun oder zehn Jahren. Wir waren aber nicht eng befreundet.«

Er nickte und schrieb.

»Würden Sie sagen, daß Miss Laszlo das Fossiliensammeln mit Leidenschaft betrieb?«

»Ehrlich gesagt wußte ich bislang gar nicht, daß sie sich für

Fossilien interessierte, ich habe sie gestern abend bei der Party zum ersten Mal davon sprechen hören ... und sie hatte so viele Hobbys, sie fing ständig etwas Neues an ...«

Er nickte und schrieb. »Wie ich höre, hat sie gestern mit Ihrem Mann zu Mittag gegessen?«

»Ja, das hat man mir erzählt. Die beiden kennen sich auch schon lange.«

»Besitzen Sie eine Flinte, Lady Fortuneswell?«

»Eine Flinte?« Ich war zu Tode erschrocken. »Du lieber Himmel, nein ... Aber ... ist denn Olga erschossen worden? Ich denke, es war ein Erdrutsch ...«

»Dazu kann ich nichts sagen.« Er klappte sein Notizbuch zu und streifte ratschend das Gummiband darüber. »Wir müssen den Bericht des Coroners abwarten.« Damit ging er, sorgsam die Tür hinter sich schließend, und ließ mich mit einem Sack voller Sorgen allein. Ich legte mich aufs Bett, versuchte mich zu entspannen, stand wieder auf, fröstelte eine Weile vor mich hin, und schließlich machte ich mir eine Tasse Instantkaffee mit Cognac.

In einem Krimi, dachte ich, wäre ich mittlerweile in einer verzweifelten Verfassung. Ty hat mehrere Anläufe gemacht, mich umzubringen. Bis ich mit Sicherheit weiß, daß er meine Nachricht bekommen hat, muß ich davon ausgehen, daß er es erneut versuchen wird. Vielleicht versucht er es sogar *danach* noch ... Solange ich lebe, bin ich eine Gefahr für ihn. Warum eigentlich? Ich habe ihm versprochen, niemandem etwas von der Szene im Krankenhaus zu erzählen. Demnach traut mir Ty nicht über den Weg – oder hinter seinen wiederholten Versuchen, mich loszuwerden, steckt noch mehr.

Im Grunde bringt er es vermutlich gar nicht fertig, mir – oder überhaupt irgendeinem Menschen – Vertrauen zu schenken. Da es mit seiner eigenen Vertrauenswürdigkeit nicht weit her ist, kann man vielleicht verstehen, daß er anderen ihre Zusicherungen nicht abnimmt.

Das muß ich wohl dabei bedenken.

Welche Gründe könnte er noch haben, mich aus dem Weg zu räumen?

Ich kam mit meinen Gedanken von Ty nicht los, und das Herz war mir schwer dabei. Unsere Liebesspiele waren so etwas wie ein einmaliger Gipfel gewesen, von dort aus gab es nur noch den Weg ins Tal. Damit konnte sich Ty nie abfinden: Für ihn war das Beste gerade gut genug. Ein Abstieg von den Höhen der Perfektion zählte für ihn als Versagen, und Versagen war unerträglich. Folglich mußte jede Erinnerung an einen Fehlschlag restlos getilgt werden.

Etwas in mir begann zu rebellieren.

Im allgemeinen nehme ich das Leben, wie es kommt. Das habe ich von Mascha. »Was dir gesandt, nimm an in Freudigkeit«, las sie mir einmal vor, die Zeile stammt aus einem Chaucer-Gedicht. Damals konnte ich damit nichts Rechtes anfangen. Freudigkeit? Was hatte Chaucer damit wohl gemeint? Nach und nach aber leuchtete mir der Sinn der Worte mit ihrer heiteren Hinnahme immer mehr ein. Sie waren so typisch für Mascha und die Art, wie sie noch aus den aussichtslosesten Situationen Glück und Kraft schöpfen konnte.

Chaucer hatte mit dem Satz nicht Moral predigen wollen, er hatte ihn als Rat gemeint, aus dem, was einem gesandt wird, das Beste zu machen, weil man nichts anderes zu erwarten hat. Mehr als ein Leben steht uns nicht zu, eine Woche mit zwei Donnerstagen gibt es nicht.

Jetzt reißt mich diese Zeile immer hoch wie ein Fanfarenstoß.

Zurück zu Ty. Ich denke nicht daran zu warten, bis er mich ins Jenseits befördert, sagte ich mir. Ich will aus meinem Leben – so kurz es auch sein mag – das Beste machen.

Ty hat kein Recht, mir dieses Leben wegzunehmen, selbst wenn ich nächstes Jahr an Leukämie und Wundbrand sterben oder im Giftmüll ersticken sollte. Recht geschähe ihm, dachte ich böse, wenn ich ihm zum Trotz noch vierzig Jahre weiterwursteln würde.

Wie aber konnte ich ihn daran hindern, mich umzubringen? Mit einer dieser doppelten Rückversicherungen? Ein Brief an meinen Anwalt (nebenbei gesagt hatte ich gar keinen) mit der Mitteilung, im Falle meines Ablebens et cetera, et cetera, ein Brief an Ty, in dem ich ihn von diesem Schritt in Kenntnis setzte?

All das kostete Zeit.

Wieder klopfte es, und ich fuhr zusammen, aber es war nur Sophie Pitt mit einem großen Umschlag in der Hand.

»Hallo, meine Liebe. Das hat der Briefträger bei mir abgegeben, er hatte es bei dir versucht, hat dich aber nicht angetroffen. Da warst du wohl gerade mit Zoe spazieren. War das nicht ein bißchen zu früh?«

Sie sah auf meinen Knöchel.

»Ja, aber es ist alles gut abgegangen.«

Sie nickte unbestimmt. »Hier herrscht helle Aufregung wegen dieser unglückseligen Sache mit Olga Laszlo«, fuhr sie fort, und ich segnete Zoes Diskretion. »Dumme Pute. Typisch, daß es so ein Ende mit ihr genommen hat.«

Arme Olga, dachte ich, das wird nun generell ihr Grabspruch sein. »Ich trinke Nescafé mit Cognac«, sagte ich. »Möchtest du auch einen?«

Sophie nahm den Kaffee dankend an, verzichtete aber notgedrungen auf den Cognac. »Die Pools sind auch ganz erledigt«, fuhr sie fort, »nachdem dein Mann ihnen gekündigt hat.«

»Was?«

Sie musterte mich ziemlich streng. »Hast du das nicht gewußt?«

Ich schüttelte den Kopf. »Er spricht mit mir nicht über Geschäftliches. Und ... und seit wir aus Venedig zurück sind, haben wir uns nur einmal gesehen und –«

»Im Grunde genommen«, sagte Sophie, »kann man es ihm

wohl nicht verdenken. Drogen sind nun mal ein rotes Tuch für Fortuneswell, das ist kein Geheimnis. Und daß der Junge was nimmt, sieht doch ein Blinder mit dem Krückstock... Dein Mann hat nie einen Zweifel daran gelassen, daß er so etwas hier nicht dulden wird. Er hat ihnen also einen Tag Zeit zum Auszug gegeben...«

»Einen Tag! Ganz schön hart.«

»Dein Mann, liebes Kind, ist wohl überhaupt ein harter Typ. Eben war er bei Pat und Elspeth und hat sie zusammengestaucht, weil sie die Pools nicht von vornherein abgeschmettert haben.« Sie leerte ihre Tasse und stand auf.

»Ty war *hier*?« fragte ich stumpfsinnig. »Heute, meinst du? Eben erst?« War das eine der Gestalten gewesen, die ich im Nebel gesehen hatte?

Sophie nickte. »Ja, bei deinen Bekannten.«

Ich konnte es kaum glauben, aber sie fuhr fort: »Ich wollte eigentlich von dort aus meine Schwester anrufen. Aber als ich den Kopf zur Tür hineinstreckte, habe ich natürlich sofort gemerkt, daß dicke Luft war, deshalb bin ich gleich zu dir gekommen. Bei Dot muß ich es dann heute abend nochmal versuchen. Jetzt ist sie schon im Dienst.« Und dann entfernte sie sich majestätischen Schrittes und verschwand wenig später im Nebel wie ein Schiff mit vollen Segeln.

Hatte ich nach Sergeant Bridgers Besuch schon einen Sack voller Sorgen gehabt, so hatte sich meine Sorgenlast inzwischen vervielfacht. Ty war hier, im Dorf? War er überhaupt nochmal im *Close Hotel* gewesen? Oder hatte er dort angerufen, hatte man ihm meine Nachricht durchgesagt? Sehr unwahrscheinlich. Hatte er erfahren, daß ich noch lebte? Von den Ladies vielleicht? Was würde er jetzt tun?

Ich kam mir vor, als sei ganz in meiner Nähe eine Handgranate gelandet, von der ich nicht genau wußte, wo sie lag und ob der Stift noch steckte.

Ich war deshalb verständlicherweise nicht ganz bei der Sache, als ich mir den Umschlag ansah, den Sophie mir gebracht hatte. Ein großes braunes Kuvert, schmutzig und zerknittert, gebraucht und mit Klebeband wieder verschlossen, das neue Etikett klebte schief über dem ersten. Das eingedruckte *logo Tagus* in der linken oberen Ecke war mit Tinte ausgestrichen, auf dem Etikett stand in einer unordentlichen Krakelschrift, die mir irgendwie bekannt vorkam: Cat Conwil, Glifonis Nr. 1, Dorset.

Als ich in mühevoller Kleinarbeit etliche Schichten zerknittertes Klebeband abgeschält und den Umschlag endlich aufgebracht hatte, holte ich ein Bündel abgegriffener, fleckiger Zeitungsausschnitte heraus, das mit einer Sicherheitsnadel zusammengehalten war und dem eine schmuddelige Postkarte beilag.

»Liebe Catherine,

da Du die Liliasgeschichte offenbar nicht kennst, anbei etwas Lesestoff. Dann hat Dein lieber Ehemann eigentlich keinen Grund mehr, bei mir die Daumenschrauben anzusetzen. Olga.« Ein pompöser Schnörkel als Unterschrift.

Die Ausschnitte waren vergilbt, ich las die erste Überschrift: HORROR-HÄNDE und die zweite: VERSTÜMMELTE ERBIN VERBLUTET..., dann blickte ich hoch – und sah Ty vor der Hintertür stehen.

Gebieterisch klopfte er an die Scheibe und rüttelte an der Klinke. Die Tür war abgeschlossen, der Schlüssel steckte in meiner Tasche.

Mein Mund wurde trocken wie die Sahara. In meinem Rücken wühlte der Schmerz wie ein Vulkan kurz vor dem Ausbruch. Schneidendes Zahnweh bohrte in meinem Kiefer. Ich nickte verblödet in Tys Richtung wie eins dieser Wackelkopf-Spielzeuge. Sein Gesicht war furchterregend, seine Augen sprühten. Wieder bummerte er an die Tür und rüttelte daran. Während ich noch immer wie erstarrt am Küchentisch saß und mir die verrücktesten Gedanken durch den Kopf schossen – Sollte ich pfeifen?

Durch die vordere Tür flüchten? Mich im Badezimmer einschließen? –, holte Ty seelenruhig einen Schlüssel aus der Tasche und machte Anstalten, ihn in das Schlüsselloch der Terrassentür zu stecken.

Noch immer war ich in diesem seltsamen Schwebezustand befangen. Eine Kipling-Geschichte fiel mir ein, in der Kaa, die Pythonschlange, ein ganzes Rudel Affen hypnotisiert, um sie in aller Ruhe verspeisen zu können. Mir war zumute wie jenen Affen, während ich auf das schabend-klickende Geräusch wartete, mit dem Tys Schlüssel sich gleich im Schloß drehen mußte.

Ich wartete vergebens. Zu meiner allergrößten Überraschung bückte sich Ty, als wolle er durch die Scheibe hindurch die auf der Arbeitsfläche liegenden verblaßten Zeitungsausschnitte näher in Augenschein nehmen. Dann sank er langsam in sich zusammen, die Knie angezogen, den Kopf an die Glasscheibe gelehnt. Im nächsten Moment war er ganz nach vorn gesackt, zusammengerollt wie ein Fötus, die Knie angezogen, den Kopf zwischen den Schultern. Der ganze Vorgang war so lautlos, so seltsam gewesen, daß ich dachte: Macht er das nur, um mir einen Schrecken einzujagen? Hat er einen Kollaps erlitten? Oder soll das eine skurrile Bußübung sein? Die letzte Möglichkeit schien mir allerdings die am wenigsten wahrscheinliche.

Dann sah ich den Zinken, der zwischen den Schulterblättern aus seinem Rücken ragte.

Eine kleine Ewigkeit stand die Zeit still. Dann endlich raffte ich mich auf, hinkte zur Tür, riß sie auf, setzte die Hundepfeife an die Lippen und blies aus Leibeskräften hinein.

12

»Was sagst du dazu?«

Fassungslos sahen sich die beiden Freundinnen an, nachdem die Tür hinter ihrem Besucher ins Schloß gefallen war, und Miss Morgan strich sich mit zitternder Hand über die Stirn.

»Eine sehr bedauerliche Szene. Ich bin zu alt für derlei Imponiergehabe, da spielt mein Herz nicht mehr mit.« Sie war sehr blaß geworden. »Du weißt ja, daß ich immer gewisse Bedenken gegen den Mann hatte...«

»Wenn du mich fragst, hat er den Verstand verloren«, sagte Pat schroff, die der Auftritt womöglich noch tiefer getroffen hatte, denn der Kontakt zu Fortuneswell war ja durch sie zustande gekommen. »Geistig weggetreten. Wie kann man sich so aufführen... all dieser Unfug von Verschwörungen und Vertrauensbruch...«

Miss Morgan nickte. »Sehr unerfreulich. Nicht ganz normal, würde ich sagen.«

»Nur weil wir die Enkelin vom alten Ossie adoptiert und diese Tatsache nicht an die große Glocke gehängt haben... Dabei geht ihn das –«

»–überhaupt nichts an«, ergänzte Elspeth. »Unerhört, uns unter einem so fadenscheinigen Vorwand zu kündigen...«

»Schön, die Sache mit den Pools kam noch hinzu. Ob er damit allerdings vor Gericht durchkäme...«

»Na hör mal, ich würde deswegen doch nie vor Gericht gehen«, sagte Miss Morgan verächtlich. »Und für das Kind wäre es katastrophal, wenn die Geschichte in der Öffentlichkeit breitgetreten würde.«

Pat rieb sich besorgt die Stirn. »Zu dumm, daß er jetzt weiß, wer sie ist ... Bei seinem Einfluß ... und in seinem jetzigen Zustand ... Das beunruhigt mich eigentlich am meisten. Das mit den Pools kann ich noch verstehen. Nachdem ich sie persönlich kenne, finde ich es auch nicht gut, daß wir sie genommen haben. Llewellyn ist ein anständiger Kerl, und er hat Stein und Bein geschworen, daß Alexander sauber ist, aber sie –«

»– ist eine kleine Schlampe, da gebe ich dir ganz recht. Aber wozu sich unnötig den Kopf zerbrechen ...« Elspeth hatte wieder etwas Farbe bekommen. »Warten wir's einfach ab.«

Das Klavierspiel verstummte, sie hörten Schritte auf der Treppe, und Shuna kam herein. »Fertig. Darf ich jetzt zum Hafen gehen?«

Elspeth überlegte einen Augenblick. »Meinetwegen. Aber zieh etwas über, es ist kühl.«

»Was war denn das für ein Radau? Andauernd hat er Lilias, Lilias geschrien. Wer ist Lilias?«

»Jemand, den du nicht kennst. Und Lauschen gehört sich nicht. Du solltest doch üben.«

»Hab ich ja. Aber er hat so gebrüllt, daß es nicht zu überhören war.« Shuna zog ihren Anorak an. »Ich hab keinen Moment aufgehört zu spielen.«

Elspeth verzog sich, das Gesicht voller Sorgenfalten, in den Garten.

»Ich kann Lord Fortuneswell nicht leiden. Er ist ärger als der Schwarze Marby«, bemerkte Shuna, während sie in einen Stiefel fuhr.

»Ach ja? Und warum?« fragte Pat nach einer kleinen Pause.

»Erst trampelt er auf meiner Schlachtordnung herum und entschuldigt sich nicht mal, und weißt du, was er jetzt gemacht hat? Er hat Janis und Dmitri fristlos entlassen. Bloß weil sie einen Schutthaufen auf der Straße haben liegenlassen, so daß er nicht durchgekommen ist. Er hatte versprochen, ihnen den Rückflug nach Griechenland zu zahlen, aber davon will er jetzt nichts mehr wissen, und nun müssen die anderen zusammenlegen. Er ist ein schlechter Mensch, finde ich«, verkündete Shuna, trat fest mit dem anderen Stiefel auf und ging zur Tür.

»Bleib nicht zu lange unten am Hafen«, rief Pat ihr nach. »Und gib acht, wenn ein Traktor kommt. Bei diesem Nebel kannst du nicht erwarten, daß sie dich sehen. Und wenn du Pater Athanasios triffst, frag ihn, ob er nicht auf einen Grog vorbeikommen will.«

»Ist gut«, sagte Shuna. »Aber der Nebel ist nicht mehr so schlimm, stellenweise ist es schon wieder klar.«

Das Telefon läutete, und Pat nahm ab. »Glifonis? Ja, hier Miss Limbourne. Nein, ich habe keine Story für den *Wessex Chronicle*. Nein, eindeutig ein Unfall... sie hat nach Fossilien gesucht, nimmt man an... nein, zu der Zeit kann ich nichts sagen, der Coroner wird sicher... Schrotkugeln? Ich weiß wirklich nicht, wovon Sie reden. Höchst unwahrscheinlich, da müssen Sie schon die Polizei fragen... Nein, tut mir leid. Nein, kommt überhaupt nicht in Frage. Wenden Sie sich an die Polizei. Nein, sonst nichts. Wiederhören.«

»Die verdammte Presse hat die Geschichte mit Olga spitzgekriegt«, sagte sie verärgert, als ein paar Minuten später Elspeth wieder in die Küche kam.

»Das mußte ja früher oder später kommen.« Elspeth wusch sich die erdigen Hände und trocknete sie ausgiebig ab. »Ich gehe mal eben bei Cat vorbei. Es will mir nicht gefallen, daß sie dort oben allein herumsitzt, während er in dieser üblen, unberechenbaren Stimmung durchs Dorf läuft. Weißt du, wie er mir vorkommt? Wie eine dieser häßlichen radioaktiven Mischungen, die kritisch geworden sind. Ich frage mal, ob sie was braucht, und leiste ihr vielleicht ein bißchen Gesellschaft.«

»Tu das«, meinte Pat. »Daß Olga Zwietracht zwischen den beiden gesät hat, steht für mich fest.«

»Das war ja überhaupt Olgas Lieblingsbeschäftigung. Hast du

übrigens gewußt ...« Elspeth wickelte sich einen grauen Schal um den Hals – »... daß Cat, dieses dumme Kind, ganz schlimme hypochondrische Tendenzen hat? Man darf sie nicht zu lange allein lassen. Sie redet sich die unmöglichsten Sachen über ihren Gesundheitszustand ein ...«

»Woher hast du denn das schon wieder?« fragte Pat mit widerwilligem Respekt. Daß ihre Freundin ein besonderes Talent hatte, derlei Schwächen aufzuspüren, hatte sich schon ein paarmal gezeigt.

»Ich habe nur meine Schlüsse gezogen. Vergiß den Auflauf nicht, in einer Stunde bin ich wieder da.«

Doch als Elspeth die Haustür aufmachte, hörten beide das durchdringende Schrillen der Hundepfeife.

Natürlich fiel erneut die Polizei über das Dorf her. Elspeth aber war lange vorher da, sie kam durch den allmählich aufreißenden Nebel gehumpelt, kaum daß ich Luft geholt hatte, um zum zweiten Mal zu pfeifen.

»Was ist denn, Kind? Was ist passiert?«

»Ty ...« stammelte ich, »mein Mann ... er ist tot!«

»Tot? Sind Sie sicher? Wie ist es denn passiert? Ist ihm schlecht geworden? Ein Herzschlag? ...«

»Nein ... nein ... jemand hat ihn erschossen ... Aus seinem Rücken spießt so ein schreckliches Ding ...«

Ich hatte dummerweise versucht, es herauszuziehen, es war eine ganz spontane Bewegung gewesen, aber das gelang mir nicht, und es hätte auch nichts mehr geändert. Toter als Ty konnte kein Mensch sein. Dann hatte ich neben ihm gekniet, sinnlose Tränen der Reue, der Trauer und des Grauens vergießend, bis mir nach einer Weile aufging, daß die Gesellschaft natürlich von mir erwarten würde, daß ich etwas wegen dieser schlaffen, leeren Hülle unternahm, die noch vor einer halben Stunde der bedrohliche, zornige, unberechenbare Ty gewesen war.

Elspeth musterte mich kurz und entschied: »Ich mache einen Tee.«

Im Handumdrehen hatte sie ihn fertig und tat für mich zwei Eßlöffel Zucker hinein. Er war scheußlich, aber kochend heiß und dämmte meinen Schüttelfrost soweit ein, daß ich einen neuen Schmerz zur Kenntnis nehmen konnte, der von der rechten Seite meines Gaumens in meinen rechten Arm und meine Brust ausstrahlte.

»Müßten wir nicht die Polizei verständigen?« fragte ich, während meine Zähne an den Tassenrand schlugen.

»Das wird Pat bereits besorgt haben, ich habe sie darum gebeten, sobald ich Sie pfeifen hörte.«

»Aber woher wußten Sie denn ...«

»Er war bei uns ... in einer eigenartigen Stimmung ... keinen Vernunftsgründen zugänglich ... er war sehr aufgebracht wegen der Pools (er hat ihnen gekündigt und uns auch) ... und dann hat er von der armen Lilias Leyburn angefangen ... Er hatte offenbar schon im ganzen Dorf Gift und Galle gespuckt«, berichtete Miss Morgan gelassen. »Kein Wunder, habe ich mir gedacht, wenn irgendeine arme Seele gewalttätig wird.«

»Aber daß ihn jemand umgebracht hat ... auf so ausgefallene, schreckliche Art und Weise ...«

Elspeth war draußen gewesen, um sich Tys Rücken anzusehen, und war mit schmalen Lippen und gekrauster Stirn zurückgekommen.

»Ich hätte da eine Theorie«, sagte sie und schenkte sich eine Tasse von ihrem Tee ein. »Die Polizei wird bestimmt sagen, sie sei an den Haaren herbeigezogen und ich sei ein lästiges altes Weib mit zu viel Phantasie.« Sie grinste wie ein Kobold.

Ich kam auf das zurück, was sie vorher gesagt hatte. »Wer war Lilias Leyburn?«

»Ein bedauernswertes Geschöpf, Kind. Sehr, sehr intelligent, aber leider extrem labil. Sie war in Larchmont, der kleinen Privatschule, die ich geleitet habe. Eine glänzende Schülerin, aber sie hat uns damals schon viel Sorgen gemacht.«

»Hat sie ...« Jäh kam die Erinnerung. »Hat sie später in Manchester studiert?«

»Ja, sie hat einen Abschluß in Chemie gemacht. Ostin Leyburn, ihr Vater, war ein alter Bekannter von Pat ... sie hatte ihn kennengelernt, als er ein Zweigwerk in Weymouth plante ... zuerst wollten sie ihm die Baugenehmigung nicht geben ... Ihre Mutter war gestorben, als sie noch ganz klein war, und ihr Vater hat sich wohl nicht so um sie gekümmert, wie es nötig gewesen wäre. Er ging ganz in seinem Beruf auf, einer dieser Karrieretypen ...«

War deshalb der Alte so nett zu mir gewesen? Weil er seine Tochter vernachlässigt hatte und ihm ihretwegen das Gewissen schlug? Wie konfus sind doch unsere Motive.

Elspeth hatte mit ärgerlich gerunzelter Stirn die Zeitungsausschnitte zusammengerafft, sie wieder in den Umschlag gesteckt und tief zwischen meine Unterwäsche geschoben. »Von wem haben Sie das? Von Olga? Das hätte ich mir denken können. Diese Sachen braucht die Polizei gar nicht zu sehen. Olga war früher mal mit der armen Lilias befreundet.«

»Ich wollte gerade fragen, welche Rolle sie bei der ganzen Geschichte gespielt hat.«

»Tja, ich fürchte ...« Miss Morgan machte ein gestrenges Schulleiterinnengesicht. »Nachdem Olga erfahren hatte, daß Ihr Mann für diese Dingsda-Bruderschaft nominiert worden war ... sie hat uns davon erzählt ... und weil sie von dieser unglücklichen Verbindung aus seiner Jugend wußte ... er hatte, soweit ich weiß, versprochen, das arme Ding zu heiraten, hat aber keinen Finger für sie gerührt ... und nachdem sie auf so schreckliche Weise ums Leben gekommen war ...«

»Olga hat versucht, ihn zu erpressen?«

»Ja, darauf läuft es wohl hinaus.«

»Was ist aus Lilias Leyburn geworden?«

Ich hatte nur einen flüchtigen Blick auf die Zeitungsausschnitte werfen können, ehe Ty auf der Bildfläche erschienen war, und jetzt hatte ich kein Verlangen mehr danach, sie zu lesen. Ich hatte ein flaues Gefühl in der Magengrube, als ich die Frage stellte.

»Sie verschwand spurlos«, sagte Elspeth nachdenklich. »Während des Studiums war sie an Drogen geraten und hatte sich mit einer sehr dubiosen Clique eingelassen, und eines Tages war sie plötzlich weg. Zuerst nahm man an, sie müsse unterwegs irgendwo unerkannt gestorben sein ... es waren alles reiche junge Leute, die ständig in Europa und im Nahen Osten herumreisten ... Ihr Vater hatte sie immer reichlich mit Geld versorgt. Als er dann starb, stellte sich heraus, daß er sie enterbt hatte. Vielleicht hielt er sie wirklich für tot. Das Geld wurde in eine Stiftung für wissenschaftliche Forschung und wohltätige Zwecke eingebracht. Die Treuhandverwaltung wurde Ihrem ... wurde Lord Fortuneswell übertragen, oder vielmehr James Tybold, wie er damals noch hieß.«

»Ja ...«

»Aber dann ... etwa acht Jahre später ... tauchte Lilias wieder auf und erzählte eine schlimme Geschichte. Sie hatte einen Mann aus einem dieser wilden arabischen Emirate geheiratet, und er war mit ihr in sein Land zurückgekehrt. Weiß der Himmel, was sie erwartet hatte ... den Garten Eden vielleicht ...« Miss Morgan legte eine nachdenkliche Pause ein.

»Und weiter?« Ich dachte an Papa und Shangri-la.

»Statt dessen war sie in ein primitives, völlig von der Außenwelt abgeschnittenes Bergdorf geraten, wo sie sieben Jahre die niedrigsten Arbeiten verrichten mußte ... sie schuftete auf dem Feld, von den älteren Frauen in der Sippe ihres Mannes, von denen es Dutzende gab, als rechtlose Sklavin gehalten ... ohne die Möglichkeit, das Dorf zu verlassen ... körperlich gequält, auf die Hände geprügelt, einige Finger gebrochen ...«

Zusammenhanglos... nein, durchaus im richtigen Zusammenhang... fielen mir die grauen Samthände mit den brillantenbesetzten Uhren am samtenen Handgelenk ein.

»Und sie hat noch Schlimmeres erlebt. »Eines Tages gelang ihr unglaublicherweise die Flucht. Schwedische Wissenschaftler kamen ins Dorf, ein Filmteam... die ersten Europäer, die sie seit ihrer Ankunft zu Gesicht bekommen hatte. Sie konnte sich in ihrem Lastwagen verstecken. In Bagdad angekommen, erzählte sie ihre Geschichte, das schwedische Rote Kreuz flog sie nach Stockholm, und von dort kam sie zurück nach England...«

»Und dann?« fragte ich mit trockenem Mund.

»Inzwischen war sie schwanger.«

»Von... von ihrem Mann?«

»Nein. Sie hatte in jenem Dorf zwei Kinder zur Welt gebracht, die sie aber bei ihrer Flucht zurücklassen mußte. Nein, von einem der schwedischen Wissenschaftler, mit dem sie eine Nacht verbracht hatte.« Miss Morgans Stimme klang strikt neutral. »Sie lieh sich einen Wagen und fuhr nach Knoyle, sie wollte zu ihrem Vater... der aber war inzwischen gestorben. Als sie erfuhr, wie es sich mit dem Geld verhielt, bekam sie vorzeitige Wehen und wurde ins Ludwell Hospital eingeliefert. Das Kind mußte in den Brutkasten... und Lilias floh aus dem Krankenhaus.«

»Sie floh?«

»Ludwell war personell maßlos unterbesetzt – aber das ist ja überall so...«, seufzte Miss Morgan.

»Wie hat sie das denn fertiggebracht?«

»Sie fand einen Wagen – er gehörte einem Klinikarzt –, in dem der Zündschlüssel steckte, und fuhr zurück nach Knoyle. In einem Nebengebäude ist eine Werkstatt mit Kreissägen und so weiter... Lilias hatte dort als junges Mädchen gearbeitet, sie machte gern Schreinerarbeiten... Mit einer Kreissäge schnitt sie sich beide Hände ab und verblutete. Einer der Wartungsmonteure kam vorbei, weil er Licht sah, und fand sie.«

»Gott im Himmel!«

Ich saß da und dachte an Lilias Leyburn. Überlegte, wie sie wohl ausgesehen, woran sie geglaubt hatte. Welche Gedanken sie bewegt hatten, als sie den mühseligen Weg in das Haus ihrer Jugend antrat, nur um festzustellen, daß ihr Vater nicht mehr lebte. Hatte sie ihm übelgenommen, daß er gestorben war? Von den Menschen, die wir lieben, erwarten wir, daß sie am Leben bleiben und sich um uns kümmern. Und Ty ... der ihrem Vater versprochen hatte, für sie zu sorgen und aufzupassen, daß ihr kein Unheil geschah ... wie mochte ihm zumute gewesen sein? Hatte er Leyburn erst durch die Tochter kennengelernt? Als sie verschwunden war, hatte er vermutlich auch gedacht, sie sei tot. Und als sie dann wieder auftauchte, nur um sich auf so schreckliche Weise das Leben zu nehmen ... Es mußte ein furchtbarer Schock für ihn gewesen sein.

»Warum habe ich davon nie etwas gehört? Es stand doch bestimmt in der Zeitung.«

»Es wurde soweit wie möglich vertuscht ... nur die Lokalpresse brachte etwas ... natürlich war der Krankenhausleitung sehr daran gelegen, daß nichts davon in die überregionalen Blätter drang ... für sie war es ja keine gute Reklame ...«

»Ebensowenig wie für Ty.« Und das ist noch milde ausgedrückt, dachte ich. Aber zweifellos hatte Ty damals schon seine Beziehungen gehabt, so daß man den Vorfall auf die bedauerliche Geschichte einer labilen jungen Frau hatte reduzieren können, mit der es ein trauriges Ende genommen hatte.

Miss Morgan sah aus dem Fenster. »Da kommt die Polizei.«

In den folgenden zwei Stunden war ich von Herzen froh, Miss Morgan an meiner Seite zu haben. Der Gedanke, daß die Polizei in mir die nächstliegende Verdächtige sah, war mir noch gar nicht gekommen, ich hatte vergessen, daß in einem Mordfall der Ehepartner immer der wahrscheinlichste Täter ist. Der Ton des Verhörs allerdings, die scharfen Blicke, die überaus gründliche Art, in der sie das Haus durchsuchten, obschon ich sagte, Ty habe es nie betreten – das alles ließ mich bald genug den Ernst der Lage erkennen.

»Er hat an die Küchentür geklopft, sagen Sie?«

»Ja.«

»Warum haben Sie ihn nicht hereingelassen?«

»Dazu bin ich gar nicht gekommen. Ich saß auf einem Hocker an der Arbeitsfläche ... ehe ich mich vom Fleck rühren konnte, hatte er einen Schlüssel aus der Tasche genommen und wollte die Tür aufmachen, dann fiel er plötzlich vornüber, und ich sah dieses Ding aus seinem Rücken ragen.«

»Wissen Sie, was es ist?«

»Ich habe keine Ahnung.«

»Da kann ich Ihnen helfen«, schaltete Miss Morgan sich ein.

Der Inspektor – er hieß Mattingley – warf ihr einen irritierten Blick zu. »Moment bitte, Miss ... äh ... Wenn Sie sich freundlicherweise –«

»Ich kann Ihnen wirklich helfen«, wiederholte sie mit ruhiger Bestimmheit, seinen Protest übergehend. »Es ist ein Armbrustbolzen. Ein Zweck, wie man im Mittelalter sagte. Das weiß ich deshalb so genau, weil es mit ziemlicher Sicherheit einer von meinen ist.«

»Einer von Ihren, Miss ...?« Er sah jetzt noch ärgerlicher drein.

»Morgan«, ergänzte sie gelassen. »Ich wohne gewissermaßen gegenüber, nur ein Stück weiter unten, in Nummer Eins.«

»Und Sie besitzen eine *Armbrust*?«

»Ja. Ich bin bei den Grafschafts-Meisterschaften für Hampshire angetreten. Seit einigen Jahren mache ich keine Wettkämpfe mehr, aber ich habe noch zwei Armbrüste.«

»Wo?« fuhr er sie an.

»In meinem Gartenschuppen.«

»Ist er abgeschlossen?«

»Aber nein. Die Tür hat nicht mal ein Schloß. Hier wohnen nämlich nur ehrliche Leute.«

»Wer hat von der Armbrust im Schuppen gewußt?«

»Das ganze Dorf, möchte ich meinen«, sagte Miss Morgan.

Der Inspektor wandte sich an mich. »Haben Sie es gewußt?«

»Nein, tut mir leid. Aber ich bin ja auch erst seit ein paar Tagen hier«, sagte ich entschuldigend.

»Kannten Sie Olga Laszlo?«

»Ja.«

»Seit wann sind Sie mit ihr bekannt?«

»Seit ungefähr zehn Jahren. Genauer kann ich es leider nicht sagen.«

»Wo waren sie, als die Leiche gefunden wurde?«

»Mit meinem Mann auf einem Klippenspaziergang.«

»Und gestern abend?«

»Hier im Haus.«

»Mit Ihrem Mann?«

»Nein, allein.«

»Warum das? Wo war er denn?«

»Im *Close Hotel* in Dorchester. Soweit ich weiß.«

»Warum? Wieso war er nicht hier?«

»Er bevorzugt – bevorzugte – ein komfortableres Ambiente.«

Der Inspektor sah mich scharf an. »Man erzählt, Sie und Ihr Mann hätten sich getrennt. Entspricht das den Tatsachen?«

»Wir... es stand noch nicht...«, setzte ich an, aber wieder schaltete Miss Morgan sich ein.

»Ich denke, weitere Fragen sollte Lady Fortuneswell nur in Anwesenheit ihres Anwalts beantworten. Meinen Sie nicht auch, Kind?« fragte sie mich.

»Ja«, sagte ich erleichtert und überlegte, wen ich verständigen sollte. Es war wohl kein Fall für Ponsonby.

»Meinetwegen«, sagte Mattingley vergrätzt und stürzte sich

auf Miss Morgan. »Ist dieses Haus nicht vor ein paar Tagen fast abgebrannt?«

»Wo haben Sie denn das her?« Sie lächelte, als habe sie einen vorlauten Viertkläßler vor sich. »Es hat ein bißchen gequalmt, ein Sofakissen war angesengt. Ein Fehler in der elektrischen Leitung, nimmt man an. Mr. Laurence Noble hat den Schwelbrand schnell ersticken können.«

Ich stand auf. »Ich würde gern meinen Anwalt anrufen. Darf ich bei Ihnen telefonieren, Miss Morgan?«

»Selbstverständlich. Ich komme mit.«

»Ich auch«, sagte Mattingley.

Beim Abstieg wünschte ich mir erneut, meine Gehstöcke lägen nicht auf der Rückbank von Tys Kombi. Aber ich hatte noch Zoes Stock, und Miss Morgan war mir behilflich. Mattingley lief neben uns her wie ein Hütehund ... Er sah tatsächlich ein bißchen aus wie ein Collie mit seiner langen, spitzen Nase, den kleinen Augen und dem zurückgekämmten schwarzen Haar. Wir begegneten dem Tumben Tom, der auf dem Weg nach oben war, mich aus großen Augen besorgt ansah, aber kommentarlos weiterging.

Es dämmerte jetzt, und im Dorf wimmelte es erneut von Polizei. Mattingley hatte mehrere Beamte in meinem Haus zurückgelassen, die es sicherlich Stück für Stück auseinandernehmen würden, Kollegen waren ausgeschwärmt, um die Nachbarn zu verhören. Glifonis befand sich im Belagerungszustand.

Ich rief Roger Blagdon an, einen Freund von Joel, der mich seinerzeit an den Klippen und Untiefen des *Pyramid-Vertrages* vorbeigesteuert hatte. Ich hatte Glück, er wollte gerade ins Theater gehen.

»Du machst ja schöne Sachen«, sagte er, als ich Bericht erstattet hatte. »Natürlich komme ich, Cat. Heute abend noch?«

»Nein, Roger, es reicht, wenn du morgen da bist. Geh du nur ins Theater.«

»Bist du sicher? Es ist nur Ibsen. *Klein Eyolf.*«

»Schau es dir ruhig an. Bis morgen kann mir hier gar nichts passieren.«

»Beantworte keine einzige Frage, bis ich da bin«, ermahnte er mich.

Und dann nahm mich die Polizei in ihre Obhut, und ich verbrachte die Nacht in einer Zelle. Ich habe in Provinzhotels bedeutend unbequemer übernachtet.

13

Mitten in der Nacht schreckte ich aus einem fürchterlichen Traum auf, in dem ich Tys Hände in einem Würgegriff an meinem Hals gespürt hatte, und war heilfroh, mich in beruhigendem Polizeigewahrsam wiederzufinden.

Ich hatte wohl einen Schrei ausgestoßen, denn ein Kopf erschien in der halb geöffneten Tür und erkundigte sich, was los sei.

»Nichts. Ich habe schlecht geträumt. Tut mir leid, wenn ich Sie gestört habe.«

»Macht nichts«, sagte der Kopf freundlich und zog sich zurück. »Übrigens«, fragte ich rasch, »warum bin ich eigentlich hier? Eine Anklage gibt es doch noch nicht, oder?«

»Eine Art Schutzhaft«, kam die Antwort. »Inspektor Mattingley hielt es für besser so. In Caundle Quay gehen offenbar komische Dinge vor.«

Mir sollte es recht sein. Ich rollte mich behaglich in meine warmen Polizeidecken. Es war ein angenehmes Gefühl, in behördlicher Hut und somit aller Verantwortung ledig zu sein. Daß man mich verdächtigte, Ty umgebracht zu haben, fand ich ziemlich makaber. Immerhin konnte kein Zweifel daran bestehen, daß er mehrmals gezielt versucht hatte, mich zu beseitigen.

Alles in allem, überlegte ich traurig, hatte das Schicksal offenbar gewollt, daß ich am Leben bleiben und Ty sterben sollte, es war deshalb sinnlos, wenn ich mich mit Schuldgefühlen herumplagte. Irgend jemand hatte ihn bis auf den Tod gehaßt und den Pfeil von der Sehne schnellen lassen. Angenommen, man würde mich vor Gericht stellen und verurteilen, dachte ich belustigt, wäre es Aufgabe der zuständigen Justizstrafanstalt, mich zu pflegen, bis ich meinen zahlreichen lebensbedrohenden Krankheiten erlegen war, ich selbst würde keinen Finger mehr zu rühren brauchen. Der wahre Schuldige hingegen, der zweifellos triftige Gründe für seine Tat gehabt hatte, könnte das Beste aus der Situation machen, ich gönnte es ihm von Herzen. Vielleicht war es der unglückselige Pool junior? Hoffentlich nicht der Tumbe Tom. Elspeth hatte irgendwas von einer weit hergeholten Theorie gesagt. Was hatte sie wohl im Sinn, und wie mochte Inspektor Mattingley darauf reagiert haben? Sicher nicht sehr positiv, wenn man seine Einstellung zu den beiden Ladies ganz generell in Betracht zog. Offenbar waren sie für ihn lästige alte Jungfern der schlimmsten Sorte.

Ich schlief wieder ein, träumte, daß Mascha ein Huhn mit Knoblauch spickte und nachdenklich sagte: »Es kann nicht recht sein, ein Lebewesen zu durchbohren, nicht mal, wenn es tot ist«, und hörte Fitz erwidern: »Eben! Deshalb will ich ja Vegetarier werden.« Und dann war ich wieder halbwegs wach und dachte an all die praktischen Küchengeräte, die Fitz ihr als Halbwüchsiger geschenkt hatte, um ihr das Leben leichter zu machen: den Dampfkochtopf, den Apfelhacker, den Schnellzerkleinerer, magnetische Topfhalter, einen Mini-Tauchsieder für eine Tasse Kaffee, die verschiedenartigen Korkenzieher, den Mixer, das Dampfbügeleisen. »Wie gut du zu mir bist, mein Junge«, sagte sie jedesmal voll überströmender Dankbarkeit, und dann standen all diese schönen Dinge ganz hinten in der Speisekammer und setzten Staub an, während sie weiter ihr altes Küchenmesser benutzte, die Kochtöpfe mit den krummen Böden und die Topflappen, zu denen Papas Hemden verarbeitet wurden, wenn sie so dünn und ausgefranst waren, daß das Flicken und Wenden der Manschetten nicht mehr lohnte. Um so dankbarer wußte sie es zu schätzen, daß Fitz sich so gut auf den Umgang mit Papa verstand. Nie vergaß sie ihm seine unendliche, liebevolle Geduld, wenn Papa versuchte, zwei Gegenstände zugleich aufzuheben, während er einen dritten in der Hand hielt. Wenn er es fertiggebracht hatte, sich im Badezimmer einzuschließen und ihm der Schlüssel heruntergefallen war. Wenn er sich beim Auf- und Zuknöpfen hoffnungslos verhedderte. Wie er einmal, in einem jähen, kläglichen Anfall von Generosität, Fitz mit der einen Hand eine Pfundnote zu geben versuchte, sie aber mit der anderen sofort wieder in der Westentasche verschwinden ließ. Stets war Fitz zur Stelle, immer lieb und freundlich leistete er Erste Hilfe und bot ermutigenden Zuspruch. Ebenso machte er es mit Mascha, wenn sie etwas verlegt hatte. Als sie älter wurde, kamen ihr – vielleicht war es eine Art von stummem Protest – ständig ihre Sachen abhanden, fünf oder sechs pro Tag, Bibliotheksausweise, die Uhr, ihre gute Brille, Sparbücher, die Fernsehanmeldung, die abgegriffene kleine Geldbörse, die Tante Dolly ihr geschenkt hatte, als sie sechzehn war, das Scheckbuch. Wenn sie besorgt und verzweifelt nach einem Gegenstand im Haus herumsuchte, kam sie unweigerlich an eine leere Stelle, wo etwas Bestimmtes hätte liegen müssen, ihre Stickschere etwa oder ihr Zen-Büchlein, und beim Stöbern danach geriet sie dann immer hoffnungsloser auf Nebenwege. Fitz half ihr bei dieser Suche, die praktisch nie ein Ende hatte. Am Abend war es schon ein Triumph, wenn zwei Gegenstände sich gefunden hatten. Sie schien es, wie Fitz sagte, als Pflichtübung anzusehen, ihre Sachen zu verlegen. Aber warum? Gegen Ende ihres Lebens war jeder Tag ein unglaublicher Hindernislauf, eine Herausforderung, für die sie sich immer wieder neu stählen mußte.

Den Schlüssel zu ihrem Schreibsekretär haben wir nie wiedergefunden. Vielleicht war es ein Versuch, sich der Bürde, der Verantwortung zu entledigen?

An dem Tag, als sie endgültig bettlägerig wurde, rief sie mich an und bat mich zu sich. »Hör zu«, sagte sie triumphierend, »ich habe die Wäsche gemacht, gebügelt ist auch ... Wenn du nur den Mülleimer hinausstellen würdest, morgen wird geleert ...«

Die meisten Menschen haben wohl zwei Gesichter, ein privates und eins für die Öffentlichkeit. In Gesellschaft sprechen und bewegen sie sich nach bestimmten Mustern, die sie sich im Lauf der Jahre angeeignet haben, um das Image zu unterstreichen, auf das sie aufgrund ihrer eigenen Entscheidung festgelegt sind, während sie privat barfuß herumlaufen, in der Nase bohren, gierig mit den Fingern essen, breitbeinig dasitzen, *Dallas* gucken und Schundromane lesen. Fast jeder Mensch muß ein geheimes Ich haben, das sich – und sei es nur minimal – von dem unterscheidet, das er in der Gesellschaft zeigt. Nur bei Mascha hatte ich den Eindruck, daß dem nicht so war, nicht so sein konnte. Was man sah, war die ganze Mascha. Ihre Außenhaut war so transparent, daß ein Versteckspiel gar nicht möglich gewesen wäre. Oder vielmehr: Es wäre ihr gar nicht in den Sinn gekommen, daß jemand den Wunsch haben könnte, sein wahres Ich zu verstecken.

Armer Ty, wer warst du wirklich, Jim oder Jas? Ich werde es nie erfahren.

Am nächsten Tag kam mir mein kleines Gelaß seltsam dunkel vor. Als ich aus dem Fenster über die Dächer von Dorchester blickte, sah ich graue Flocken über den Himmel wirbeln. Mit dem wetterwendischen März war der Winter zurückgekehrt.

»Scheußlicher Schneesturm«, bemerkte die freundliche Polizistin, die mir das Frühstück (zehnmal üppiger als meine gewohnte Morgenkost) und den *Daily Mirror* brachte. »In Dorset sind fünfzig Prozent aller Straßen unpassierbar.«

»O je«, sagte ich voll düsterer Vorahnungen. »Und Glifonis?«

»Caundle Quay? Von der Außenwelt abgeschnitten.«

»Das ist ja schlimm. Hoffentlich ist dort alles in Ordnung.«

Ich sah in die weiße Pracht hinaus und dachte in freundschaftlicher Sorge an meine Bekannten im Dorf und die vergnügten Griechen in ihren Baucontainern. Dann aber fiel mir die gewaltige Tiefkühltruhe in der Vorratskammer der Ladies ein. Tüchtig, wie sie waren, würden sie schon über die Runden kommen.

»Wenn die Lebensmittel knapp werden, können sie sich immer noch was mit dem Hubschrauber abwerfen lassen.«

»Da haben Sie recht. Und die Straßen nach London?«

»Die A 35 und die A 31 sind zu, Räumfahrzeuge sind im Einsatz, aber einen Tag werden sie wohl brauchen.«

Sie ließ mich mit Würstchen und Toast allein, und ich dachte daran, wieviel Spaß Mascha daran gehabt hatte, im Bett zu frühstücken, und wie selten sie dieses Vergnügen gehabt hatte. Ich esse nicht so gern im Bett, ich habe immer Angst vor Kleckerei und pieksenden Krümeln. Deshalb sehe ich auch meinem letzten Krankenlager mit einigem Bangen entgegen. Das genußvolle Schlemmen auf der breiten, vergoldeten venezianischen Lagerstatt war eine Ausnahmesituation gewesen, die eigentlich im Widerspruch zu meinen sonstigen Lebensgewohnheiten stand. Und ich bin Ty dankbar für diese unbeschwerte gemeinsame Zeit. Er hat es wohl gerade umgekehrt gesehen, der Ärmste. Für ihn war dieses Zwischenspiel später wie die nässende Wunde des Philoktet oder des Pelikans, aus der seine Lebenskraft versickerte.

Roger Blagdon kam mit der Bahn. Eine scheußliche Fahrt, über acht Stunden. Er war erst abends um neun in Dorchester eingetroffen und kam am nächsten Morgen zu mir.

Inzwischen hatte ich einen langen, leeren Tag verbracht. Ein Polizeiarzt untersuchte mein Handgelenk und meinen Knöchel, zog aber ab, ohne etwas über seine Schlußfolgerungen verlauten zu lassen. Ein wortkarger Mensch.

Ich war deshalb froh und dankbar, den munteren, rothaarigen Roger zu sehen.

»Tut mir leid, daß du eine so unerquickliche Reise hattest. Wie war *Klein Eyolf?*«

»Fatal und unerfreulich von Anfang bis zu Ende. Das Stück tu ich mir bestimmt nicht noch einmal an. So, und jetzt erzähle! Ich habe übrigens Joel gesprochen, er ist gerade aus Bombay zurück und läßt schön grüßen. Er will herkommen, sobald er mit seinem Auftrag durch ist. Offenbar macht er sich große Sorgen um dich.«

Ich erzählte Roger die ganze Geschichte aus meiner Sicht.

»Demnach hat Ty versucht, dich umzubringen, während jemand anders versucht hat, Ty umzubringen.«

»Letzteres mit Erfolg.«

»Was ist mit Olga Laszlo? Hat Ty sie ermordet?«

»Durchaus möglich. Er wollte sie wohl zum Schweigen bringen.«

»Nicht nur möglich, sondern sehr wahrscheinlich«, erklärte Roger, der sich vor seinem Besuch bei mir schon ein bißchen umgehört hatte. »Die Polizei hat in den Klippen Schrotkörner gefunden, der Erdrutsch ist bewußt ausgelöst worden, um die Leiche verschwinden zu lassen. In dem Kombi war eine Schrotflinte, die Schrotkugeln haben dasselbe Kaliber. Ein Stein hat Olgas Schädel zerschmettert, möglicherweise aber schon ehe der Erdrutsch sie verschüttet hat. Und in Tys Hotelzimmer hat man einen Briefumschlag von ihr gefunden, an ihn adressiert. In der Wohnung in Battersea waren mehrere Gipshände mit ihren Fingerabdrücken, sie waren Ty anonym zugesandt worden.«

»Wie scheußlich!« Die letzten Reste von Sympathie für Olga verflüchtigten sich jäh. »Sie hat ihn also erpreßt.«

»Oder zumindest versucht, ihn für eine Erpressung reif zu machen.«

»Sie hätte sich sagen müssen, daß das bei Ty nie funktionieren würde. Aber wie hast du das alles bloß so schnell aus der Polizei herausgebracht, Roger?«

»Ich habe so meine Methoden. Außer dir gibt es noch jede Menge Mordverdächtige. Die Goadbys zum Beispiel ...«

»Die Goadbys?«

»Eins der Ehepaare, die ein Cottage im Dorf haben.«

»Richtig, der graugesichtige Mann und die Pelzmantel-Frau. Aber warum sollten die Ty ermorden wollen?«

»Zu Tys Projekten gehörte auch ein Neubaugebiet bei Kettlewell. Ihr fünfjähriges Kind ist dort in einen offenen Abfluß gefallen und ertrunken. Die Eltern erstatteten Anzeige, die Baustelle sei ungenügend gesichert gewesen, aber gegen Tys Anwälte kamen sie nicht an.«

»Wie furchtbar!«

»Goadby hat ein paarmal vergeblich versucht, zu Fortuneswell vorzudringen. Und er hat kein Hehl daraus gemacht, daß er nach Glifonis gezogen ist, um ›sich den Burschen mal vorzuknöpfen‹. Für diese Bemerkung gibt es Zeugen. Und natürlich die Pools ... Und Tom Stavely, der sein Zuhause verlor, als das Wohnwagencamp abgerissen wurde ...«

»Stavely? Ach, du meinst den Tumben Tom ... So heißt er also ... Hoffentlich war er es nicht.«

»Er hat Gartenarbeiten für Miss Morgan gemacht«, sagte Roger, »und wußte von der Armbrust.«

»Von der wußten alle. Miss Morgan hat etwas von einer Theorie gesagt ...«

»Ja, das hat man mir bei der Polizei auch erzählt. Ziemlich ausgefallen, meint man dort.«

»Und was ist das für eine Theorie?«

»Diese Organisation, in der Fortuneswell Mitglied werden sollte ...«

»Die Rolandsbruderschaft ...«

»Was ist das eigentlich?«

»Die Gründung geht auf Karl den Großen zurück, glaube ich. Eine Geheimgesellschaft. Ty hat mir erzählt, sie sei eigentlich zum Schutz des Heiligen Grabes gegründet worden, aber ich glaube, jetzt ist es mehr oder weniger ein Industriellenklub zu wechselseitigem Vorteil. Wie die Freimauer.«

»Miss Morgan meint, die Leute dort seien aufgebracht gewesen, daß dein Mann die Mitgliedschaft akzeptiert, dabei aber diese sehr peinliche Episode aus seiner Vergangenheit verschwiegen hat, und hätten ihn deshalb beseitigt.«

»Ganz schön abenteuerlich, das muß ich schon sagen. Warum haben sie ihn dann nicht einfach abgelehnt?«

»Um künftigen leichtfertigen Bewerbungen vorzubeugen.«

»Dann kann ich nur hoffen, daß sie mir nicht die Mitgliedschaft antragen.«

»Ich glaube kaum, daß sie Frauen nehmen. Legst du eigentlich gesteigerten Wert darauf, noch eine Nacht hier zu verbringen?« fragte Roger und sah sich ziemlich geringschätzig in meinem kahlen Gelaß um.

»Kein Gedanke. Es gibt so wenig zu lesen. Warum? Kannst du mich gegen Kaution freibekommen?«

»Gegen dich liegt doch gar nichts vor, du Schäfchen. Die Polizei sagt, sie hätte dich in Schutzhaft genommen. Und nachdem jetzt zweifelsfrei feststeht, daß du Ty gar nicht umgebracht haben kannst...«

»Ach..., und wieso nicht?«

»Wegen deines Handgelenks, du kleine Gans. Mit einem frisch gebrochenen Handgelenk kann man keine schwere Armbrust spannen.«

Das hätte dieser Polizeidoktor mir ruhig verraten dürfen, dachte ich. Aber er war wohl von Natur aus nicht sehr mitteilsam. Roger half mir beim Packen und fuhr mich zum *Close Hotel*, wo ich mich in Tys Suite einquartierte.

Die Polizei war offenbar froh, mich loszuwerden. Wahrscheinlich hatten sie sich schon überlegt, wann sie mir – bei aller gebotenen Höflichkeit – den Stuhl vor die Tür setzen konnten.

Es war ein seltsames, wehmütiges und leicht gespenstisches Gefühl, in dem Zimmer zu schlafen, in dem nach dem Wirken der Polizei noch überall Tys Sachen verstreut waren. Ich räumte sie in seinen Koffer, und weil mir einfiel, daß Ty lieber am Fenster schlief, nahm ich das andere Bett. Und träumte in der Nacht, daß er mit durchdringender Stimme nach seinem ertrunkenen Freund rief.

Am nächsten Morgen wachte ich vor sieben auf, schaltete das Radio ein – in Glifonis Nummer Eins hatte es diesen Luxus nicht gegeben! – und ließ mir von Alfred Brendel Beethovens Klaviersonate Opus 109 vorspielen. Wehmütig dachte ich daran, wie Mascha, die die Arbeit der ganzen Woche umsichtig (und mit Hilfe der *Radio Times*, in der sie die entsprechenden Programme ankreuzte) von einer Musiksendung zur nächsten plante, mit qualvollen Schmerzen eine Stunde im Badezimmer zugebracht hatte und um Barenboims Interpretation dieses Stückes gekommen war, weil niemand da war, um das Radio anzustellen. Als ich es zufällig erfuhr, wußte ich, daß es Zeit war, sie in die Klinik zu bringen.

»Nach dem gestrigen Schneesturm sind die meisten Straßen in den Süden wieder frei«, meldete der Ansager um halb neun. »Aufgrund des Schmelzwassers in den Flüssen und in der Kanalisation wurde Hochwasserwarnung gegeben. In einer Tonne im Hafen von Pool wurde eine männliche Leiche gefunden. Ein Verbrechen wird ausgeschlossen.«

»Bitte, lieber Gott«, dachte ich ahnungsvoll, »laß es nicht Tom sein.«

Roger fuhr mich über die aufgeweichten Sträßchen zurück nach Glifonis und kehrte dann zu weiteren Gesprächen mit der Polizei nach Dorchester zurück. Die Sonne schien fast unerträglich hell auf schmelzende Schneekristalle und Rinnsale, die zwischen feucht blinkenden Brombeerbüschen über steile Böschungen sprudelten. Es war ein strahlend heiterer Tag, einer von diesen Tagen, die einen kribbelig machen. Die Vögel sangen aus Leibeskräften. Überall sah man die Vorboten des Frühlings.

Glifonis aber trug Trauer.

Man spürte es sofort. Die Griechen stapften mit ihren Lasten schweigend den Zickzackweg hinauf und hinunter. Die blau-weiße Fahne an Pater Athanasios' Kirche stand auf Halbmast. Trotz der Sonne schien der Ort von Kummer verdüstert. Ein schwarzer Trauerflor hing an dem Messingklopfer von Nummer Zwei. Und Elspeth, die zur Tür kam, sah bedrückt und mitgenommen aus.

»Der Ärmste ... Nein, es war Unterkühlung, ein natürlicher Tod. Die bittere Kälte war zuviel für sein Herz. Die alte Pumpe will nicht mehr so recht, hatte er neulich erst zu mir gesagt. Wir hatten ihn immer wieder angeboten, uns hier um ein Häuschen für ihn zu bemühen oder um eine Sozialwohnung ... aber nein, das wollte er nicht. Ein ganzes Haus, das sei ihm zuviel ...« Sie wischte sich die Augen. »Der Polizei paßt das bestimmt gut in den Kram, jetzt wird sie wahrscheinlich verbreiten, daß er diesen unangenehmen Menschen umgebracht hat ... entschuldigen Sie, Kind, Ihren Mann, wollte ich sagen ... und wird aufhören, die anderen zu belästigen, was ja auch sein Gutes hat. Tom würde es nichts ausmachen, er würde herzlich darüber lachen.«

»Sie glauben also nicht, daß er es war? Ich nämlich auch nicht.«

»Ich bin ganz sicher, daß er es nicht war.« Sie warf mir aus geröteten Augen einen durchdringenden Blick zu.

»Miss Morgan ... ich wollte Sie etwas fragen. Wo ist Shuna?«

»Sie ist mit Pat bei Pater Athanasios, wegen Toms Beerdigung.«

»Ist Shuna Lilias Leyburns Tochter?«

»Ja, natürlich.« Sie sah sich um, als hätten die Wände Ohren, und fuhr rasch fort: »Zuerst hatte Ostin Leyburns ältere Schwester, Mrs. Mulready, das Sorgerecht für sie. Aber dann wurde es mit ihrer Arthritis so schlimm, daß sie sich entschloß, nach Portugal zu ziehen, dort ist sie dann gestorben. Und sonst war praktisch niemand da, deshalb haben wir gesagt, daß wir sie gern nehmen würden.«

»Und Sie haben ihr sehr viel gegeben ...«

»Aber wie lange können wir das noch, Kind? Wie lange läßt es sich vertreten? Ich bin inzwischen fünfundsiebzig, Pat ist fünfundsechzig, das Kind braucht jüngere Menschen um sich herum ...«

»Es ist nämlich so: Früher oder später werde ich wohl etwas von Tys Geld erben. Ich selbst werde nichts nehmen, es steht mir nicht zu, und ich will es auch nicht... aber dem Kind steht es zu und ...«

»Ja, sicher... ja, wir werden sehen...« Miss Morgan nickte ein paarmal mit blanken Augen. »Es ist nicht gut für junge Menschen, wenn sie zuviel Geld in der Hand haben, am besten, man läßt es treuhänderisch für sie verwalten, was meinen Sie? Für später, falls sie in die Forschung will. Das können wir alles noch besprechen. Möchten Sie eine Tasse Kaffee?«

»Nein, danke, sehr lieb von Ihnen, aber ich glaube, ich sollte jetzt erst mal zu Hause aufräumen. Wahrscheinlich hat die Polizei ein schreckliches Durcheinander hinterlassen ...«

»Dürfen wir hoffen, daß Sie uns hier in Glifonis erhalten bleiben, Kind? Daß die unerfreulichen Ereignisse Sie nicht abgeschreckt haben?« Wieder einer dieser raschen, vogelgleichen Blicke.

»Nein, es gefällt mir sehr gut hier. Nur Tom wird mir fehlen. Ich werde gern in Glifonis wohnen, zumindest zeitweise.«

»Das freut mich. Das freut mich sehr. Beschäftigung werden wir schon für Sie finden, keine Angst.« Sie tätschelte mir zweimal leicht und freundschaftlich den Arm. Ich beugte mich vor und nahm ein stecknadelgroßes gelbes Scheibchen von ihrem Kragen.

»Schrecklich, diese Dinger, überallhin verirren sie sich. Es sind die Schutzkappen der Batterien für mein Hörgerät. Eine großartige Erfindung, ohne die ich Ihr Pfeifen nicht gehört hätte.«

Langsam stieg ich bergan, und bei jedem Schritt wurde mir bewußt, wie sehr mir Tom fehlte. Ich muß meine Rolle zu Ende lernen, dachte ich. In zwei Tagen ist Drehbeginn. Ich muß nach Dorchester fahren, zum Friseur. Die Rosy-Maske ein bißchen herrichten. Das Leben geht schließlich weiter ... Plato hatte ganz recht. Hat er nicht gesagt, daß Theaterspielen schlecht für die Moral ist? Daß man in die Persönlichkeit jener sündhaften Figuren hineinwächst, die man auf der Bühne darstellt, und dadurch leicht zu Schaden kommen kann? Ich bin in die Rosy hineingewachsen und prompt zu Schaden gekommen.

In Nummer Eins war die Tür unverschlossen. Wie üblich, dachte ich. Wer hat jetzt wieder bei mir herumgestöbert? Oder war die Polizei leichtsinnig und hat vergessen abzuschließen? Nein, es war jemand im Haus, denn als ich die Hand auf den Türknauf legte, ging die Tür mit einem Ruck auf.

»Fitz!«

»Cat, meine Alte!«

Wir umarmten uns und lachten und umarmten uns erneut.

»Aber warum hast du dich nicht angemeldet? Warum hast du mir nicht gesagt, daß du kommst?«

»Ich habe die Nummer angerufen, die du mir gegeben hattest, da hat sich so eine alte Dame gemeldet, ich wollte keine Nachricht hinterlassen, wir waren im Transitraum, und ich sagte mir, daß ich ja sowieso bald an Ort und Stelle sein würde. In Heathrow hat sich dann herausgestellt, daß das Telefonnetz zusammengebrochen war, da sind wir einfach losgefahren ...«

Jetzt fiel mir ein, daß Elspeth etwas von einem Anruf erzählt hatte, aber ich hatte gedacht, es sei Joel gewesen.

»Wir haben uns also ins Auto gesetzt«, sagte Fitz, »aber wegen des Schneesturms kamen wir nicht so schnell voran ...«

»Wir?«

Er zog jemanden hinter sich hervor. Schmal, zerbrechlich, blond, unsicher: eine Miniatur-Rosy. Ängstlich-ratlose blaue Augen, ein Gesicht, als habe sie ihr Leben lang noch keinen selbständigen Gedanken zustande gebracht.

»Das ist Polly«, sagte Fitz, stolz, schüchtern, ganz zärtliche Fürsorge. »Wir haben am Mittwoch geheiratet.«

Ich unterdrückte meinen stummen Aufschrei: Und was ist mit deinem Stipendium? Mit deiner Stellung? Mit deiner Karriere, deinem neuen philosophischen Ansatz? Ich sagte das, was man in solchen Fällen sagt. Nein, Kinder, das ist ja wundervoll, erzählt doch mal, erzählt, wie ihr euch kennengelernt habt, darauf müssen wir eine Flasche Schampus köpfen...

Und dann zogen sie ab, um sich ein Hotelzimmer in Dorchester zu suchen – sie hätten das Haus der Pools haben können, aber das wäre kein günstiges Omen gewesen, fand ich – und um für den Abend einen Tisch zum Feiern zu bestellen. »Das mit Ty tut mir leid, ehrlich«, sagte Fitz und sah mir gerade ins Gesicht. »Aber ich glaube, im Grunde war es die beste Lösung. Hoffentlich war es wenigstens eine schöne Zeit.« Ja, bestätigte ich, alles in allem sei es eine sehr schöne Zeit gewesen, und dachte mir, wie unkompliziert die Jugend mit den Wechselfällen des Lebens umgeht. Aber vielleicht ist das ja auch gut so.

»Also dann bis sieben, wir holen dich ab. Ist das dein Kater?« fragte Fitz, schon in der Tür. »Er maunzt zum Steinerweichen. Sieht aus, als ob er einen Schuß Siamesenblut hat.«

»Das weiß ich nicht. Nein, es ist nicht mein Kater. Oder...« Ich überlegte. »Vielleicht doch.«

»Als wir auf dich gewartet haben, kam der Briefträger, er hat uns gesagt, daß der Schlüssel unter dem Blumentopf liegt. In der Küche ist ein Brief für dich.«

Während Polly schon den Aufstieg begann, lief Fitz noch einmal zu mir zurück und sagte drängend, atemlos: »Polly ist

Waise. Sie hat ein schweres Lernproblem ... eigentlich mehrere. Sie braucht sehr viel Zuwendung ...«

Ich dachte an die ratlosen blauen Augen, die mich mit ängstlichem Mißtrauen betrachtet hatten.

»Mein lieber Junge ... Was wird dann aber aus deinem eigenen Leben?«

»Ja, weißt du, Polly zu helfen *ist* doch von jetzt ab mein Leben«, sagte er, drückte mich rasch an sich und lief ihr nach.

Vielleicht, dachte ich, hält sie mich für eine Mörderin.

Der Brief war von Joel.

»Liebe Cat, das mit Ty tut mir sehr leid. Hoffentlich bist Du nicht allzu niedergeschmettert. Sag, liebes Herz, warum heiraten wir eigentlich nicht? Ich weiß, das frage ich Dich nicht zum ersten Mal, und Du hast gesagt, es würde nicht gutgehen, aber nun will ich es doch nochmal versuchen. Ich mache mir Sorgen um Dich. Denk mal an all die Sachen, in die Du jetzt wieder hineingeschlittert bist! Irgend jemand muß sich einfach um Dich kümmern. Du überlegst es Dir ernsthaft, ja? Liebe Grüße, Joel.«

Nachdem ich Arkwright gefüttert und er sich neben mir auf dem Sofa zurechtgesetzt hatte, legte ich mir einen Block auf die Knie und schrieb eine Antwort an Joel:

»Liebster Joel, Du bist ein Schatz, aber glaub mir, es würde wirklich nicht gutgehen. Ich weiß Deinen Vorschlag zu schätzen, aber ich komme mit Deinen Freunden nicht zurecht, und ihnen wäre ich garantiert zu spießig. Können wir nicht alles so lassen, wie es ist? Dann ist keiner von uns angebunden. Du bist mein liebster, bester Freund. Ich freue mich auf unser Wiedersehen. Liebe Grüße, Cat.«

Zerstreut zupfte ich ein gelbes Blättchen aus Arkwrights glänzendem Fell und warf es in das Kaminfeuer, das Fitz netterweise für mich in Gang gebracht hatte.

Einen Moment hatte ich das Blatt für eine der Schutzscheiben von Miss Morgans Hörgerät gehalten. Die Dinger verirrten sich, wie sie sehr richtig gesagt hatte, an die unmöglichsten Stellen. Eins hatte ich an dem Armbrustbolzen zwischen Tys Schulterblättern gefunden. Natürlich hatte das nichts zu sagen. Schließlich war es Elspeths Armbrust.

Ich hatte es trotzdem abgemacht.

Wie hatte sie diesen tödlichen Gegenstand genannt? Einen Zweck, richtig. Eigenartiger Ausdruck ...

Pat und Shuna betraten das Haus und setzten sich, blaß, schweigsam und gegen ihre sonstige Gewohnheit untätig, zu Elspeth.

»Gönnen wir uns einen Sherry, Bets.«

»Einverstanden.«

»Ich auch?« fragte Shuna.

»Nichts da! Du bekommst Apfelsaft.«

»Es wird eine wunderschöne Beerdigung, Tante Elspeth. Die Griechen tragen Toms Sarg in feierlicher Prozession den Hang hinunter, sie wechselten sich dabei ab. Ich finde es gut, daß Olga in ihr Testament geschrieben hat, was mit ihrer Asche passieren soll, es ist viel schöner, wenn Tom der erste auf dem Friedhof ist.«

»Auf hoher See verstreut«, bemerkte Elspeth bissig. »So ein Unfug! Typisch für sie, diese törichte Selbstüberschätzung.«

»Wie ist das eigentlich mit Lord Fortuneswell? Was wird denn aus dem?«

»Wenn jemand ermordet worden ist, behält ihn die Polizei, bis man weiß, wer der Mörder war. Er kommt in einen Kühlschrank.«

»Dann behalten sie ihn vielleicht für immer.« Shuna machte ein etwas unglückliches Gesicht. »Der Ärmste, da wird er ganz schön frieren.« Ihr Gesicht umwölkte sich noch mehr. »Wo Arkwright wohl abgeblieben ist, Tante Elspeth ... Er wird doch nicht auch tot sein?«

»Das glaube ich nicht«, sagte Miss Morgan entschieden. »Der

taucht bestimmt irgendwann wieder auf. Katzen schlagen sich immer durch, das weißt du doch. Du kannst dich ja draußen mal ein bißchen nach ihm umsehen.«

»Ist gut.«

Langsam, ohne ihre gewohnte Lebhaftigkeit, stand Shuna auf. Dann erhellte sich ihre Miene. »Ich könnte Lady Fortuneswell besuchen. Ein bißchen traurig ist sie bestimmt, wo doch ihr Mann tot ist. Auch wenn er so gemein war.«

»Gute Idee«, sagte Pat ermutigend.

Als die Kleine draußen war, fügte sie hinzu: »Der Mann ist keine Sekunde zu früh abgetreten. Von Rechts wegen hätte der Täter eine öffentliche Belobigung verdient.« Sie sah auf die Uhr. »Ich muß los. Heute tagt der Schulvorstand.« Sie erhob sich, leerte ihr Glas, nickte ihrer Gefährtin kameradschaftlich zu und ging.

Elspeth wartete noch einen Augenblick, dann stapfte sie seufzend in den Garten, wo viel Arbeit auf sie wartete. Der Tumbe Tom, dieser gute, hilfsbereite Mensch, würde ihr an allen Ecken und Enden fehlen. Er hätte sich sehr amüsiert, wenn er gewußt hätte, daß die Polizei ihn für einen Mörder hielt. Ist ja'n Ding, hätte er gesagt. Aber laß man, sollen die doch denken, was ihnen Spaß macht...

Miss Morgan griff tief in die warme, feuchte Erde und fing an, sie zu feiner Krume zu zerbröseln.

Gemächlich ging Shuna den Hang hinauf, an jeder Ecke stehenbleibend, um die Rinnsale zu betrachten, die sich ihren Weg zwischen den Marmorplatten bahnten, und erfolglos nach Arkwright rufend. An der Kirche waren die Griechen eifrig damit beschäftigt, alles für Toms Beerdigung herzurichten. Ich muß Elspeth daran erinnern, daß sie in Dorchester Blumen besorgt, dachte Shuna. Am liebsten hatte Tom Maßliebchen. Früher, als ich mit der Frau hergezogen bin, hat er erzählt, war hier alles freies Feld, und überall Maßliebchen. Maßliebchen sind am besten, hat er gesagt, weil sie im Sommer kommen, wenn es warm ist. Ob man Maßliebchen im Blumenladen kriegt? Aber das wird Tante Elspeth schon wissen. Da wird sich Tom aber freuen, wenn er seine Frau wiedersieht!

Zerstreut, in Gedanken schon wieder bei ihren Integralen, bückte sie sich und hob eine Büroklammer auf, die wohl Mr. Vassiliaides, der Architekt, verloren hatte und die in der Ritze zwischen zwei Marmorplatten steckengeblieben war.

Dann ging sie langsam weiter und klopfte an Lady Fortuneswells Tür.

Bitte beachten Sie auch die folgenden Seiten

Joan Aiken im Diogenes Verlag

Die Kristallkrähe

Roman. Aus dem Englischen von Helmut Degner

»Als ihr Krimi *Die Kristallkrähe* erschien, verglichen die Kritiker sie mit Patricia Highsmith, Celia Fremlin und Margaret Millar.« *Titel, München*

Das Mädchen aus Paris

Roman. Deutsch von Nikolaus Stingl

Wohin sie geht, zieht Ellen Paget Liebhaber an: den ambivalenten Professor Bosschère in Brüssel, den unberechenbar-eigenwilligen Comte de la Ferté in Paris, ihren Stiefbruder Bénédict. Ihre gebieterische Patin, Lady Morningquest, bereitet einer zarten Romanze ein rasches Ende und schickt Ellen nach Paris…

»Wieder einer der bestrickenden, aufregenden Romane, die Joan Aiken seit vielen Jahren zu einem Publikumsliebling machen.«
Publishers Weekly, New York

Tote reden nicht vom Wetter

Roman. Deutsch von Nikolaus Stingl

Jane, Graham und die beiden Kinder sind eine ganz normale Familie. Graham ist Architekt, Jane hat ihre Arbeit bei einer Londoner Filmfirma aufgegeben, seit sie in das neue, teure Haus auf dem Land gezogen sind. Geldprobleme zwingen Jane bald dazu, ihren alten Job wieder anzunehmen und dem finsteren Ehepaar McGregor tagsüber Haus und Kinder anzuvertrauen…

»Joan Aiken präsentiert uns rabenschwarze, schaurigschöne Geschichten.« *Die Welt, Bonn*

Der eingerahmte Sonnenuntergang

Roman. Deutsch von Karin Polz

Lucy reist nach England, um herauszufinden, was mit ihrer alten Tante Fennel und deren Freundin geschehen ist. Was wie ein ganz normaler Verwandtenbesuch beginnt, entwickelt sich rasch zu einem gefährlichen Abenteuer für Lucy...

»Das Beiwort ›unterhaltsam‹ ist für diesen Psycho-Thriller von Joan Aiken schlichte Tiefstapelei. Die Lektüre dieses Buches ist ein hochgradiges Vergnügen.« *Frankfurter Rundschau*

Ärger mit Produkt X

Roman. Deutsch von Karin Polz

Als Martha Gilroy den Auftrag bekam, eine Werbekampagne für ein aufregendes neues Parfüm zu starten, hatte sie keine Ahnung, worauf sie sich einließ.

»*Ärger mit Produkt X* ist der Titel eines herrlich spannenden Krimis, dessen Autorin einen Hang zur Satire hat. Dies macht die Lektüre so amüsant.«
Frankfurter Rundschau

Haß beginnt daheim

Roman. Deutsch von Nikolaus Stingl

Nach einem Nervenzusammenbruch ist Caroline zur Erholung bei ihrer Familie: der Mutter Lad, Trevis, der älteren Schwester Hilda und einer alten Tante. Doch statt zu genesen, wird sie immer verwirrter...

Der letzte Satz

Roman. Deutsch von Edith Walter

Willkommen in Helikon, dem eleganten Insel-Sanatorium, das seine Gäste vor allen Bedrohungen schützen kann. Außer vor sich selber...

»Dieses Buch ist eine Wonne!« *The Times, London*

Du bist Ich

Die Geschichte einer Täuschung
Deutsch von Renate Orth-Guttmann

Man schreibt das Jahr 1815. In einem feinen Mädchenpensionat in England stellen Alvey Clement und Louisa Winship fest, daß ein einzigartiges Band sie eint. Zwar stammen sie aus sehr unterschiedlichen Gesellschaftsschichten und sind vom Temperament her ganz verschieden, aber vom Aussehen her *sind sie sich völlig gleich*. Dieser überraschende Zufall paßt der verwöhnten Louisa sehr gut ins Konzept.

Fanny und Scylla oder Die zweite Frau

Roman. Deutsch von Brigitte Mentz

In ein englisches Spukhaus des 18. Jahrhunderts und das bunt-grausame Indien der Maharadschas führt Publikumsliebling Joan Aiken in ihrem aufregenden Roman *Fanny und Scylla* …

»Joan Aiken besitzt ein seltenes Erzähltalent, in dem sich psychologischer Scharfblick mit der Gabe vereinigt, den heutigen Leser in Spannung zu halten, obwohl die Handlung in eine ferne Vergangenheit führt.« *Die Furche, Wien*

Schattengäste

Roman. Deutsch von Irene Holicki

»Eine Meisterin der Schauerromantik? Mehr noch, eine begnadete Erzählerin, die das Un-Begreifliche, das Un-Faßbare aus vergangenen und modernen Zeiten in mitreißende Geschichten packt, die ohne große Sentimentalität und falsches Spektakel auskommen. Joan Aikens *Schattengäste* ist ein wunderbares Buch über die unheimlichen Dinge des Lebens und wie man über einen Verlust zurück ins Leben findet.«
science fiction media, München

Wie es mir einfällt

Geschichten. Deutsch von Irene Holicki

Ein Reihe gruseliger, romantischer und phantastischer Erzählungen sind mit der gewohnt sicheren Hand und dem makabren Sinn für Humor geschrieben, die man an Joan Aiken so schätzt.

»Joan Aiken erweist sich als Meisterin im Darreichen süßer Pralinen, die mit Arsen gefüllt sind.«
Frankfurter Rundschau

Angst und Bangen

Roman. Deutsch von Renate Orth-Guttmann

Bei Außenaufnahmen auf einem Landsitz in Dorset lernt die Schauspielerin Cat den Besitzer kennen. Die beiden verlieben sich, heiraten und machen eine Hochzeitsreise nach Venedig. Die Idylle scheint perfekt. Doch als Cat ihrem Mann sagt, daß sie sich erinnert, ihn vor vielen Jahren als liebevollen Begleiter eines dahinsiechenden Greises gesehen zu haben, ändert er plötzlich sein Verhalten ihr gegenüber.

»Joan Aikens *Angst und Bangen* handelt von geheimen Untaten, von Habsucht, Verrat und Mord. Es kombiniert geschickt das Genre Liebesgeschichte und Thriller.« *London Review of Books*

Die Fünf-Minuten-Ehe

Roman. Deutsch von Helga Herborth

»*Die Fünf-Minuten-Ehe* ist eine Räuberpistole, die mit allen Formen des Kitsch-, Grusel- und Romantic-Romans spielt. Sie hat einen Sog, in dem meine literarischen Bedenken untergehen: Ich muß zu Ende lesen, bis Friede, Freude, Liebe den erwarteten Sieg antreten über Erbschleicher, Komplotte und Duelle.«
Brigitte, Hamburg

Jane Fairfax

Roman. Deutsch von Renate Orth-Guttmann

Jane Fairfax war musikalisch, vielseitig begabt und elegant. Soviel wissen wir aus Jane Austens *Emma.* Aber wie verliefen ihre Jugendjahre als Waise, was war mit ihrer Kinderfreundschaft zu Emma Woodhouse, und – was noch wichtiger ist – was passierte bei ihrem Sommeraufenthalt in Weymouth?

»Ein Lehrstück, eine Ermunterung für deutschsprachige Schriftsteller!« *Der Standard, Wien*

Anderland

Roman. Deutsch von Ilse Bezzenberger

Ein junges Mädchen, deren Mutter früh stirbt, findet in der Musikerfamilie Morningquest ein neues Zuhause. Sie wächst in diese Wahlfamilie hinein und bekommt durch sie die Kraft, ihr künstlerisches Talent zu entfalten.

»Im Zentrum jedes der wundervollen ›Unterhaltungs‹-Romane von Joan Aiken steht eine abenteuerliche Liebesgeschichte, die jene unausweichliche Spannung des Wartens, des Verfolgtwerdens erzeugt, die wir aus den Momenten beginnender Liebestaumel kennen…« *vogue, München*

Stimmen in einem leeren Haus

Roman. Deutsch von Hans-Christian Oeser

Der herzkranke Gabriel haut von zu Hause ab. Seine herrschsüchtige Mutter und sein Stiefvater machen sich aus unterschiedlichen Gründen auf die Suche nach ihm. Immerhin hat der sechzehnjährige Gabriel bei seiner Volljährigkeit eine große Erbschaft zu erwarten. Und wenn er gar nicht freiwillig verschwunden wäre?

»Man legt das Buch nicht mehr aus der Hand.«
Daily Telegraph, London

Mitternacht ist ein Ort

Roman. Deutsch von Ilse Bezzenberger

Als das Schloß Mitternacht abgebrannt ist, müssen sich Lucas Bell und seine junge französische Freundin Anna-Marie in der winterlichen Welt von Blastburn ganz allein durchschlagen. Ein Roman um Kinderarbeit im England des 19. Jahrhunderts, geschildert mit dickensscher Intensität.

Der Geist von Lamb House

Roman. Deutsch von Renate Orth-Guttmann

Tony Lamb und seine Familie waren im 18. Jahrhundert die ersten Bewohner von Lamb House, dem alten Backsteinhaus, das noch heute im südostenglischen Rye steht. Dort hat sich eine unheimliche Geschichte zugetragen, die der verkrüppelte Toby aufgeschrieben hat. Jahre später übernimmt der große englische Schriftsteller Henry James das Haus, oder vielmehr – so kommt es dem Poeten von Anfang an vor – das Haus übernimmt ihn. Von dem Moment an, als er auf Tobys Manuskript stößt, läßt ihm Tobys Geist keine Ruhe mehr. Auch dem nächsten Bewohner von Lamb House, dem spätviktorianischen Schriftsteller E.F. Benson (1867–1940), ergeht es nicht anders.

Elizas Tochter

Roman. Deutsch von Renate Orth-Guttmann

In Austens *Gefühl und Verstand* wird von Eliza und ihrem unehelichen Kind berichtet. Elizas Tochter folgt den Spuren des schönen, rothaarigen Mädchens, das in einer Pflegefamilie aufwuchs und nun versucht, seine Eltern zu finden. Sie lernt den Duke of Cumbria kennen, der fasziniert von Liz ist. Liz macht eine abenteuerliche Portugal-Reise, bevor sie als reiche Wohltäterin nach England zurückkehrt.

»Eine packende Liebesgeschichte.«
Kirkus Reviews, New York

Die Party-Köchin

Roman. Deutsch von Edith Walter und Michaela Link

Nach dreizehn Jahren quält die inzwischen gut situierte Chefin eines Party-Catering-Service, Clytie Churchill, immer noch die Frage, ob ihr Stiefsohn Finn bei einem Unglücksfall auf See wirklich mit ihrem Mann Daniel ums Leben kam, oder ob die Briefe, die sie seit einiger Zeit bekommt, von ihm sein könnten. Nach einem Ärztekongress, bei dem Clytie für das leibliche Wohl sorgt, wird sie von Dr. Rabuse in ein französisches Schloß eingeladen. Dort erzählt sie dem Arzt in einer langen Nacht ihre bewegte Lebensgeschichte.

»Die begabte britische Autorin erzählt eine Geschichte, die einen wieder einmal hypnotisch in Bann schlägt.« *Publishers Weekly, New York*

Emma Watson

Roman. Deutsch von Renate Orth-Guttmann

Margaret Drabble nennt Jane Austens unvollendeten Roman *Die Watsons* »ein verlockendes, bezauberndes und überaus gekonntes Fragment, das mit Sicherheit ihren anderen sechs Romanen ebenbürtig gewesen wäre«.

Die nach dem Tod ihrer Mutter von der Tante adoptierte Emma ist mit neunzehn zu dem kränkelnden Vater und ihrer Lieblingsschwester Elisabeth zurückgekehrt. Ihr Bruder Robert wohnt mit seiner habgierigen Frau in Croydon; die zänkische Schwester Penelope hat scheinbar eine gute Partie gemacht; ihr Bruder Sam bemüht sich um beruflichen Erfolg als Arzt, und Emmas Schwester Margaret glaubt, Tom Musgrave zu lieben. Dies alles sind Austen-Figuren, aber Joan Aiken gelingt es mit großer Kunstfertigkeit, ihnen ein eigenes Gesicht zu geben.

Margaret Millar im Diogenes Verlag

»Margaret Millar beweist in ihren Krimis ein psychologisches Gespür für die Abgründe menschlichen Denkens und Handelns hinter den bürgerlichen Fassaden. Ohne Schnörkel, ohne jemals langatmig zu werden, erzählt sie spannende und beklemmende Geschichten, die den Leser nicht loslassen.« *Radio Bremen*

»Margaret Millars Blick ist so scharf wie der von Patricia Highsmith; noch entschiedener enthält sie sich jeden Effektes, jeder Extravaganz.«
Die Zeit, Hamburg

Die Feindin
Roman. Aus dem Amerikanischen von Elizabeth Gilbert

Liebe Mutter, es geht mir gut …
Roman. Deutsch von Elizabeth Gilbert

Ein Fremder liegt in meinem Grab
Roman. Deutsch von Elizabeth Gilbert

Die Süßholzraspler
Roman. Deutsch von Georg Kahn-Ackermann und Susanne Feigl

Von hier an wird's gefährlich
Roman. Deutsch von Fritz Güttinger

Fragt morgen nach mir
Roman. Deutsch von Anne Uhde

Der Mord von Miranda
Roman. Deutsch von Hans Hermann

Das eiserne Tor
Roman. Deutsch von Karin Reese und Michel Bodmer

Nymphen gehören ins Meer!
Roman. Deutsch von Otto Bayer

Fast wie ein Engel
Roman. Deutsch von Luise Däbritz

Die lauschenden Wände
Roman. Deutsch von Karin Polz

Banshee die Todesfee
Roman. Deutsch von Renate Orth-Guttmann

Kannibalen-Herz
Roman. Deutsch von Jobst-Christian Rojahn

Gesetze sind wie Spinnennetze
Roman. Deutsch von Jobst-Christian Rojahn

Blinde Augen sehen mehr
Roman. Deutsch von Renate Orth-Guttmann

Wie du mir
Roman. Deutsch von Renate Orth-Guttmann

Letzter Auftritt von Rose
Roman. Deutsch von Nikolaus Stingl

Stiller Trost
Roman. Deutsch von Klaus Schomburg

Umgarnt
Roman. Deutsch von Monika Elwenspoek

Da waren's nur noch neun
Roman. Deutsch von Ilse Bezzenberger

Es liegt in der Familie
Roman. Deutsch von Klaus Schomburg

Donna Leon im Diogenes Verlag

»Es gibt einen neuen liebenswerten Polizisten in der Welt der literarischen Detektive zu entdecken. Sein Name lautet Guido Brunetti. Er lebt und arbeitet in einer der schönsten Städte Italiens, in Venedig. Ein Mann, der in glücklicher Ehe lebt, gerne ißt und guten Wein schätzt, sich gelegentlich über seine heranwachsenden Kinder ärgert und auch manches Mal cholerisch reagiert. Eine Eigenschaft aber bleibt dem Commissario auch in den schwierigsten Situationen: Sein Anstand, gepaart mit einem wunderbaren Sinn für Humor und Menschlichkeit.«
Margarete v. Schwarzkopf / NDR, Hannover

»Aus dem Commissario Brunetti könnte mit der Zeit ein Nachfolger für Simenons Maigret werden.«
Jochen Schmidt / Radio Bremen

»Ganz oben auf der Beliebtheitsskala der literarischen Verbrechensaufklärer.« *Die Presse, Wien*

Venezianisches Finale
Roman. Aus dem Amerikanischen
von Monika Elwenspoek

Endstation Venedig
Roman. Deutsch von Monika Elwenspoek

Venezianische Scharade
Roman. Deutsch von Monika Elwenspoek

Vendetta
Roman. Deutsch von Monika Elwenspoek

Acqua alta
Roman. Deutsch von Monika Elwenspoek

Magdalen Nabb im Diogenes Verlag

»Magdalen Nabb ist die geborene Erzählerin, ihre Geschichten sind von überwältigender Echtheit.«
Sunday Times, London

»Die gebürtige Engländerin und Wahlflorentinerin Magdalen Nabb muß als die ganz große Entdeckung im Genre des anspruchsvollen Kriminalromans bezeichnet werden. Eine Autorin von herausragender internationaler Klasse.«
Herbert M. Debes/mid Nachrichten, Frankfurt

»Nie eine falsche Note. Bravissimo!«
Georges Simenon

Tod im Frühling
Roman. Aus dem Englischen von Matthias Müller. Mit einem Vorwort von Georges Simenon

Tod im Herbst
Roman. Deutsch von Matthias Fienbork

Tod eines Engländers
Roman. Deutsch von Matthias Fienbork

Tod eines Holländers
Roman. Deutsch von Matthias Fienbork

Tod in Florenz
Roman. Deutsch von Monika Elwenspoek

Tod einer Queen
Roman. Deutsch von Matthias Fienbork

Tod im Palazzo
Roman. Deutsch von Matthias Fienbork

Tod einer Verrückten
Roman. Deutsch von Irene Rumler

Das Ungeheuer von Florenz
Roman. Deutsch von Silvia Morawetz

Magdalen Nabb & Paolo Vagheggi:
Terror
Roman. Deutsch von Bernd Samland

Liaty Pisani im Diogenes Verlag

Mit Ogden hat Liaty Pisani einen Spion geschaffen, der eine fatale Schwäche hat: Er hat ein Gewissen. Dennoch wird er mit seiner Intelligenz und Schnelligkeit bei den heikelsten Missionen eingesetzt. Für Ogden ist der Dienst seine Familie: als Ziehsohn eines Geheimdienstbosses ist er mit den Umgangsformen in der Welt der Top-Secret-Informationen vertraut. Was ihm nicht jede böse Überraschung erspart.

»Wenn es sich nicht noch herausstellt, daß es sich bei Liaty Pisani um John le Carrés Sekretärin handelt, die ihm die Manuskripte maust, dann haben wir endlich eine weibliche Spionage-Autorin. Noch dazu eine mit literarischem Schreibgefühl.«
Martina I. Kischke/Frankfurter Rundschau

»Ein bemerkenswertes literarisches Talent, das außerhalb der italienischen Tradition, nämlich zwischen Chandler und le Carré, eingereiht werden muß und durch seine versteckten Zitate an Nabokov erinnert.«
La Stampa, Turin

Der Spion und der Analytiker
Roman. Aus dem Italienischen von Linde Birk

Der Spion und der Dichter
Roman. Deutsch von Ulrich Hartmann

Venedig im Diogenes Verlag